新世纪乡土小说的生态批评

XINSHIJI XIANGTU
XIAOSHUO DE SHENGTAI PIPING

黄轶◎著

中国出版集团 东方出版中心

本书由苏州大学优势学科资助出版

代序　内省的力量

　　最近,笔者重读《楚辞》和张炜的《楚辞笔记》。或许,只有拥有绚丽文采和敏感笔触的人,才有可能追踪屈原那一篇篇千古绝唱吧。当然,这个以粗鄙为时尚、排拒优雅和深刻的时代,注定了今人遥望遍开鲜花的汨罗两岸时的心灵悲剧。春秋战国,那是一个慷慨激昂的大时代,但那终究也是大分崩大离析的时代,多少仓皇凄凉的灵魂故事一一排演。在《楚辞笔记》中,屈原并不仅仅是不被信任的臣僚、遭遇放逐的贵族,也并非是史书上一再渲染的爱国志士——他更多的是一个奉行浪漫主义、理想主义的行吟骚客。正是流浪与行吟,才有机会塑造了他的沉思和内省,才有了绚烂华彩背后那份抗拒流俗的苍凉悲壮,那份抵御流言的高迈傲骨,那份对感情的沉醉、依恋与哀伤,那份对民生多艰的长长太息汤汤泪流,那份对末世之哀的无奈和疼惜……这是今人面对时代大转型、竭力维护自我精神域地的纯洁和纯粹时,所不得不引为共鸣的。

　　难道,这就是我们与屈子千古遥契的缘分?阅读《楚辞》时千转百回的愁肠只是为了遥应那个至美灵魂孤独的生命体验吗?不!在一个英雄主义和理想主义幕落花凋的娱乐时代,当"七夕"变成了一夜娱情,"中秋"被置换成奢华的月饼,待"端午"也变成了粽子的时尚言说,你说这是屈原的悲哀还是今人的悲哀?从革命的异化再到物质的异化,我们遭逢异化的命运为什么不能改观?即便"多元"并存"一体"显示了知识者人文精神的高度,在网络传媒、影视文化的洪水冲刷出的"天马行空""自由自在"的背后又隐藏着怎样的政治伦理预谋?我们陷入了"无物之阵",在虚华仓皇错乱。或许正如闻一多在"敬质"孙次舟时所分析的,屈原的悲哀正在于他本该做好一个"弄臣",但他忍不住要做一个"文人"而参与到"公共思想领域"吧。那个拥有可贵的内省力量的诗人,"不为邀宠,不计贫贱,从而赋予'忠'特殊而固定的内容",也抗拒着知识者的心灵蒙难。所以,对屈子的眷念应该包含对历史和现实荒诞的质疑,尤其是那种对任性自由、桀骜不驯、柔韧旷达的精神的崇仰。这是文人的永恒心结。

文学经典是穿越历史隧道能与后人心灵共震的艺术,《楚辞》悲伤的文字已漫过千古,我们只有鼓起勇气才能面对那份由沉思与内省玉成的高贵与尊严。但是,当我们"融入一片时光"、让"时代的一切阻障都在这个时刻里消融"而力显自己的高标独异时,是否也预示着知识者在挽救不了精神滑落时就只有一条去路了:做个香草美人!这自然是一种轻松自在的选择,但遭忧的心魂怎么可能在沉湎于怀旧、轻绝于时代中安然?当下,我们正以退守的姿态、怀旧的快感和审美的激越惊羡、惶惑又悲壮地拥抱传统——传统何罪?关键是传承什么、怎么传承!对传统文化的叩问和回溯会变成另一场闹剧吗?

如果文学写不出大变局时代的崇高与堕落、理性与疯狂,写不出在一场场精神的变动中那些不可复制的心灵搏战,写不出人心的抗争与颓灭、呐喊与悲凉,那才真正是我们又一层的"精神奴役的创伤"。我将这些归因于文学(创作与批评)缺乏应有的内省的力量。

内省亦称"自省"或"自反",也是自我了解、分析、反思,并建构正确的自我知觉和行为的方法。所以,对着新世纪文学园地的草长莺飞或嘈杂聒噪,我有理由喜欢那些拥有内省意识和沉思力量的作家,或作品,或角色。

（原载《南方文坛》2012 年第 2 期"点睛"）

目　录

第一编　生态批评的新视域

第二编　城市化与乡土挽歌

第三编　文本批评的空间

第一编

生态批评的新视域

1

生态批评,被视为近年来文学批评界的"新宠"。对西方生态理论的引渡、对中国古代生存智慧与生命观念的发挥、脱离文学文本和生态现实的"不及物"的理论阐发,正成为生态批评的时尚。笔者一直在尝试纠偏,期望找到一条能够更深切有效地介入"中国经验"与文学创作实践的批评路径。"生态批评的新视域"所包含的内容正是在这一思路下的尝试。

论乡土小说"生态"视域的开创及其意义

  20 世纪末,当我们还在津津乐道于"文学是否会走向死亡"的沉闷话题时,创作界关于人与自然关系的追问与书写早已悄然兴起,使得"我们是否还需要纯文学"的质疑不攻自破。生态意识和自然观念的迁变是和现代化发展主题相互对应的,所以和不少研究者不同,我认为中国真正自觉的乡土生态小说作品是新时期以后才正式出现的。在 80 年代的启蒙主义思潮下,反思文学包括知青文学借助政治批判首先触及了生态话题,在一定程度上揭示了"十七年"和"文革"时期的激进思维造成"中国式"生态危机的真相;90 年代中后期,中国的改革开放进一步深化,整个文化趋向向"无名"转型,时代前行失去了主流方向,生态的问题也日益突出,但生态破坏的原因已经不同于前,而是各种致因并存,例如发展方式的弊端、西方发达国家对中国的危机转移、消费主义甚嚣尘上与欲望的膨胀、技术官僚导致的科技至上等;进入新世纪,现代性与后现代性互渗的文化语境预示着一个新的文学纪元的到来,以生态题材为书写向度的文学显示出空前的活力,如张炜、周涛、王英琦、李存葆、苇岸、周晓枫的"生态散文",于坚、昌耀、屠岸等的"生态诗歌",徐刚、李青松、哲夫、陈桂棣、朱鸿召等的"生态报告文学"等,而乡土生态小说无疑是其中的生力军,涌现出一批有着各自"生态"表现风格和伦理立场的作家作品,特别是陈应松的"神农架"小说、郭雪波的"大漠"小说、杜光辉的"可可西里"小说、迟子建的"东北丛林小说"、阿来的"机村"系列小说、叶广芩的"动物系列"小说、董立勃的"下野地"小说、杨志军的"藏獒"小说、姜戎的"狼文化"小说等"边地小说",更体现了作家对生态问题的热切关注和对和谐大地的期待视野。

应该明确的是,我们这里把生态题材的乡土小说创作用了"乡土生态小说"这一命名。之所以要强调"乡土生态小说"这样一个概念,而不直接套用"生态小说"这一简单命名,一是中国目前的发展阶段与一些经济强国相比,并没有大面积进入后现代,二是在于一切生态原本都是乡土的、自然的,即原始生态就是乡土;相对于依傍文化社会学的乡村生存形态写实的小说,乡土生态小说更注重人与"乡土"关系的原初性、自然性和精神性。在这个语义之下,我们主张生态题材的创作者和研究者的主体思想从狭隘的"自然"、"环境"关注,进入深层次的价值考量和批判。

一、乡土生态小说勃兴的现实因素和精神动因

乡土生态小说的繁兴有其深刻的现实因素和精神动因。首先,中国工业化的强势推进和对自然的过度开发造成的生态危机日益加重,越来越多的物质资源在满足发展需要的情况下趋于耗竭,成为"稀缺",更有无秩序无计划的开发所造成的环境破坏和污染,生物的多样化正遭遇前所未有的毁灭性灾难。随着现代交通技术的日益发达,原材料供应、生产和消费市场越来越全球化,一个地区的自然资源一旦被开发,会很快进入市场,成为广大区域甚至全球性的消费产品,大到大面积的森林资源的开发,小到对一些野生小物种的过度消费(例如,商业开发大力宣扬西部高原草甸冬虫夏草的保健功效,以致大批民工集聚西部挖掘有限的冬虫夏草,造成这些草地的水土流失和日益沙化;欧美贵妇酷爱消费藏羚羊羊绒披肩,大批的藏羚羊就遭受了杀戮的厄运)等,还有为了向更远的地方输送电力或者淡水资

源的大型水库的建设必然也会破坏整个流域的自然生态环境,甚至造成一些物种的灭绝、自然的多样化受到破坏。张炜的《刺猬歌》、迟子建的《额尔古纳河右岸》等作品即揭示了这些对自然的创伤——它们有的随着时间的推移可能会慢慢修复,有的则是不可逆的、无法弥补的。

其次,20世纪50—70年代的人口政策造成的压力越来越显露出来,一点点逼进作家的关注视野,挑战着他们的心理极限,成为生态写作与批判的诱发因素。生态危机的问题说到底是一个人口消费和经济发展的问题,人口基数的庞大一直是影响我国经济健康发展的重大因素,意味着人均占有资源将相应减少。排除中国发展方式的弊端、腐败的滋生、科技发展上的落后、舆论导向的失误等因素所造成的资源浪费和环境污染,庞大的人口数量逼近了自然环境容量的极限。我国的人均可再生资源拥有量多数不到世界人均值的一半:森林覆盖率不到世界人均森林面积的十分之一,而且土地荒漠化的速度、面积和分布之广令人惊心;水资源人均占有量相当于世界人均水平的五分之一,被列为世界13个贫水国之一,而且由于工业迅猛发展,污水排放量巨大,水污染程度十分严重,据水利部的调查,我国700条总长10万公里的河流,符合饮用水标准的不到三分之一,被污染的河段和水体占三分之二强。大气污染的严重程度更是不堪设想,1995年参加全球大气监测的5个城市即北京、沈阳、西安、上海、广州,其总悬浮颗粒指标均进入世界污染最严重的前10名。[1] 雪漠的《狼祸》、唐达天的《沙尘暴》、姜戎的《狼图腾》等告诉我们:人口众多不仅使收入的均数减少,还有就业压力等,这些压力反过来都转向对环境索取的增加,只能是最大限度只顾眼前利益地开发和利用自然。人口众多所造成的巨大资源需求及其危害将在中国长期存

---

[1] 参阅王诺《欧美生态文学》,北京:北京大学出版社2003年版,第236—237页。

在,贫穷与生态恶化的双重压力将挤压着我们。

第三,生态危机很大程度上也是一种人的精神危机,目前中国生态启蒙思潮以及生态写作与批判的兴起和这个纷繁嘈杂的时代的精神困境关系密切。(1)从全球来看,地球作为家园的破败使得人类面临着"失根"的威胁,"危机寻根"也伴随着一种精神寻根、文化寻根从生态叙事中得以发露。(2)随着中国城市化格局的出现,像西方一样,中国人与自然也处于脱离状态,这种人与自然的脱离一方面使得人的智慧极大进步,另一方面当默默无言的自然在遭受失去敬畏心的人类的控制和摧残时,人们发现自己所追逐的物质盛宴远远没有原本所预期的那么美味可口,心理的落差造成一种精神悲剧感。(3)对自然的无限度开发甚至掠夺造成的物质"稀缺"也必将拉住中国进步的后腿,根据中国科学院和国家计划委员会共同领导的"自然资源考察委员会"1990年所编写的《中国自然资源手册》(程鸿主编,科学出版社,1990)介绍,我国已探明石油储量在1985年余25.3亿吨;根据1998年国家统计局专题组所编写的《98中国环境统计》(中国统计出版社,1999),1997年我国石油消耗总量为1.85亿吨;根据2001年出版的《中国可持续发展研究》(腾藤主编,经济管理出版社),2000年我国剩余储油为22亿吨,由此推算,我国已探明储油仅仅够用20年左右。既然发展必须利用自然资源,那么资源的耗竭说明发展并不是无止境的,这使得经济发展与落后的矛盾更加突出,对人的精神的冲击也很剧烈。(4)唯科学论、唯进化论、技术工具理性的负面因素所造成的生态问题,随着时间的推移愈加显现,例如由于过分倚赖工业化肥,造成大面积土地板结,以致形成恶性循环;再如农田草场林木生长过程中,大量使用农药造成自然免疫系统退化,益虫灭绝,污染严重,这一些都使得整个文化界对一元发展观念、对"科学万能"产生了深切质疑,人们的心灵陷入了矛盾、焦躁、无助和险恶的困境,不得不重新认识"知识的力量",探索生态灾难的精神因素,这也是贾平凹的《怀念狼》、京夫的《鹿鸣》、姜戎的《狼图腾》的主题之一。

再者,知识分子的阶层化也和生态书写的繁兴有所关联。新旧世纪之交的文化—文学转型中,知识分子的声音即便微弱,但现实观照意识特别是生态现实关注有所回潮,乡土小说对生态的关注正说明了乡土作家深深的忧患意识和对人与自然和谐图景的深沉期待。历经了改革开放30年天翻地覆的变化,消费主义、大众文化成为主流,精英文化被边缘化,但是越来越多的理论家、批评家、作家作为知识分子中的一员,意识到关注生态话题是切入现实世界和精神领地的重要途径,认为全球性生态危机真正的根源不在于生态系统,而在于我们人类自己的文化系统。不管这种认识是否有所偏颇,它表明了一种文化反思的勇气和对重建精神家园的担承意识。具有反省精神的人重新发现了自然的伟岸、神奇、纯净、安详和和谐,也重新悟解了科技力量的两面性、人性欲望的可怕、传统伦理的局限和人文精神退化的悲剧,开始渴望重新回到大地母体的怀抱,重新寻找人与自然和谐共处的"诗意的栖居",作家、批评家站在了"文学的立场","以诗性的、审美的态度对待自然,并将其渗透到作品中感染读者,真正的批评家是更高意义上的环境保护主义者"[1]。于是,文学把有关人的理想和信念以及复杂的心理矛盾和情感纠葛投入神性自然的描述,从中寻找人类心灵健康的新家园,张炜的《九月寓言》和《刺猬歌》、阿来的《空山》、郭雪波的《银狐》等不同程度地体现了这个方面的思考。新世纪文学对生态的自觉介入,使得文学创作和研究获得了新的视角与价值标杆,证明了文学只有更多地拥抱现实,与中国的现实生存和终极关怀相联系,才能有所作为。

最后,当下中国生态书写的勃兴和生态批评理论的发展也有重

---

[1] 王先霈:《文学与新时代的自然观》,《武汉教育学院学报》2001年第2期。

要关系。创作和理论常常是相辅相成的,相互间的许多影响缓慢但深刻。一个方面,中国文化所固有的迥异于西方文化的"天人合一"的生命观念在生态危机下焕发出了新的光彩,它成为生态批评的一个重要的参照系统和哲学资源,甚至成为危机深重的西方反顾东方时"发现"的一个奇迹;另一个方面,我国学者从西方引进的生态学理论以及对海外生态题材文学文本、生态文学批评著作的译介,对近年来小说创作和批评都有显著影响。理论引进方面,如美国学者唐纳德·沃斯特的《自然的经济体系——生态思想史》(侯文蕙译)和霍尔姆斯·罗尔斯顿的《环境伦理学:自然界的价值——对自然界的义务》(叶平译)、《哲学走向荒野》(刘耳、叶平译),法国学者塞尔日·莫斯科维奇的《还自然之魅——对生态运动的思考》(庄晨燕、邱寅晨译),英国学者布赖恩·巴克斯特的《生态主义导论》(徐波等译)和阿诺德·汤因比的《人类与大地母亲》,日本学者岸根卓郎的《环境论——人类最终的选择》(何鉴译),德国学者狄特富尔特编写的《人与自然》,彼得·辛格的《动物解放》等,都是引起关注的著作。翻译过来的书写人与自然关系的生态题材作品更是不胜枚举,许多外国生态文学家的名字逐渐被人熟知,如美国梭罗、奥尔多·利奥波德和蕾切尔·卡森;英国的乔纳森·贝特;俄罗斯的普里什文、列昂诺夫;法国的勒克莱齐奥等,这些对中国生态小说创作和生态批评的推动作用是毋庸置疑的。国内学者的相关研究论著如王诺的《欧美生态文学》、鲁枢元的《生态批评的空间》、傅华的《生态伦理学探究》、佘正荣的《中国生态伦理传统的诠释与重建》等,都带动或正在推动着乡土生态小说的创作。

正是由于以上因素,世纪之交的中国乡土生态小说出现了一个小高潮。这其中既有老作家对生态意识的强化,如张洁在《人民文学》2009 年第 11 期推出了《这一生太长了》,标志着她创作的转向;更有凭借这一创作题材成长起来的文学"新人",如陈应松、郭雪波、姜戎等。中国乡土生态小说凝结着现代乡愁,其伦理追求立足于人、朝向大地,其自然观既蕴含着"天人合一"的传统伦理价值取向,又兼具后现代重建自由精神的企图。

二、生态书写视域开启的现实意义和启示价值

撇开当下生态书写和生态批评表现出的诸多不足与局限,应该承认在当下复杂的文化语境中,生态书写视域的开启在现实批判和文学启示方面有着相当的价值和意义。第一,生态题材小说的兴起拓展了乡土小说的表现领域,或许能为乡土小说"重建宏大叙事,再造深度模式"[1]提供机遇。从 20 世纪 20 年代乡土小说发蒙以来,乡土小说形成了不少流派,也出现了一批卓有影响的经典作品,在不断探索中推进着乡土叙事新的范式的诞生。

20 世纪 90 年代以来,整个社会转型语境中大众文化独擅胜场,精英文化淡出。1993 年,在文学界开展"人文精神"大讨论时,大众文化的大讨论也随之展开。有的知识分子坚持精英立场,批评大众文化的"反智"倾向;有的奉行"犬儒主义"加入"反智"的合唱,反过来贬损知识阶层;有的希望发挥"大众文化在当前的积极性、正面性功能",正视大众文化"对正统体制、对政教合一的中心体制的有效的侵蚀和解构"[2]。这些立场分歧隐含着知识分子内部分化的种种征候,而知识分子的分化和边缘化趋向也标志着知识分子所掌握的文化资源或者说知识分子对生活的解释权越来越弱化。就乡土小说创作而言,表面上是走向了多元与无名,其实是小说家集体放弃了精英文化对于民族高端精神塑造的价值诉求,陷入了主体失语、想象萎缩、视角单一、重复表现的状态,纷纷把眼光扫向庸庸大众,"解构崇

---

[1] 鲁枢元:《生态批评的空间·前言》,上海:华东师范大学出版社 2006 年版。
[2] 李泽厚、王德胜:《关于文化现状、道德重建的对话》,《东方》1994 年第 5、6 期。

高"、追求"零距离"成为流行之风,在平面滑行的惯性中,无法达到文学应该具有的精神冲击的尖锐性和理性审视的穿透力——乡土小说期待着新的题材空间和理论资源的支持。

正是在这种困局下,生态主义思潮开始辐射中国,生态批判作为一种新的启蒙理念带来了新鲜的信息和气息。正如某些学者所认为的,伦理学和生态学之间并不存在必然的联系,"伦理学是一门研究人类社会内部的伦理关系以及调节这种关系的原则和规范的学说,是一门研究人类社会道德现象发生和发展规律的人文社会科学"[1],但作为自然科学的生态学的社会实践价值和作为人文学科的伦理学应合社会发展的需要产生了交叉,生态伦理学应运而生。90年代末到新世纪这些年,生态题材小说扩展了传统乡土小说的题材范畴和表现空间,也丰富了新世纪文学的精神领域、哲学蕴含和伦理维度,为小说创作重新关注人类发展的重大事件以及心灵世界埋下了伏笔,也必然会促使小说在关注全球性的生态危机时重塑"高端精神"时摆脱"俗化"和"碎片化"倾向,再造其"宏大"的叙述模式和"叙事"深度。

第二,"批判性"是"生态文学"的本质内涵,这一定位有助于乡土小说重寻批判现实主义的路径,有助于社会力量更多地监督经济发展中的环境问题,促进政府和管理机构制定更利于"可持续发展"的规划、策略,也有助于培养知识分子的文化批判精神。

生态主义理论认为,进入工业化以来,人类从浑沌而神性的自然中脱颖而出,失去了对自然的敬畏之心,狭隘的人类中心主义等导致了人类的欲望至上、唯科学观、技术迷信和无极限的社会发展模式等,盲目掠夺自然,造成环境破坏、资源稀缺和多样化生存消失。所以,生态伦理学就是要重新对人类中心主义进行评价,提倡自然中心

---

[1] 傅华:《生态伦理学探究》,北京:华夏出版社2002年版,第110页。

主义(自然中心主义学说在西方也流派纷纭、五花八门,例如动物解放学说、生态中心主义学说、生物中心主义学说等);"生态文学"就是要"对症下药",通过对危机四伏的生态现状的揭示和批判来达到警醒的效果和疗救的目的,并企图使人重新回到与自然相融相乐、自在而为的诗意境界中。

中国乡土生态小说无论是现实主义创作,还是高扬理想主义和浪漫主义旗帜(实际上大多的乡土生态叙事文本是以生态现实批判为出发点,以浪漫主义为其艺术手法的),在根本上都致力于揭示生态危机的现状,以求达到"生态预警"的作用,这对人们生态观念的培养功不可没;乡土生态小说"文明批判"的本质将引导人们在前行中不断反躬自省,例如欲望主义批判、科技主义批判、人类中心主义批判包括具体历史发展阶段政治决策的盲目和失误等,对于生成新的伦理观、遏制环境恶化、恢复或重建人与自然和谐的新图景有着重要的启示意义;乡土生态小说对人类急功近利、不计后果的社会发展模式的批判,对于"可持续发展"观念的具体落实具有指导价值。

第三,"生态文学"第一次将人文科学和自然科学这么紧密地结合在一起,也可以说生态学的人文转向才孕育了"饱含绿色理念,绽放生命关爱,传承生态文化,弘扬生态道德"[1]的"生态文学",生态美学、生态文艺学等新型的学科也将应运而生,生态批评作为一种新的批评类型越来越引起关注。

在海克尔提出了"生态学"的概念之后,生态思潮渗入到人文社会科学的各个领域,差不多每一门学科都建立了与生态学相对应的交叉学科,例如生态社会学(Ecosociology)、生态政治学(Ecopolitics)、生态马克思主义(Eco-Marxism)、生态社会主义(Ecosocialism)、生态伦理

---

[1] 中国野生动物保护协会编:《生命的喟叹——作家为生灵代言·前言》,北京:中国林业出版社 2006 年版。

学(Ecological)等等。所以,生态书写无疑是一门跨学科课题,它融会了生态学、社会学、哲学、伦理学、民俗学、宗教学等相关学科的理论支撑。

中国文学生态书写局面的开创必将促进文学生成新的理论范式和批评范式,例如生态批评、女性主义批评方面,生态书写提供了一个新的契机。谈到生态批评作为一种新启蒙意识,可以初步言及西方生态运动中出现的一支"生态女权主义",它是在20世纪70年代后频发的生态灾难中"浮出历史地表"的。生态女权主义不是生态运动与女权主义的简单合成,它在理论上基于男权统治,经验上基于生态灾难。在西方生态女权主义批评家看来,资本主义男权统治与科学至上、自然毁灭三位一体,正是男性的霸权观念、征服欲望在破坏两性和谐的同时也破坏了自然,没有自然的解放,倡导其他形式的女性解放都无济于事,而女性与自然的关系是从人类起源即融洽的,或者说女性性别天生更容易理解自然。法国作家弗朗索瓦丝·德奥博纳的《生态女权主义:革命或变化》、毛喻原译美国学者苏珊·格里芬的《女人与自然:她内在的呼号》等是这方面的代表性作品。

生态女性主义文学特别倾情于氏族生存形态下女性形象的塑造,来追溯人与自然母亲的亲密融洽,从而达到对男人领导的城市化、工业化环境危机的批判。我认为生态女性主义小说在中国刚刚萌芽,迟子建的《额尔古纳河右岸》可以作为初萌的文本。《额尔古纳河右岸》通过鄂温克最后一位酋长遗孀(其实几十年来也是象征意义上的酋长)、这位百年氏族史的亲历者的回忆,向我们呈现了这个丛林少数民族的生存繁衍历史,特别是在这个母系氏族社会里女性与大地的包容、美好、温馨的相处,恰似一个"母系神话"。氏族生活中最重要的角色都是女性,氏族与氏族之间通婚,女儿们长大后一般招赘女婿。其中最丰富饱满的三位形象即叙述者"我",治病救人、从容舍己的妮浩萨满,不满丛林寂寞又厌倦城市的鄂温克女画家依莲娜,她们都最终化为森林与大地的一部分。在塑造依莲娜时,作者借笔下人物表达了对男性主宰的城市的厌倦,对女性温爱的丛林生活的礼赞。依莲娜从小就表现出画岩画的天赋——当她发现岩石上也可以"长出"驯鹿,她在岩石上画下了调皮的驯鹿,"这是神鹿,只有岩石才能长出这样的鹿来"。这条画画之路从开始就是由大自然教会的。从此她迷恋上画画,而且"太想念岩石了,在那上面画画,比在纸上画湖要有意思得多了"。而依莲娜后来从北京的美术学院毕业嫁了一个水泥厂工人,一年后就离婚了,和同居者也是整天吵架酗酒。当她每次回到丛林,就喜欢和驯鹿呆在一起,而且她的画总少不了驯鹿、篝火、河流和覆盖着白雪的山峦。这个文本正是用各种各样的充满魅性的民俗生活的描述,揭示了女性天然地与大地更为密切的关系,反省和批判了男性化特质的现代化进程对于自然的肆意掠夺和毁灭。

三、"荒野"价值的体认与乡土美学的新视界

生态书写在新的美学形态和原则生成方面的意义也值得关注。马尔库塞认为,美学总与现实格格不入,美学必须在陈腐老调的日常生活中开启另外的可能的、解放的一维。乡土生态小说正是在日常的多元、无名的嘈杂中探寻着乡土美学的新视界。梭罗曾经提出"只有在荒野中才能保护这个世界"[1]的观点,对荒野价值的论证对美国自然文学和世界范围内的生态文学都有重要影响。在生态伦理学说的引导下,生态书写所谓"生态美学"或"荒野美学"的浪漫禀赋为乡土小说赢得了久违的诗情画意,当然也存在着不少值得深思和反省的地方。

首先,乡土生态小说对"自然"的着意关注使得乡土小说的本质

---

[1] 参阅程虹:《宁静无价》,《文景》2005 年第 9 期。

特征即地方色彩、异域情调在世纪之交的文坛回升,重张了乡土小说的诗性审美风范。

当生态学家、伦理学家、文艺理论家和作家同时领受着现代化名堂下的喧嚣、嘈杂、功利、快节奏,他们气喘吁吁,痛心疾首,不约而同地向满目疮痍的大地投去忧虑而深情的一瞥,仿佛一束灵光在他们的灵魂深处击起了雷光闪电,他们共同发现了在现实的龌龊外栖息心灵的一个宁静之所——荒野。张炜在《九月寓言》代后记《融入野地》中写道:"只有在真正的野地里,人可以漠视平凡,发现舞蹈的仙鹤。泥土滋生一切;在那儿,人将得到所需的全部,特别是百求不得的那个安慰。野地是万物的生母,她子孙满堂却不会衰老。"[1]乡土生态小说徜徉于诗性大地的酣畅诗行间,沐清风,吮甘露,慢慢褪去世俗的假面与霓裳,重回淳朴与宁静。艺术家和艺术之所以有存在的价值,就在于在"单向度"的现实秩序之外提供了另一个"可能性"世界以及无限度的精神飞扬的空间。诗意的乡土美学的建构应该有宽厚的胸怀以包容不同方面的内涵,或温情疏淡、恬静自守;或冲荡激越,充满生命的活力、神秘与感伤;或是高亢粗犷豪迈的情调,就像黄土高坡上的信天游,这是另一种诗意。它们矗立的基点都是"大地",逃离的渊薮均为现代城池,而达致的梦想均为自然属性的自在自为的诗意生存。"回归荒原"或许只能是充分现代化的少数人在享受了物质极大丰富之后才能追求的精神盛宴,但毕竟是文学,使人类可以在审美的意境中重赏荒野魅力和柔情,大地的诗意与乡土作家的内心"琴瑟和鸣"。

其次,如果说风景画、风俗画、风情画是乡土小说的"三大要义",自然色彩、神性色彩、流寓色彩和悲情色彩是乡土小说的生命内核,

---

[1] 张炜:《融入野地》,《张炜自选集》,北京:作家出版社 1996 年版,第 341—342 页。

生态书写对"自然"的着意关注还原了乡土大地古老的带有原初宗教形态的民俗画卷,重张了乡土小说的神性审美风范。

美国学者艾恺将"现代化"界定在两个关键性的概念上,即"擅理智"(Rationalizationg)和"役自然"(world mastery)。[1] 现代化的突飞猛进对自然生态的破坏触目惊心,作为人类共同家园的地球已经千疮百孔,当欲望的洪水淹没过人类的精神高地,当人类反顾来路发现一路风景依次陆沉;当自然的神性被一个个哲人宣判了死刑而迎合了人类对自然灭绝性的掠夺,当人性挤压下的暴力、死亡、荒谬、孤独、焦虑、恐惧替代了那风情的原野、诗意的生存……失去了精神原乡的作家在"后现代"的语境中,渴望通过"田园"和"荒野"的文本再造来找到"回家的路"。在历史祛魅的过程中,中国当代作家对宗教文化怀有一份复杂心理,但新时期以来,改革开放为宗教文化的复苏在意识形态上松了绑,人们谈起宗教文化甚至宗教信仰不再噤若寒蝉;到 20 世纪末,现代社会所造成的种种压力促使心神不安的人们越来越需要宗教来作为心理安慰和疏导的媒介,中国文学不得不又一次开始寻找自己的宗教。由此,"乡村"被赋予了另一种特殊语义,它的生态"正在纳入生态问题的辩论,并且有意无意地承担了正面的典范"[2]。在对其"正面"意义的强调中,浪漫主义者重新找到了精神的原乡,人与自然和谐共处的美好愿景弥漫着无限的浪漫情思。在这种大地复魅的浪漫情思中正升腾起一种新的信仰:带有"泛神论"色彩的大地崇拜、动植物崇拜,其叙事策略常常是"重叙神话",即通过铺展风俗民情重新还原自然的神话史和人类童年在自然哺育下的成长史。范稳、马丽华、阿来等笔下的藏区风流,红柯、姜戎笔下的游牧风情,郭雪波、迟子建小说中的边地精魂,石舒清、古原等

[1] [美]艾恺:《世界范围内的反现代化思潮——论文化守成主义》,贵阳:贵州人民出版社 1991 年版,第 6 页。
[2] 南帆:《启蒙与大地崇拜:文学的乡村》,《文学评论》2005 年第 1 期。

回民作家对伊斯兰坚忍民族性的开掘,北村与史铁生的彼岸世界的追寻……不仅参与建构了世纪之交文坛百花齐放的局面,更丰富了文学的思想深度和哲学维度。探讨转型期乡土小说的神性色彩,可以寻绎"人性"和"神性"在世纪之交人文精神空间撞击融会的异响,以及知识分子在世俗关怀与审美观照、感性触摸与理性认知、"渎神"与信仰之间艰难的文化抉择以及灵魂自救的乌托邦理想。而这里想要强调的是,宗教返魅也丰富了乡土美学的多重维度。

乡土生态小说对神性色彩的凸显是其一个重要特点。无论是红柯的西部荒原豪情、杨志军"环湖崩溃"的悲情、阿来的悲凉抑郁,抑或迟子建的游牧温存、张炜的野地走歌,还是郭雪波的《银狐》、姜戎的《狼图腾》等许许多多的生态题材小说,都和工业文明所造成的生态问题密切相关,和市场经济资本原始积累的必然需求和自然物质"稀缺"造成的发展的不可持续性有关,那么,它们也都和作者重塑大地神性的愿望有关。在这一类小说中,乡土的自然色彩、悲情色彩、神性色彩、流寓色彩内涵通过风景画、风情画和风俗画的外在形式得到了充足展示,特别是自然生态浪漫主义的表述更为卓著,它所具有的"神性美学"性质是21世纪浪漫主义在秉承传统浪漫主义的同时所生发、裂变的新质,这一新质有可能使得乡土小说的生命力更为丰沛,也更具有终极关怀的向度。

第三,在诗意的美学、神性的美学之外,我们也不能忘记了乡土生态小说作为"生态启蒙与批判"的生态理想,那么,"批判的美学"更应该是其重要的美学意义之一。

乡土生态小说在对城市文明、工业文明的清算中灌注着"批判"的思维方式,在历史批判、现实批判等各个方面及欲望批判、征服自然批判、科技至上批判等各个层面显示了自己的明确立意,其批判思维以美学的新话语和新视野去考察当今的文化转型,成为乡土生态小说重建乡土美学的重要方面。与此密切关联的是,在"批判的美学"的视野下,婉约和豪放在乡土生态小说的浪漫抒情中达成默契,它们一个向传统风俗礼仪、伦理道德的文化"旧帮"寻求拯救人类精神灾难的药剂,一个把人性放在漫漫风沙中磨砺得更加尖锐犀利,绽放出人性人格的理想之光——人文文化"是以生命、人性为基点所构成的生命意识、信念伦理及其以想象和通悟与世界(自然、社会)进行沟通与对话的独特能力和方式"[1],乡土生态书写(常常是带有文化守成倾向或民粹色彩的浪漫派)倡行一种自然本土的人文文化,以返归古朴本然的方式将自然生态的问题转化成为对精神生态问题的关怀,以依存民间的生命活力来参与中国的现代化文化建构,因为在民族认同与向外借鉴中总是隐含着本土文化因为更接近生命的本相或者说更联通自然的秘密而具有了高超精神性的语意。

　　不管是寻找乡土的诗性或复归大地的神性,抑或批判现代文明对乡村的"祛魅",本质上,乡土生态小说的美学意义都在于其"复魅"。乡土生态小说在对诗性美学和神性美学的追求中,在深层的美学建构上复归了乡土书写的诗性维度和感性维度;对"朝向大地"的生态本位观的揭示、对"走向荒原"的生命意识的尊重、对民间图腾和宗教信仰的"复活"、对民俗礼仪的倾情描摹,都体现了乡土生态小说别具一格的魅性本质,它拓展了乡土小说的审美视野。但中国乡土和大地在文学现代性书写中是缺席的,"我们在现代化过程中遗失了乡土生活的丰富性指认,而将大地单向度化了:一是愚昧化。乡土成了愚昧的代名词,大地上除了蒙昧什么也没有,它死气沉沉,没有生机和活力,没有自我革新和拯救的可能;二是苦难化。大地是苦难的来源和承载者,它是人类幸福生活的反对形式,这里根本没有福祉

---

[1] 孔范今:《中国现代新人文文学书系·总序》,济南:山东文艺出版社2005年版。

可言;三是伪浪漫化。乡土和大地成了一些人寄托出世情怀的幻想之地,他们笔下乡土是只有感情世界而没有社会生活的。"[1]这种论断虽然有些绝对但并非无稽之谈。就拿"伪浪漫化"来讲,我认为应该算是中的之语。在生态作家把乡土和大地作为"寄托出世情怀的幻想之地"、拒斥现世的纷扰、颂赞自然的诗性时,它重塑了乡土美学的审美标杆——实际上,它应该更加硬朗而不是更加虚幻。换言之,乡土美学建构的是乡土世界的自然美、社会美、艺术美,乡土世界的日月星辰、山川草木、鸟兽虫鱼、衣食住行、宗教信仰、文化习俗成为休闲化的城乡平民大众的一种性情陶冶和精神寄托,这种定位其实还值得商榷,起码这并非进行生态批判的乡土生态小说所唯一值得秉持的。如果"生态文学"将其美学建构的重点放在了自然生态的纯然审美上,那么就事实上将它放进了书斋里,"从而感受不到它与现实接轨和直面重大现实问题的新鲜空气,从而就失去了它的新鲜生命"[2],这正是当前乡土生态小说家所面临的哲学的美学的困境。甚至,"生态美学"、"荒野美学"的合法性问题也并非无可置疑,除了那些特别发达的阔步进入"后现代"的国家,在世界范围内言,说当前热热闹闹的"生态美学"是一门"虚拟美学"也并非毫无道理,实际上,透过生态叙事繁复的话语网络,我们怎么明辨"文化批判"在重建人与自然和谐方面的美学功能才更为适宜,这是我们必须面对的问题。

由上论可知,中国的生态写作和生态批评正成为新世纪文坛的新生主力,但目前为止,既拥有本土性的深厚力量又拥有美学上的独异品格的翘楚之作并不多见。我想强调的是,在生态批判的语意下,生态文明作为继工业文明之后人类文明的又一个阶段,确乎是一种

---

[1] 葛红兵:《乡土诗性书写传统的复活》,《文艺报》2006 年 1 月 26 日。
[2] 钱俊生、余谋昌:《生态哲学》,北京:中共中央党校出版社 2004 年版,第474 页。

正在生成和发展的文明范式,生态文明倡导全球治理和世界公民理念,人类的经济系统是生态系统的一部分,怎样使科学技术从征服自然的工具变为人类修复自然生态系统的助手,这些更能显示生态批判人文关怀的自觉性。

（原载《当代作家评论》2010 年第 6 期）

生态批判："反启蒙"与"新启蒙"的思辨

在美国社会学家丹尼尔·贝尔看来,现代社会的社会结构和文化之间存在着惊人的分裂。受经济原则支配的社会结构通过给"物"(包括人)制定秩序来确定如何生产,包括自律、享受与约束的分界,而当今文化则抛弃了这种资本主义价值观,它是"挥霍无度、不加选择的,受非理性、反智性风气所主导"的。这一分裂对立是资本主义经济体系本身运作的结果,也正是内在的"资本主义文化矛盾"。[1]以上表述,直指了"现代性"内含的悖论包括繁荣富庶的物质奇观与欲望膨胀、自然控制之间密切又对立的关系。生态主义思潮正是在对资本主义经济模式和文化结构之间这一深层矛盾充分认知的基础上兴起的,而其更为直接的原因即全球化的自然破坏和生态危机。所以,在更广泛的意义上,生态主义被视为对促生"现代性"内涵的启蒙主义的批判。

但客观地讲,当下的生态主义思潮也正成为"新启蒙"运动的核心部分之一,其间所体现的伦理嬗变会成为影响人类"新文化"生成的巨大推动力——在这个全球时代来临时,从人类意识的根本理想与良知出发,反思人类对自然不可逆转的破坏,停止各利益

---

[1][美]丹尼尔·贝尔:《资本主义文化矛盾》,严蓓雯译,南京:江苏人民出版社2007年版,第50页。

团体之间无谓的纷争,建立全球性的"统一生态系统",这被称为"第二轮启蒙运动"[1]。德国学者乌尔希里·贝克也曾屡次提出有必要对"现代性"进行反思,提倡第二次现代化,呼唤生态启蒙,他认为生态启蒙是"启蒙的启蒙,它将自己的利刃磨得更为锋利,对第一次启蒙的苛求与普遍主义进行鞭挞,并在这种意义上成为第二次启蒙"[2]。在北京大学 2009 年 8 月召开的"生态文学与环境教育国际研讨会"上,国内学者也响应了把生态主义思潮和运动作为"新启蒙运动"之一部分的提法。

那么,"反启蒙"与"新启蒙"认定之间的吊诡是值得深入探讨的话题,尤其是在当前的中国,要参与这种讨论更需要一种思辨的力量。

一

启蒙运动曾有过自己辉煌的历史,技术、知识和权力的媾和是"现代性"的基本特征,科学的突飞猛进带来了人类生存条件的极大改善。但由于启蒙运动过度强调理性与科学技术,最终走向了"现代性"的反面,造成的生态危机正成为阻碍人类健康前行最大的阻碍。相对于启蒙运动,生态运动是更为开放也应该更为彻底的全球性运动,是 21 世纪人类进程无法回避的问题。

在谈到生态危机及相应的生态主义运动时,我们有必要谈到知识分子的阶层分化,因为知识分子与现代性陷入了共同的危机。我们面临的是一个知识分子越来越科层化的时代,美国学者卡尔·博格斯将知识分子分为技术专家治国型、批判性和其他知识

---

[1] 参阅[美]里夫金(Jeremy Rifkin)《欧洲梦——21 世纪人类发展的新梦想》之《全球时代来临之第二次启蒙运动》,杨治宜译,重庆:重庆出版社 2006 年版。
[2] 参阅薛晓源、陈家刚《从生态启蒙到生态治理——当代西方生态理论对我们的启示》,见薛晓源、李惠斌主编《生态文明前沿报告》,上海:华东师范大学出版社 2007 年版,第 40 页。

分子三个阶层[1]，技术专家治国型知识分子阶层的扩张是以高度工业化的社会为特征的，它已经摧毁了传统现代型知识分子的社会基础。同时，在大众运动、消费主义的时尚热潮经久不息的近些年，当"现代性"的工具化价值观和世俗价值观成为思想钳制的巨大力量时，潜在的一个"公共领域"即大学内外新一代的知识分子正作为"现代性"歧义的一部分在寻求突破和扩大，这些反叛者将成为资本主义文化矛盾中的"有机知识分子"，并孕育出生态运动的中坚力量，他们揭示了一个相当有争议的问题：机械化和科学在进步中出现了"回报递减率"，进而从"生态平衡"出发为自然界包括全人类的每一个"个体"争取"更好的"生存的权力和更为和谐的生存空间。这是一种现代性发展到一定阶段的批判性话语，这种声音在表达现代性焦虑与反思时提出了对自然的重新"复魅"。这个从现代性主流中裂变出来的充满浪漫与悲剧色彩的批判阶层之能够传递反抗的力量，正在于他们在一盘散沙的知识者阵营中对国家主义和技术专制的反叛；作为批判的积极推动者，他们对生态主义的倡导先天性地决定了生态主义思潮越来越和政治上的主张公平和正义相牵涉。

不必讳言，现代人是工业文明的肇始者，也是工业文明的受害者。在中国，冰川和永久冻土融化，海平面上升，降雨模式改变，海洋过度捕捞，沙漠迅速扩展，森林覆盖率急剧下降，淡水资源严重匮乏，物种加速灭绝，有毒废弃物、酸雨和各种有害化学物质充斥……一系列问题都有出现，特别是水资源的污染和缺乏、空气污染的严重性、土地的荒漠化程度远远高于世界平均水平，而森林覆盖率仅仅是世界人均水平的1/10弱，随着我国经济的快速发展，这些问题变得越来越让人忧虑。这也是京夫的《鹿鸣》、张炜的《刺猬歌》、赵本夫的

---

[1]　[美]卡尔·博格斯：《知识分子与现代性的危机》，李俊、蔡海榕译，南京：江苏　人民出版社2006年版，第197页。

《无土时代》、袁玮冰的《大鸟》、杜光辉的《哦，我的可可西里》所揭示的生态问题。在乡土生态小说家看来，在现代化的过程中，我们一味昧着良心为"发展""进步"歌功颂德，现代技术的扩张是人类进入工业化革命以来的并发症，自然的问题一直被局限于技术的层面，或者说科技理性和欲望无限造成了生态系统的失衡和资源的枯竭，单一化的现代经济发展模式对多样化生存是致命伤害。杨志军的《环湖崩溃》、迟子建的《额尔古纳河右岸》、萨娜的《达勒玛的神树》、郭阿利的《走进草原的两种方式》、阿来的《空山》、陈应松的"神农架系列小说"等，即揭示了"边地"在被迫现代化的过程中原始经济的解体、古老生存模式的消亡、人文关怀的丧失。

陈应松的《松鸦为什么鸣叫》以垂垂老矣的伯纬赶着羊群在公路边看到人们冒雪砌护路水泥墩开篇，他开始回忆"二三十年前"即20世纪60年代自己和地主子弟王皋在神农架深山修红旗路的情况，经历是残酷的，最为胆小、最为小气恋家也最爱偷唱神农架情歌的王皋在炸石时炸掉了自己的半个脑袋——修路现场发生这种事就像一日三餐一样正常，而伯纬却因为曾经和王皋开玩笑时有过一个承诺，历尽无法想象的艰辛把王皋的尸体背回了老家。通往神农架的公路修通了，运木材的大汽车轰隆隆的开进山来，"有一个团的军人在这里砍树，团政委转业回家时，不仅带了好香柏家具，还带走了五斤麝香"，要获取这些麝香需要射杀近百只香獐。随着原始森林的被伐，"神农山区的山好像渐渐地矮了。……在夏天，山还是绿，绿得想再长成一个森林的样子，暴雨还是下，泥石流，也有把什么都晒干的干旱"。生态系统毁坏了，而人心好像也随之坏了，"……什么都有，都在加紧与太阳勾结，圆满自己的野心"。车祸越来越多，伯纬想不明白，"他们为何这么匆匆忙忙？他们是在赶杀场？"在贫困的山区，人生的劫难层出不穷、无以防备，但他们从未磨蚀掉伯纬的古道热肠，他的一生都在救助神农架的失事者，与一个个血糊糊的尸首打交道。"诈保事件"对于伯纬来说永远是一个迷惑的新事物、新话题,医院里伯纬抱着小马求助的残酷场面更是一幅世态炎凉的人间缩影。不管有多迷惑,宿命性地和"路"有缘又有情的伯纬还会继续义务救助路人,因为松鸦还在鸣叫。"松鸦鸣叫"无疑隐喻了一种心灵灾难,同时也应该是一种生态警示。

"无限发展观"对增长率的一味追逐违背了自然新陈代谢的规律,造成自然资源"稀缺",更破坏了自然的宁静和诗意生存,"发展"的光环下骇人的生态现实使得生态文学家不得不质询我们的发展观念,反思工业革命以来人类对自然资源无限度的开采、掠夺甚至毁灭式侵害。杜光辉的《哦,我的可可西里》描述了可可西里无人区的和谐安详的自然生存状态:"文革"期间,"我们"配合总参测绘大队对可可西里进行测绘,因为那里除了数以万计的动物外,还有丰富的矿藏。在人类初来乍到时,营地周围是各种各样的食草动物,黄羊、牦牛、藏羚羊、野马、斑马……,"它们一边慢悠悠地寻觅着吃草,还不时抬起头朝我们觑望"。对于进驻这片千百年以来的无人区的人们,野生动物是信任和亲善的,它们甚至和人类拥抱;不幸的也似乎必然的是,随后人性与自然发生了激烈矛盾:测绘队给养不足,人类"作为地球上智商最高,拥有最现代化屠杀武器的动物"使"可可西里无人区响起了开天辟地以来第一声枪响"。如果说这一阶段的猎杀在很大程度上是人类仰仗现代技术维持生存需要,而故事发展到"下部",人类对野生动物的大肆屠杀则出自无限度膨胀的发展欲望的驱使:为改变可可西里地区经济落后的状况,州政府同意开发可可西里,但一发而不可收,开采队拥有现代化的设备,还有强大的猎队以及其他配套服务公司,仅转业军人王勇刚就拥有十万名在这一带开采金矿的民工,每天的收入是一千多万,结果不难料想,"金矿盲目开采,植被层被大量破坏,草地减少,野生动物不被猎杀也要被饿死。绿地沙漠化,又直接影响青藏高原,气候反常,干旱、暴风雪、沙暴屡屡发生,而青藏高原又是长江、黄河的发源地……",梦一样的可可西里真正变成了一场虚梦而已。

由此可见,在全球化的反现代化思潮下,生态运动被命名为"反启蒙"或许比较容易被接受,这是一种历时性的命名方法,把"现代性反思"作为"现代"的终结与"后现代"的肇始。

二

但是,将生态批判视为"新启蒙运动"的核心部分之一亦有其深刻道理。第一,从发生学的角度讲,反思和批判启蒙运动,可以看作是"启蒙"对自身的一种矫正和延续。"现代性"永远是一个歧义丛生、充满矛盾和对立的存在,本来"现代性"和"反现代性"(或被称为"后现代主义")是两位一体的,在某些地方或者被表述为历史现代性与审美现代性的对应性话语,在逻辑的层面上来分析现代性的内在矛盾和张力,这是一种共时性的命名方法;第二,为了让陷入现代性迷狂的人类全面和深广地认识到生态危机的严重性和毁灭性,需要一场"启蒙运动"即"生态启蒙",或者说,传统的启蒙运动是让"人"从"神权"的桎梏中解放出来,生态运动则是试图将"自然"从传统强势人类中心主义的钳制下解放出来,这同样是一场"启蒙运动",而且其任务更为艰巨。在这里,我愿意尝试从生态危机的"中国经验"来看取生态批判的"新启蒙"定位。

在中国经济逐渐实现"资本化"的过程中,我们必须承认,生态主义是一种从西方发达国家舶来的后现代思想。美国学者大卫·雷·格里芬倡导"建设的后现代主义",他指出:"后现代思想是彻底的生态主义的,它为生态学运动所倡导的持久的见识提供了科学和意识形态方面的根据。事实上,如果这种见识成了我们新文化范式的基础,后世公民将会成长为具有生态意识的人……"[1]。其实,横亘在

---

[1] [美]大卫·雷·格里芬:《后现代精神》,王成兵译,北京:中央编译出版社1998年版,第227页。

我们面前的是另一番比西方更为复杂的现实景观：其一是中国和西方生态危机产生的根源不同，中国的生态危机更大程度上并非良性发展的必然后果；其二是西方生态文学诞生于现代性反思与批判的文化语境，而中国生态文学则诞生于 20 世纪 80 年代启蒙思潮中，是"历史反思"的结果；其三是中国目前和其他发达国家之间依然存在着较大的"文化滞差"，还没有整体进入"现代"，对于"后现代"必须是"批判性地接受"。所以，在中国目前的发展阶段，在一个"启蒙"被涂抹得面目全非的国度，尤其应该强调对生态主义思潮"新启蒙"价值的认识，即需要强调其批判性思想锋芒的重塑。

在对历史的反思中，知青小说中出现了诸多毁林开荒、滥伐森林的例证——虽然这"罪过"未必应由这一代人承担——所以，中国真正自觉的乡土生态小说家和作品是新时期以来才正式出现的，无论是"大跃进"大炼钢铁，还是知青上山下乡的宏伟壮举，我们在后来的叙事文本的"字缝里"读懂了两个字——"破坏"：1978 年黄宗英的《大雁情》、1984 年孔捷生的《大林莽》都体现出"生态"写作的意涵；陈凯歌在《龙血树》中谈到在云南的插队生活，坦诚地认为那实际上是"杀手"生活，因为砍伐了无数的树木，其中包括龙血树，一砍便溅一身血似的红色汁液；史铁生《插队的故事》中谈到当年的壮举即为"把后沟里的果树砍了造田"；而阿城的《棋王》则说得更让人痛心，那场凝结着无数热血青年血和汗的运动，"活计就是砍树，烧山，挖坑，再栽树"；而当时边地的"农垦"大潮所造成的自然灾难，在杨志军的《环湖崩溃》中更有怵目惊心的表述。

当然，新时期知青小说更多是出于对那场运动的价值关切，在政治反思和文化批判的"意义"及生命价值的追问上做文章，其间是忏悔与拒绝忏悔交织的复杂情感；20 世纪末以来关涉到"十七年"及"文革"的小说才更多体现出对生态问题的思考——时过境迁后的翻查旧账或许更富有历史感，更有反思与批判的意义？因为"历史感"

终究是与现实和未来的对接。刘庆邦《平原上的歌谣》写到大炼钢铁时村子里所有"稍微像点样儿"的树木都被砍伐填进了炉子,而三年自然灾害造成的饥饿更是使人们吃树叶、啃树皮、挖草根,"榆树露着骨头,成了白树……恐怕它们不会有春天了";红柯笔下的坎土曼和推土机的故事背后也在演绎着同一段历史;一些生态报告文学更是直言不讳地谈到这个话题,朱鸿召的《东北森林状态报告》即指出,东北森林被严重破坏有多次。"没有敬畏也没有诚信,我们因此受到了残酷的报复"[1]。这种分析是具有尖锐魄力的真知灼见。

对于五六十年代人口政策失误的批判在世纪之交小说中也屡有出现。人口政策失误表现在两个方面,一是政府大力鼓动生育,民众毫无计划地滥生多生,越生越穷,越穷越生,结果造成土地负载过重,人与自然急遽冲突;一是由于屯垦、上山下乡、流民等原因,使得曾经是牧区或者生态脆弱的地方拥挤了过多的人,仅有的生存条件也被破坏掉。雪漠的《狼祸》即揭示了猪肚井一带最终沙漠化的重要原因之一是农耕区所来移民太多,且盲目生育,土地的人口负重太大,又加上自然资源本身匮乏,当官的乱收费,百姓只好以牺牲环境为代价。唐达天的《沙尘暴》通过对腾格里和巴丹吉林大漠深处红沙窝村极度恶劣的自然生存环境的描述,揭示了沙尘暴中强韧而悲壮的生之精神。中国农村是历次政治和改革的前沿阵地,1949 年后的半个多世纪,在红沙窝村这片土地上,一场又一场的运动并不因为它位居边缘、环境恶劣就不降临:互助组、高级社、三面红旗、大跃进,一直到人民公社,然后又分田到户,又互助组,又大办村工厂……。为了增加耕地,保障粮食生产,村里把荒滩开发成了崭新的农场,日子好过了,人口增加了,生态却失去了平衡,对土地过度开发、过度放牧,地下水枯竭了。自此以后,人与沙的斗争从来就没有停止过,荒漠化

---

[1] 朱鸿召:《东北森林状态报告》,《上海文学》2003 年第 5 期。

成为必然,沙尘暴逼迫辛辛苦苦用汗水浇灌土地的人背井离乡。怎么让自然适合人居,让人有个安稳的家? 怎么才是"科学发展"的理念,让人们少经受一些无谓的"折腾"? 这成了太大的难题!

三

正如丁帆在《"现代性"与"后现代性"同步渗透中的文学》一文所分析的,目前中国已经部分走出了农业文明的羁绊,在现代化的"补课"中逐渐完成了工业文明的覆盖,而且随着后工业文明的提前进入,在沿海的大都市里,社会文化结构的某些部分在某种程度上已经与西方社会一同进入了人类新的文化困境命题讨论之中,但整体上,中国处在前现代、现代、后现代并置的文化时空中。在三种文明相互冲突、缠绕和交融的特殊而复杂的背景下,深厚的历史积淀涵纳了中国民族性的两极,从这个角度讲,我们其实看到了两种极端,一种是过分认同西方现代性文化,忽略了"资本主义文化矛盾";另一方面,我们过于追随"反现代性"的后现代主义思潮,忽略了我们与西方发展的不同步,也就是"文化滞差"。在当前中国,"生态问题"远远不仅是一个"后现代"的话题,它面对的伦理嬗变远远不只是"现代"转向"后现代"时期生态伦理学的扩张及其自身内在的悖谬,还有大面积的"前现代"区域在走向现代化过程所必然遭逢的文化冲突、异变以及断裂。所以,中国所面临的伦理转向包蕴着更深广更复杂的因素,既有后现代伦理与现代伦理的冲撞,还包含着现代资本伦理试图对封建伦理秩序的覆盖,带有现代启蒙的一面。当下文坛,"后现代"理论和创作方法已经汹涌而至,反映生态题材的乡土小说势头迅猛,但那种西方后工业时代所产生的现代城市人的精神焦虑确实被一些"新潮"艺术家们进行了毫无节制的夸张性模仿。

这里边,更需要慎思的一面是,中国的生态写作既是对后现代主义生态思潮的追随,又带有对传统文化的复归和守成意识,这种从

"现代性"本体裂变出来的意识被西方学者命名为"文化守成主义";同时,以传统文化复归为指归的"反现代"生态主义思潮与"反西方中心主义"也是胶着不分的,反思"现代"与反思一个世纪以来我们对"西方"的膜拜成了合二而一的命题。在全球化浪潮中,民族化与全球化的拉拔是必然情势。在中国向现代化转型的过程中,受到最大冲击的自然是传统的农耕文明以及边地留存极少的游牧文明,和历史上的移民开垦、边地流放、屯田戍边、灾变逃亡有着本质性区别,这次变革是全局性的、不可逆转的,是对于传统文明的一次致命打击。在文化守成主义者看来,在"传统过去"与"动荡现在"之间是一个可怕的断裂,历史的链条被折断了。面对着所谓的"传统文化的断裂",知识分子认识到对现实的改造必须利用好自己的文化传统,现代性反思成为文化界的重要思维路径。当然,在作家情怀中,"乡土"本质上就是一个歧义丛生的命名,中国学界对于现代化反思与文化守成的思潮也认识不一,这一点,张存凯等在《九十年代文化保守主义论证简述——兼论文化保守主义的思想内核》一文中曾有过颇为精彩的分析。其实,问题的症结在于,第一,这种复归与守成理想化的一面忽略了中国式生态危机和西方线性发展形态下形成的生态危机发生根源的差异,因为正如前文所分析的,一定意义上说,中国生态危机的根源并非真正是现代化、城市化以及良性发展的直接后果。改革开放后,决策不够科学化依然是其重要因素;第二,知识分子退回到束手无策或大力重申传统价值,复归与守成的思路回避了新的保守主义思潮在"重建过去"中"什么样的过去会被重建"之危险。

在《火烧云》里,陈应松的追问证明了,不仅仅是"穷"造成了对自然的掠夺,同时也是由于民族性中一些卑劣的方面和地方政府的不作为加深了生之艰难。县图书馆管理员龙义海被任命到山地的骨头峰村扶贫,正好赶上这里两三个月不下一滴雨,土地、植物、动物包括人都嗓子冒烟儿,连石头都晒得嘣嘣开裂。猴子因为饥渴,把牙齿扎进桦树干里吮吸水分，却没想到无法拔出，在凄厉的叫声中把带血的牙齿留给了树干；人们不得不在耀眼的太阳下翻山越岭到二十几里远的沟岭里去背水，而且水位越来越低，汲水越来越难，二英为了汲水而沉入河里，付出了年轻的生命；难以忍耐生活的艰辛，村长的儿媳又哭又闹三番五次逃回山下的娘家；一连串的不幸迫压，加上又把艰难地背到家的水泼洒，好女孩桑丫选择上吊自杀；为了一台百来元的录音机，母亲逼迫十几岁的女儿嫁给几十岁的男人；田地里一个叫"一碗水"的地方渗水，一碗水招来人与兽的争夺；人们扎成草龙上山"烧旱魃"，祈求"两界神王"赐予"风调雨顺"、"清水满缸"……无数双无助的眼睛让扶贫的"龙干部"如火烧眉毛，他不得不下山到县里求助。但是，很明显，对旱灾的描述并非陈应松的本意，起码并非文本的重要叙事动力，作家的抱负在于揭示出是什么造成了这片人间地狱？难道仅仅是"天"吗？一个图书管理员来扶贫，不可能带来实用的金钱或抽水机，他只能凭借自己的良心护卫弱者，但是却遭到乡间为非作歹的恶人的欺辱甚至以生命相逼；当龙义海在县城求爷爷、告奶奶搞到一批救灾的塑料管子和 20 袋水泥，等候运输队伍的却是疯抢的人群，为了抢一袋水泥，村长儿媳好不容易养下的几个月的胎儿流产了，村长说得好："这些人素质太低"，"穷了，见什么都以为是救济……。就是一堆狗屎他们也会抢的"；龙义海想劝说逼女儿嫁给老男人的马家妇女，结果发生的却是马克霞被抢亲，因为"这地方兴抢亲的风俗"；麦家父子占据了寒巴猴子的破屋，却一次次把主人打得鼻青脸肿，唯一敢于说一半句公道话的瞎子老米却是连自己女儿的贞操都保护不了；龙义海为村里带来了"现代文明"：一批图书资料，包括科技资料、农业种植资料、法律读本，却发现这些本子被撕撕用做了手纸；村民们第一次知道自己有那么多"权力"，纷纷想告侵吞集体财产、为恶人做掩护的村长和为非作歹的麦家父子，本无心帮人打官司的老龙被村长要挟；祈雨仪式点着了山火，这个可怜的扶贫干部为了救火最终被烧成了一团,胸前却还紧紧抱着村民交给他的各种状子!"正义和秩序应该像江河滔滔,理直气壮",但是,这里却没有。作品借村民之口对当下苦日子的控诉,揭出了事情的真相:这里的村人没有法律意识,恃强凌弱,懦弱愚昧,似乎是生活在封闭的原始社会;另一面,这里的大小政府、父母官何尝为"下等人"付出过寸心? 读罢《火烧云》,仿佛自己的喉咙也干渴难耐,自己的眼前就燃烧着层层火烧云,就是一片干裂的大地,植物被炙烤得焦脆,一群灰头土脸、求告无门的村民狂躁不安……或许,人类的进程必然裹挟着荣光与罪恶,作为一种正在生成和发展的文明范式,生态文明究竟该怎样照临这方大地?

　　这些是否都隐含了"启蒙"在中国生态主义思潮中的合法性立场? 如果离开了新的人文精神、新的启蒙精神或者说离开了新的知识精英意识的警醒和观照,长期的极左政策与波澜壮阔的现代化事业孳生的解构主义、欲望主义、消费主义、工具理性至上倾向所造成的生态弊端,就会被渗透着宰制性意识形态的大众文化的喧哗骚动所湮没。我个人比较欣赏约翰·戴泽克(John S. Dryzek)对生态主义激进的"绿色话语"(green radical discourse)的区分,他将其分为"绿色浪漫主义"(Green romanticism)和"绿色理性主义"(Green rationlism)。如果说前者是试图改变人类个体的态度、价值和信仰,关于后者,作者写道:"可以根据它对启蒙运动的价值观所做的有选择的、以生态意识为导向的激进改造来加以定义……理性是无限开放的,它批判地追问各类价值观、原则和生活方式——这打开了批判性的生态主义的追问大门。"[1]

　　以上对生态主义思潮成因的认识以及对其"反启蒙"与"新启

---

[1] John S. Dryzek,*The Politics of the Earth* (1997),p.172,本处引自[英]布赖恩·巴克斯特《生态主义导论》,曾建平译,重庆:重庆出版社2007年版,第10页。

蒙"关系的思辨是本人在生态主义纷纭的理论话语中的一份自我探索,也是我面对中国乡土小说的生态批判时重要的理论出发点。真正有价值的生态批判并非像许多著名学者所说的是要推翻启蒙运动的传统和其一系列理论学说,也并非将人类与"非人类"进行二元对立的区别,而是强调一个生态整体,要求人类"更加理性"地对待人类与非人类存在物之间的关联性,促使整个自然界向更生态化的方向发展,且能够对我们现存的制度提出更新的方法。应合着世界性的生态主义思潮,中国文学的生态批判应该从"全球化"视野俯瞰风起云涌的生态运动更广阔的社会因素和文化因素,然后站在更加"中国"的认识维度来看待"中国的"生态危机——在这样的意义上,我们认同生态批判"反启蒙"的理据和意涵,同时更愿意赋予其"新启蒙"的需求或声誉。

(原载《中国现代文学研究丛刊》2011 年第 2 期)

"生态文学"与"乡土生态小说"的意涵界定

目前,谈起生态题材写作,在很广泛的意义上,学界用"生态文学"这个概念,但其实,这个概念的形成有一个在认知中逐渐完善的过程。

"生态文学"的学术概念命名多种多样,如美国学者倾向于称"自然文学"(Nature writing)、"自然书写"或"自然取向的文学"。"自然文学"这个概念最早出现于 1902 年美国学者费朗西斯·H·哈尔西所做的一篇评论文章《自然文学作家的崛起》(*The Rise Of The Nature Writers*),她在该文中总结自然文学的主要特征有三点:一是放弃以人类为中心的理念,强调人类与自然的平等地位,呼唤人们关爱土地并从荒野中寻求精神价值的土地伦理(Land Ethic)的形成;二是超越种族、阶层和性别,强调"人的生存位置"在文学中的地位;三是具有独特的形式和语言。简言之,"自然文学最典型的表达方式是以第一人称为主,以写实的方式来描述作者由文明世界走进自然环境时身体和精神的体验。"[1] 但是这一概念并没有得到大家的公认或者说充分关注,历经漫长岁月直到 20 世纪 80 年代,人们才"约定俗成"地把书写人与自然的非小说体的文学样式称为自然文

---

[1] 程虹:《自然文学》,见赵一凡等编《西方文论关键词》,北京:外语教学与研究出版社 2006 年版,第 901 页。

学。自然文学的概念形成于当代,但自然文学的主题、文体和风格却要追溯到17、18世纪。美国作家乔纳森·爱德华兹被认为是名副其实的奠基人,而托马斯·科尔和爱默生则是自然文学思想与内涵的奠基人,前者的《论美国风景的散文》和后者的《论自然》是代表作。德国学者最早将此类写作命之为"环境文学"。相较于"自然文学","环境文学"的文学形式则更为宽泛,表达人与自然关系的小说、散文、诗歌、戏剧等均可称为环境文学。而"公害文学"的称呼则源自日本,另外还有"绿色文学"、"大地文学"等等。台湾地区学者也倾向于将这类写作称为"自然书写",表达"以书写解放自然"的生态理念,不过其内涵和外延都要小得多,偏重于命名江河绿野、花鸟虫鱼的散文或游记创作以及环境报道等。这些命名对此类文学内涵的描述或者对个体特征的概括有一定趋同性,但环境、自然和生态,一定不是外延一致、内涵与宗旨相同的概念,其间的差异也可能和中西方文化对于生态危机的认识不同、理解不同、立场不同,或者说与伦理观、宇宙观、历史观以及发展阶段不同有关系。

在中国,1984年,作家高桦在《中国环境报》的副刊《绿地》上第一次提出了"环境文学"这一概念。高桦可谓中国环境文学的开拓者,她不仅首倡环境文学,而且为推动其发展作出了许多努力。1984年以后,《绿地》一连多年举办全国性的环境文学征文活动,编辑了成百万字的环境文学作品,凝聚了一大批环境文学作家,如黄宗英、陈建功、张抗抗、赵大年等,都深受《绿地》的影响。1990年,高桦又提出建立"中国环境文学研究会",经冯牧、王蒙等从中斡旋,研究会于1991年2月成立,并于1992年创刊了专门性的环境文学杂志《绿叶》。孙犁、萧乾、柯灵、艾青、端木蕻良、骆宾基、韦君宜、陈荒煤、秦兆阳、严文井、周而复、吴祖光、袁鹰、汪曾祺、林斤澜、邵燕祥、唐达成、黄宗江、黄宗英、李准、陆文夫、从维熙、邓友梅、顾工、刘绍棠、李国文、苇岸、李存葆、艾煊、白桦、张贤亮、浩然、谌容、张洁、刘心武、赵大年、陈祖芬、蒋子龙、孟伟哉、叶文玲、霍达、陈建功、张扬、张韧、张炜、梁晓声、张抗抗、铁凝、池莉、莫言、王朔、余华等一大批老中青作家，当年都曾经荟萃《绿叶》。高桦还组织举行"人与自然环境文学国际研讨会"、出版中国环境文学丛书、开展中国环境文学评奖等一系列活动，提升了中国作家的环境意识，推动了中国环境文学的发展。

高桦早年之所以不像日本、英国作家或学者那样提"公害文学"，而用"环境文学"这个命名，在她看来这是出于中国的国情，"我们不仅要揭露破坏环境的人和事，而且要歌颂为环境保护做出贡献的人和事"[1]，显然，"公害"就狭隘得多了。一般来说，环境文学更加注重对"环境现状"的揭示，所以常常更多是以报告文学的文学样式直接反映土地、河流、水质的自然情况，或遭受污染、流失与破坏的情况以及人口与资源问题，如90年代中期陈桂棣的《淮河的警告》和徐刚的《世纪末的忧思》等，都是影响非常大的优秀报告文学巨作。台湾的"自然书写"和研究者较为著名的有吴晟、陈玉峰、吴明益、林俊义、王家祥、凌拂等，他们多是散文文体写作，各自有着自己的书写特质，主要表现为与"在地"的环境保护事件密切关联——这一点是大陆生态写作正日益注重的；或者是抒写花鸟虫鱼、山水田园的奇趣美景，但从一定的哲学观念或生态理论出发、深入揭示人与自然的深层关系和人类目前发展的"文明境遇"，这种写作在台湾文学中比较少见。

国内较早涉足生态理论和批评的学者都从不同的内涵和视点进行概念厘定，而最终"生态文学"（Ecoliterature）这一命名比较广泛地被创作界和学界所接受。关于"生态文学"概念的界定，王诺在《欧美生态文学》中曾经说："生态文学是以生态整体主义为思想基础、以

---

[1] 参见杨颖：《绿叶还能绿多久》，《中华读书报》1996年9月4日。

生态系统整体利益为最高价值的考察和表现自然与人之关系和探究生态危机之社会根源的文学。"[1]虽然,"生态文学"这一概念的意涵比其他概念更为广博,更能体现出明确严谨的生态观念,不过,其概念界定在学理上也有需要商榷之处。如果我们把有关具有自然观念、生态意识的作品都归为"生态文学",有可能失之泛化,也过于牵强附会。关键就在于,环境保护、生态保护在中国虽然已经到了一个迫在眉睫的地步,但是,它和西方后现代意义上的生态问题是有本质上的不同的。目前中国的地理版图和精神版图上还清晰地标有农耕文明和游牧文明的标记,还在人与自然、人与机器的争斗和交往之中,我们的物品还没有极大的丰富,一切"旧的背景"还没有消失,我们的人民还在大量的"操用器械和物件",否则就难以生存。就如丹尼尔·贝尔曾分析的:"前工业社会的'意图'是'同自然界的竞争',它的资源来自采掘工业,它受到报酬递减律的制约,生产率低下;工业社会的'意图'是'同经过加工的自然界竞争',它以人与机器之间的关系为中心,利用能源来把自然环境改变成为技术环境;后工业社会的'意图'则是'人与人之间的竞争',在那种社会里,以信息为基础的'智能技术'同机械技术并驾齐驱。"[2]因此,在调适我们的价值观的时候,就得充分考虑到中西"生态文学"的错位现象给中国小说所带来的价值错位。

目前在中国,生态题材的创作,有一部分更适用"乡土生态文学"这一命名。之所以要提出"乡土生态文学"这样一个概念,而不直接套用"生态文学"这一命名,不仅因为大部分的生态书写属于乡土文学的范畴,还在于一切生态原本都是乡土的、自然的,即原始生态就是乡土。特别是小说创作,相对于依傍文化社会学的乡村生存形态

---

[1] 王诺:《欧美生态文学》,北京:北京大学出版社2003年版,第11页。

[2] [美]丹尼尔·贝尔:《后工业社会的来临——对社会预测的一项探索》,北京:新华出版社1997年版,第126页。

写实的小说,"乡土生态小说"更注重人与"乡土"关系的原初性、自然性和精神性,所以,我们主张生态题材的创作者和研究者的主体思想从狭隘的"自然"、"环境"关注,进入深层次的价值考量和批判。在这个语义之下,本书涉及的生态书写合乎以上界定的,即选用"乡土生态小说"这一狭义的概念;指称较为广泛的生态叙事文本,则用"生态小说"这个称谓。也就是说,本书所要讨论的生态题材的创作侧重于那些在强烈的"现代化"语境中批判工业文明造成的巨大污染和人性异化,表现人与自然的和谐理念,同时也能揭示人性与生态的悖论,体现出乡土小说转型中的文化伦理蜕变的叙事文本。这或许算是一种双向审视和批判的视野吧。

这里我们有必要梳理一下中国当代文学生态意识的来源问题。文学创作中生态书写的思想资源是多元而复杂的。首先,当前经济高速发展造成的生态破坏带给人们强烈的危机感,这种源自现实生存的迫压造成的刺激具有巨大震撼作用,它引导人们必须直面现实。媒体上关于水体污染、空气污染、植被破坏、土地沙化、水土流失、资源"稀缺"、野生物种濒危等一桩桩生态崩溃的例证不胜枚举,我们这里也就无须再列举,想指出的是:需要真正健全理性的生态精神的培养有一个过程,因为它不仅仅受限于认识的水平,也受限于不同历史发展阶段的生存现实,其间体现的反省意识是人类可贵的精神元素之一。在历史进入80年代后,20世纪50—70年代的"大跃进"等运动所造成的生态破坏成为反思的对象,其结果必然成为参与塑造生态意识的资源——反思历史正是为了正视现实。到了90年代初,改革开放进一步深入、深化,比比皆是的生态事件再也没有办法完全归罪于"历史",而是由社会转型期对环境破坏性的经济开发模式造成的,针对生态危机的现实批判的力量出现了。就这样,"历史反思"和"现实批判"在生态批判中联袂出演。其次,全球性的生态主义思潮的兴起和域外生态理论学说的引进及"生态文学"的译介也是促进中国当下文学生态意识生成和繁兴的重要因素。在这个过程中，一批翻译家可谓功不可没。例如徐波翻译了阿诺德·汤因比的《人类与大地母亲》，侯文蕙翻译了奥尔多·利奥波德的《沙乡年鉴》，何鉴翻译了岸根卓郎的《环境论——人类最终的选择》，叶平翻译了霍尔姆斯·罗尔斯顿的《环境伦理学：自然界的价值——对自然界的义务》，肖晨阳翻译了查尔斯·哈珀的《环境与社会》，孟祥森翻译了彼得·辛格的《动物解放》……这些翻译都为生态启蒙运动在中国的兴起和生态文学以及生态批评的发展产生了重要推动作用。吴国盛主编的跨国界、跨学科、跨文类的大型丛书"绿色经典文库"（两批共 16 种，吉林人民出版社，1997—2000 年），也对培养中国文学的生态意识有重要的引导作用。再次，就是中国传统文化中"天人合一"的思想传统，也是当下生态意识生成的一种推力。中国上古的孔孟曾有"君子远庖厨"的警诫，中古的张载揭橥了"民胞物与"的素朴的伦理观念；道家思想中的"齐生死，泯物我"、"天地与我并生，万物与我为一"都包含着贵生思想或者生态意念，这些亦内化为中国作家的精神品格。还有，带有原始的多神论色彩的宗教文化也参与促生了当代生态意识的形成，例如伊斯兰教文化的生命神性意识，例如萨满教的"万物有灵"观，再如佛教文化中的"不杀生"的训诫等。

中国当代注重生态批判的乡土小说，其伦理追求立足于人、朝向大地，其自然观既蕴含着"天人合一"的传统伦理价值取向，又兼具后现代重建自由精神的企图；在思想意义追求和浪漫美学特征方面，正如前文我们所说的，乡土生态小说和我们谈论的世纪之交乡土小说的"浪漫叙事"有着交叉和重叠，有些乡土小说本身就具有两个方面的意义内涵，尤其是那些具有原始浪漫主义色彩的乡土小说。虽然蕴藉深厚的中国乡土生态小说在当下还未成气候，精品力作更不多见，但生态文学的重要特点即"生态责任、文明批判、生态理想和生态预警"[1]已成为乡土小说进入世纪转换以来意义指向和价值取向的重要组成部分,标示了生态题材创作所能达到的哲学命题的高度。

无疑,生态叙事是扩展文学表现领域、体现文学精神关怀和现实立场的重要维度;生态文化是一种新的文化创造,也必将带来人类对宇宙、自然包括人类自身更深入的认识,也可能对人类一些行为有所修正。从这个意义上说,生态批判是必须的,生态批评作为一种文学批评对于生态批判的参与也是必须的,这个方面西方走在我们前列,有许多宝贵的资源和经验值得我们借鉴。生态批判的所有主题方向也都有其重要启示意义,但是我想强调的是,我们应该思辨地看待这些舶来的观念和论题,既要考察其在文学上的审美表现是否优秀,又要考虑它所带来的批判思想是否合理。另外,20世纪以来,文学理论的迅猛发展扩容和自然科学的惊人发展相一致,各个流派都尝试从不同理论和角度给文学理论上的问题以更科学和更深入的解释。不管人文学科还是自然学科,跨学科研究已然成为学术创新与发展的必然趋势,只有学科交叉才能整合学术资源,扩大学术视野,广开理论思路。当代小说生态批判思想的研究无疑是一门跨学科课题,它融会了生态学、社会学、哲学、伦理学、民俗学包括宗教学等相关学科的理论支撑。当然,目前生态写作和生态批评都存在着认识上的某些局限和偏误,这些问题需要在以后的论述中进一步展开。

---

[1] 王诺:《欧美生态文学》,北京大学出版社2003年版,第11页。

"我们究竟从哪里开始走错了路?"

——生态文学"社会发展观批判"主题辨析

"我们究竟从哪里开始走错了路?"出自英国著名生态文学家乔纳森·贝特(Jonathan Bate)的《大地之歌》,它说明生态文学的重要内涵就是"通过文学来重新审视人类文化,进行文化批判,探索人类思想、文化、社会发展模式如何影响甚至决定人类对自然的态度和行为,如何导致环境的恶化和生态的危机"[1]。20 世纪是人类社会物质文明取得极大发展的世纪,但却是一个人类对地球对环境负债累累的世纪。面对环境污染、资源耗竭、土地沙漠化、生物多样性破坏、人文解构和退滑等生态问题,生态文学反省人类"在哪里走错了路"这一主题的确立有其深刻的现实启示意义。

一、寻找病源的生态叙事——社会发展观批判

从 1962 年美国生物学家、作家蕾切尔·卡森(Rachel Carson)《寂静的春天》发表并引发了活跃的生态思潮以来,西方生态文学从科技至上、欲望动力观、消费主义等现代工业文明价值理念出发对生态危机展开了广泛而深刻的追问,把病根最终归结于建立在人类中心论之上的社会发展模式的谬误,在对未来的忧思中提出了"可持续

---

[1] 朱新福:《美国生态文学批评述略》,《当代外国文学》2003 年第 1 期。

发展"的论题。20 世纪末以来,中国本土的生态危机也日益凸显,"大地"作为家园的破败催醒了中国人的生态意识,"危机寻根"从生态叙事中氤氲而出。杨志军、阿来、迟子建、郭雪波、京夫、陈应松、杜光辉、漠月、红柯、袁玮冰、温亚军等以人与自然关系为书写向度的创作渐成声势,他们试图探究生态危机生成的文化动因。

生态伦理学认为,现存的社会发展模式"忽视不可计算、不可变卖的人类精神财富,诸如捐献、高尚、信誉和良心。'发展'所经之处扫荡了文化宝藏与古代传统和文明的知识"[1]。"发展"的光环下骇人的生态现实使得生态小说家不得不质询我们的发展观念,反思工业革命以来人类对自然资源无限度的开采、掠夺甚至毁灭式侵害。首先,单一化的现代经济发展模式对多样化生存的致命伤害是不少生态小说关注的话题。杨志军的《环湖崩溃》、迟子建的《额尔古纳河右岸》、萨娜的《达勒玛的神树》、郭阿利的《走进草原的两种方式》等揭示了边地在被迫现代化的过程中原始经济的解体、古老生存模式的消亡。迟子建在《额尔古纳河右岸》中伤感地写到鄂温克族百年间的命运变迁,自古以来"我们和我们的驯鹿,从来都是亲吻着森林的",和自然界相知相融,但是现在数以万计的伐木人进了山林,"林木因砍伐过度越来越稀疏,动物也越来越少,山风却越来越大","驯鹿所食的苔藓逐年减少",乡干部说"驯鹿游走时会破坏植被,使生态失去平衡,再说现在对动物要实施保护,不能再打猎了","我们和驯鹿"被迫下山定居,其实驯鹿和伐木工人比起来,就是轻轻掠过水面的几只蜻蜓,"如果森林之河遭受了污染,怎么可能是因为几只蜻蜓掠过的缘故呢?"这些走出了山林的鄂温克人,比如依莲娜,她成了城市里的一个有前途的画家,可城市到处是人流、房屋、车辆、灰尘,"实

---

[1] [法]埃德加·莫兰:《超越全球化与发展:社会世界还是帝国世界?》,见乐黛云、李比雄主编:《跨文化对话》第13辑,上海:上海文化出版社2002年版。

在是无聊","她厌倦了工作,厌倦了城市,厌倦了男人。她说她已经
彻底领悟了,让人不厌倦的只有驯鹿、树木、河流、月亮和清风",于是
她一次次逃回山林,但是"乡土"也不再是她灵魂的徜徉处,她终于像
一条鱼一样漂浮在了贝尔茨河里。《额尔古纳河右岸》和张炜的《刺
猬歌》都同样在告诉人们:丛林也是一种文化。在城市化的过程中,
以西方为蓝本的一元化的发展模式必然带来对生态多样化、生物多
样化的破坏,对自然的破坏都伴随着对文化的破坏,生态灭绝其实就
是一种"文化灭绝"(ethnocide),多样性生态的破坏伤害了自然中所
蕴含的人类家园意识,扼杀了人的灵魂和美好天性,这是一个毋庸置
疑的事实。那么,正如安德烈·洛夫所言:"作为避免世界单一化、机
械化、人类成为机械的奴隶的必须的解毒剂,艺术是必要的。"[1]

　　在现代化的过程中,唯发展观对增长率的一味追逐违背了自然
新陈代谢的规律,造成自然资源"稀缺",更破坏了自然的宁静和诗
意。阿来在《遥远的温泉》中回忆童年时的"我"在宽阔的高山牧场
常常独自唱着悠长的牧歌,"我"那长长的尾音在喉咙深处像蜂鸟翅
膀一样颤动着。"我"的心中充满了美妙的对于远方的幻想,在越过
高山、雪原、草场的远远的一个地方,有着"我梦中的温泉",那是怎样
一个诗情浪漫纯净的"存在"之地呀——梭磨河在群山之间闪烁着光
流穿过绿色的草原,在茂密的冷杉、杜鹃、野樱桃、桦树的林间升腾起
浓郁的硫黄味,温顺的小鹿和蛮力的野牛以及健硕的女子和多病的
村人都被诗意和神性接纳。"我"在多年后终于实现了造访措娜温泉
的夙愿,却发现温泉已被野心勃勃的政治家开发为钢筋水泥的旅游
场所,而且不可救药地荒败了——"那个"童年的温泉永远失去了,
即便温泉还在,奔波在功名利禄中、丧失了精神抒怀的我们,还能欣

[1] [法]朱里安·本达:《知识分子的背叛》,孙传钊译,长春:吉林人民出版社2004
　　年版,第15页。

赏得了自然那美妙的和弦吗？陈应松的《松鸦为什么鸣叫》写通往神农架的公路修通了，运木材的大汽车轰隆隆地开进山来，"有一个团的军人在这里砍树，团政委转业回家时，不仅带了好香柏家具，还带走了五斤麝香"，要获取这些麝香需要射杀近百只香獐。"神农山区的山好像渐渐地矮了。……在夏天，山还是绿，绿得想再长成一个森林的样子，暴雨还是下，泥石流，也有把什么都晒干的干旱。"生态系统毁坏了，而人心好像也随之坏了，"……什么都有，都在加紧与太阳勾结，圆满自己的野心"。车祸越来越多，伯纬想不明白司机咋就胆子越来越大了？"他们为何这么匆匆忙忙？他们是在赶杀场？"诈保事件对于伯纬来说永远是一个迷惑的新事物新话题，医院里伯纬抱着小马求助的残酷场面更是一幅世态炎凉的漫画缩影。不管有多迷惑，宿命性地和"路"有缘又有情的伯纬还会继续义务救助路人，因为松鸦还在鸣叫。"松鸦鸣叫"无疑隐喻了一种灾难，同时也应该是一种警示。

在生态小说家看来，我们一味昧着良心为"发展""进步"歌功颂德，现代技术的扩张是人类进入工业化革命以来的并发症，自然的问题一直被局限于技术的层面，或者说科技理性和欲望无限造成了生态系统的失衡和资源的枯竭，这正是袁玮冰的《大鸟》、杜光辉的《哦，我的可可西里》、张炜的《刺猬歌》所揭示的问题。《哦，我的可可西里》描述可可西里无人区的和谐安详的自然生存状态："文革"期间，"我们"配合总参测绘大队对可可西里进行测绘，因为那里除了数以万计的动物外，还有丰富的矿藏。在人类初来乍到时，营地周围是各种各样的食草动物，黄羊、牦牛、藏羚羊、野马、斑马……"它们一边慢悠悠地寻觅着吃草，还不时抬起头朝我们觑望。"对于人的进驻野生动物是信任和亲善的，它们甚至和人类拥抱，然而随后人性与自然发生了激烈矛盾：测绘队给养不足，人类"作为地球上智商最高，拥有最现代化屠杀武器的动物"使"可可西里无人区响起了开天辟地以来第一声枪响"。如果说这一阶段的猎杀在很大程度上是人类仰仗现代技术维持生存需要，而故事发展到"下部"人类对野生动物的大肆屠杀则出自无限度膨胀的经济欲望的驱使：为改变经济落后状况，州政府同意开发可可西里，但一发而不可收，开采队拥有现代化的设备，还有猎队以及其他配套服务公司，仅转业军人王勇刚在可可西里就有十万民工在开采金矿，每天的收入是一千多万，"金矿盲目开采，植被层被大量破坏，草地减少，野生动物不被猎杀也要被饿死。绿地沙漠化，又直接影响青藏高原，气候反常，干旱、暴风雪、沙暴屡屡发生，而青藏高原又是长江、黄河的发源地……"而致力于现代性批判的张炜在《刺猬歌》中更是揭示了现代化发展模式对"风情的野地"生命力的摧毁。作为瑰丽多彩的神性大地的百年传奇，《刺猬歌》立意为现代性病症寻源，作者采用了开放式的、时空交错的叙事结构，将历史与传奇交织，现实与神奇相连，展现了人人"都与林中野物有一手"的棘窝镇近百年的风云变幻。廖麦，这个真爱的履行者，他的奢望只是想在平安生活中写一部《丛林秘史》献给心爱的女人美蒂，却因遭遇到唐童这样的工业巨子就失去了一切，包括所挚爱的妻子和女儿都莫名其妙地背弃了他。而置身江湖的女人姗婆年轻时貌美性烈，为野物接生也使她弥漫着野性的善良，但自从堕落为唐童的帮凶后就成了恶魔。野性而温存的棘窝镇因唐童修造了紫烟大垒，"里面装了他从洋人那儿弄来的放屁的机器"，"山地和平原的人从今以后只要一抬头，就会看到那片隆起的黑灰色建筑群，并看到从许多突起处、一些小孔，冒出一股股一缕缕紫色的烟雾；只要一仰鼻子，就会闻到一种熟悉的巨大气味"，从此"人们进入了真正的沮丧期，他们彻头彻尾地沮丧了。……因为一种弥漫在大地上的、无休无止的、羞于启齿的、古老的——气味……"

针对现代社会发展的弊端，汤因比在《人类与大地母亲》中指出：

"如果滥用日益增长的技术力量，人类将置大地母亲于死地；如果克服了那导致自我毁灭的放肆的贪欲，人类则能够使她重返青春。"[1] 那么何去何从，有生态批评者提出：思考"发展"的负面效应，沉思不发展、不增长的正面意义和价值比"发展"更为可贵。[2] 对于当下的中国来说，"不发展"或"零发展"是否就是更为妥善的解决生态危机的良方？

二、"不发展"更为可贵？——"可持续"与"发展"的辩证

人类历史常常不是线性发展的，我们必须殷殷回首，以捡拾不该遗落的可贵的人文精神和生存经验，使前行之路少一些误区，而生态文学蕴藉的反顾心理和反思意识正源自对人类未来"可持续发展"的忧思。"可持续发展"的概念来自1987年挪威首相布伦特兰夫人在她任主席的联合国世界环境与发展委员会上的报告《我们共同的未来》，她把"可持续发展"定义为"既满足当代人的需要，又不对后代人满足其需要的能力构成危害的发展"。在我们的某些生态叙事文本中，"发展"和"可持续"成了一个不可调和的二元对立结构，甚至现代文明直接被视为罪魁祸首，主张重回传统生产方式和生活轨道。《狼图腾》即是一个鲜明的例证。

以《狼图腾》名利双收的姜戎曾经在内蒙古额仑草原生活了11年，从民间朴素的文化遗存特别是从《蒙古秘史》的阐释中认定"蒙古民族是世界上最虔诚信奉狼图腾的游牧民族"，并推衍了一套游牧民族的"狼性法则"，认为中国"走错了路"就在于汉民族没有草原文化精神，所以以草原游牧文明贬抑汉族农耕文明。作者的代言人陈阵从中国最发达的首都来到最原始的大草原，他觉得他的烈性此时

[1]［英］阿诺德·汤因比：《人类与大地母亲》，徐波等译，上海：上海人民出版社1992年版。
[2]王为群、刘青汉：《论生态文学的价值系统》，《文艺争鸣》2007年第9期。

才被唤醒真是太晚了，"他对自己作为农耕民族的后代深感悲哀"。姜戎恰恰无视当人口不断发展、劳动工具逐渐进步时，从整体格局上来说农耕文明取代游牧文明是历史的必然趋势。这里边存在着人与自然的诸多悖论：一个方面，广袤的草原生态系统的平衡持续不适合运用农耕方式，盲目地改草为耕必然扼杀了生物圈的多样化生存，破坏了草原生态；而另一方面，我们没有理由认为游牧民族世世代代逐水草迁徙、烧牛粪饼、吃手抓肉、喝酥油茶或马奶茶就是唯一合理的生活方式，定居生活、接受学校教育、改善居住条件无疑并非违反人道与人性。回归传统生存方式对于发展中国家来说无疑等于放弃发展，这在一定程度上正好迎合了西方某些学者以生态维护为理由的文化扩张主义和种族主义思想。美国学者 G. 哈丁曾经提出过一种缓解生态危机的"救生艇伦理"。G. 哈丁把地球比作一个拥挤的救生艇，他认为穷国人口增加导致了需求增大和污染问题，破坏了生态系统；本着弱肉强食的进化理论，富国不应该怜悯穷国，最好让他们沉入大海。[1] 这套理论是明目张胆的霸权主义，事实是只占世界人口总数 23% 的发达国家却占有和消耗世界能源、木材、钢材的70% 以上，人均量是发展中国家的 9—12 倍，温室气体的排放量也占全球总量的过半。[2] 显而易见，如果我们放弃发展，就等于为西方经济强国的环境污染埋单。

　　从纯粹的生态科学来说，狼作为生态链条中的一环当然对人类文化的健康进化有着重大意义，贾平凹的《怀念狼》、牧娃的《狼狗之间有条河》、张学东的《石头跑》等也揭示了这一生态链条的价值，但《狼图腾》的作者认为农耕文明的汉文化之所以败落就因为杀绝了狼，而狼使蒙古人居安思危，每天处于紧张的与狼的对抗之中，"草原

---

[1] 参阅［美］R. T. 诺兰：《伦理学与现实生活》，姚新中等译，北京：华夏出版社 1988 年版，第 448—451 页。
[2] 傅华：《生态伦理学探究》，北京：华夏出版社 2002 年版，第 294 页。

狼搅得草原人晨昏颠倒,寝食不安……,是草原狼控制了草原人口舒舒服服地发展",所以蒙古人和蒙古马才不退化。这有其科学性,却也有违人性常理。发展的目的理应是使人更安全、更健康、更舒适地生存,而不是更加不安全。即便我们愿意拿狼来"驯化"人,那种原始生态也是不可复制的,每个历史发展阶段都有各自内在的逻辑。所以,《狼图腾》的人文阐释有反人道的嫌疑。

罗尔斯顿的生态整体主义思想是生态文学重要的思想资源。即便站在生态整体主义的理论基点,《狼图腾》彰狼性而抑人性的极端的生态理念也并没有为当下生态文学提供可资借鉴的伦理范式。在生态整体主义者看来,"自然生态系统和谐的动态演进,决定了所有物种必须不断地贡献出个体生命。食肉动物对食草动物的捕杀是必然的、合理的,杂食的人类食用其他动物也是必须与合理的,关键在于合度,合度的就是生态的。"不过这里边确实存在着另一个危险:"既然生命共同体的所有成员均为平等,那么牺牲个体以维护整体系统的理论可否用于人类?"[1]如果可以,那么动物为了生存夺取人的性命也应被称为合理,由此推论,对于民族来讲,要强调种群的整体利益(例如学习蒙古草原狼的攻击战术),遵从生态平衡和自然进化的规约,强势的民族吞噬弱小的民族就成为合理;反过来,如果动物为了生存夺取了人的性命不合理,那么势必回到了人和动物并不平等的起跑线。很显然,生态主义陷入了自我伦理的悖论。《狼图腾》正体现了这一悖论,它虽然充满着可贵的对于环境恶化的忧患和反省意识,也充满了对于蒙古民族维护草原生态系统平衡的由衷礼赞,但褒狼性而贬人性、倡弱肉强食而轻个体生命的理念完全违背了社会历史的发展规律,对于自然生态和人文生态的重建都缺乏高远的参照意义。

---

[1] 朱宝荣、丁曦妍:《面对动物的伦理困惑》,《文艺报》2006 年 1 月 7 日,第 3 版。

　　不同发展阶段、不同社会制度、不同文化传统的国家对于可持续发展的内涵的理解并不一致,生态文学在社会发展观上矫枉过正的思路有可能忽略了中国当下文化土壤和西方后现代意义上的生态批评之间的本质不同。在20世纪90年代以后的中国地理版图和精神版图上,前现代、现代、后现代这三种文化模态仍共时性存在,我们"还在人与自然、人与机器的争斗和交往之中,我们的物品还没有极大地丰富,一切'旧的背景'还没有消失,我们的人民还在大量的'操用器械和物件',否则就难以生存"[1]。中国现在存在的问题,我们不敢说"贫穷依然是自由最大的敌人"[2],但也是极其强大的敌人,虽然这有其经济决定论的一面,但事实确实是消除污染和环境退化需要物质富裕做基础,在经济衰退期,会呈现更加赤裸裸的对自然的破坏——除非我们认为我们应该回到"高贵的原始人"——像马歇尔(P. Marshall)在《人性和无政府主义》和罗斯扎克在《人与星球》中所认为的美德只存在于自然生态的简单社会之中。中国非常突出的环境矛盾是人口过多造成的资源压力(当然这种意见有可能遮蔽了社会分配问题造成的假象),陈应松笔下那个为了寻找到一处可以耕种糊口的薄地而爬上"金鸡岩"的老农宿五斗被阻断山顶时的悲号,绝对是对生存艰难的控诉。其《牧歌》揭示了人类生存与自然保护间难以调和的矛盾:当人能活得下去时,觉得那些"神秘的动物"有它们"鬼鬼祟祟的尊严,……它们真像你家中的一员,它们的情绪伸手即可触摸",但是"当没有门路,只有双手时,他必须暗算他周围的这片山林,打猎、伐木。……每个人都是破坏者,只要你住在山中"。这是多么悲凉多么无奈的背反!我们当然可以说"发展不是目的,朴素、自然、合乎常规的简约生活是一种幸福境界",而对于中国刚刚解

---

[1] 丁帆:《中国乡土小说生存的特殊背景与价值的失范》,《文艺研究》2005年第8期。
[2] [美]加尔布雷思:《在一个贫穷的世界中发现自由》,《卫报》1991年8月27日。

决甚至还没有解决温饱的 8 亿农民来说,他们追求的"诗意的栖居"大概不可能会是"采菊东篱下,悠然见南山"。动物保护主义者彼得·辛格在《动物解放》中谈到 20 世纪 80 年代初以来,美国康奈尔大学柯林·坎贝尔博士曾和中国的研究人员一起,对 6500 位中国农民的饮食和健康进行研究,发现了素食主义对中国农民的健康特别是对减少欧美社会两大杀手——癌症与心脏病的威胁的重要性。辛格赞扬了中国广大的农村地区素食主义的流行,批评了近年来在西方人开始意识到食用过多的肉、蛋和乳制品是一个错误的时候,中国却在这方面开始增加其消费。[1] 那么,辛格举出这样的例证来本身就让人哭笑不得:大量的中国农村人口并非天生的或自觉的素食主义者,而是由于穷困不能吃到肉食,至今他们健康的威胁不是来自营养过剩,恰恰来自营养缺乏——发育不良、体型矮小、智力障碍、关节炎、皮肤病、妇女病、早衰等等。

生态主义者面对生态问题提出了三个"É"对策:"平等(égalité)=平衡(équilibre)=生态(écologie)"[2],但任何历史阶段都不可能是平衡静止的,无始无终、充满活力的运动才形成了人类历史。美国三一学院教授文贯中认为:"无论是发达国家几百年来的经验,还是经济学的规律都告诉我们,全球化和城市化是必然趋势,是实现现代化的必由之路。""从文学的角度看,这个过程也许包含妻离子散、被人兼并、不断受到市场鞭笞的凄惨故事。例如,狄更斯催人泪下的小说,都是在诉说这个过程产生了无奈的移民、堕落、犯罪、贫民窟,使人觉得这个过程应该立即停止。但是从经济学的角度看,这是一个走向现代化的必然过程中所付出的代价。如果一个民族放弃全球化、城

---

[1]［美］彼得·辛格:《动物解放》序言《致中国读者》,北京:《光明日报》出版社 2003 年版。
[2] 参阅［法］塞尔日·莫斯科维奇:《还自然之魅:对生态运动的思考》,庄晨燕、邱寅晨译,于硕校,北京:生活·读书·新知三联书店 2005 年版,第 33 页。

市化、现代化的必由之路,退回到传统社会的老路,那么,这个苟且偷安的民族将要付出更大的代价。"[1]因此,我们必须审慎看待"发展"与"可持续"的辩证关系,汲取西方工业化国家在盲目追求经济增长过程中所造成的资源稀缺等违背可持续发展的教训,进一步提高人类文明的发展程度,而不是取其反。否则,生态批评也许就走向了反历史、反文化的立场,与和谐的生态理想的重建将背道而驰。

三、人类是"污染物质"?——人本主义,"可持续发展"的伦理基点

在生态学中,社会发展观和生态伦理观是密不可分的话题,人类中心论是生态批评对"错在哪里"更为直截了当的归结。因为在生态主义者看来,唯发展观和人类中心论是相辅相成的,现代人文主义的开端正是人类对神性反叛的结果,工业革命使得科技成为新的宗教,人从自然中脱颖而出,丧失了对自然的敬畏之心,不再视自己为大地之子,不再体恤和善待自然万物,正由于此,人类才敢于把自然看作社会发展必须征服和掠夺的对象,所有自然资源是待人免费享用的,满足自我消费欲望成为唯一目的,这种发展观念抹杀了自然环境自身的进化规律,也忽略了自然对于人类精神的价值,这是现代文明的深层弊端。于是,生态批评提出要建立新的发展理念、重塑新的发展模式,人类必须重新体认荒野的价值,找回对自然的虔敬、对大地的关怀。

张炜的《刺猬歌》和《鱼的故事》、郭雪波的《银狐》、迟子建的《额尔古纳河右岸》、阿来的《空山》、胡廷武的《忧伤的芦笙》、萨娜的《达

---

[1] 马国川:《文贯中:往事何曾付云烟》,《经济观察报》2007年10月1日—8日,第47版。

勒玛的神树》、红柯的《金色的阿尔泰》、袁玮冰的《红毛》等生态叙事文本都致力于重建神性大地,使人回到荒原,回到神。生态批评建立了人回到神那里的一条通道:对人与自然的关系给予伦理思考和道德关切,进而动物获得与人等齐的道德主体地位,这样人类才能珍视自然、消泯征服欲望。京夫"十年磨一剑",在 2007 年初推出了生态小说《鹿鸣》,写养鹿人林明受父亲临终时的交托,对一群来自野生、备受人为迫害的鹿群实施放归。在寻找放归地的漫漫征途中,林明和助手秀妮经历了严酷的自然环境和人为的虐杀、阻滞等无尽的磨难与挫折、牺牲与流血,使这次放归行动最终成为一曲悲壮的绝唱。作为"世纪末的盘点",从离奇的情节设置、呆板的叙事结构、纷乱的故事杂陈、连篇累牍的议论等方面看,京夫暴露了自己的力不从心,但这部生态主题的小说还是显示了京夫宏大的抱负,即通过鹿的嘶鸣唤醒人类的良知,进而改变野生动物的命运。作家在《鹿鸣》中一再礼赞人与动物的神秘情谊:秦岭主峰太白山顶冰湖有一神鸟,一旦发现水面有杂弃物就会衔于荒野,父亲感叹其生态自觉,从此绝了猎杀飞鸟的习惯;放牛的小山与豺狗达成君子协定,互相救助;黑老大与野猪群的秋毫无犯;还有白鹭为伴侣殉情,特别是神鹿峰峰的灵异……作者以此批判人类对动物生存权利的侵害。迟子建的《逝川》、《重温草莓》、《北极村童话》、《逆行精灵》、《世界上所有的夜晚》,郭雪波的《沙狼》、《大漠狼孩》等诸多作品更是极尽描写了人与自然灵异交通的美好境界。

从文学的审美价值来说,重张生命神圣、拥抱诗性大地、抨击人类中心主义是新世纪乡土小说美学建构的重要向度,也可能是生态文学表现的最佳境界,正由于此,陈应松的《豹子最后的舞蹈》、胡发云的《老海失踪》、迟子建的《额尔古纳河右岸》、李宁武的《落雁》、郭雪波的《银狐》等生态文本才充满了震撼心灵的力量。但是,正如前文所讲,当下的生态伦理学在根基上存在着内在矛盾。所有的生态中心论或动物中心论者都肯定人与自然万物的平等,提倡观照地球共同体的共同利益和共同命运,反对主体(人类)与客体(自然)的分离,但在实践中却导致了厌恶人类的思路。我们可以听听这段激昂慷慨的论述:"对于动、植物而言,人是地道的恶魔般的东西,他以占优势的可怕权势专横跋扈。他在他所喜欢的地方,以他所喜欢的方式种植物,又随心所欲地把它毁掉。他按自己鼠目寸光的判断去改变它,因为他肤浅地掌握事物变化的规律,而这些规律默默地服从他。但是,人对赖以生存的地球恣意妄为。破坏的程度令人发指,无可挽回。"[1]罗尔斯顿更是断言:按照严格的"科学"说法,人类只是庞大的地球上生命整体中一个像人体上长出的肿瘤一样迅速滋生起来的部分,它根本不靠近生命的中心,更不是生命的中心,却对地球生命系统带来了巨大威胁。地球生命之网离不开细菌,却完全可以没有人类,而且没有了人类的地球生态系统反倒会和谐起来。[2] 无疑,这样的批判也是"专横跋扈"的,这种可能导致悲观、颓废、消极的厌世主义的倾向理应被视为人类精神的危险滑坡。既然万物平等,那么人的生存行为也应被认可为自然的一部分,为什么却被排除在了善的"自然"之外而被公认为宇宙中"恶"的化身? 另一方面,如果粗暴地把万物家园遭毁的罪恶全盘归罪于人类,把"人"置换为"恶"的代名词,有哪个物种来担当重建和谐的职责? 如果破除人类以自己的需要和嗜好界定自然物高级、低级、有害、有益的观念,那么不再怀有尊严感的人类在"浑沌"的自然界还有必要以高度自觉性和责任意识去保护弱者吗? 所以,在对人与自然关系的哲学反思中,生态伦理学的革命性不应该仅在于"关注构成地球上进化着的生命的几百万物种

---

[1][德] F.厄尔克:《弗莱堡大学1957年校庆演讲》,《人与自然》,北京:生活·读书·新知三联书店1993年版,第210页。

[2]参阅罗尔斯顿:《环境伦理学的类型》,《哲学论丛》1999年第4期。

的福利"[1]，还应包括对于人与自然和谐图景的执着期待，这一期待只有富有理性精神和感性审美能力的人类才能承担，义愤和声讨自然蕴含着饱满的人文情怀，生态预警也有其迫切性价值，但关于人类与自然关系的重建才更富有启示意义。"人类在推进自身文明前行的过程中反躬自省种种失误所造成的自然不可持续为人类发展提供共享空间的现实，是理智的，这也正是人的主体价值的体现，只有当'人'作为人与自然协调共处的主体价值被凸显出来的时候，自然的被保护才真正有所依傍。"[2]"作为一个深层价值规范，人类中心论是一个完整的价值综合体，它内涵着功利的价值、审美的价值、宗教的价值、伦理的价值等。这种价值综合体只是到了工业革命时才变得片面化，消解了其中的宗教的、审美的和伦理的价值，只剩下功利的价值——而且是浅近的功利价值，这种片面的人类中心论才是人类危机的根源。"[3]生态文学对"片面的人类中心主义"的批判是必须的，人类需要对伟大的自然力充满尊重；而当道德主题与自然主题相遇的时候，人类不应该在生态保护中被简单粗暴地看作一种污染物质，如果他对自然犯下了罪恶，并非因为他具有无法改变的原罪中的恶的遗传因素，"现行的社会经济制度是更加可能的原因"[4]。

　　在对盲目追随西方发展模式的批评中，我们不应该忽略最不利于中国可持续发展的另一因素，即几千年来的专制主义等级制的官僚主义政治文化传统，更坦白地讲，我们当下的生态危机一定程度上

---

[1]　[美]霍尔姆斯·罗尔斯顿：《环境伦理学：自然界的价值——对自然界的义务》，叶平译，邱仁宗主编：《国外自然科学哲学问题》，北京：中国社会科学出版社1991年版。

[2]　黄轶：《生命神性的演绎——论新世纪迟子建、阿来乡土书写的异同》，《文学评论》2007年第6期。

[3]　丁立群：《过程哲学与文化哲学：生态主义的两个理论来源——与杰伊·麦克丹尼尔教授关于生态伦理和后现代主义的对话》，《求是学刊》2005年第5期。

[4]　[英]戴维·佩珀：《生态社会主义：从深生态学到社会正义》，刘颖译，济南：山东大学出版社2005年版，第355页。

是复杂的人力干预下造成的。当生态小说追溯中国当下生态危机的严重性并且对"我们究竟从哪里开始走错了路"进行反思的时候,有的作家其实从另一视域探讨了"发展"问题。阿来结构颇为散乱的"机村系列"《格拉长大》、《空山·随风飘散》、《空山·天火》等从政治文化、经济体制的角度切入生态破坏的主题,文本在追问"是谁点燃了天火?是谁毁灭了森林?是什么异化了人性?仅仅是现代化工业的突飞猛进吗?"是"文革"的红色激情燃烧了森林,是权力欲望的恶性膨胀异化了人性,是畸变的政治、权力与艰苦环境的交锋毁灭了机村,使权欲、亲情、智慧、愚昧、神性、世俗等等混合在一起,以对自然暴虐的姿态毁灭了生态平衡。[1] 20世纪末以来,技术官僚使政治行为经济化,盲目追求政绩,片面突出经济指标,一言堂的家长制作风均使发展脱离了科学指导,与可持续发展的整体性激烈冲突。[2] 京夫在《鹿鸣》中虚构了一系列欲望喧嚣的故事:外商必须以获得神鹿峰峰那"红珊瑚一样美丽无与伦比的长角"为投资贫困山庄的交换、野生珍稀食物研究会不惜出动武力团队来达到劫持鹿群的目的、政府指挥下的公安机关组成全副武装的追捕队猎杀峰峰,而沙漠腹地中的度假中心荒淫无道的人性丑恶更是欲望的大展览……,整个故事的起源则是地方官僚"上任时为发展本县工业所立的军令状"、以极大的环境代价兑换外资、"出访视察异国"的念想等,而选矿厂的污水库崩毁使峰峰带鹿群逃逸,让这些官僚梦想破灭,以致不惜一切成本要追捕鹿群,却对眼前极大的工业污染事件不管不问、搪塞而过。漠月的《青草如玉》写西北阿拉善荒漠草原时而"开荒种田"、时而"退耕还牧",触及了个别地方领导在巧立名目下所谓"反弹琵琶"的个人升官私欲。正如陈桂棣《淮河的警告》所发

[1] 熊雨虹:《谁点燃了天火?》,《文艺报》2005年6月4日,第3版。
[2] 参阅佘正荣:《中国生态伦理传统的诠释与重建》,北京:人民出版社2002年版,第350页。

出的"官清之日，水清之时"的呐喊，陈应松的《独摇草》虽然对人物的刻画有些漫画化，所揭示的问题却是目前在中国普遍存在的盲目发展现象，即环保和公众利益毁于官员和投资商的潜规则同盟。小说写高村长与金老板策划所谓的"开发山谷"的伟大计划——修建"老爷岩狩猎度假村"、成立"重修王家寨悬楼委员会"、创办"金金生物制品公司"和"金金绿色食品开发公司"、划定"野生动物驯化场"——只不过是一出荒唐的闹剧，最终以损坏农民的利益和破坏生态环境而不了了之。尽管这些生态批评文本还存在着很多不足，但确实触及到了生态危机一些内在的症结。

　　马克思曾经说过："彻底的自然主义或人道主义既不同于唯心主义，也不同于唯物主义，同时又是把这二者结合起来的真理。"[1]人类只有从自身出发面对自然时，才能充分"考虑人类各种利益和价值要求，以至于人类的终极关怀，还要考虑到此一部分人和彼一部分人的关系、此一代人和下一代人的关系"[2]。所以，健康良性的发展模式是以人本主义为基点的，人类中心论应该成为生态伦理的理论基础，而不是生态中心主义或者动物中心主义，否则可持续发展也必将是一句空谈。在这一点上，我们不妨借鉴生态社会主义基于马克思主义生态学说的一些理念（当然，这并不意味着本人对生态社会主义理论家所提出的诸多"激进的、连贯一致的"观点都持赞同意见）："生态社会主义是人类中心论的（尽管不是在资本主义—技术中心论的意义上说）和人本主义的"，尽管它重视人类精神，也认同人类与自然其他方面的非物质相互作用满足的需要，但它拒绝任何片面的反人本主义的倾向。[3]

---

[1]《马克思恩格斯全集》，第42卷，北京：人民出版社1979年版，第167页。

[2] 丁立群：《过程哲学与文化哲学：生态主义的两个理论来源——与杰伊·麦克丹尼尔教授关于生态伦理和后现代主义的对话》，《求是学刊》2005年第5期。

[3] [英]戴维·佩珀：《生态社会主义：从深生态学到社会正义》，刘颖译，济南：山东大学出版社2005年版，第354页。

由上所论我们可以说,如果生态批评一定要回答"我们究竟从哪里开始走错了路",那么错误的不是基于人类中心论之上的"发展",而是发展方式和手段。在推进现代化的过程中,我们的可持续发展观中还缺乏深层的生态伦理内涵,浅层的环境保护、盲目的开发实践、技术官僚行政指令的诸多失误、贫穷落后的压力组成一部杂混的交响,以至于不能完全摆脱西方传统的"先污染、后治理,先发展、后保护"的发展模式,不能改变生态环境局部改善、整体恶化的趋势。在这个过程中,文学也许是无为的,而正如约瑟夫·米克在《生存的喜剧》中所指出的:人类是地球上仅有的文学性生物,文学创作是人类一个重要特征,"它就应该被小心而诚实地检查以发现它对于人类行为和物质环境的影响即决定它在人类的生存和幸福中起什么样的作用,以及它能够对我们与其他物种以及我们与周围世界的关系提供一种什么样的洞察力"[1]。新旧世纪转型之交的生态文学对人与自然关系进行伦理思考和道德关切,一个方面是以关注人类共同命运的宏大视野,把生态危机的现状呈示给我们;一个方面应该是立足于中国现实,建立自己的生态批评话语系统,"努力保护并加强人的自由"[2],使之积极担负恢复或重建人与自然和谐发展模式的信念和责任,进而为整个人类精神家园的构建注入新的魅性活力。

（原载《当代作家评论》2008 年第 3 期）

---

[1] [牙买加] 诺埃尔·布朗:《人类环境与地球变化的挑战》,见[美] 保罗·库尔兹编:《21 世纪的人道主义》,肖峰等译,北京:东方出版社 1998 年版,第 48 页。
[2] 第十届国际人道主义和伦理学会世界大会:《相互依存宣言:一种新的全球伦理学》,见[美] 保罗·库尔兹编:《21 世纪的人道主义》,肖峰等译,北京:东方出版社 1998 年版,第 411 页。

生态批判的"神性"复魅与文化多样性关切

　　社会文化的所有方面共同构造了我们在世界上的生存方式,我们必须了解"我们的"生存方式,才能对这个世界进行有意识的自主自觉的探索。在谈论新世纪以来乡土小说的文化单一性焦虑和多元性重构问题时,就无法回避其间宗教文化的复魅,因为太多发生在大地上的故事其实都是缘于宗教文化的差异、冲突和融汇。从生态批评的角度谈文化多样性,就更无法忽视乡土小说文本中的宗教情怀,一是因为是否能够客观地理解和包容作家的宗教意识、泛神论观念是"多元性"的分内之意;二是因为不少生态批判文本是通过对"万物有灵"的大地神性的重塑来为自然复魅的。

　　自进入近现代社会以来,宗教与科学、神学与理性哲学之间的紧张关系一直是西方的一个老问题,其中的纠缠非常复杂。罗兰·斯特龙伯格(Roland N. Stromberg)指出,在欧洲,"启蒙运动的多数参与者都坚定地信仰上帝"[1],18 世纪的哲学家如伏尔泰对于宗教的立场就带着"自然神论"的色彩,他甚至认为世上所有的宗教都源自一种普世的、原生的、悠久的宗教,它是简单而理性的,那就是"自然崇拜"。实际上,生态主义思潮中绿色政治理论的形式之一就是以宗教

---

[1] [美] 罗兰·斯特龙伯格(Roland N. Stromberg):《西方现代思想史》,刘北成、赵国新译,北京:中央编译出版社 2005 年版,第 135 页。

为基础的"托管"（stewardship）[1]。就像人们以前所做过的那样，"托管"仰赖于人们对宗教信仰历史有效性的解释，它也拓展了宗教的基本道德主张，而并非反思这些主张，所以，以宗教为基础的"托管"自有其吸引力。

20世纪末到21世纪初，中国的经济发展与精神失衡的状况比刚刚"改革开放"前期要糟糕得多，旧的伦理观念似乎土崩瓦解，社会阶层分化急剧加大，其中，工业化、城市化所造成的负面影响也在迅速扩张，如环境恶化、金钱万能、人伦败坏、人性异化，甚至以前那些被定义为"资本主义本质"的负面效应如通货膨胀、金融危机等也降临在"社会主义初级阶段"的中国头上。对于知识分子来说，现代性的物质恶欲造成的生态恶化使"诗意的生存"永远成了梦境。在对现代化的反思中，宗教文化开始了对大地的复魅——知识分子和艺术家阶层将创生信仰注入日常生活，观照心灵世界的失落，重塑自然的神秘生机，倡导爱生惜物。有史以来，宗教文化第一次和生态问题紧密地结合在了一起。

在世纪之交的乡土生态小说中，将（原始）宗教文化的大地复魅体现得最为动人的是带有自然神论色彩的一批少数民族作家的创作：藏族作家阿来，蒙古族作家郭雪波、姜戎、满都麦，鄂温克作家乌热尔图，哈尼族作家朗确，满族作家叶广芩，达斡尔族作家萨娜等，是其中的代表作家，而汉族作家张炜、迟子建、红柯等的生态叙事文本也致力于重建神性大地，使人"找到回家的路"——即返归自然，回到荒原，回到神。其中，阿来的《空山》系列、郭雪波的《银狐》、姜戎的《狼图腾》、萨娜的《达勒玛的神树》、红柯的《美丽奴羊》、袁玮冰的《红毛》、张炜的《刺猬歌》和《鱼的故事》、迟子建的《额尔古纳河右

---

[1] 根据［英］布赖恩·巴克斯特《生态主义导论》（重庆出版社2007年版）第8页介绍，"宗教托管"主张最早见于herman Daly and John Cobb, *For the Common Good* (1990).

岸》、胡廷武的《忧伤的芦笙》等是带有宗教文化色彩的生态书写的代表作。

在地域闭塞、恍如隔世的地方如青藏高原，人是无助与渺小的。出生于川藏交界处阿坝地区的阿来，其宗教情怀比较暧昧，他小说中的宗教文化气息既有来自佛教的，也有来自天主教的，而他多部小说中的多神世界则属于民间"泛神论"的本教宇宙观，可见他对藏地本教持有一种认同感，但他的认同不同于扎西达娃。以《西藏，系在皮绳扣上的魂》《西藏，隐秘的岁月》而名世的扎西达娃对民族、社会、历史有着自己的反思和忧虑，同时也怀有一种"缓慢"的希望，他也曾经对佛教寄予过期待，但他最终还是选择揭示现代文明与宗教的冲突，揭示宗教对人性的摧残，他走向了对现代的叩问。阿来自始至终对佛教的现实超越性都抱持怀疑态度，在《灵魂之舞》《尘埃落定》中他已经奠定了自己对宗教的立场。《尘埃落定》中，阿来对神圣的佛教态度暧昧，对佛教的现实超越性持怀疑态度，因为它在现实面前节节败退，"宗教"只是为"权欲"的表演提供一个大背景、大舞台。要知道，阿来一直反对将他成长的"那方土地"神化，他写了"神性"，却恰恰拒绝写神。很显然，阿来希望自己的小说文本站起来的是人，而不是神，历史反思和现实批判是他最为关切的维度。可以这样认为，直到《空山》时期，阿来还是站在"文化交汇处"看待宗教情怀作为一种精神世界的寄托所带来的自然魅性，也重视这种魅性的破灭造成的心灵扭曲和自然灾难，而且越往后来，阿来似乎越向"自然的生命神性"靠拢，藏地本土民间信仰在他笔下显得神采飞扬，当然那已经不是作为生命价值观的一种信仰。

《空山》中的多神世界正体现了属于民间的苯教自然观，这里边有很多非宗教的和民间的因素，这些"自主性"因素总是面临着被其他更强势的东西覆盖的危险。当神性附着在叙事的"神龛"之上,民间的厚重与复杂、人性的高贵与卑贱、生存的苦难与韧性、心灵的孤独与忧伤都获得了重新被叙述和诠释的机遇。《天火》中的巫师多吉有些特异功能,会根据山上的水雾测定风向,会呼唤风神和火神,他觉得维护机村丰美的牧场是他的天职。不过让巫师多吉困惑的是,"新的世道迎来了新的神","新的神"来了以后就是不停地让人们开会和读报纸,至于这些边民世世代代信仰的神灵怎么安放、机村的牧草到春天长得茂盛与否……,似乎不是"新的神"关心的事。在"全国山河一片红"的"文革"中,多吉这种身份的人或者服法悔改,或者潜逃到荒山野岭里与野兽为伍。多吉最终被逼成逃亡犯,潜藏在山洞里,即便如此,在机村森林要被肆虐的大火吞没时,他还在偷偷地发功祈雨。多吉为了机村祈雨直至困累而亡,自称是正宗格鲁巴佛教徒、一向看不起"邪魔妖道"的巫师多吉的江村贡布,竟然怀着一派庄严"屈尊为他超度",而且发了誓,只要自己活着一天,就要替多吉"蓄起长发";《轻雷》显示了民族、传统、民间文化底蕴强大的生命力和延续性;《空山》第六卷则着重于对藏族人的心灵和信仰"变"与"常"谨慎而有深度的观照。这些其实已经超越了"苯教"信仰本身,文本意义抵达宗教文化与当代中国政治文化语境的冲突,也指向了一种"对于断裂性的现代性的思考"[1]。

　　相对而言,萨满教文化乡土小说更富有自然崇拜色彩,也最能体现出文学对生命神性的关切。萨满教是我国北方的一种原生性宗教,分布区域特别广泛,主要流行于阿尔泰语系地区,信奉这一宗教的语族、民族众多,如蒙古语族的蒙古族、通古斯语族的满族、突厥语族的维吾尔族等。"萨满"在女真语中是指"晓彻"、"晓知"的意思,专指神与人之间的灵媒巫妪。著名的中国岩画考古学家盖山林经过

[1] 刘大先:《2007:少数民族文学阅读笔记》,《民族文学》2008 年第 1 期。

非常周详的田野考察后得出结论："北方民族的自然崇拜观念与自古以来北方草原上牧民崇拜的萨满教息息相关。"[1]这主要和萨满教的宇宙观有关系，"万物有灵"、"万物一体"、"万物神圣"是萨满教信仰的核心。正是由于这种对自然古朴的认识，北方不少民族都敬畏自然，包括风云雷电、日月星辰甚至江河湖海、花鸟虫鱼等，他们或以某种动物为图腾，例如鄂温克、鄂伦春人对森林熊就怀有非常深的敬畏。萨满教在以后的宗教、政治斗争中渐趋消隐，特别是近一个世纪以来，一方面是自然植被的退化、森林的大面积消失，这一区域流行的狩猎生活方式遭遇困扰，伴生于游猎的萨满教深受影响；一方面是社会生活即所谓文明标准和道德习惯的渗透、聚居点的建立使这个部族与大自然无法继续水乳相融；还有就是"无神论"意识形态的强制推行，自然神性崇拜的萨满文化渐趋消亡。不过，近年来，随着思想领域相对开禁、文化空间渐趋活跃、多元文化理念的渗透，萨满教也稍稍有了复苏的迹象。当然，这也是萨满教"崇拜长生天、崇拜长生地、崇拜永恒的自然"的自然崇拜，与当今社会思潮即如生态主义思潮有所对应的表现。

20世纪小说史上，渗透着萨满教文化因子的小说不绝如缕，主要集中于东北作家如端木蕻良、萧红。近些年，鄂温克作家乌热尔图、鄂伦春作家敖长福、达斡尔族作家萨娜、朝鲜族作家禹光勋、汉族作家迟子建和郭雪波的作品则带有较为突出的萨满教文化的精神遗存。迟子建这方面的创作有《清水洗尘》、《亲亲土豆》、《与水同行》、《微风入林》、《世界上所有的夜晚》、《北极村童话》、《额尔古纳河右岸》和《伪满洲国》等，郭雪波的如《大漠狼孩》、《沙狐》、《天海子》、《天出血》、《大漠魂》、《银狐》等，其中《额尔古纳河右岸》、《伪满洲国》、《大漠魂》、《银狐》等具有代表性。从生态批判的角度来看，他

---

[1] 盖山林：《蒙古族文物与考古研究》，沈阳：辽宁民族出版社1999年版，第139页。

们的创作多以萨满教"万物有灵"的宇宙观表现了对当下人与自然关系的深切关注。一是这些作品呈现出一种"泛神"的、"泛灵"的神性色彩，也充满"异域风情"；二是这些萨满教文化乡土小说体现出一种对生命的终极关怀意识；三是萨满教文化乡土小说表现了边地过往生存形态的"魅性"以及合理性，这使萨满教乡土文化小说显示了与其他宗教文化小说不同的人文气质。

民俗仪式在生态叙事文本中有着特殊的叙事功能，是乡土叙事返归自然的一条通道。在20世纪文学史上，仪式描写有一个耐人寻味的变迁史。在20年代的启蒙主义思潮下，以鲁迅为代表的作家虽然也写到一些民间仪式，但多是被作为一种麻木、无知、愚昧、反文化的思想现象予以批判；到40年代至70年代，"仪式"被定性为封建迷信，主流的"农村题材小说"都不再热心民俗仪式描述，或者说是由新的"革命仪式"替代了；80年代末以来的乡土小说，仪式又重新登临，尤其是在边地小说中。巫术表达了人与自然"共处"的童年信息，既包含着人类对自然的虔敬，又蕴含着人们对自然神秘的探寻和排解愿望，所以，不同的地缘生态会产生人与自然不同的共存形态，也会孕育不同的宗教因子，反过来这些宗教仪式又会成为一个地域人们生活的一部分，成为一种民俗民风，不同区域、不同民族、不同宗教信仰的民俗民风又构成了文化多样性的一部分。由此，在许多地方，民俗和自然是相共生的，《空山》中兔子的火葬、多吉烧荒时的颂歌和跪拜、江村贡布为多吉举行葬仪、达瑟的天葬，迟子建和郭雪波小说中一系列的为逝者祭酒、为病者驱邪、为婚者歌舞、为猎物风葬、祭沙祈雨、拜火、送灵、捕鱼、放鱼等民俗仪式，都和地域性的自然神信仰有关。朱鸿召在《东北森林状态报告》中写道："民俗，东北民俗是与东北森林相共生的经验形态的民间文化。无论木帮、狩猎帮，还是采参人，都奉山若神，表现出对森林的深深敬畏与对环境资源的合理利用。……遗憾的是，半个多世纪以来我们将此一概视为'封建迷信'。"[1]正是由于对敬畏大自然、对爱生护生民俗的破坏,人们变得肆无忌惮,进一步威慑到了文化的多样性。这也正是目前具有萨满教文化因子的乡土小说所致力呈现的。《大漠魂》《锡林河的女神》《银狐》《额尔古纳河右岸》《逝川》都描述了大量民俗仪式,特别是常常通过萨满神歌的吟唱来书写"人"并未从"物"中脱颖而出的原始生存形态,其间的审美意识、诗性表述传达的浓浓的"乡愁"正是现代社会人与自然疏离关系的对照。

在古老的岁月中,草原人民为求得生活的安定、畜牧的丰产与疾病的痊愈,都是通过巫师萨满举行沟通天地、人神的原始宗教仪式,祈祷万物诸神的保佑。《大漠魂》逼真地呈现了这种风俗。内蒙古西辽河流域是辽代契丹族的古文明发源地,在历史沧海桑田的变迁中,也融会了鲜卑、东胡、靺鞨、女真、蒙、汉、满诸文化,这一带形成了独特的萨满信仰,即所谓"安代"。位于西辽河哈尔沙河的"哈尔沙"村,有两位著名的"安代",一位是民国时期有"安代王"称号的老双阳,一位是"安代娘娘"荷叶婶。1940年,哈尔沙河流域发生极为严重的旱灾,"驱邪消灾祈甘雨"是世代"安代"的职责,即便冒着耗竭生命力的危险,所以,一个壮烈神奇的场面出现了:大漠苍茫,山峰沉寂,村庄破落,烈日炎炎,沙丘高耸,沙土炙热,几百个衣衫褴褛的穷苦农人围绕着炎炎沙丘赤脚狂奔,发出呼唤天地的呻叫,"安代王"和"安代娘娘"登场了,为"安代"奉献了一生的荷叶婶"绚烂的舞姿跃出历史阴沉的夜幕,扫荡着理性的呻吟和宿命的悲戚"[2]。这一悲壮的开场场面,推出了主人公以"安代"为命的传奇人生。因为从事这个行当,之后"安代"历经诸多磨难,新时期以后,荷叶婶最后一

---

[1] 朱鸿召:《东北森林状态报告》,《上海文学》2003年第5期。
[2] 冯敏:《力量的现身——关于小说〈大漠魂〉》,《小说选刊》1999年第2期。

次受邀跳"安代舞"祭沙祈雨,已经将安代内化为生命的荷叶婶开始极力拒绝、最终同意再跳"安代",一是为了村子祭沙祈雨,二是因为电视台提出重新挖掘并保护"安代文化",三是可以给村子换来一批返销粮。"安代曲"在整部小说中出现了 12 首(次),那无边无际的神秘与沉重,是人对天即大自然的叩问与交流。最终,荷叶婶因为祈雨的舞蹈而逝去,与其一生悲欢离合的老双阳为荷叶婶祭酒,他唱道:"……我把那满腔的"安代"唱给你哟,你好打发那无头的愁无好的命!"本来,萨满教的"跳神"一个方面是人对天地生灵的敬畏,一个方面又证明了人类在面对天灾人祸时主动抗击宿命的精神,郭雪波在以他的文字为萨满教文化精神复魅的同时,也激扬着人类与自然灾难抗衡的坚韧意志。1996 年,《大漠魂》获得台湾《联合报》中篇小说奖,评委们的意见是比较中肯的,既肯定了《大漠魂》所展示的民俗文化的美学意义,又提示了民俗表相的"一体两面":

> (《大漠魂》)描绘一种文化残余的美学并发扬其民俗意义的感情,无疑也是世界上任何地区,特别是第三世界要求"本土化"所需实践的基本共同课题。……在这部小说中,人们唱跳安代歌舞,因为遭受致命的荒旱灾难,想天降甘霖。作者一方面细致描绘这种盲目的宗教层面的民俗表相,一方面粗犷坚实地展示生命底层的愿望;这事实上才是任何民俗活动的根源。[1]

郭雪波的《银狐》更是将银狐作为荒原精灵甚至图腾象征,淋漓尽致地展现了蒙古萨满·孛文化在科尔沁草原生生灭灭的历史流变,更是揭示出草原变成浩瀚沙漠的缘由,即缘于势利贪婪的人类对自然生命神性的玷辱、对萨满"万物有灵"观念的践踏。"安代"曲也

---

[1] 东年:《评审意见》,见《大漠魂》,北京:中国文联出版社 2001 年版,第8—9页。

是《银狐》传达古朴宗教情怀的一种手段,第四章就有 6 处出现"安代",其中如"你知道天上的风无常,啊,安代!……"这首《萨满教·字师》"安代曲",在《大漠魂》和《银狐》中都有引用,在呈现出一种神秘的宗教文化色彩的同时,也表达了最底层的民间向不可知命运的抗争,而草原的博大、沙海的狂野、银狐的美丽和神奇,还有沙漠边缘人们的痛苦和欢愉、无知和坚韧在悲怆的歌舞中融入了萨满教文化的悲悯和神幻。

在迟子建笔下,有关仪式的叙述不像郭雪波那样悲壮、激烈,更偏重于书写仪式本身的人情美好和原始自然属性,这样更凸显了传统民风民俗作为一种生存方式的合理性,才更加切近了"文化多样性歼灭"的荒谬性。《额尔古纳河右岸》中的妮浩是鄂温克这个丛林部落 20 世纪的"末代"萨满了,随着政策的驱动、森林的减少、人心的嬗变,一个部落维持"游牧"的生活形态已经力不从心。但作为萨满,神灵的信媒,妮浩依然虔诚地信守一个萨满的天职,其神性魅力的传达既是向神的献礼,也是向生命的致敬。是神性的森林和山峦赐给了鄂温克人可以仰赖的生存条件,赐给他们可以搭建住所的林木、可以运输和食用的驯鹿、可以提供保暖的皮毛和御寒油脂的大熊、可以防御野兽和抵御风寒的火种……,所以在他们眼中,这一切都是神奇的。由于相信万物皆有灵魂,所以鄂温克在丛林中的游牧生活便是在与神灵打交道,他们既坦然又庄严。当生养的孩子不幸夭折,他们用布袋装好抛到山坡上,让山神把他收回;当为他们冬夏搬迁时驮运神器的驯鹿玛鲁王死去,部族萨满会为其献上祈祷的歌,表达感恩和忧伤;当憔悴衰老的生命就要逝去,他们会选择围绕在氏族崇拜的火种前舞蹈,让生命在且歌且舞的旋转中飞扬到神那里去;当为了生存的必要猎杀了森林熊,他们为其举行隆重的风葬,跳神、唱歌,以祈求宽恕:"熊祖母啊,/你倒下了,/就美美的睡吧。/吃你的肉的,/是那些黑色的乌鸦。/我们把你的眼睛,/虔诚地放在树间,/就像摆放一盏神灯!"

"萨满"这个职务,绝对不是世俗所谓的荣光,当危难降临到一个人的身上时,萨满必须义无反顾,甚至面临着牺牲。妮浩萨满为了自己神秘而庄严的使命先后在对别人的施救中失去了自己的三个孩子,一个是从树上跌落,一个是被群蜂蜇死,一个是跳神时造成流产。她知道,神要她的孩子顶替另一个人而去,她无法让他留下。交通天地的妮浩深怀从容舍己的美德,她对一切生命的敬畏、对神职的虔诚,使得她作为 20 世纪末游牧部族最后的萨满而光彩照人。1998年,是这个鄂温克部族举行的最后一次宗教祭天仪式——为燃起大火的森林祈雨,妮浩唱起生命中最后一支神歌,当山火熄灭,妮浩的生命升华为自然流转的生生不息的万物。

之所以要不厌其烦地分析这些小说中的宗教民俗仪式,是因为源远流长的"有灵论"的宗教和"生态文学"自然复魅的宗旨密不可分。迟子建《逝川》中的"放生泪鱼"仪式舍弃物质层面的介入,只在精神意义和心理暗示的层面发生,同样带着原始宗教文化色彩,呈现了人间习约与自然生灵的契合融洽。每年有一个节令,逝川会有泪鱼一路"呜呜呜"哭泣着下行。这里的人们总是在泪鱼下来的那晚守在逝川旁,把蓝幽幽的哭泣的鱼儿捞上来,盛在木盆里,次日凌晨再放回逝川。经由了人的慈悲爱抚,这种奇异的鱼再次入水时,就不再发出哭声了,会好好地活下去。村子里的人们一直信守着这个与自然生物的习约,认为哪一家哪一年如果没有参与捞泪鱼就会遭灾。这一年,当泪鱼下来的那天,会接生的老人吉喜虽然非常想参加每年一次的泪鱼崇拜活动,却无法去河边了,因为一个村妇要生产,人命关天,她不得不留下来。当疲惫不堪的吉喜接生完毕,泪鱼已经捞完了,村人已经离开了逝川。感人的是,村人没有让吉喜错过这个放鱼的仪式,当忙碌完毕的吉喜赶到河边,发现自己的木盆里盛着清澈的河水,水里游弋着数条蓝色泪鱼!《逝川》中流荡着的震撼人心的东西正是那种人与自然交融共存的感动,而且对自然的敬畏转化为人性善良的默然守护,这是那片黑土地上的精魂。

不管是阿来、迟子建还是郭雪波,站在人与自然和谐重构的立场上来传扬民间宗教文化内蕴的生命神性意识自有其道理,泛神论下人与自然的共鸣隐隐透露着对人类中心论的质疑。本来,"神秘性"就是人类精神和文化遗产中重要的组成部分,乡土小说对神秘的深入体验和传神表现,形象地揭示出中国传统文化"天人合一"的深层奥秘。但需要指出的是,现代社会的本质是非宗教性的,灵异古怪和自然神秘是两回事,如果"生态文学"的书写和生态批评的路径导向对神秘文化的崇拜,那并非其正途。不用回避的是,当下的宗教意识回潮其实并不能提供一套共享的核心价值观来统一和稳定社会,因为世俗性是现代化的一个重要的构成部分,它终究对精神性的宗教是"排异"的,指望宗教的劝谕唤起人类对自然神秘的恐惧,或者指望宗教中"爱生护生"的意识以神秘惩戒的形式重新成为人类的行为指南,已经失去警戒效用。作家应该充分明辨和谐与浑沌、生态平衡与止步不前的关系,明辨天道和人力、文化与迷信之间的关系,这样对于生态文明的参与才更有意义。我们的乡土生态小说起码要在文学质地上表现出对宗教别有心得的理解,宗教也应该把个人内心反省扩充到对整个传统和国民性的反思,体现宗教自新的勇气和重建精神家园的雄心。我们是否可以说,世界上或许需要的是这样一种"宗教":它的律令即是让每个人做个"义人",做个热爱自然、热爱生命的人。

(原文以《"万物有灵":新世纪萨满教文化乡土小说的生态观照》为题,收入《全球化语境中的中国文学研究——全国第一届中国文学研究博士后论坛论文集》,知识产权出版社 2009 年 7 月版)

生命神性的演绎

——论新世纪迟子建、阿来乡土书写的异同

　　20 世纪末期以来,工业化的强势推进和人对自然过度开发造成的生态危机日益加重,地球作为家园的破败使人类面临着"失根"的威胁,"危机寻根"也伴随着一种精神寻根、文化寻根从生态叙事中氤氲而出。以人与自然关系为书写向度的中国乡土小说也显示出空前的魅性特质,涌现了一批有着各自"生态"表现风格和伦理立场的作家作品,特别是"边地小说",如郭雪波的"大漠系列"、红柯的西部风情小说、杜光辉的"可可西里"小说、董立勃的"下野地"小说、杨志军的"藏獒"系列、姜戎的"狼文化"小说,凝结着现代乡愁的伦理追求,其自然观既蕴含着传统伦理价值取向,又兼具后现代重建自由精神的企图。虽然蕴藉深厚的生态小说当下还未成气候,精品力作更不多见,但"生态责任、文明批判、生态理想和生态预警"[1]已成为乡土小说重要的意义指向,标示了生态题材创作所能呈现的哲学命题及前沿高度。同样书写边地的阿来和迟子建无疑为这支队伍带来了饱满的生气,探寻阿来和迟子建该类文本的同与异,对于认识中国乡土生态小说创作有着启示意义。

---

[1] 王诺:《欧美生态文学》,北京:北京大学出版社 2003 年版,第 11 页。

一

阿来在《尘埃落定》后处于酝酿状态,陆续发表有《遥远的温泉》《已经消失的森林》《奥达的马队》《孽缘》《鱼》《格拉长大》等中短篇小说创作,创作井喷期似要到来。《空山》拟以 3 卷 6 部长篇的串珠式结构组成,面世的是"机村传说第一部",包括《随风飘散》和《天火》,但前后两部从内容、手法到格调都很不相同(以下叙述中仍用单篇名)。迟子建新世纪以来作品较多,中短篇小说有《五丈寺庙会》《鸭如花》《芳草在沼泽中》《酒鬼的鱼鹰》《相约怡潇阁》《格里格海的细雨黄昏》《雪坝下的新娘》《微风入林》《蝌蚪游向大海》《草地上的云朵》等,长篇小说有《伪满洲国》《树下》、《越过云层的晴朗》《额尔古纳河右岸》(以下简称《额》)等。阿来和迟子建一个是来自川坝藏汉杂居地、书写西部藏地文化的藏族作家,一个是来自中国最北端漠河、书写东北丛林的汉族作家,但在文本间你能感受到他们对边地风景风情风俗的诗性眷恋,也能从其对民族寓言的再造中寻绎他们对边地民族历史遭际的疼惜和哀婉;他们退居一隅、深察默省,用最合于自然性情韵味的文字,表达他们对原生态文化自然神性的尊崇以及建立在这尊崇之上的对神的消解与人的堕落的忧患、对人与自然关系的悲悯伤怀。他们对乡土家园的追怀,传达着浓郁的精神乡愁和原乡意识,渗透着深刻的人文情怀。

阿来和迟子建精神的原乡,首先是通过对人与自然和谐共处的描述来传达的,"回忆"是其重要的艺术手段。阿来《遥远的温泉》调用了现在的"我"与过去的"我"多重的叙事视角。小说写脸上长了一块块惨白皮肤的花脸牧人贡波斯甲被驱逐到山上放牧,他给不爱说话的坏孩子"我"讲述远方有一处措娜温泉,那里梭磨河在群山之间闪烁着光,穿流过绿色的草原,温顺的小鹿、蛮力的野牛、健硕的女子和多病的村人都被吸引而来。回忆中童年的"我""经常独自唱歌,当唱到牧歌那长长的颤动的尾音时,"我"的声带在喉咙深处像蜂鸟翅膀一样颤动着,声音越过高山草场上那些小叶杜鹃与伏地柏构成的点点灌丛,目光也随着声音无限延展,越过宽阔的牧场,高耸的山崖,最终终止在目光被晶莹夺目的雪峰阻断的地方",因为那里有"我"的梦中温泉,它以诗意和神性接纳了一切所谓的美与丑、贵与贱,"我"渴望有一天花脸会带"我"去温泉。回忆既是一种叙事策略,又使"我"在猝不及防的回忆中时时陷入感慨。《老房子》中的莫多仁钦也生活在回忆和意识流动之中。

《格拉长大》《随风飘散》中的流浪少年格拉身上有着阿来早年生活的印记。《格拉长大》把母亲桑丹大呼小叫的生产过程与12岁儿子格拉在"汪汪"学狗叫中成为男人的过程叠加。这里的女人分娩时痛死也不能叫喊,而桑丹没头没脑地大叫,兔嘴和汪钦们因此侮辱格拉,格拉勇敢地打断了兔嘴的鼻梁,但格拉的心是雄健温情而宽博的,当嘲笑者遭遇到熊,格拉又拼命把熊引开:

> 他奔跑着,汪汪地吠叫着,高大的树木屏障迎面敞开,雪已经停了,太阳在树梢间不断闪现。不知什么时候,腰间的长刀握在了手上,随着手起手落,眼前刀光闪烁,拦路的树枝唰唰地被斩落地上。很快,格拉和熊就跑出了云杉和油松组成的真正的森林,进入了次生林中。一株株白桦树迎面扑来,光线也骤然明亮起来,太阳照耀着这银妆素裹的世界,照着一头熊和一个孩子在林中飞奔。

就在这个历险过程中,格拉明白了母亲分娩自己时也是如此疼痛,他一下子成长为男人,他学着父亲们的口气问妈妈"小家伙呢",他像父亲一样给妹妹起了名字,他对母亲说"你也躺下,我要看你和她睡在一起,你们母女两个"。这是格拉的成长史,也是一个民族苦难而坚毅平和的成长秘史。阿来试图通过这对母子简陋而本真生活的再现,表现他们生命力的自然、真实和坚韧无比,他们那"没心没肺的笑"是他们的精魂,由此来反讽文明与道德、虚伪与浮饰,从而以新的伦理立场来追寻一种人性本真的原生态美,彰显来自大地的风情和创造力。《随风飘散》中格拉"停下脚步,竖起耳朵"就能进入野物们的世界:"一只野兔正在奔跑,三只松鸡在土里刨食,一只猫头鹰蹲在树枝上梦呓。"这个丛林里的孩子与大自然完美融洽,自然大地也以自身的规律保持着莺飞草长的旺盛。他一年四季在林中狩猎,林子里的野物却似乎越来越多,好像他的猎杀"刺激了野物们的生殖力"。格拉和野鹿的友谊是那么熨帖,鹿一高兴就"舔他的手、他的脸",他"喜欢那种幸福一般的暖流,从头到脚,把他贯穿"。"大地"是一切,在精神、肉身、伦理等各个层面与人合一,特别是小说结尾,格拉这个遭遇了恩仇算计、流言蜚语的自然之子最终和额席江奶奶在青绿的草地上"一道走了",他回归了精神的家园,一切消散了,包括爱与恨。

　　童年的记忆也流淌在迟子建的心灵河流中。《额尔古纳河右岸》无疑是迟子建为童年时在山镇周围共处过的民族唱出的一支最苍凉最宽厚的长歌。作为第一部描述我国东北少数民族鄂温克人生存现状及百年沧桑的长篇小说,作者安排氏族最后一位女酋长"我"用一天时间回忆并向"风"和"火"讲述这个民族的百年历史,苦难死亡在一个历经沧桑的老人口中小乌娜吉长大了!"母亲拿来一些晒干的柳树皮的丝线垫在我的身下,我这才明白为什么每年春天她都要在河岸采集柳树皮,原来它是为了吸吮我们青春的泉水啊",在原生态的生存中,"成长"是多么让心灵悸动的幸福。自然令人与历史和现实都有着密切的关联。《酒鬼的鱼鹰》中鱼鹰"像浓荫遮蔽的一处湖水般神秘,寂静而又美丽",它与人心灵相通,成为小镇人间世相的窗口;《一匹马两个人》中赢弱的老马是具有人格的存在,"它在别人家是马,在他家就是人";《越过云层的晴朗》采用了生态小说常常选取的动物叙事视角,通晓人性的狗作为叙事者揭示了生存的苍凉本相;讲述"文革"故事的《花瓣饭》中,正是来自自然的那美艳而香气蓬勃的"花瓣饭"像和煦的阳光抚慰了受伤的心灵;《原野上的羊群》中"我"把自然当作医治被现代文明戕害的灵魂的良药;《芳草在沼泽中》的刘伟终于在芳草洼找到了"吃了它,就没有烦恼"的"芳草",纯朴清爽的自然和空虚浮躁的都市时时形成对比。

回忆具有去蔽功能也具有遮蔽功能,静观远距的回忆给历史披上了理想的外衣。回忆中远逝的乐园般的情景引起审美主体的审美快感,让被现代技术"污染"了思维的人们重新找到敞开心灵的自由空间,使叙述者获得自我精神压力的缓解和挫折感的释放,以一个消逝了的乐园对抗现实,在对现实的颠覆中一个理想的文化图式和生存图式跃然而出,生活的审美于是升华为艺术的审美。回忆让阿来的川坝黑头藏民和迟子建的丛林游牧民的秘史渐渐显示了轮廓,隐喻着一个历史久远的民族寓言和神话。

对于原乡者来说,在回忆中运用民歌及民族语言进行书写,是其返归自然、接近灵魂的有效途径。在一个个没有现代狼烟所污浊的自然神话中,颂赞自然、祈祷神佑、超度灵魂、排遣困惑都离不开歌唱,这些歌正是这些民族的生存本相和文化本体的一部分,歌唱一切就是他们的自然生存状态。《天火》中的巫师多吉在烧荒前"深深地跪拜"在大地上,唱颂的歌谣便荡漾开来:"让风吹向树神厌弃的荆棘和灌木丛,/让树神的乔木永远挺立,/山神! 溪水神! /让烧荒后的来年牧草丰饶!"受到男人伤害的央金那悲情的歌声也与自然如此密切:"……我的新房为你开出鲜花的时候,你却用荆棘将我刺伤。"

而迟子建更为钟情歌谣,特别是在《额》中,"正午"部分出现了5首跳神歌:第一首是尼都萨满为魂归天堂的心爱女人达玛拉而歌,第二首是妮浩为驯鹿玛鲁王所歌,第三首是达西向新寡的杰芙娜求爱时妮浩为死去的金得祝福的神歌,第四首是妮浩祭熊的歌,第五首是为她夭折的孩子果格力吟咏;"黄昏"部分也有 5 首,第一首是妮浩为马粪包跳神时,她的孩子交库托被马蜂蜇死,妮浩为孩子所唱,第二首是瓦罗加为"我"唱的,第三首是妮浩以歌怀恋交库托,第四首是妮浩为偷驯鹿的汉族孩子跳神时造成流产,她为夭去的孩子所唱,第五首是在贝尔娜失踪的晚上马伊堪唱的;"尾声"中那支妮浩唱过的流传在这个氏族的祭熊神歌再次由"我"唱出。而这个氏族史的亲历者和叙述者"我","不想留下名字了","走的时候,……(要)葬在树上,葬在风中",化为森林的一部分。

　　缭绕的神歌是每一个民族的童年,它凄凉的散去也正是一个个逝去的部落的挽歌。如果说阿来的民谣更多是即兴式的"就事论事",迟子建的神歌则有着更加苍郁的民俗色彩,也更能传递一方游牧民族血脉中浪漫、坚韧、善良、生机酣畅以及生命意识的悲壮。正是这些歌谣和苍凉的回忆,一起构成了阿来和迟子建文本浓郁的神秘色彩和诗性特征,诗性叙事又反过来晕染了人与自然相通的情怀。

　　民族歌谣最能体现语言的"本土"特色,而语言很大程度上就是一个民族的身份认证。阿来和迟子建都具有一种民族语言的自觉。阿来语言的边缘意识和原乡渴望特别浓烈,他说:"我们这一代的藏族知识分子大多是这样,可以用汉语会话与书写,但母语藏语,却像童年时代一样,依然是一种口头语言。汉语是统领着广大乡野的城镇的语言。藏语的乡野就汇聚在这些讲着官方语言的城镇的四周。每当"我"走出狭小的城镇,进入广大的乡野,就会感到在两种语言之间的流浪。看到两种语言笼罩下呈现出不同的心灵景观",强势语言必将覆盖掉多种语言共存,"世界上会有越来越多的人加入这种体验"[1]。这种流浪体验无疑会带来一种与生俱来的身份焦虑。写

---

[1] 阿来:《我是一个用汉语写作的藏族人》,《文艺报》2005 年 6 月 4 日,第 3 版。

"文革"的《天火》中,穿行于两种语言之间的喇嘛对大火当前花样翻新的批斗会发表了意见,他开始是说了一大串藏话:"你们在这里为一些虚无的道理争来争去有什么劲呢? 多吉已经死了! 不管是不是封建迷信,也不管他的作法是不是有效果,但他的确是为了保住机村的林子,发功加重内伤而死的。……我们只是迷信,你们却陷入了疯狂。"喇嘛用对方不懂的藏语嘲弄了妄自尊大、一无所能的汉地领导——你们连我们的语言都不懂,那么你们就不懂我们的文化、更不懂机村,你们纯粹是比迷信还要可怕的瞎指挥! 正由于语言的原乡欲望,《鱼》中"我"敏感到贡布扎西说"我还以为你钓过鱼"时,暗含着"在很多其实也很汉化的同胞的眼中,我这个人总要比他们都汉化一点点。这无非是因为我能用汉语写作的缘故。现在我们打算钓鱼,但我好像一定要比他先有一段钓鱼的经历"。生长于嘉绒大地的阿来在同胞眼里并非纯粹血统的嘉绒人,他见识过排拒的目光,个体生命的"弃儿感"使他对那里的语言和文化有着复杂的心理,个体的隐痛其实也正是民族的隐痛。

作为叙写鄂温克的汉族作家,迟子建也敏感意识到语言是一个民族统合力的"黏胶",不过作为旁观者,她笔下鄂温克的语言乡愁不像阿来作品中那样峻急沉郁。《额》中的西班是鄂温克文化的传承者,当他听说好听的鄂温克语没有文字时,他迷上了造字,最大的梦想"就是有一天能把我们的鄂温克语,变成真正的文字,流传下去",但是就连本氏族的人也嘲笑他:"现在的年轻人,有谁爱说鄂温克语呢? 你造的字,不就是埋在坟墓里的东西吗?"阿来和迟子建笔下的人物离开了语言原乡后就将在母语之外的汪洋漂泊一生,这些认识使他们的文本充满了对"语言"的诗性愁绪,而这种语言的乡愁正体现着精神的原乡意识。

仪式也是生态叙事返归自然的通道之一。风景画、风俗画、风情画正是乡土小说之所以成立的"三大要义"[1]，而仪式是展现乡土原生态色彩最有质感的风俗画面，因为一方水土才有了一方仪式。对仪式的描写是 20 世纪 20 年代以来许多现代乡土小说家一贯重视的内容，从 40 年代到 80 年代"仪式"被定性为封建迷信，主流的农村题材小说都不再热心描述仪式，90 年代末的乡土小说中仪式描写又重新出现，特别是在边地小说中，但却与五四乡土小说叙写仪式的意图有质的不同。鲁迅影响下的乡土小说家站在启蒙的立场对乡下人无法适应现代社会与文化变革的精神状态予以批判，常把民俗仪式视为民族愚昧僵化的劣根性，如鲁迅《祝福》、王鲁彦《菊英的出嫁》、台静农《拜堂》，等等。当然，在表达批判意味的同时，异域情调的渲染也饱含着浪漫乡愁。近年乡土小说中仪式的描写重在表达人对自然的虔敬，如郭雪波的《大漠魂》《锡林河的女神》，范稳的《水乳大地》《悲悯大地》，等等。阿来和迟子建都屡次写到仪式，如《随风飘散》中兔子的火葬，《天火》中多吉烧荒时的颂歌和跪拜、江村贡布为多吉举行葬仪，《额》中为猎物举行风葬、萨满唱神歌，等等。乡土描述跨越了启蒙的话语逻辑，取消了他者叙述中对大地的"蒙昧"指认，发现乡土风俗的诗性美学，成为乡土生态文本的审美特征。仪式在文本中的另一意义则是塑造本部族的英雄传奇。仪式本身就是一个部族区别于其他群落的文化标签，仪式的实现必须仰赖于部族中所谓的通灵人或动植物，所以仪式成就的英雄传奇是一个民族创世神话的一部分，是民族图腾的传接。《额》中妮浩明知道天要把一个人带走，"我把他留下了，我的孩子就要顶替他去那里"，但在危难降临别人身上时，她还是强抑着又要失去一个孩子的悲痛跳起了神舞，在她内心没有恶人，为那偷盗氏族驯鹿的汉人孩子、为那令人讨厌的马粪包、为给失火的森林祈雨，她先后失去三个孩子。作为自然智慧的

[1] 丁帆：《中国乡土小说史》，北京：北京大学出版社 2007 年版，第 17 页。

宠儿，她怀有对神职的虔诚、对一切生命的敬畏和从容舍己的美德，她把个人生命升华为自然流转的生生不息的万物。而《天火》中的多吉也是阿来所塑造的平民英雄。"新的世道迎来了新的神"，新的神只准人们开会读报，根本不在乎机村来年的牧草是否茂盛。心中没有自己只有机村的巫师多吉有些特异功能，如测定风向、呼唤火神和风神，他屡次冒着入狱的危险烧荒，为机村烧出一个丰美的牧场，终于在"全国山河一片红"的"文革"中被逼成逃亡犯。即便如此，残疾了的多吉藏在山洞里还要发功祈雨，期望以微薄神力熄灭肆虐森林的大火，直至困累而亡。阿来《守灵夜》中色古尔村村民集体站在村口迎接逝去的贵生老师，生存环境的恶劣磨砺出生命的坚韧和尊严。《奔马似的白色群山》里那些"一步一长跪的朝圣者"面孔"像一段段糟朽的木头"，但眼里却闪烁着坚定明亮的光芒，他们毫无怨言地把生命托付给厄境。

另外，仪式常常关涉对动植物神性的敬畏，这也正是原始生态得以平衡的古老戒律。《额》中驯鹿玛鲁王死去时，妮浩为它唱了成为萨满以来的第一支神歌，那温存而忧伤的调子表达了氏族对这只相助人类的动物的感恩和祝福。游牧在丛林中的人类有时不得不猎杀大熊，正如熊在饿极时会伤害人，这是自然赐给双方的生存条件，相互都只为了简单的生存而与贪婪无关。氏族为捕杀的熊举行风葬仪式，正如给逝去的人一样："熊祖母啊，/你倒下了，/就美美的睡吧。/吃你的肉的，/是那些黑色的乌鸦。/我们把你的眼睛，/虔诚地放在树间，/就像摆放一盏神灯！"

对自然生命的敬畏使阿来和迟子建文本濡染着浓厚的神秘色彩，对神性色彩的揭示有时通过"死亡"来完成。在边地民族的生命意识中，死亡是灵魂存在的另一种形式，草地、湖泊、鹿、熊、人等所有自然万物都有它们的生命形式和轨迹，都有"如其所是"的自身禀赋，诗意、尊严、从容、充满活力的死亡，在阿来和迟子建那里都有呈现。

正是在对生命神性的敬畏中,"物"获得了与人等齐的灵性,自然不再是人的附庸或叙事的背景工具,而是推动人向善向真的魅性力量,所以自然的死亡也带着高贵的神性。和死亡的神秘不可把握一样,新生命的孕育也和自然神性密不可分。《额》中"我"能够怀孕"与水狗有关","我"制止了丈夫猎杀水狗妈妈,因为"我"想到还没有见过妈妈的小水狗"睁开眼睛,看到的仅仅是山峦、河流和追逐它们的猎人,一定会伤心的",此后不久,等待了三年的新生命气象终于降临"我"的肚腹。人护佑弱小动物,动物的神性带给人福祉,这其中传达的正是一种宝贵朴素的人与自然和谐共存的生态意识。

二

徜徉在诗意的情怀里书写人与自然的和谐、颂赞生命神性意识的高贵,怀着义愤和忧患的意识揭示人类活动对自然的破坏、开掘人性与自然的诸多悖论以及由这悖论所引发的无数心理曲折,其实是当下张炜、张承志、郭雪波、杨志军、范稳、红柯等作家都关注的题旨,文本内部一般有这样一条思维链接:生态和谐—外力侵入(政治强权/现代化挤压)—神性消解—人性堕落—自然破坏—生态危机—人与自然关系重构。迟子建、阿来调用回忆、民谣和仪式,意图所在正是为了对照现实——神性的消解和人性的堕落,但他们并没有让通灵者的精神活动仅止于自然神性和自我神性的幻异感觉和超常领悟,神性人格的建构和形成与先在的历史和共时的现实相关联,在获得了自由空间的同时避免了成为脱离"人"与"世"的孤独之神,因而生命神性的塑造更富有人的主体性,也就更富有人文性和现实感。虽然迟子建和阿来都关注外来强制力量对生态和谐的破坏,但依然有其迥异之处:阿来倾向于对政治文化的批判,迟子建则侧重于对经济发展与生态平衡的悖论书写;阿来在批判中揭示神性解构下的恶欲膨胀、愚昧无知、人心阴鸷,迟子建却更愿用温情的心发掘"恶"

中那人性闪光。

阿来执着于近代以来权力运作对一个区域文化生态和自然生态的摧毁,他的多部小说都是聚焦一个时代的乡土风俗画。《天火》中的色嫫措是机村的神湖。机村过去干旱寒冷,光秃秃一片荒凉,后来色嫫措里来了一对金野鸭,从此机村生机盎然。金野鸭负责让机村风调雨顺,"而机村的人,要保证给它们一片寂静幽深的绿水青山",所以机村人对森林的索取仅限于做饭煮茶、烤火取暖、盖新房、添畜栏。但在一个功利和仇恨成为动力的时代,伐木队来了,林子大片大片消失,机村人无法保证"绿水青山";那寻找矿石的地质队手持"宝镜"到处照,金野鸭难免受惊;漫山遍野的国家森林失火,人们却陷入了政治疯狂,政府派来的大批人马只热衷于开会偷腥、吃好饭、呼口号,"金野鸭一生气,拍拍翅膀就飞走了"。当汪工程师心生妙计炸掉色嫫措放水灭火时,湖底却塌陷了……文本结尾外来汉人以救林的表象最终完成了毁林的罪恶,还推出了三个烈士、一个英雄,抓住了四个罪犯。央金成为英雄是戏剧性的,这个痴情于城里来的"蓝工装"的共青团员,差点被炸湖的大水淹死,因之被加冕为英雄——只因这么大一场保卫国家森林的运动需要发现英雄,并非她救火有功;而真正爱森林爱机村的多吉因烧荒被判为反革命,焚烧后的一点遗骨也得接受审查,还连累了江村贡布、格桑旺堆,历史的荒谬在这里落下了最浓重的一笔。作为一个藏族人,阿来更多的是从民间口耳传承的神话、部族传说、家族传说、人物故事和寓言中吸收营养。流传于乡野百姓中的故事包含了许多藏民族原本的思维习惯与审美特征,包含了许多对世界朴素而又深刻的看法,因此,他情不自禁地流露出对民间藏文化的维护和对外来破坏的义愤和嘲弄。阿来的《鱼》打破了现实物象与精神世界的界限,在一种未知与可知、历史与现实之间抒写了藏民族敬畏自然的嬗变史,叩击了一个民族隐秘的心灵史。小说写在藏族的传统中有很多禁忌和自然崇拜,如人总把不祥

之物驱赶到水里,鱼是一切不洁的宿主;20世纪后半叶,藏民都开始
吃鱼了。那么,"我"从对钓鱼的诚惶诚恐到不再心悸,也就预示了自
然的生命神性在这片乡土上荒芜了,原生态的神话也褪掉了神秘色
彩。如果说"鱼在叫"时"我"的痛哭是由于"孤独和恐惧",倒不如说
是对逝去的神性敬畏的献祭。一旦"我"已学会了钓鱼,感觉"不是
我想钓鱼,而是很多的鱼排着队来等死。原来只知道世界上有很多
不想活的人,想不到居然还有这么多想死的鱼。这些鱼从神情看,也
像是些崇信了某种邪恶教义的信徒,想死,却还要把剥夺生命的罪孽
加诸别人。"这句话道出了阿来对世俗龌龊的隐喻。《遥远的温泉》
里"我"在多年后终于实现了造访措娜温泉的夙愿,却发现温泉已被
野心勃勃的政治家开发为钢筋水泥的旅游场所,而且荒败了——
"我"永远也去不了童年"那个"温泉了,而且这片土地上马踏软草的
声音和耳边呼呼的风声,草地杜鹃花、腹地柏丛、溪流草地、落叶松、
比房子还要大的冰川碛石,都将成为美好的过去。在这里,阿来不仅
痛惜于原生态的毁灭,也表达了对特殊年代"不能自由行走"的批判,
这种批判后来又出现在《随风飘散》中,同时也意在表达即便温泉还
在,奔波在功名利禄中、丧失了精神抒怀的我们,再也欣赏不了自然
那美妙的和弦了。

　　神湖被炸了,温泉面目全非,而森林的消失终将毁掉我们想象中
那点美轮美奂的诗意。如果说《格拉长大》是《随风飘散》的序曲或
小排演,《已经消失的森林》就是《天火》的雏形,其中现实与回忆又
强烈撞击,击碎了我们的一切幻想。那林涛过后凉凉的雨丝、柏树林
泉边吹响的竹笛、青翠的白桦树与箭竹林、等待猎犬归来的希冀与恬
淡、丛林怀抱中的神秘、爱情与罪感……现在都被黄色的泥地、电锯
的轰鸣、泥石流、囚徒、镣铐、洪水等所代替,阿来以穿透历史隧道的
眼神告诉我们:那个象征着生命茂盛勃发、也隐含着生命深不可测
的森林已成为历史。《随风飘散》中现代文明洪水一样流过了机村生

活的表面,美好的机村随着修路开林、鞭炮炸响,成了一个飞散传言的村落,暴露着对人们无知的讥讽、人性蒙昧的丑陋;《天火》中神灵的敬畏与破四旧的革命思想产生了冲突,阿来以自然灾变喻示了社会变局,他借格桑旺堆之口批判了外来文化的无理:"他们都是自己相信了一种看不见摸不着的东西,就要天下众生都来相信。他们从不相信,天下众生也许会有自己想要相信的东西。"多吉也说:"山林的大火可以扑灭,人不去灭,天也要来灭,可人心里的火呢?"阿来看到了丑恶年代里庄严和神圣的失落,丑陋的人性表露无遗。执着于对历史和政治文化的揭示,显示了阿来的人文关怀立场,但这种以自然灾变喻示社会变局,又令抒情性的文字颇显生涩。

初涉文坛时的迟子建以《沉睡的大固其固》表达了对外部世界的向往:将要离开小镇的楠楠就像大固其固的小马哈鱼一样游了出去,"不想再回头去看小镇",她也希望她的伙伴们不要"伴着它一起再沉睡下去"。随着世界观和生命观的渐变,迟子建对中国现实性生活的拒绝和现代性的质疑也越来越深入:"我们人类是无知的,地球是自然的,我们人类不过是进入自然界探知它的奥秘。"[1]迟子建在《额》中写出了现代经济对一个民族的挤压,结尾处洞悉世事的"我"发出这样的疑问:"这几年,林木因砍伐过度越来越稀疏,动物也越来越少,山风却越来越大。驯鹿所食的苔藓逐年减少……他(激流乡古书记)说我们和驯鹿下山也是对森林的一种保护。驯鹿游走时会破坏植被,使生态失去平衡,再说现在对动物要实施保护,不能再打猎了。他说一个放下了猎枪的民族,才是一个文明的民族、一个有前途和出路的民族。我很想对他说,我们和我们的驯鹿,从来都是亲吻着森林的。我们与数以万计的伐木人比起来,就是轻轻掠过水面的几只蜻蜓。如果森林之河遭受了污染,怎么可能是因为几只蜻蜓掠过

---

[1] 方守金、迟子建:《以自然与朴素孕育文学的精灵》,《钟山》2001 年第 3 期。

的缘故呢?"这是对破坏自然生命的深切痛楚和对外来经济进行强词夺理掠夺的温婉控诉。人与自然的悖论就在这里出现了:森林哺育了自己的子孙,而这些子孙为了改变生存境遇又毁灭了森林,这使他们再也不能与森林相依为命,心灵的灾难史开始了。《西街魂儿》也表达了同样的观念。不过,迟子建的批判态度是宽厚的,她认为:"我们所受到的文化熏陶和他们的原生态的文化是不一样的。当他们相遇的时候,必然要发生冲突。而这种冲突用善和恶来下结论是简单的。"[1]这里迟子建并没有把"我们的文明"定性为恶。作为具有现代意识的作家,迟子建没有迷失于历史理性与道德感性之间,那充盈着丰沛诗意的乡土已经严重滞后于新世纪的步伐,告别田园虽然带着太多无奈、太多肉体与精神的磨难,但身处人类现代文明的总体进程,迟子建也并不遮蔽林牧游猎生活的生存困顿和精神愚昧。《额》中写山林生活偏僻不便、交通阻塞、医疗无保、教育无着、就业困难,"我"的女儿达吉亚娜在她女儿依莲娜去世后,联合其他乌力楞的人联名提交给政府一个下山定居的建议书,很多年轻人愿意下山,"我"没有阻止。迟子建也有对原生态生存非人道处的批评,如《额》中尼都萨满晚年对达玛拉的爱恋却是族规所不容的,所有人都予以抵制,结果他们疯癫了,还有依芙琳的乖张、金得的被逼成婚、瓦霞的刻薄等。依莲娜是作者所塑造的有意味的形象。她是这个家族走出去的第一个大学生,并成为画家。她结婚一年就离婚了,每次她返回山林疗伤都会说城市的喧嚣和无聊,但她又嫌山里太寂寞,于是在城乡之间反复往返,最终她"彻底领悟了,让人不厌倦的只有驯鹿、树木、河流、月亮和清风",结果回归自然的依莲娜还是被丛林河流夺去了生命。《西街魂儿》也有对愚昧和无知清醒深刻的批判。所以,迟子建的审视是双向的,人类需要在前行中频频回首捡拾失落的人文精神,

---

[1] 迟子建、周景雷:《文学的第三地》,《当代作家评论》2006 年第 4 期。

但回归也并非标示一种未来方向。

在对自然风物的拥抱和本真人格的热望中,作家拥有的体验可能是激昂、亢奋、扩张的,也可能是平和、宁静、顺从和守护的,阿来多属于前者,迟子建多属于后者。阿来也会偶露温情,《随风飘散》中当外出流浪的格拉和母亲终于见面,歉意的村人主动赠与的场面每每令读者潸然泪下,他对人内心虚弱、温柔与高贵之处那轻轻的开示让人心灵颤动,但在整体上阿来更加凌厉深刻,他的气定神闲也掩饰不了他内心的焦灼。迟子建更愿意展示细腻的风范和丰富的想象力:"憧憬是想象力的飞翔,是对现实的一种扬弃和挑战。"[1]同样写祈雨中的死亡,比起《天火》中的多吉,也许妮浩在天堂里也是幸福的;《世界上所有的夜晚》写到"魔术师"丈夫的故去,写到金钱和权力对人性的异化,但叙事笔调相对轻快舒缓;另外作为女性作家,迟子建表达对本真人性的呼唤常通过塑造民间女性来实现,作家稍稍沉醉于女性的从容浪漫,《沉睡的大固其固》中的媪高娘、《世界上所有的夜晚》中的周二嫂、《额》中的妮浩等,都有着女性的人格魅力;迟子建的"文革"书写也不同于阿来的风云展现,而是轻描淡写,揭示特殊环境下人性的迷失以及艰难的人性超越才是文本的闪光之处。迟子建认为整个人类情感普遍倾向于温情,她信奉"温情的力量同时也就是批判的力量"[2]。她通过对富有自然色彩、神性色彩和流寓色彩的"原乡"的书写,发现了人性的真纯美,以大慈爱大悲悯削弱了文本的悲情色彩,形成了迟子建小说"独特而宽厚的人文伤怀"[3]。

人类在推进自身文明前行的过程中,反躬自省种种失误所造成的自然不可持续为人类发展提供共享空间的现实,是理智的,这也正是人的主体价值的体现,只有当"人"作为人与自然协调共处的主体

---

[1] 迟子建:《必要的丧失》,《迟子建随笔自选》,南宁:广西民族出版社1998年版。

[2] 张英:《文学的力量》,北京:民族出版社2001年版,第302页。

[3] 施战军:《独特而宽厚的人文伤怀》,《当代作家评论》2006年第4期。

价值被凸显出来的时候,自然的被保护才真正有所依傍。新世纪以来,中国有些乡土作家忧患于严峻的环境问题,却认识不到西方"纯学术"的生态理论背后暗藏的意识形态,生吞活剥的结果背离了中国历史现实和人性底线,其乡土文本中人与自然生态伦理观的倒错正产生着恶劣的影响。从弱势文化层面展示民俗民情、生存艰难与生命高贵,探究自然奥秘以及人类文明与自然的生命和弦,从人文关怀的立场切入生态关爱,从生态关爱的角度抒发人文关怀,是阿来和迟子建的文学理想;在认同人类发展的本质上,自然生态的灭顶之灾,实质上是非人文性的扩张、资本权力的操纵所造成的,这是阿来和迟子建小说的启示。乡土小说家如能站在中国坚实的大地上,扬弃西方伦理理念,写出中国现代化进程中独特的"中国经验",人与自然的书写才真正能体现出作家主体性反省的深刻动机和良好愿望。从这个角度而言,阿来和迟子建写于新世纪以来的乡土小说,把生态关注的视域从单纯的环境生态"提升到自然生态与精神生态的高度,注视一切生命的自然状态与精神状态,在拯救地球与拯救人类灵魂的高度作出审美观照"[1],也许比那些单纯地对抗现代的姿态更富有意义。

(原载《文学评论》2007 年第 6 期)

---

[1] 王克俭:《生态文艺学:为了人类"诗意的栖居"》,《浙江师范大学学报》2001 年第 1 期。

新世纪小说的"动物书写"及生态内涵

　　20 世纪末以来乡土小说的"动物书写"和其他生态题材小说比较起来,有一些比较独特的伦理叙事特征,这些特征和其传达的生态信息内涵是互为一体的,而且不少小说表现出多个层面的生态意蕴。综观这个阶段的"动物小说",根据其生态学和伦理学的意涵,我们可以大概把这些小说归纳为以下几类:

　　第一类是从生物社会学出发,揭示动物复杂的内心世界、灵魂天地,以此声张动物尊严、权利或其道德主体地位,通过动物行为描述来揭示创作主体的形上思考,以灵性的动物折射或隐喻人类社会,展示动物自在的生命状态,直指现代人的精神异化。

　　美国作家杰克·伦敦的《野性的呼唤》是呼应"动物解放"理论的杰作。小说写一只忠诚强干、聪明智慧的狼狗巴克在被几次转卖后沦落到一个残暴贪婪的恶人手下做雪橇狗,在残忍的毒打和饥寒威胁下它完全丧失了自己的尊严甚至生存权利,在对人的恐惧中,巴克那来自遥远祖先的原始野性萌发,对于荒野自由的向往终于使它成为了峡谷里令人恐怖的魔狗,一只"狼王"。牧娃的《狼狗之间有条河》可以说与《野性的呼唤》有异曲同工之妙,正是体现了动物尊严的一面。小说写 1968 年到内蒙古插队的知青"我"在打狗运动中,捡到了一只小狼狗,当时这只被弃野地的小狗"眼睛似睁似闭,皮皱皱的,还不大会走路,出于一种求生的本能,正磕磕绊绊努力地在杂草中向前拱着"。据说这种狗长大后彪悍无敌,是狼的克星。在看家狩猎的过程中,这只小狗成长为舍身救主、奋勇迎敌、是非鲜明、嫉恶如仇、拒绝诱引的英雄,但是在卑劣的人心逼迫下,在火药、猎枪围攻下,狼狗绝望了,绝望的同时,在它体内被压抑着的野性也被迅速唤醒了,它最终超越狼与狗之间的"河流",跑向狼山,"正像草原上那首古老的民歌中唱到的'狼狗之间有条河……',狼狗是被人逼得越过了那条河"。

蒙古族作家黑鹤的《黑焰》以藏北高原苍凉、壮美和辽阔的地貌为故事背景,以藏獒格桑的"第一人称叙事"叙述了自己曲折跌宕的生命传奇——在人类社会中绝望和惨烈的经历。母亲在一个雪夜与雪豹恶战,重伤不治,留下幼獒格桑。格桑渐渐成长为一头高原牧羊犬,醉酒的主人在神志不清之下将其卖掉,心属雪域的格桑从此被囚禁,在拉萨非常意外地获得自由,艰难的生存唤醒了它与生俱来的荒野气质,为了活下来它和各种流浪狗大战,从此它见识了人类的能力,特别是枪的威力。由于疏忽,它又一次遭遇禁锢,在几乎陷于绝望时,一头绝食的老藏獒唤起了它对远方对草原的向往。在一头发狂的牦牛冲撞下,它重新冲出禁闭逃向荒原,遇到了后来难舍难分的韩玛,他为它锯开了脖子上沉重的项圈,使得它真正恢复了活力。格桑跟随韩玛来到陌生的北方城市,在分分合合之间它曾经成为著名的超市保安犬,也曾经作为导盲犬帮助盲童导盲,最后追随着韩玛的援救生活,来到广袤的北方草地。黑鹤成长于内蒙古草原,幼年曾经有过与两头白色狼犬相伴和在森林长期游历的人生经验,他有着对动物生存秘密悉心洞察的能力和对一切生命敬畏的情怀。小说赋予了格桑高傲、冷峻的性格气质,它以聪慧而尖锐的目光打量着人类,展现了一种原始狂野与现代文明的交锋。作者通过对坚忍的动物心灵的书写,试图召唤人类细细体悟多元世界的瑰丽,同时,小说也表现出对于人类文明的深切理解与尊重。

邓一光的《狼行成双》也是在生态视野下写动物的小说,小说写"我"在大兴安岭当兵时,经常和柱子带枪携犬在无边无际的森林中巡逻,也常常能带回一些野味。后来"我们"见证了一对相亲相爱、同甘共苦的狼夫妻的故事。这对狼患难与共相处了9年,它们一直渴望远离人烟、返回森林,但是浩瀚的适宜狼生活的森林几乎成了梦中的一种想象,林地越来越少,梦想终究破碎。一次,它们又来到一个村庄边,公狼陷入了猎人的陷阱,母狼决不放弃,天天找到食物自己空着肚子却送来喂公狼。公狼被"我们"发现,没有被杀,仅仅被打断了脊梁,用来诱捕母狼,公狼担心母狼上当,而母狼仍然趁人不备把一只黄羊扔给公狼。这样又过了两天,公狼为了让母狼彻底放弃不能得救的自己,选择了撞破脑袋自杀,而伤情至极的母狼也迎向了猎人的枪口。《狼行成双》这部具有寓言性质的小说也可以看作是人类已经遗失的爱情童话的仿写。无独有偶,董立勃的《狼事》同样以细致温存的文笔淋漓尽致地揭示了古尔图荒原狼精神世界的一面。一只发情的青年公狼在向属于老公狼的青年母狼求爱时付出了生命的代价,母狼因偷情被狼群逼迫出走,一只刚刚从人们的"棍棒和刀枪"之下逃亡的大狗黑风搭救了这只已经怀孕的母狼,发誓"再也不会帮人做事"的黑风帮助生子的母狼打败了老狼,但狼崽却被对方咬死了,老狼不能容忍不属于自己的血脉留下来。随后那个冬天,黑风和母狼在"漫天飞舞的雪花中,一起写了一首美丽的爱情诗。爱情诗在草滩上开满了野蔷薇时,变成了一只身上有黑毛也有黄毛的四条腿的东西",这个东西后来组成了一个新的狼群,它宽容大度、凶猛狡猾,没有狭隘的种群观念,因此,当别的狼群都在减少和消亡时,它的狼群却不断壮大;这只狼对人很了解,总是"能躲开猎人们的埋伏网和布下的各种陷阱",而且会把人们辛辛苦苦养大的羊拖回来当粮食。

看来,同是寻找荒野,如果说张炜、迟子建等是到荒野中去寻找浪漫诗意,牧娃、黑鹤、邓一行、董立勃是去荒野寻找喧哗与骚动,寻找高亢的野性,但他们的反抗意义是共同的! 不从"动物解放"而从人文角度阐释,我们也可以说这一类小说是通过对人性之恶的批判完成的,或许在很多情况下,人也是会轻而易举变身为野兽的,这在当代中国不是没有过前车之鉴,那一般是"大棒政策"的功劳。正如《狼事》对动物心理情感的拟人化描写,不仅是对动物野性奔放、蛮健豪迈的爱情的赞赏,也是对萎靡沉闷的人类精神世界的反衬;不仅是要唤起富有同情心的人们对动物情感的尊重,也在于提醒人们动物具有自己的道德自足;更为重要的是,人文环境的变化催发了人心久远的原始情怀——只有在自然中才能撷取大地精华,享受生命的灿烂饱满,严寒或酷热的恐惧和黑暗的神秘磨砺了灵性,但这正是人类草创生活的时代的激情,没有退缩,生命才能在永不放弃中获得自由,正如杰克·伦敦在《热爱生命》中所说:"筋肉每次钢铁般坚硬的收缩里,蕴含着以后钢铁般坚硬的爆发,一次次的周而复始,无穷无尽。"

第二类是偏重人文阐释,以动物的肉体遭遇与心灵挣扎拷问人性的标度,同时,通过凸显动物的遭遇重新唤起人类的道德良知和对弱者的人文关怀。

"文学是人学,写动物不过是从别一样的角度表现人。"[1]动物题材小说常常选取"动物看人、看世界"的叙事视角,这样更容易揭示动物的内心世界,而且"从动物这个特殊的角度去观察体验人类社会,或许会获得一些新鲜的感觉。现代动物题材小说很讲究这种新视角,即用动物的眼睛去思考去感受去叙述故事去演绎情节"[2],它们对人类的注视给我们提供了一种认识自我的参照。

---

[1]朱宝荣:《动物形象——小说研究中不应忽视的一隅》,《文艺理论与批评》2005年第1期。
[2]沈石溪:《漫议动物小说》,《儿童文学研究》1998年第2期。

　　李宁武的《落雁》和《远去的深蓝色》都是写大雁的"动物小说"，前者以鸟祖母的视角写一个大雁家族在迁徙期间所遭逢的无数磨难——城市上空的浓烟也许迷幻了鸟们的眼睛，污染的溪水可能使它们再不能展翅蓝天，暴力的枪口就在某个瞬间会猛然震响，再美丽的鸟儿也躲不过坠落的命运——以及对生命的绝望和坚持，尤其感人。自打雁群"从遥远的南方那片越来越小、越来越干涸的沼泽地上起飞，半个月来，总是在人类目之难及的高空里无声地躲过黄昏，掠过炊烟飘浮的村庄，等天完全黑下来，这才终于找到一片开阔的麦田，或者一片荒凉的湖滩，总之越开阔越荒凉越好，这才开始向地面接近，无声地盘旋滑行，终于在祖母不动声色地暗示里，鬼影一般滑下来，慌慌忙忙啃几口麦苗，饥肠辘辘卧下睡觉"。这个晚上，祖母颇费心机地安排了值夜和睡觉的排位后，"朝周围用心倾听好一阵，自己最后一个入睡。她把祖父安排在自己身边来，想在夜里暖着他一点。祖父又瘦又小，而且老了"。大雁家族睡熟了，"只要今夜没有危险，大家好好睡一觉，只要明天天气好，一天又可以搜索至少一百公里范围，也许能够找到一片没有人类、暖和一点、水草也稍微像点样子的地方。可凡是那样的地方，就都先有人类了。好地方早都叫人类占净了，无论如何，你很难找到一片罕无人迹的荒凉了。而且只要有人类，就有明显的或隐蔽的枪口，就有套子和网，就有捕捉和屠杀。"这个家族经过辗转寻找，终于飞达了一处洼地，饥饿、困顿使雁群箭一般降落休整，但祖父在一个很偏的视角发现了芦花丛中乌黑的枪口，死亡悄悄靠近这个家族，他来不及作出其他选择，猛然独自一人起飞转移目标，祖父成功营救了家族，但他为此付出了生命。带着悲伤雁群再一次开始寻找栖息地，整个历程饥寒交迫，但更可怕的是人类的各种诱捕，当他们在河滩觅食，发现了一丛嫩绿的苜蓿草，还没等祖母的厉声阻止喊出口，小孙女的长脖子已经被拴在橛子上的一根细丝线扯直了，无论怎么痛苦挣扎也脱不了，狞笑着等待战利品的人类来了,祖母不得不放弃营救逼迫家族的大雁重新起飞。悲伤逆流成河!他们在黄河滩上平沙落雁,以此纪念祖父和小孙女,祖母内心"温柔的情感淡化了悲愤",然而就在这时,地面火光一闪,大孙子和他的父亲消失在黑暗里了!失去了丈夫和一对儿女的女儿一路悲痛得几乎死去,无力飞行,他们发现了城市,降落在城市的一处湖泊。人们兴奋不已,这个雁家族不再缺吃少喝,也不再有被杀戮的命运。当西伯利亚开春的消息启动的大地密码传来,衰老的祖母飞不动了,女儿必须恋恋不舍地带着余下的一双儿女飞往北方,因为他们"天生要飞"!次年,祖母迎回的竟是形单影只的孙女——她生过小雁,把他们养大,却全部死在了路上,可以想象她一路的艰辛!高贵、冷傲、尊严的大雁从此开始了渺小、奴性、寄生的生活,"我们背叛了自己而投靠人类,永远离开广阔的原野和森林,离开绵长的河流和美丽的湖泊,离开苍茫的山脉和斑斓的高原了。我们的后代,将无情地失去祖先们为之骄傲的种族本能"!《落雁》不仅仅让我们惊叹小鸟和我们一样丰盈的智慧和品格,也感慨它们任人杀戮的命运,鸟间的温情体恤反衬出人类的冷酷和贪婪,它也使我们沉思:候鸟的疲惫不堪、孤独挣扎难道不是这个大移民时代我们自己的缩影?我们何尝不是那些迁徙流浪的鸟!那么,我们为什么就不能推己及鸟,学会爱护其他动物?!而更为深刻的是,故事最后大雁在万般无奈下归于城市的观赏园似乎是唯一一个安全可靠的归宿,但祖母的悲叹并非没有道理:飞翔是鸟的宿命,人类按照自身的愿望以爱鸟的名义把鸟类圈养在了市中,是违背自然规律的,最终必将带来这个种类的灭绝。如果真爱,为什么不能让他们自由安全地展翅蓝天?

叶广芩的《老虎大福》同样是关注野生动物灭绝问题的文本,该小说选择的是人类的叙事视角,写陕西秦岭一带最后一只华南虎被猎杀的故事,虽然读起来不像陈应松《豹子最后的舞蹈》那种动物视角更为凄婉动人,但也是充满着令人幽然浩叹的力量。温亚军的小说《驮水的日子》和《寻找太阳》,马福林的中篇小说《一只俄罗斯狗在中国的遭遇》,也涉及了自然、动物与人的关系问题。

　　动物叙事文本富有强烈的人文色彩,描述动物"人性"的一面必然要冲击人类的悲悯情怀,最常见的是写懂得忠义和感恩的狗:《野狼出没的山谷》里的猎犬贝蒂,宗璞《鲁鲁》里的鲁鲁,李传锋《退役军犬》里的黑豹,沈石溪《第七条猎狗》中的赤利和《灾之犬》中的花鹰,郭雪波《沙葬》中的白孩儿,陈应松《太平狗》中的太平,王华《一只叫耷耳的狗》中的耷耳,董立勃《狼事》中的黑风,张永军《狼王闪电》中的闪电,牧娃《狼狗之间有条河》中的"狼狗",杨志军笔下的"藏獒群体"……其中好几条狗像《野性的呼唤》中的巴克一样是被人性的龌龊逼上狼山的狗,如贝蒂、黑风、闪电、"狼狗"等。迟子建《越过云层的晴朗》也采用了动物叙事视角,通晓人性的狗作为叙事者揭示了生存的苍凉本相。《藏獒》以呼唤人性为主题。我们注意到,与《狼图腾》相反,《藏獒》的生态伦理视野中,狼已经不是人类不可或缺的一员,而是处于和忠诚的藏獒、和人类道德对立的一面,所以,狼成了凸显和弘扬藏獒精神的"道具"。不过,如果说《狼图腾》对狼文化的宣扬带有民族或种族扩张的嫌疑,那么《藏獒》对驯良的獒神失去了狂野的赞扬也同样让人心起不悦,如写"我"醉酒之后藏獒赶快舔舐秽物,这和推崇动物的自然、野性背道而驰。这说明了杨志军美学的矛盾:一方面是自然原生态被毁的忧患意识和对永远站起来敢于直面残酷的"不屈灵魂"[1]的歌颂,一方面又彰显人类对自然生灵的征服,作家的灵魂瞩望不得不犹疑和游移。但正是这犹疑,我们明白了杨志军所一贯秉持的文化尺度:道义良知、悲悯仁慈、勇猛精进——无论在市井还是在荒野,这是他对人性的期许。生态参与仅仅是《藏獒》的一个侧面,但是杨志军毕竟"具有浓郁的自

---

[1] 杨志军:《远去的藏獒》,上海:东方出版中心2006年版,第187页。

然意识"，对人与自然的关系"思虑较深"[1]，所以《藏獒》还是带给我们不少生态启示：关爱动物就是关爱我们自己的心灵，只有如此，我们才不会成为这个地球上孤独的栖居者。有人从审美精神认为，《狼图腾》、《藏獒》等动物题材小说是"精英文学和大众文学的结盟"，表现出的环保意识与民族和谐、暴力与欲望、历史反思与人性反思，以及蒙藏两族人民的民族心态和宗教信仰，都是多元格局的注释与体现，这两部作品的出现模糊了精英文学下顾或是大众文学上攀的过程，其意义并不比它们在历史与道德领域产生的影响更弱。[2]这种批评无疑有过于拔高之嫌。

第三类是从生态整体主义出发，着意探索动物在维护大自然动态秩序和促进人类生存进化中的价值和意义，批判农耕文明的滥垦草原和现代文明的欲望主义、消费主义对多元生态的破坏以及造成的物种灭亡。

动物在人类进化史和发展史上有其重要的促动作用，在维护生态系统平衡中的作用更是难以替代。张学东的《石头跑》是揭示这一生态规律的精致感人的短篇。立了军令状的方电杆独自在西北一处沙漠与自然进行搏击，很久以前这里曾经是草肥马壮的天然牧场，现在四野里"没看见什么人，没有野兔拼命逃窜时的影儿，也没有鹞鹰展翅划过天空"。方电杆栽种红柳树苗子和草籽，治理一年到头风沙狂舞的黄沙窝，只有一匹马陪伴他孤寂单调的地狱般的生活。好不容易淡淡的绿色连成了片儿，而成群结队的野兔就被招惹过来了，把辛辛苦苦种下的东西糟蹋得不成样子。没有想到的是，随后来了一只沙漠狼，又带来几只小狼仔，野兔数量一下子就变得稀少了，树又泛绿了，草也青翠起来，"他渐渐悟出了一个道理，在这里种活了草和

---

[1] 丁帆主编：《中国西部现代文学史》，北京：人民文学出版社 2004 年版，第162 页。
[2] 艾翔：《动物小说：精英文学与大众文学的结盟》，《文艺报》2007 年 8 月 2 日。

树,就有了馋嘴的野兔子,有了兔子就有了沙漠狼,这真是一个奇异的圈子"!但是有一天,骑马扛枪的民兵大队长来打兔子,却"大显身手"打死了还在哺乳的狼妈妈!气急败坏的方电杆怒骂了队长,却招致失去了最后的"调换回去"的机会,成了要在茫茫沙海里坚守一辈子的"方石头"!

张抗抗的《沙暴》写到了鹰在生态平衡中的作用。故事的男主角是当年的知青辛建生,他去参加当年队友的婚宴,意外地碰上了老朋友吴吞,同时也回忆起来他在内蒙古插队时打鹰的往事——这件往事曾经长久地折磨着他。当时他是一个热血奔涌的年轻人,渴望荣耀,爱面子,猎杀号称王者的草原雄鹰能够满足他的这种虚荣心。但是,无知的他们没有料到的是,鹰是草原鼠类的天敌,一旦鹰没了,老鼠随即大量繁殖,明目张胆地肆虐草原,吃草籽,又啃草根,鼠患爆发,但是,草原终究不是知青的家园,他们在城市的召唤下插队生活结束了,把灾难留给了草原。多年后,辛建生产生了悔悟和自责,他甚至不敢面对那一片草原牧场,他害怕那锐利的鹰眼,但是,当他面对鹰爪子可以治好风湿病时,他又一次跳上了开往牧场的车。如果说当年知青打老鹰是出于无知,出于物质的极度匮乏下为了改变自己命运不得已的掠夺,那么现在的辛建生呢?他找到的借口即是保护动物是保护地球,是为了人,那么现在需要动物也同样是为了人。草原变成沙漠当然并非辛建生一个人的罪错,但毕竟漫漫的黄沙席卷了整个城市,"如同面目狰狞的黄风怪,扑进了这座北方城市。天空在它尖利的呼啸声中一点儿一点儿塌陷,像一个爆炸的水泥仓库,飘落下铺天盖地的细密而浑黄的粉末。城市在这疯狂旋转的黄色烟雾中渐渐模糊,似乎正被风怪吐出的气流一口一口吞没。狰狞的黄风怪应该是草原鹰棕黄色的眼睛逼射出的怒火吧;是鹰灰褐色的脊背贴地时健硕的翅膀拍打尘世的哀鸣;是鹰麻黄色的胸脯朝天时永远圣洁的释放!"

狐狸在草原生物链中也有着调节生态的重大作用,它会捕杀破坏草地的田鼠。在科尔沁草原流传着这样一句谚语:"银狐是神奇的,遇见它,不要惹它,也不要说出去,它是沙漠的主宰。"郭雪波的《银狐》从自然神秘主义出发揭示了"人类的贪欲可能是破坏动物生态守恒的最关键因素"这一生态平衡法则;雪漠的《猪肚井里的狼祸》(《中国作家》2004 年第 2 期,之后出版作品集命名为《狼祸》)借人物孟八爷猛烈批判了人们的贪婪邪念造成的猪肚井的生态危机认为最可怕的事情是人们那一颗"蒙昧的心";陈应松的《神鹭过境》谴责了人类反自然的行为,更是对人类"雁过拔毛"的丑恶灵魂的声讨。邓刚可以称得上一位"海味作家",作为"海碰子",他非常关注海边或岛上人物的生存情况,抒写他们在大海面前那自然单纯的情感,《迷人的海》《龙兵过》《白海参》《山狼海贼》等作品都与海有关,他的《大鱼》叙述了辽东半岛的南端海域对菊花鱼过度捕捞造成大海的空阔死寂的恐怖景象。在 20 世纪 80 年代以《圣火》《元火》《祭火》"火"系列震撼蒙古文坛的满都麦,在 90 年代以后,将文化反思与生态主题进一步融合,《三重祈祷》《四耳狼与猎人》《娅玛特老人》《碧野深处》等为代表的作品形成对于传统文化和人类存在方式更深入的思考。他从传统的蒙古族文化中挖掘灵与美的主题,揭示存在方面的神性以及由于神性缺失导致的人类生存危机,那种"无穷思爱"的意识渗透着浓重的宗教文化精神。

《鹿鸣》写"父亲"作为放鹿人,是一个对鹿这种有灵性的动物充满爱也充满敬的人物,他曾留下过一段屈辱又自豪的家史——某位喜欢拈花惹草的领导丧失了男性的功能,在巴结者的进言下要以盛年公鹿配药,"父亲"被迫献出三只成年公鹿中仅有的一只盛年公鹿;恶性循环,一位尊贵的首长又派捕杀队设计猎杀公鹿,在一只幼年公鹿被毙、双方对峙中,"父亲"向蛮横的猎鹿人开了枪,并跳下了山崖,差一点丧命。林明作为养鹿人的后代,深深地懂得"父亲"对这种动物的情感。后来，林明受父亲临终时的交托，对一群来自野生、备受迫害的鹿群实施放归，他等于放弃了大学毕业到大城市工作的机会，也放弃了爱情，成为新的养鹿人。其间"父亲"与鹿群和林明与鹿群的故事穿插交错，写出了在"父亲"那个"大集体"的时代和当下建设时期动物们差不多相同的被欲望围困和猎杀的命运，以此批判人类对动物生存权利的侵害。《鹿鸣》中头鹿峰峰是一个拟人化的存在，人与鹿之间深厚的信任和情感感人心魄。

第四类是从动物中心主义出发，通过"人化动物"手法，以动物的神秘来警戒人类对动物生命的掠夺。

德国哲学家卡西尔说："如果神话世界有什么典型特点和突出特征的话，如果它有什么支配它的法则的话，那就是这种变形法则。"[1]其实，在每种文化的神话系统中都存在着"人化动物"的母题，如被称为欧洲小说开山之作的古罗马作家阿普列尤斯的《马达多拉城的阿普列尤斯的变形记》，讲述了200多个变形故事，中国古代的《山海经》也有蚩尤之女化为精卫、鲧变身黄龙的传说，这些都是原始时代人与兽不分的表现。但"自欧洲启蒙运动以来，人类的理性精神得到弘扬，科学思想彻底地统摄到社会、自然和文化的各个角落。由此而来自然的神秘性不复存在，人类'天人合一'信仰逐渐解体，人在面对自然生态时的敬畏心理也消失殆尽。"[2]这一人类思想的转变曾被马克斯·韦伯总结为"世界的祛魅"。现代乡土生态小说常常写到动物的"人化"，远远不同于启蒙运动前"人化动物"的变形法则，而是把动物表现为有主体行动能力的个体，放在了伦理学的观照之内，写动物与人之间的"善"，其目的不仅仅是为自然"复魅"，更多是对"天人合一"的理想主义境界的追溯。郭雪波是一个"极端动物

[1]［德］恩斯特·卡西尔：《人论》，甘阳译，上海：上海译文出版社2004年版，第144页。

[2]赵树勤、龙其林：《新世纪生态小说论》，《文艺争鸣》2007年第4期。

保护主义者和理想主义作家"[1],《沙葬》中白狼"疲惫不堪,摇摇欲
倒,但仍然坚忍不拔地、忠贞不渝地"拖着原卉逃离危险的流沙地带;
《大漠魂》中安代王与狗蛋被风沙埋在了小马驾里几乎窒息时,是跳
兔"黑老总"一家打洞通气;《银狐》中的银狐拼命救助了珊梅;《天海
子》中老狼拉着将要坠入冰窟的老人死死不丢,最终一起冻僵,成为
一尊冰雕……

　　而另一种"动物人化",则是通过对动物神秘性、报复性的渲染,
试图唤回人们对自然的敬畏,警戒人类对动物生命的掠夺。哈尼族
作家朗确的长篇小说《最后的鹿园》书写了具有神话色彩的动物对人
类进行报复的一些鲜为人知的故事,由此批判了经济主义价值观,鞭
挞了狭隘的人类中心主义造成的生态灾难。《黑鱼千岁》(叶广芩)
中那条黑鱼费尽心机要为同类复仇,或许它的内心集聚着对人的仇
恨。《该死的鲸鱼》(夏季风)也写到神秘的山林野物或水中精灵对
人的报应。《红毛》(袁玮冰,蒙古族)中那只红毛黄鼬和那个"嗜血
如命"、"耐力无比"的中年猎人有着杀父之仇。"在这个世界上,它
们黄鼬的生命宛如一根枯草"一样脆弱,谁都"可以随意将其折断,将
其毁灭"!红毛的父亲坚忍、冷峻、果敢、机警,但是正当它带着妻儿
在一片金黄的麦田里寻找田鼠时,猎人拿着一根"管子"出现了,为了
保护妻儿,它中弹后顽强地咬住猎人的手,"猎人兴高采烈地用一根
细铁丝从父亲的鼻孔穿过去,挂在'管子'上",把惊骇和愤怒留给了
母子。惨剧在继续,父亲被吊在了一根柱子上,猎手切开它的嘴巴,
然后撕、拽……,皮肉分离,头骨被砸碎,红毛感应到了母亲心灵的暗
示:"别放过这个猎手。"在红毛和母亲游荡于田野的时候,发现一桩
接一桩的怪事,田鼠们无声的死去,各种各样的飞鸟在啄食了裸露的
麦粒后也栽倒在地,老田鼠告诉它:人类患了疯病,只许自己活在这

---

[1] 周水涛:《略论近年"生态乡村小说"的创作指向》,《小说评论》2005年第5期。

个地球上,肆意妄为,"砍伐森林,破坏草原,荼毒生灵,污染环境……",果真,母亲也中毒而亡。有一次红毛跑到了那个猎手的家里,将它的愤怒从胯间放出,猎手那个神经质的老婆一闻到黄鼬的味道就会犯病,最终变得骨瘦如柴、面如死灰,以致昏迷……

陈应松的《红丧》写白云坳老打匠白秀二儿子白中秋违背春节时"畜牲也有三天年"的规矩,看到野猪打架打死了一头,他就趁机背回了家,结果招致山林一系列诡谲的恶事:野猪来报复要拱塌房子,万般无奈白秀开了枪;后来发现家猪与野猪交配,生了一窝野猪崽子。一头白毛野猪吃小兽,白秀带了几个徒弟下决心打野猪,舒耳巴中了老猪计谋被竹子从肛门穿过;再次打野猪,白秀竟打到了大儿子白大年,把他脑筋打坏了,变傻了,吃猪奶、睡猪圈,传说中白大年是个山混子,被红毛野人安了山棍子筋;"傻子"找到了一只虎与豹的杂交种"呼",剁死了献给政府要换老婆,后被镇长制止释放;白秀和孙子白椿去山上寻找大年,结果与野猪遭遇,发生恶战,又不幸遇到百年不遇的瘴气;当白椿被远房亲戚引荐当兵时,却被白大年拉到咕噜峡谷抠瞎了眼珠,他认为那是神眼。

第五类以人与动物的温情和煦、以动物与人之间的"善",表达"天人合一"的理想主义境界。

人类道德和审美精神的溃败是破坏人与动物共享的平衡秩序的重要因素,生态作家常常在生态意象重构的过程中书写人与动物的温情世界。温亚军的《作为祭奠的开始》、张学东的《跪乳时期的羊》、岳恒寿的《跪乳》都不约而同地用"跪乳"来表达"鸦有反哺之意,人有跪乳之情"等人畜共有的"人性";《君子兰和狼》的作者单士杭真实地记录了20世纪50年代末柴达木的钻井队与一只白脖狼彼此友善相处产生的一种奇特而长久的情谊;刘庆邦的《喜鹊的悲剧》、《大雁》、《鸽子》暴露了动物界残酷的生存图景,而对应于这种可怕景观,绅士风度的作家在《遍地白花》、《梅妞放羊》、《野烧》、《种在坟上的倭瓜》、《红围巾》里展示了另一种乡野色调:各种鸟兽在其间各得其所,梅妞童心流灌,以自己的乳汁喂哺羊羔,人畜相谐,这是一种回归本源、回归大地的情怀;白雪林《霍林河歌谣》的诺日瓦以舐犊情深的胸怀收留照料一头奄奄一息的老牛莫日根,莫日根慢慢恢复强壮并养下了一大串子孙;迟子建《一匹马两个人》中羸弱的老马是具有人格的存在,"它在别人家是马,在他家就是人";《额尔古纳河右岸》中"我"能够怀孕"与水狗有关","我"制止了丈夫猎杀水狗妈妈,因为"我"想到还没有见过妈妈的小水狗"睁开眼睛,看到的仅仅是山峦、河流和追逐它们的猎人,一定会伤心的",放过它们之后不久,等待了三年的新生命气象终于降临在"我"的肚腹。人护佑弱小动物,动物的神性带给人福祉,这其中传达的正是一种宝贵朴素的人文的生态意识。

这里我们把吕阳明的《黄羊草原》(《骏马》2006 年第 2 期)稍稍展开分析。《黄羊草原》开篇是一小段非常富有地域色彩的叙述文字:

> 特力根苍凉悠长略带嘶哑的吼声掠过覆盖着皑皑白雪的草原,像无数只孤独的小鸟一般飞向遥远的天边。西斜的太阳从云缝中钻出来,给这片雪原镀上了一层清凉的颜色。

这段文字不仅点出了故事发生的时间、地点、人物,而且带来一种旷远苍凉的心理体验,把"吼声"的"苍凉悠长略带嘶哑"比拟为无数只"小鸟"的"孤独"飞翔,无不透露出这将是一个凄美悲凉的人与自然的故事。寂静的草原上响起的特力根的"吼声"是传向"远方的草原"的,寂静不应是草原的本色,他期盼着"草原深处的回声",但是,没有,他看到的是"远方边境线上那被高高的铁丝网分割成两部分的茫茫雪原",高高的铁丝网割断的那边是外蒙古,这边是巴尔虎草原。在前些年冬季到来时,边境线方向那片蒙语称作"古勒斯壕来"、汉话称之"黄羊沟"的洼地,会有成群的黄羊过来越冬,那滚滚涌动的黄羊群是何其壮观动人,而此刻,草原剩下的只有寂静。就在这空落落的失望中,猛然看到"在边境线的那一边,草原和天空交界的地方,一片黄褐色点缀着无数白点的东西如轻盈的云朵一掠而过,在淡淡的暮色中消失在那片叫做'古勒斯壕来'的低洼地带",妻子达丽玛一句话暴露了夫妻俩无尽的牵挂——"说不定我们抚养的孩子回家来了"——一个真实动人的故事就从"远方边境线"慢慢地拉近了:几年前夏季的晚上,特力根无意间发现有人开着汽车盗猎黄羊群,他跳下马背大呼"盗猎的"而吓走了猎杀者,几百只黄羊逃散,留下了一雄一雌两只晕头转向的小黄羊。特力根夫妻把小羊收留在夏营地里,那是他们夫妇最快乐的时光,"要知道他们的两个孩子几年前都考上师范学校走出了草原,已经在城里工作了,在他们的生活中,这两只小黄羊就像是自己的孩子,为他们的生活带来了无限乐趣"。在其乐融融的家庭生活中,小黄羊长成了大黄羊,有时白天加入其他黄羊群疯跑,晚上才回蒙古包,后来偶尔回来一次也焦躁不安地注视着边境线,特力根知道,他们的"孩子"要重回自然了。在这个过程中,中蒙两国为了加强边境管理、控制边地走私,开始在边境线上修建铁丝网,越过边境线进来过冬的黄羊越来越少,最后彻底阻断。而此刻,在这样一个暴风雪将要到来的时刻,他们又看到了黄羊群,无疑会激动不已。但是,它们是怎么跨越了高高的铁丝网呢?"特力根骑上马跑过去,眼前的景象使他惊呆了:十几只健壮的黄羊死在了边境线的铁丝网前,最前面的一排黄羊尖尖的羊角挂在铁丝网上,倔强地保持着站立的姿势,站在中间的正是夏营地上长大的那只雄性黄羊。后面的一个挤着一个,有站立的,也有半蹲和倒下的。它们就是这样以生命架起一座返乡的桥梁,让无数的同伴踩着自己的身躯跳过人类架设的铁丝网。"人类由着自己的性子,无视草原黄羊的迁徙,轻而易举地就将铁丝网拉起了,羊群以悲壮的越栏试图超越命运,酿成了一场场悲剧,特力根"长生天啊……"的哭嚎也无法再触动屠杀者的灵魂:随着羊群悲壮地南迁到巴尔虎草原,宝进这样的牧民就开始了诱捕,而他首先诱捕到的正是人工饲养长大的当年的小黄羊,因为它最信任人类。失去了"孩子"的达丽玛压抑的哭声从蒙古包中隐隐传出来,让寂静的草原更显苍凉……在《黄羊草原》中,特力根夫妇养育小黄羊、小黄羊时走时回终至汇入黄羊群、铁丝网阻隔使人羊天涯、夫妇俩对小黄羊的挂念、偶见羊群时的激动、小黄羊被牧民诱杀,这整个过程,人和自然的相联性不是出自物质的需要,而是出自心灵的需要、精神的需要。

在某些社会生物学家例如爱德华·威尔逊(Edward Wilson)的论著中,有"亲生命性"(biophilia)[1]这样一个词汇,意思是人天生就有一种对同类——即像自己一样有生命的物种的亲近,这似乎说明了在人类这里,我们把道德价值或者道德关怀赋予非人类并非没有根基。但是,这个根基究竟该奠基在何处,抑或说生态伦理的基点是什么?我们究竟该怎么明辨动物书写中体现的文化伦理的悖论及悖谬?怎么辩证地认识"生态文学"对人类中心主义的批判?这是笔者将要进一步探讨的问题。

---

[1] 参阅[美] Edward Wilson, *Biophilia*, Cambridge, mass. Harvard University Press, 1984.

论"动物书写"的生态批判立场与伦理基点

　　人与动物间的伦理关系是否成立是"生态小说"必须面对的话题。犹太—基督教传统总是把人(自己)和动物区别得界限分明,人和动物之间的鸿沟无法跨越;他们认为,只有人是按照神的形象创世的,而且灵魂不朽,所以,人既是肉的,也是灵的。在一些西方现代哲学家例如康德看来,动物的存在只构成我们的工具,因为人类天生的尊严自成目的,"人权"一词其实正是我们对于人自外于其他生物的"界"的尊严和权力的强调。正由于此,伦理学探讨的都是人与人所构成的社会之间的伦理关系。在现代伦理学家弗兰克纳看来,伦理学的首要任务是"提供一种规范理论的一般框架,借以回答何为正当或应当做什么的问题"。道德既是个人性的,也是社会性的,它是整个社会的契约,是一种行为规范。伦理学与其他人文学科包括文学关系紧密,"文学家常常能更敏锐的感觉时代和提出时代的道德问题,同时也提供丰富的材料,保留道德现象原本的生动性、完整性和复杂性"。[1]

　　作为新启蒙运动核心内容的生态主义,改写或者说扩大了伦理学的性质和任务。本来,伦理学的思考并非优先考虑如何达到快乐和幸福,而是优先考虑和关注人的那些较严重的不幸,以期这种不幸

---

[1] 参阅何怀宏《伦理学是什么》,北京:北京大学出版社 2008 年版,第 44、51 页。

不致继续发生,那么,关于动物的伦理学从开始出现即挑战或曰改写了"传统伦理学"只关注人与人之间关系的范畴与内涵。著名的动物解放运动推动者彼得·辛格解释道:"我们所关怀的是防止动物所遭受的痛苦与不幸,我们反对不加反省地将动物和人以不同态度看待;动物毕竟是生命,虽然非我族类,但让它们承受不必要的痛苦,我们认为是错的;我们认为动物受到人类无情而残忍的剥削,我们要改变此种情况。"[1]动物题材小说从动物的价值立场以及意义思考动物,远远超越了人类以功利眼光来评判动物之间的关系、善恶、高低、是非。

也许正如诺贝尔和平奖获得者阿尔贝特·史怀泽所说的:同情动物是真正人道的天然要素。郭雪波《沙葬》中,当诺干·苏模庙在肆虐无度的热沙暴袭击下像狂海怒涛中的一叶小舟时,可怜的沙漠生灵——狐狸、鹰雀、沙斑鸠、野兔都聚集在院子里瑟瑟发抖,惊恐万状,"云灯喇嘛从水缸里舀出一瓦盆水来,颤巍巍地端着"放到了门外,每个动物可能只能饮那么一点点,但维持了它们的生命。"人重要? 那是你自个儿觉得。由狐狸看呢,你重要吗?所有的生灵在地球上都是平等的,沙漠里凡是有生命的东西都一样可贵,不分高低贵贱","在这可怕而神秘的大自然面前,感到自己太渺小了,太脆弱了。人平时以万物之灵自居,不可一世,狂妄自大,似乎世间一切不在话下,说胜天就胜天,说胜地就胜地"。《母狼》中,郭雪波发出这样的呐喊:"天啊,谁能体会哺乳期母狼涨奶的痛苦? 那唯有同样处于哺乳期的涨奶女人了,她们肯定会明白这种痛苦。"

彼得·辛格在《动物解放》一书中认为:承认我们人类有心灵,

---

[1]　[美]彼得·辛格:《动物解放·1975 年初版序》,北京:光明日报出版社 2003年版。

却否认动物有心灵,看不出任何理由…… 我们至少无法怀疑动物的
利益与活动关联到意识与感觉,一如人类自己的情况,同时可以猜想
他们的意识与感觉大概与我们自己的一样清楚。[1] 甚至在西方,动
物解放和种族解放、性别歧视、人权问题密切联系,形成一股政治意
味颇浓的社会思潮。边沁把感受痛苦的能力(the capacity for
suffering)视为一个生物是否有权利受到平等考虑的关键特征,只要
某个生物能够感知痛苦,便没有道德上的理由拒绝把该痛苦的感受
列入考虑。[2] 叶广芩也表达过类似的想法:"能感受快乐和痛苦的
不仅仅是人,动物也同样,它们的生命是极有灵性的,有它们自己的
高贵和庄严。我们应该给予理解和尊重。"[3] 在创作《太平狗》时,
作家陈应松理性上是一个动物解放者,他以白描的笔法淋漓尽致地
描述了在杀狗场狗们的痛苦、绝望、疯狂,这里选摘几段:

> "扑——哗——"一盆铺天盖地的脏物从笼顶上泼进来,狗
> 们顿时淋了个五花八门,呜呜的躲着不知为何、受何东西的打
> 击,再一细看,狗身上、头上都挂着一根根的鸡肠、鱼肠子。……
> 面目狰狞的范家一气歪了鼻子和帽子,手拿着一根把狗皮
> 打松的铁条,朝笼中一阵乱捅,巨人(狗名)的唯一一只好眼给捅
> 瞎了。太平看见那根通条刺中了巨人的眼睛,再一猛力的拔出
> 来,那喷起的鲜血就刹那间布满了笼子,好像笼子里在下一场红
> 雨。……
> 范家一暴虐生气戳给它(太平)的血洞除了灌满疼痛外别无
> 其他。狗们堆叠着来抵挡寒潮中的北风,因为饥饿,体内的热量

---

[1] 彼得·辛格:《动物解放》第一章,孟祥森等译,北京:光明日报社 2003 年版。
[2] Jeremy Bentham, *An Introduction to the Principles of Morals and Legislation*, ed. J.
    H. Burns & H. L. Hart (London: The Athlone Press, 1970), p11 - 12.
[3] 叶广芩:《老虎大福》,西安:太白文艺出版社 2004 年版,第 226 页。

所剩无几，一只只狗都有气无力的，像一群难民，在黑夜中张着无望的眼睛，或是闭目如死去一样。……

　　吃了一些或者没吃饱一些之后，又一阵冷水来浇透。范家一的自来水管就势将笼里的狗一个个清洗了一遍。狗们趁机大口的舔咽着冷水，又躲着冷水的冲击，一个个像落汤鸡，被寒风一吹，就像进了冰窟。

这场景实在是让"体面地"坐在席面前大快朵颐的人类过于难堪，当我们的味觉在享受着动物的肉食美味的时候，怎么没有联想到屠宰场的血腥？当然，我们并不认为陈应松是个反对食肉的素食主义者，我个人当然也不是，按照"生态主义伦理关怀"，当然也是按照人道主义原则，我们是应该在尽可能的情况下减少动物的痛苦，这应该是人面对其他物种时的一项准则，而不是如陈应松笔下的范家老板一样没有一点怜悯之心。

　　与陈应松等的呼唤人类"动物关怀"正好相反，东北作家阿成（王阿成）的所谓笔记小说《小菜驴》展示的却是对戕杀牲畜的鉴赏。小说写"阿成"在某地因交通不便买了一头漂亮的小菜驴作为代步工具，几十里烂路差一点把小驴累趴下，到达目的地后"阿成"又笑吟吟地把驴卖给了小店，在这个小店里，"阿成"享用了一顿美餐，即"生剐驴肉"。小说中买驴、骑驴、卖驴、杀驴、吃驴的情节以欢快的节奏哒哒前奔，作家的内心也一路欢悦，但是我们阅读的过程中感到的却是人性的丑陋，试看以下杀驴和吃驴的情节叙述：

　　老板把小菜驴逗到四根木桩中间，这厮真是个好把手，麻利地捆牢了驴四脚。方回头，喊阿成过去，问："吃屁股，还是腰盘？"

　　"屁股吧。"阿成说。

　　"妥了!"

　　老板取来一瓢沸水,鸭步过来,朝驴之臀部缓缓地泼浇下去。然后,扔瓢在草地上,草地上,野花遍是,嫣红姹紫,只见老板将烫过的地方,用手别样地一刷,毛全下来了。再然后,取一柄锋利尖刀,迅雷不及掩耳,刷!片下一片儿厚厚的驴肉,驴便开嘴大唱。驴肉被老板托在掌中,剩下的两极,活活地,吃力往上跷,跷,终于力竭疲软下去,叫人愉快……

　　阿成便开始吃,肉嫩极了,香极了,太有咬头了,似能在牙与舌之间感到一种"活"的存在与妙趣。真不枉"天上龙肉,地下驴肉"之美誉也。

　　这段文字活现了饕餮之徒毫无怜悯之心、麻木不仁的行径。《小菜驴》中,与自己相伴一程的小驴被活剐之后于木桩内痛不欲生的惨叫,在兴高采烈的食客听来是"唱得正猛,亢奋的嘶鸣声",食客"吃饱了,喝足了,'新月已生飞鸟外,落霞更在夕阳西'。美好的一天将要结束了,便起身告辞,又紧紧握了老板的手","走出二里路,犹闻那小菜驴的唱,只是愈加柔了,轻轻,轻轻,充满仁慈与好意地与大自然喃喃诀别着,阿成不觉一笑"。面对残忍的屠杀和死亡,作家竟有如此美好的心境,真是令读者大惊失色!我们且不论生态伦理学说,就是普通的看待牲畜的同情之心,在《小菜驴》中也全然没有,也就失去了最基本的人的伦理底线。古训有"君子远庖厨",即便是多么的不合时宜,多么的唯心主义,毕竟还有一份恻隐之意在,不料人类又进化了几千年,倒变得颠顶残酷如此!

　　近年来乡土生态小说塑造了一批具有"生态人格"的人,如贾平凹《怀念狼》中的红岩寺的老道,京夫《鹿鸣》中的日本爷孙和林明父子,郭雪波《沙葬》中的云灯喇嘛和白海、《大漠魂》中的老双阳、《狐啸》中的老铁父子、《苍鹰》中的老郑头、《沙狐》中的老沙头、《空谷》

中的秃顶伯，雪漠《狼祸》中的孟八爷，苗长水《自然之泉》中的廖廷杨，尤凤伟《幸运者拾米》中的石老汉，姜戎《狼图腾》中的毕利格老人，等等，他们唱响了一阕阕"天人合一"的祈歌，丰富了乡土小说的人物画廊。具有"生态人格"者并不是对自然逆来顺受，而是以平等的姿态接纳尊重其他生物的生命权利，但是他们却意愿用主动性的探索来改变生存困境。

"大漠之子"郭雪波的小说给人印象最为深刻的自然景观就是流沙，它埋葬了辽阔的草原、丰美的水域和繁华的城池，"大漠从前是草原"是郭雪波最深切的痛楚，"那时这一带是水草丰美的草地平原，是辽代契丹族的发源地，后来被大漠吞掉了，连它的文明和民族，只留下了这些个废墟"[1]，类似描述在他不少小说中重复出现。郭雪波善于将自己的创作灵气与北部大漠的神秘、雄浑、野性、地域风情、人类生存境遇与发展问题有机结合，使作品充满浓郁的地域生活特色，又不失宽广的人文内涵和强烈的艺术感染力。《大漠魂》中，郭雪波把跳萨满舞、唱"安代"曲的安代王双阳和安代娘娘荷叶婶隐喻为"大漠之魂"，而"安代"的精髓、"安代"的魂、"安代"的超越时空的流传基因，"只有同这漠野、绿苗、烈火、生和死、爱和恨、劳动和果实联系起来，才显示出了它全部的内蕴、全部的意义、全部的光彩"。在郭雪波很多小说中存在着这样一种人物关系，即一个宗教徒和一个对宗教文化颇有兴趣的当代知识分子，《沙葬》中的云灯喇嘛和白海、《银狐》中的铁木洛孛和白尔泰、《大漠魂》中的老双阳和雨时……每部小说中长者和年轻人的性格也有一致性，常常是长者的功力在岁月的磨难下悄悄潜隐，他们看似对人冷漠无情，不动声色，对自己的功力讳莫如深，在自然的灾难面前却充满大慈大悲，同时又具有与自

---

[１] 郭雪波：《天出血》，《郭雪波小说自选集》，南昌：百花洲文艺出版社 2002 年版，第 173 页。

然周旋的生存智慧;年轻人常常是一个外来的文化干部或落难知青,他们对科尔沁旗草原的宗教风俗充满了兴趣,千辛万苦要通过这些老人发扬光大之,例如《大漠魂》中,雨时是一个到"安代"之乡哈尔沙村考察、抢救"安代"这种地方文化遗产的文化局"干部",他不仅仅从荷叶婶等老人那里了解了"安代"的兴衰史,保存了口述资料,而且组织了一次"安代"演唱会,模拟祭沙祈天、驱邪求雨活动,邀来了电视台的人录像,保留极其珍贵的"安代"的舞姿艺术资料,否则,随着那些老人的去世,这种舞蹈就失传了。在和这些饱经风霜的孤僻老人的交往中,这些年轻人都悟解了忍辱负重、宽厚包涵的胸怀和尊重传统、谦逊谨慎、不怕吃苦、勇于实践的作风,他们在坚忍中探索自然生态规律。

"生态人格"的塑造体现了生态小说批判性之外的另一根本特征——超越性,即试图超越"人治自然"、"人定胜天"等长期以来人对自然的认识思路。在对"生态人格"的塑造中,故事差不多都发生在边地,这是一种生态现实,也是一种立场,由于雄奇的边地草原、大漠、高山、丛林地区严苛的自然因素,人类更多倚赖自然而谋生,使得他们的人格更天然地接近于自然本真,也更崇拜自然伟力;随着北部、西部开发步伐的加快,这些地区自然环境逐渐恶化,乡土小说家就把矛头指向人对自然的暴虐掠夺,在批判中感受荒野的生命飞扬,谛听大地对灵魂的招引,表达对古老神奇的"荒原"的向往——当神性附着在叙事的"神龛"之上,民间的厚重与复杂、人性的高贵与卑贱、生存的苦难与韧性、心灵的孤独与忧伤都获得了重新被叙述和诠释的机遇。雪漠《狼祸》中孟八爷是作者倾力塑造的具有"生态人格"的人物。孟八曾经是一个得到猎神垂爱的猎人,但是随着人生经验的丰富,孟八终于意识到沙漠边缘脆弱的生态环境非常容易就被破坏了,其实这里的一草一物都是命运相关的,比如"狐子吃老鼠,乱打狐子,老鼠就成精了,铺天盖地,到处打洞,草皮啥的,都叫它破坏了。一刮风,满天沙子,那沙山,就会慢慢移来,把人撵得没处蹲了"。一旦意识到打猎对草地的危害,孟八就转变成了一个拥护动物保护的牧人,甚至差一点被猎人鹞子杀害,因为又穷困又无业的鹞子要是不打猎,生活变得更加绝望。所以,孟八非常清醒地认为:"那最大的威胁,不是狼,也不是水,而是那颗蒙昧的心。心变了,命才能变;心明了,路才能开。"

我们看到,乡土文本中具有"生态人格"的人物多是老一代农民或牧人,例如我们提到的孟八爷、毕利格、老双阳、古老汉、铁木洛……,这是一个非常有意味的问题。我们可以追问:为什么为子孙后代主张生态正义和代际生存权力平等的乡土生态小说,恰恰这么钟情于老人而把年轻一代作为批判对象?其中几条因素大概是值得思考的:第一,这些老人历经沧桑的人生记忆中有着自然生态未曾破坏时的存档;换言之,他们都有着与大地亲善的经历——绿野草浪滚滚,天空湛蓝清爽,河流汹涌清湛,青山绿水间人与动物悠游其间,对比当下,当然痛心疾首;第二,这些老人具有比较丰富的生态智慧,懂得大地的生态平衡规律和不遵守这一规律将造成的灾难,又亲眼目睹了在消费主义狂潮袭来、欲望膨胀下人们对自然资源的屠戮——这些"破坏者"多是商品经济时代新成长起来的一代人;第三,中国民间伦理有尊老敬老的传统,乡土生态小说在对大地的复魅中又比较注重重现民俗与自然相共生的经验形态,必然会以具有生态情怀的老人为书写对象。

当然,有人认为将动物情感类比为人是一种"虚假比喻"。理查德·莱沃廷、史蒂文·罗斯和莱昂·J.卡明在《与我们基因不同》一书指出,社会生物学对真正的本体使用比喻,却忘掉了比喻的来源:"在社会生物学理论中存在一个逆向的词源学过程:先是人类的社会制度被比喻性地加在了动物身上,然后有关人类行为的解释又再度从动物那里获取,就仿佛是一种普遍现象的个例,就仿佛是独立地从别的物种那里发现的。"[1]玛乔里·加伯指出,关于"动物的争论"总是表现为诗歌与哲学之间的争议:"将人类与动物比较时是可以用语言哄骗的吗?是傲慢的表现吗?是一种亵渎?还是一种必要的表达方式?假如用文学术语来表述,这是对人本主义的挑战。"[2]但单纯从动物中心主义立场出发、一味声讨着人性的自私、人力的猥琐,褒扬野性的强悍、喧哗弱肉强食的既定法则,并不意味着应该借助人与自然关系的迫切思考把动物原生态的"恶性"奉为圭臬,那样也许会"让人们认为'道德本性是一种虚荣,在残酷的生存竞争中是一种障碍',从而退回到精神上的蛮荒世界里去"[3],必然导致道德本性的蜕化与解体。

目前而言,中国小说中的"动物书写"良莠不齐自不待言,对小说家伦理观念的嬗变确实是一次考验,《狼图腾》之后更出现了一个恶俗的热潮,在对商业规则的迎合中越来越违背了"文学是人学"的宗旨。《狼图腾》小说的"编者荐言"有这样一句招牌性的宣扬"狼文化"的话:"如果不是因为此书,狼——特别是蒙古的草原狼——这个中国古代文明的图腾崇拜和自然进化的发动机,就会像某些宇宙的暗物质一样,远离我们的地球和人类,漂浮在不可知的永远里,漠视着我们的无知和愚昧。"据2006年12月11日《重庆晨报》报道:德国汉学家顾彬批评姜戎的《狼图腾》:"《狼图腾》对我们德国人来说是法西斯主义,这本书让中国丢脸。"《狼图腾》之后,带来的不仅是小说界的"狼事汹汹",而且整个社会都"借东风"张扬"狼性文化",大倡扩张意识。在对被动的、后进的现代化的思考中,不少作家痛心于中国曾经的苦难和贫弱,致力探索中国民族性。这样的观念从晚清

---

[1]［南非］玛乔里·加伯:《解读〈动物的生命〉》,见［南非］库切《动物的生命》,朱子仪译,北京:十月文艺出版社2006年版,第108页。

[2]同上书,第104页。

[3]孙法理:《译者序》,见［美］杰克·伦敦:《野狼·野性的呼唤》,孙法理译,南京:译林出版社2002年版,第20页。

起就不绝于耳。在梁启超时代也曾经强烈呼吁改良民族根性,梁启超身体力行翻译了《十五小豪杰》,弘扬坚韧、勇毅、好武的精神,以解构中国人的惰性和奴性。那个时代文学风尚的理想是英雄主题、尚武小说,许多关注小说之工具作用的文人、政客,多认为中国以往文学"言情谈故刺时志怪者,架栋汗牛"[1],"儿女气多,风云气少"[2],提倡把"描写才子佳人旖旎冶游之情"的小说主题改为"好武喜功,弘扬拓边开衅,刚毅气旺,具丈夫态度"的小说。梁启超甚至把中国国力上的羸败归罪于总是吟咏征旅之苦和优雅裕如、以悲凉之美为审美标准的中国古典诗词。在民族危亡的浓重阴影笼罩下,20世纪初年的读者(也包括那些首先阅读了外国文学的译者)对文学功利性的期待在文学视野中居于支配地位。在那样一个被打得晕头转向的时代,对于民族强力的热切呼唤自有其道理,但是谢冕在《1898百年忧患》中曾经毫不客气地说这是"狭隘民族主义法西斯"。20世纪30年代的沈从文在《龙朱》等文本中也表达了对于民族精神再造的热愿,但那种热愿却是提倡的勇毅、诚信、守诺、自尊,而不是复仇和侵略。我们当然提倡民族的强悍,提倡一个民族的阳刚,但是我们必须是发扬传统文化中的善性骨气,而不是发扬它的恶的因素,例如像狼一样的复仇意识。当下国运日昌,民族主义抬头,我们必须清醒地意识到这里边同时存在的反文化、反文明的因子。

《狼图腾》许许多多的章节完全就是一种对狼性文化的顶礼膜拜,社会领域的"狼来了"势头更"振聋发聩",各种商业文化的"狼性法则"都被公然奉为圭臬,不断炒作推广,例如王宇的《狼道:社会生活中的强者法则》和《狼道:人生中的狼性法则》(中国物资出版社,2005年版)、鲁德编著的《狼性的精神》(中国商业出版社,2007年

---

[1] 周树人:《月界旅行·辨言》,东京:日本东京进化社1903年版。
[2] 饮冰:《论小说与群治之关系》,《新小说》(第一号)。

版),还有网上风传的《企业狼性文化大揭密》、《如何打造狼性营销法则》、《狼性员工》、《狼性团队》等不胜枚举。如果人都富有凶残的进攻性,那么生态不仅不会好,恰恰会更恶劣。攻击成为高贵的品性,那么人就更成为万物之生杀予夺者。狼之所以有助于草原生态平衡不是狼的作用,恰好是富有理性的人的本性决定的。有意思的是一本小说《怀念羊》(路生,北方文艺出版社,2007年版),无疑是借助于"怀念狼"的高潮(也含着对"怀念狼"的一种误解)的炒作,事实是无论提倡狼性文化还是提倡羊性文化大概都太偏颇——它和我们的启蒙精神是背道而驰的。法国小说家欧梅希克(Homeric)的历史小说《蒙古苍狼》同样书写蒙古民族的"狼图腾"崇拜,也以极其礼赞的口吻书写成吉思汗的扩边拓疆的丰功伟业,甚至两部小说的整体叙事结构都基本一样:《狼图腾》结构中以汉族知识青年陈阵与狼文化的认识冲突以及被蒙古狼性文明征服为主体;《蒙古苍狼》以作为铁木真的挚友和功臣的"我"博尔术对成吉思汗掠地开边、多疑狠辣同时又对其佩服激赏为主线。但仔细品味,自可见出作家精神品位的高低之分。《蒙古苍狼》加入了作为叙事主体的"我"更多的人道和人性的悲悯思考:在不得不支持着成吉思汗的创世功业的同时,深含着对这种蒙古苍狼文化"恶"的反思与批判,人性矛盾的揭示使整个文本更有张力,丰满深厚。满都麦的《碧野深处》探讨了人、狼、黄羊在生命的绝境相遇时的伦理话题。"我"纳吉德,一个小有名气的"马上阎王",正在原野上纵行放马,莫名其妙地从马背上摔了下来小腿骨折,这是一个男子汉的屈辱。这时"我"看到一只中了枪弹的雌黄羊也在前边拖着伤腿挪动,希望带伤捉住这只黄羊以保全男子汉的神威,但是在黄羊恐惧的眼神导引下"我"却发现一大一小两只狼一直追踪在后。作为"人"的理智醒来,"善良淳朴的牧民们将白黄羊成群视为吉祥兴盛的象征",忌讳伤害雌黄羊,因为黄羊安守本分,从不伤害其他族类。但是不猎捕白黄羊的规矩现在坏了,人们把杀戮驯良的动物作为荣耀,连奶毛未脱的黄羊羔也不放过,使得白黄羊濒于灭绝,"我"如果杀了这只雌黄羊,不是和狼同类了吗?想到这些,"我"感到内疚和悔愧。在这种情况下,恐惧的羊似乎在向人求救,"我"以杀掉小狼吓跑了大狼,黄羊用布满泪水的眼睛看着纳吉德魁伟的身影,纳吉德想:你拼死拼活的逃命,还不是和人一样期望与同伴和骨肉相聚?……小说以人最终替弱者行道结束,其中的伦理抉择在生态整体主义者看来恐怕是有误的。

从以上论述可以看到,当下的动物题材小说集中体现了社会转型期文化伦理的蜕变,理清这些在中国社会意识形态中所处的理论位置,以及它对乡土小说创作的影响,当是中国小说应该面对的问题。动物题材小说有着朴素的敬畏生命的非人类中心主义意识,以理解与同情的心态看待其他生灵,但它也暴露了人类面对动物时的伦理歧境,特别是对于"人"的解放和启蒙还没有完成的中国来说,伦理抉择尤其如此。站在"动物解放"、"动物中心主义"的立场对"人类中心论"进行批判是片面而极端的,不但不能达到保护动物的目的,而且必将带来人类精神的滑坡,对于人类发展前行也不具有建设性意义。同时,不管是生态伦理学说内部怎样矛盾冲突,人类对于动物的关怀必须突破传统的人道主义伦理,在努力减轻动物的痛苦方面作出思考。启蒙理性一旦遭逢道德的处境或许力不从心,关于动物的道德关怀不得不呈现出情感与伦理的两极和文化性格的分裂,而在原始信仰与科学理性、生态保护与生存苦难之间,万物皆一、万物一齐的伦理观必然要遭逢"现实"的非难,这也会迫使中国本土的生态理论向"中国经验"切近。生态文学创作和生态批评必须理智看待人类中心主义批判的边界和限度,以使文学发展在遵从"自然伦理"的同时不违背"人是自然的一部分"这一前提。所以,"弱式人类中心主义"或"有限度的人类中心主义"应该成为生态批评的伦理基点——它应该是以人为本而不过度僭越的。

生态批评的偏误

"生态批评"(Ecocritcism)一词的初源要追溯到美国学者威廉·吕克特 1978 年发表的论文《文学与生态：生态批评的一个试验》，公认的创始人则是内华达大学的谢里尔·格洛特费尔蒂，她在 1989 年美国"西部文学研究会"上郑重提出这一概念，并倡议以此取代狭义的自然文学的研究。作为一种跨学科的文学批评，生态批评在 20 世纪 90 年代成为英美文学研究重要的思路和方法，90 年代末以来在中国呈初兴之势。中国当前的生态批评表面上渐趋热闹，深入其中就会发现在社会发展观批判、城市化批判、人类中心主义批判等方面存在某些偏误[1]，在对中外批评资源的融汇方面也有值得再思考的地方。

一

在生态批评资源的融汇上，一部分批评家和乡土小说家一道，接续了中国古代知识分子对"大地"的解读方式，可能夸大了中国传统文化中的"自然"倾向，也夸张了中国古文化中"天人合一"等观念对当下生态重建的功用。

---

[1] 参阅黄轶《"我们究竟在哪里走错了路?"》(载《当代作家评论》2008 年第 3 期)、《论世纪之交乡土小说的"城市化批判"》(载《文艺研究》2010 年第 4 期)、《生命神性的演绎》(载《文学评论》2007 年第 6 期)等相关论述。

日本著名学者岸根卓郎认为:"立足物心一元论,承认自然本身具有灵魂,天(神和自然)与人在根源上为同体,来自这种万类共存思想立场的对自然权利的扩张是根植于东方天人合一思想的共生性伦理。"[1]作为中国当代文学生态意识的主要来源之一,中国古代文人意趣和哲学思想散见于历朝历代的文学著述中,渗透在历朝历代文人的血脉中。从陶渊明、王维、杜牧到晚近的龚自珍、郑板桥、苏曼殊,再到现代的周作人、废名、沈从文、林语堂等,士与隐、通与穷,几千年来中国文人遭逢乱世和易代之时对生存的选择变化微弱,他们最理想化生存是能够皈依大地,《桃花源记》中那"芳草鲜美,落英缤纷"的自由之地是每一代读书人心灵栖息地,在与大自然任情自由的相依相偎中慰藉灵魂、抚平创伤、对抗浮躁。20世纪末以来社会急遽转型,一代文人再次骤然遭遇了从历史惯性中甩出的剧痛,现实的诗意与荒唐结伴而至,逢缘时会的狂热和英雄失路的悲凉相映而生,"天人合一"的古代生命理想在中国当代文学中获得了复活的机遇,并成为生态批评弥足珍贵的资源。生态批评理应尊重那些带有原始的文化守成复魅倾向的乡土作家对生态问题沉重的忧患意识,他们志存高远,梦扬云天,回归"天人合一"的浪漫梦想本身就体现了对波澜不惊的庸常世俗和确定规范或各种意识形态钳制的反叛,它闪耀着对独立心灵的终极关怀。更为可贵的是,这些生态书写以浪漫主义的激情想象了人与自然和谐共存的图景,在为大地复魅的过程中恢复了乡土小说的诗性和神性的美学特征。

关键是,生态批评者可以发现,生态书写将现代生活荒野化陌生化的诉求、归趋传统人文生态的潜意识,其实已经割裂了作家主体的人格。中国知识分子素有逃世情怀,同时对于自己逃离的故土又有

[1]　[日]岸根卓郎:《环境论——人类最终的选择》,何鉴译,南京:南京大学出版社1999年版,第293页。

着一种遗弃的原罪,当其欲以醇厚的乡土文化回归自然本真时,他们和真正的乡土渐离渐远,那种翩然行吟于人间烟火之外的乡土诗意栖居或许最可能在现代化实现之后的"后现代"语境才可能兑现,那种疏离和隔膜并不是由他们的文本所钟情着的乡情所能寄怀的,因为在普遍的浮躁的文化失落中,怀乡主题的乡思是否发自深渊似的心灵倒真是一个值得追问的问题。另外,这种思路是否也正是"理想的东方主义"的"中国化"? 我们知道,"近代以来,随着资本主义现代化文明的发展,反对过度的物质主义和精神沦丧的西方人,再一次感到西方文化需要一个理想的他者",有些人将目光投向"停滞"的前现代中国,"赞美它为西方提供了一个质朴、宁静和自然的'香格里拉'"[1],这其中呈现的是对观念的着迷。

再一次想到张炜。张炜"野地"色调之斑驳被蒙上了幻梦的迷纱,似乎卓异之极,他的妩媚处也越来越多了执拗——与其说是现实的压迫,不如说是历史的重负成为张炜的文字(抑或生命本身?)的重负。张炜始终血脉偾张,呕心沥血,忘情决绝,不能自拔,他的精神似是拉满的弓,你担心着是否会戛然崩断,那拧着眉头左冲右突的形象多是张炜的自画像,永远不会带来熨贴的抚慰,让读者相信"思索"对张炜是一种太重的折磨。或许如一个世纪前欧内斯特·勒南所说,"沉湎于过去"是一种逃避当下沉沦时代的最好方法,因为在反顾者看来,过去的一切"都是美的、文明的、真实的、高贵的",一代作家黏滞于传统伦理消失的迷茫和愤怨,感慨着"世风日下",一厢情愿的回首顾盼中是匪夷所思的哀怨和愤激,是对于逝去的生活秩序的钟情怀恋,是以不复存在的虚幻为浪漫,没有认识到其实是对现实的迟钝和逃避式拒绝。"知识者的'土地'愈趋精神化、形而上,农民的土地

---

[1] 景凯旋:《另一种"东方主义"》,《随笔》2010 年第 5 期。

关系却愈益功利、实际"[1]，一切关于乡土的诗意表述都难脱一个现实主义意义指向。现代性建构应该有其强大的自我反思、自我批判、自我更新、自我淘汰功能，如果造作的、矫饰的、虚情的浪漫主义情绪控制了作者的审美自觉，乡土叙事可能沦为意义愈加空洞俗滥的符号，成为伪感伤主义的廉价点缀，一不小心，这种怀旧真的走到了文人所期待的相反的路径。

我并不认为揭示生态灾难、批判"现代性"弊端、呐喊生态保护、呼吁天人和谐就体现了具有生态意识的知识分子比他们批评的对象更为警醒，因为当一个学者把"回到荒原、回到神"作为文学批评的终极理想或者历史想象的归宿时，他的批判力不是强了，而是弱了，甚至可以说这种"融入大地"的思路已经脱离了真实的大地，弱者——那些被盲目的城市化夺取了生存空间的弱势群体、那些由生态危害殃及的自然的利益不可能仅仅通过重回自然的理想就获取正义和公平。或许，只有真正意义上的现代意识创建后，"生态文学"才具有参照物，生态批评才具有主体性。或者可以说：回归荒原是心灵的需要，但走出自然是生存的需要，这是生态批评不得不把握好的一对悖论。如果我们的生态批评家认识不到这一点，所谓的生态美学、大地美学或曰荒野美学就有可能成为一种"虚拟美学"。

二

不少生态批评实践脱离了中国目前社会主义市场经济的发展事实，热切追随西方后现代主义的生态批评理论话语，没有意识到蕴含在生态伦理学说其间的"西方逻辑"，这样，生态批评在一定程度上也就失去了它的批判指向和力量。

世界各国经济发展很不平衡，在工业化进程甫才启动的中国，我

[1] 赵园：《赵园自选集》，桂林：广西师范大学出版社1999年版，第224页。

们所谈的"生态文学"其实和西方后工业时空下的概念不尽一致,所以和进入"后现代"的国家"生态批评"的目标也不尽一致。理论界在推介西方的生态伦理学说时,它"高屋建瓴"的理论引进和研究一定程度上并非植根于文学现状,甚至也脱离了中国大地——中国当前所处的发展阶段——前现代、现代、后现代并置的历史时期注定了我们不能盲目迎合后现代盛筵下出炉的西方生态学说。所以,生态批判首要的对象应是发达国家,最重要的是那些财富巨人,"发展中国家"在涉及生态伦理学说时,无疑需要立足于本土的审慎思考。

西方生态伦理学说的利己主义本质是西方意识形态话语浸淫的结果,它是以西方、以富国为利益中心的。首先,一些发达国家为了转移生态危机,不仅肆意掠夺不发达或发展中国家的资源储备,而且还以各种欺骗手段恶意地向这些区域输出本土的工业废料和垃圾,并且向"发展中国家"输出有害的技术。据报道,在 2006 年,仅仅英国就向中国输运 190 万吨垃圾,以保障他们生活环境所谓的干净、整洁、优雅、健康。其次,发达国家总是夸张全球性生态危机的程度,叫嚣并批评"发展中国家"的推动发展计划,排斥"发展中国家"的物质需要,批评经济弱国渴望实现小康生活的正常要求。例如动物保护主义者彼得·辛格在《动物解放》的序言中对中国 20 世纪 80 年代农民"素食主义传统"的赞扬[1],在中国农民看来一定是一出滑稽的闹剧。再次,发达国家借助"全球化"推脱承担"发达"所造成的资源"稀缺"和环境破坏的责任。事实上,环境危害更多的是由这些发达国家或者说"经济帝国"造成的,从"资源掠夺"到"污染输出"再到"战争控制",西方大国对环境的践踏一步步升级。在"资源掠夺"上,不谈发达国家资本原始积累阶段的罪恶,在目前,只占世界人口

---

[1] [美]彼得·辛格:《动物解放·致中国读者》,孟祥森等译,北京:光明日报出版社 2003 年版。

总数23％的发达国家,占有和消耗的世界资源占能源消耗总量的75％、钢材总量的72％、木材总量的85％,单是美国,其人口占世界人口的比例不足5％,却消费了25％的商业资源,其温室气体排放量占世界总排量的25％。在发达国家市场规则和强权制度天衣无缝的包装下,是他们对稀有资源市场日重一日的垄断。从财富占有份额来看,只有22％的全球财富属于占世界人口大约80％的所谓"发展中国家",其实指定给穷人的财富份额还要更小:1991年,85％的世界人口只获得了15％的收入,30年前20％的最穷国家所占的2.3％的全球财富现在又下降到1.4％。[1] "污染输出"方面西方大国更是不遗余力,世界银行首席经济学家劳伦斯·撒莫尔(Lawrence Summer)在给一个参加环境问题讨论会的同事的"备忘录"中写道:"不要让其他人知道,难道世界银行不应该鼓励把肮脏的企业转移到不发达国家吗? 我有三个理由。"他的三个理由分别是: 一,衡量污染成本的尺度取决于污染所带来的疾病和死亡的那些人的收入,所以,把污染企业转移到工资水平低的国家就是把污染降到最低的良方;二,第三世界国家,如一些非洲国家,人口稀少,污染程度低,因此可以把污染企业更多转向那里;三,对清洁环境的审美要求和健康要求总是和收入成正比,一些发展中国家5岁以下儿童的死亡率达到200‰,这些国家的人们对环境的要求就很低。[2] 从这三个理由,我们看到了赤裸裸的环境侵略理念。在"战争掠夺"方面,美国为了缓解国内的资本权力争端和环境压力,建立一元化的世界格局,通过发动海湾战争等,造成了极其严重的生态后果。

防御和抵制生态危机已经不是一个国家或区域可以独善其身

---

[1] 参阅[英]齐格蒙特·鲍曼《全球化——人类的后果》,郭国良、徐建华译,北京:商务印书馆2004年版,第67页。

[2] Foster, J. B., *Ecology against Capitalism*, Monthly Review Press, New York, 2002, p.61. 本处引自时青昊《20世纪90年代以后的生态社会主义》,上海:上海人民出版社2009年版,第89页。

的问题,而是需要在世界性的生态整体意识加强的情况下进行协调和合作的事情。新世纪以来,有的批评家忧患于严峻的环境问题,从弱势文化层面展示生存艰难与生命高贵,探究自然奥秘以及人类文明与自然的生命和弦,从人文关怀的立场切入生态关爱,从生态关爱的角度抒发人文关怀,是生态文学和生态批评的理想,但在认同人类发展的本质上,世界性的自然生态的灭顶之灾实质上是非人文性的扩张、资本权力的操纵造成的,这在国内外都不乏例证。

三

对生态批评偏误的认识并不太代表我们否定中国文化传统中的生态智慧,或者说不认同西方理论资源对于我们建构生态批评的价值,这里只是想说明,中国生态批评在对"唯发展论"、"科学主义至上论"、"人类中心主义"及"城市异化"等西方发展模式的批评中,不应该忽略不利于中国"可持续发展"的"个案"因素,而要密切关注现代化过程中的"中国经验",以使生态批评能真正承担其"批判的功能"。西方的生态危机确乎在很大程度上源自传统的人类中心主义下的科技至上、欲望主义等,是盲目"发展"造成的恶果;而中国进入当代以来的生态危机,一定程度上并非"发展"造成的,而是复杂的人力造成的。

历史进入新时期以前的"十七年"及"文化大革命"时期,强劲的政治意识形态成为影响中国社会、文化、经济的最主要力量,"人定胜天"、战天斗地、征服自然、"人有多大胆,地有多高产"成为响亮的时代口号,当时的文学也不得不竭力鼓吹和逢迎这种压倒性的意识形态,在美学上也很大程度地丧失了自然书写的功能,在对实现"四个现代化"的神往中文学更不可能体恤"上山下乡"、"大炼钢铁"、边地农垦等运动。据称,"美国学者夏竹丽的《战天斗地》一书,即研究了毛泽东时代的政治对自然环境的深刻影响。"[1]西方生态思潮一般被认为是对传统启蒙运动的反思和批判,其主要的理论背景即艾恺所谓的"全球化的文化保守主义思潮"或曰"现代性反思";与其颇为不同,中国具有生态意识的文学创作直到 20 世纪 70 年代末 80 年代初才萌芽,其恰恰诞生于启蒙主义思潮对"十七年"和"文革"意识形态强力的反思:黄宗英的《大雁情》、孔捷生的《大林莽》、宋学武的《干草》等都对革命权力机制违背自然规律,一味将人的意志强加于自然、对生态平衡造成破坏的事实有所批判,沙青创作的报告文学《北京失去平衡》(1986)、徐刚的报告文学《伐木者,醒来!》(1988)等更是引起极大轰动;直到新世纪,那段历史依然是生态小说创作的现实资源,阿来在《空山》中说生态灾难是因为一个发源于北京的盲动的政治声浪很快传到阿坝,而且造成了无以挽回的恶果,这是作家所激愤和痛恨的。我们在生态批评的语义下重读新时期有关那一历史时空的叙述,就会发现我们对政治强权造成的生态破坏的历史清算远未完成。

　　而新一轮的生态破坏则又接踵而至。阿来的《空山·轻雷》写 20 世纪 90 年代的机村人事。在那里,一切都在变化,就连两条山泉汇流、古来叫做"轻雷"的地方也被改叫了双江口——那泉倒是再也发不出轻雷一样的轰鸣了;年轻人都不会再唱当地的民歌,也不再相信任何神灵,只相信金钱;人们不再种庄稼,跟木材生意有关的人都发财了,有门道的人可以通过各种手段获得政府主管部门批给的准许买卖木料的条子,没有门道的人就偷偷盗伐林木卖给木材贩子;"保护森林资源!严禁滥砍滥伐!"的标语谁都知道,但谁都知道那是一句空话,原始森林几乎砍伐殆尽。机村这一带的山林涵养的水源从山谷里奔流成下游的河流,但是现在森林没有了,下游干旱得庄稼

---

[1]　梅雪芹:《中国近现代环境史研究刍议》,《郑州大学学报》2010 年第 3 期。

都枯死了，上面派来了人工降雨的技术员，可是"因为森林砍得太多，不但地面无法涵养水分，空气的潮湿度也太低了"，根本催不下几滴雨，整体的生态系统就这样瘫痪了。为了开发所谓的风景区，要修路，要建县属农场，县委书记亲自出面，以砍伐十多年前的过火林的名义要开发掉"机村唯一一片完整的森林了"！官员、警察、木材检查站、商人、盗林人都为了各自利益参与了毁林，生态保护就是以这样的方式在进行着！

因此，横亘在我们面前的是另一种比西方复杂得多的现实景观："生态问题"在中国远远不仅是一个"后现代"的话题，也远远不只是"现代"转型时期生态伦理学的扩张及其自身内在的悖谬的问题，还有大面积的"前现代"区域在走向现代化过程中所必然遭逢的文化冲突、异变以及断裂。所以，中国所面临的伦理转向既有后现代伦理与现代伦理的冲撞，还包含着现代资本伦理试图对封建伦理秩序的覆盖，带有现代启蒙的一面，也包含后殖民理论对后现代的解构意图。或者说，"文学的乡土"的语义是极端复杂的，一个生态批评者不应该像一个话语霸权主义者一样不加分析笼而统之地把一切罪责归于"现代"一身，反思世界性的现代性危机本身的缺陷是必须的，而反思我们自身在"现代化"的行程中有哪些失误则更加切近实际。

作为一种跨学科的文学批评方法，目前中国的生态批评还未真正进入学术研究的主流话语系统，也未能体现出知识分子更多的批判力量。文学批评"专业能力"即学院化程度的巨大提高是以牺牲其广度和厚重为代价的，其权威性也逐渐在丧失，当我们感叹当今文学、学术包括生活的四分五裂、碎片化、娱乐化时，不得不警惕批评的思想标准——当然也意含生态批评。生态批评要探究中国生态危机的真正根源，理应正视"实践性是环境伦理学的精华"[1]这一论题，

[1] 余谋昌：《实践性是环境伦理学的精华》，《光明日报》2004年6月22日。

认识到"批判性"是生态批评的本质：在全球性的生态主义思潮下，站在"更中国"的认识视野，"让思想醒着"，找出生态危机更广阔的社会因素和文化因素——正是在这个意义上，我愿意赋予生态思潮以"新启蒙"的需求或声誉，而其中所内蕴的"新启蒙"与"反启蒙"思想之间的吊诡，我在《生态批判："反启蒙"与"新启蒙"的思辨》一文有过专门讨论。

（原载《南方文坛》2011 年第 5 期）

由生态批评谈现代文学的跨学科研究

　　不管人文学科还是自然学科,跨学科研究已然成为学术创新与发展的必然趋势,只有学科交叉才能整合学术资源,扩大学术视野,广开理论思路。现代文学的跨学科研究也是势在必行。

　　关于中国现代文学的跨学科研究,可能有不同的理解。有人是从现代文学的学科边界谈,也就是说从 20 世纪 80 年代中期学界所提出的"20 世纪中国文学"、"重写文学史"等概念出发,以"现代性"的诉求为红线,提倡将近代与现代、当代打通,"作为一个不可分割的整体来把握"的文学史研究思路;抑或从多元制衡的角度提出"中国文学现代转型"的理论建构,从"多元并存"和"文化制衡"的学术理念出发,倡议"20 世纪中国文学整体研究"的学科建构。因此,有人认为,将近代、现代、当代在以往的研究中可能属于三个小学科的文学史打通来研究,是一种"跨学科"研究。我个人认为,这是随着文化语境和文学观念的变迁产生的学科内部结构体制的调整。

　　本文所谓"跨学科研究",意指不同学科类别但相关的学科之间研究方法、理论资源的借鉴、融会与整合,例如文学的文化学研究、社会学研究、民俗学研究,包括现代文学与文化体制、现代文学与出版传媒等方面的研究,也是现代文学跨学科研究中卓有成效的实践。

　　这里拟以对生态文学的生态批评为例,谈一点关于跨学科研究的粗浅认识,其实,本文想强调,学术创新与跨学科研究的"跨"与

"度"的问题。选择谈生态问题,很明显,本人更愿意把传统分期的现代、当代文学理解为一个整体的"百年文学史"研究范畴。

一

谈生态文学,其"合法性"在当下正统学术界似乎并非毋庸置疑。记得 2008 年在以"中国生态小说研究"申报课题时,几位专家一致的意见是"属于文艺学申报范畴,不属于现代文学研究范畴",其间的吊诡一定程度上反映了我们文学研究与批评对跨学科研究认识的不足甚至漠视。

对人类发展中的"生态"论题早在 19 世纪就已有关注,在社会发展变迁的过程中,自然科学中一门新型学科"现代生态学"于 1866 年诞生,德国生物学家海克尔(Ernst Haechel)提出了"Ecology"的概念。进入 20 世纪,人类物质文明取得极大发展,科学的突飞猛进带来生存条件的极大改善;但 20 世纪也是一个人类对地球对环境负债累累的世纪,造成的生态危机越来越成为阻碍人类健康前行关键的问题。1935 年,美国哲学家奥尔多·利奥波德的生态学名著《沙乡年鉴》[1],创立了一种生态整体主义伦理观——"大地伦理"生态学。1962 年,美国海洋生物学家蕾切尔·卡森(Rachel Carson)影响深远的生态文学著作《寂静的春天》发表,它"犹如一道闪电,第一次向人们显示出什么才是我们这个时代最重要的事情"[2],那就是人类如何与自然融洽相处,西方渐渐兴起了一股强大的生态思潮。"我们究竟从哪里开始走错了路?"是具有反思意识的人类所追问的话题——哲学、伦理学由此发生了转向,哲学正在走向荒野,生态伦理学第一次把伦理的范畴从人类扩展到整个生物界。在海克尔提出了自然科

---

[1]　[美]利奥波德《沙乡年鉴》,侯文蕙译,长春:吉林人民出版社 1997 年版。
[2]　[美]阿尔·戈尔:《寂静的春天·引言》,蕾切尔·卡森:《寂静的春天》,吕瑞兰、李长生译,上海:上海译文出版社 2008 年版。

学的概念"生态学"之后,生态思潮渗入到哲学社会科学的各个领域,差不多每一门人文学科都建立了自己与生态学相对应的交叉学科,例如生态社会学(Ecosociology)、生态人类学(Ecological anthropology)、生态政治学(Ecopolitics)、生态马克思主义(Eco-Marxism)、生态社会主义(Ecosocialism)、生态女性主义(Ecofeminism)、生态伦理学(Ecological)、生态经济学(Ecological economics)、生态心理学(Ecological psychology)等等。

　　1970年代,全球性生态危机加剧,生态环境运动蓬勃发展。随之,"生态文学"作为文学领域的新成员悄然升起。追本溯源,1972年美国比较文学学者约瑟夫·米克(Joseph W. meeker)chuban de《生存的喜剧:文学生态学研究》可谓生态批评的开先河之作,该著明确提出了"文学生态学"的概念并予以界定;1978年,威廉姆斯·鲁克尔特在《文学与生态:生态批评的一个试验》中首次运用"生态批评"(ecocriticism)这个词汇。但之后,生态批评并没有引起应有的关注。直到1992年,美国学者建立了"文学与环境研究会"(Association for the Study of Literature and Environment),接着英国、澳大利亚、日本等国建立了分会,逐渐成为一个国际性的学术组织;1993年,美国生态批评学者帕特里克·D.默菲(Patrick D. Murphy)创办了《文学与环境的跨学科研究》(ISLE),这是生态批评的第一本专门性刊物,也标志着生态批评学派的诞生。随着劳伦斯·布伊尔(Lawrence Buell)的《环境想象:梭罗、自然书写和美国文化的形成》(The Environmental Imagination:Thoreau, Nature Writing and the Formation of American culture, 1995)和弗洛姆(Harold Fromm)等主编的《生态批评读本:文学生态学的里程碑》(The ecocriticism Reader: Landmarks in Literary Ecology, 1996)的问世,生态批评开始引起学术界广泛关注和认真对待。中国乡土生态文学书写和批评也在这一阶段应运而生,这正是全球化的自然危机和精神危机下文学审美功能的体现,笔者曾经将这一转型概括为"文化守成与大地复魅"。

生态文学第一次将人文学科和自然科学这么紧密地结合在一起,它的产生本身就是"跨学科"的产物;也可以说,生态学的人文转向才孕育了"饱含绿色理念,绽放生命关爱,传承生态文化,弘扬生态道德"[1]的生态文学。乡土生态文学侧重于表现人与自然的和谐理念,注重人与"乡土"关系的原初性、自然性和精神性,揭示人性与生态的悖论,批判工业文明造成的巨大污染和人性异化,同时,城市文明与生态文明的悖论以及生态伦理自身意涵的混乱也体现出世纪之交社会转型中的文化伦理的蜕变。

从以上论述我们可以看到,要对"批判生态毁灭、重建人与自然和谐"的乡土生态文学进行研究,必然涉及生态学、哲学、伦理学、民俗学包括宗教学等相关学科,包括我国有的传统文化中"天人合一"等素朴的伦理观念都会融汇在生态批评之中。

二

要进行"跨学科研究",离不开广泛且相对深入的"理论资源"作为学术储备。我们无论是在探索"理论资源"还是在思考"跨学科研究"问题时,都需要注重把握相关学科前沿性或影响深广的理论动向,例如"女性主义文学研究与批评"。女性主义研究与批评在 20 世纪 80 年代到 90 年代初在中国曾经红火,近几年稍有回落。在我看来,女性主义文学研究必须扩大自己跨学科的理论视野,从社会学角度研究"新移民文学"对进城女性生存境遇的揭示,或借鉴性别史及后现代理论探究"身体写作"的问题都是一些应有的思路。这里我想从另一思路即生态女权主义(或曰女性主义)批评谈一点女性主义文

---

[1] 中国野生动物保护协会编:《生命的喟叹——作家为生灵代言·前言》,北京:中国林业出版社 2006 年版。

学研究的浅见。

从世界范围讲,探讨人与自然的生态关系正成为新启蒙运动的重要核心部分之一,它立意建构一种新的理论范式,即生态主义。我们知道,从清末梁启超等的政治启蒙尝试,到五四新文化启蒙运动,再到毛泽东时代的妇女解放运动,女性问题在中国现代转型中一直被认为是关键性的、甚至关系到国家存废的"尖端"问题。因此而言,反映女性问题的女性文学必然是一个社会学、政治学问题,同时也是一个文化学和思想史的问题。而在西方,1974 年,法国女性主义思想家弗朗索瓦兹·德奥波妮(Françoise D'Eaubonne)提出了生态女性主义的概念,她在《女性主义或死亡》(Feminism or Death)中提出要发动一场女性拯救地球的革命。人口过剩对于女性,对于地球来说都是灾难,地球遭受了和女性同样的毁灭性灾难,男性作为企业武夫和军事武夫的统治削减了地球的生命力,"一个更接近女性的地球将变得对于所有人都更加郁郁葱葱"。慢慢地,女性话题从"发展中的妇女"的话语向"妇女、环境与发展"转变,越来越多的学者介入到女性主义生态批评,我们现在常用的"可持续性发展"的概念正是来自挪威首相布伦特兰夫人,在 1987 年的"联合国世界环境与发展委员会"上,她作了《我们共同的未来》的报告,她把"可持续发展"定义为"人类有能力使发展持续下去,也能保证使之满足当前的需要,而不危及下一代满足其需要的能力"[1]。所以,西方生态运动中出现的生态女性主义,它诞生于 20 世纪 70 年代末到 80 年代初,蓬勃兴起于 90年代,是在频发的生态灾难中逐渐"浮出历史地表"的。

生态女性主义不是生态运动与女权主义的简单合成,而是在学界对深层生态学武断和绝对化的批评中诞生的,它是环境公正生态

---

[1] [挪威] 布伦特兰夫人:《我们共同的未来——从一个地球到一个世界:世界环境与发展委员会的总观点》,世界环境与发展委员编:《我们共同的未来(绿色经典文库)》,王之佳等译,长春:吉林人民出版社 1997 年版。

批评理论从"性别"出发的产物。生态女性主义认为,资本主义男权统治与科学至上、自然毁灭三位一体,正是男性的霸权主义意识、暴力和欲望导致了"征服自然"的狂妄,而女性与自然的关系是人类起源即融洽的;她们没有自然的解放,其他一切形式的女性解放都无济于事。生态女性主义文学作品则致力重建"神性自然",崇拜女性与大地,从而获得灵感与力量,恢复自然界造物主的女性性质,常常重叙原始游牧的民族童年,其风俗画、风情画色彩浓烈,带有宗教文化或原始文化色彩,富有地域性和"异域情调",特别是致力于氏族或野地生存形态下女性形象的塑造来追溯人与自然母亲的亲密融洽,从而达到对主要由男性领导的城市化环境危机的批判和对人类精神荒漠化的拯救。那么,生态主义理论无疑对女性文学研究是一种新的推动力,起码是一种新的理论支持,生态批评或许会推助女性主义批评打开新局面。

三

跨学科研究在当下其实出现一些混乱,或者"过度"。跨学科的理论借鉴必须立足于我们自身的学科根本,立足原典,不能盲目追随西方文论。这方面的前车之鉴其实很多。在生态文学研究和生态批评中,我们目前对西方文论的借鉴和"跨学科研究"就存在着极大误区。

首先,所谓"哲学走向荒野"以及"伦理学的生态转向"是 20 世纪末以来西方人文社会科学理论界常常谈到的话题,但是它并非不言自明的"真理"。文艺理论界在推介所谓生态伦理学说时与当下中国文学创作和批评的脱节,它"高屋建瓴"的理论研究并非植根于文学现状,甚至也脱离了中国大地——中国当前所处的发展阶段——前现代、现代、后现代并置的历史时期注定了我们不能盲目迎合后现代盛筵下出炉的西方生态学说,我们必须有立足于本土的辩证思考。

　　其次,中国生态批评在对"唯发展论"和"科学主义至上论"等西方发展模式的批评中,不应该忽略不利于中国"可持续发展"的个体因素。西方的生态危机确乎在很大程度上源自传统的人类中心主义下的科技至上、欲望主义等,是盲目"发展"造成的恶果;而中国进入当代以来,中国的生态危机很大程度上是复杂的人力特别是几千年来的专制主义等级制的官僚主义政治文化传统干预下造成的,而并非"发展"造成的:其一,我们在生态批评的语义下重读新时期有关"十七年""文革"的文学和"知青文学",就会发现我们对"十七年"和"文革"政治强权下造成的生态破坏的历史清算远未完成。其二,在认同人类发展的本质上,拨开 20 世纪 90 年代以来"发展"的华美外衣看生态危机的内在症结,我们认为当前自然生态的灭顶之灾一定程度上是非人文性的扩张、资本权力的操纵造成的,它使发展脱离了科学指导,与可持续发展的整体性目标激烈冲突。

　　再次,西方生态文学的生态批判一种主要的理论背景就是艾恺所谓的"全球化的文化保守主义思潮"或曰"现代性反思",一般被认为是对传统启蒙运动的反思和批判,但是中国具有生态意识的乡土小说却是产生在 20 世纪 80 年代启蒙主义思潮下对"十七年"和"文革"意识形态强力的反思而初萌的。黄宗英的《大雁情》、孔捷生的《大林莽》、宋学武的《干草》等都对违背自然规律,一味将人的意志强加于自然、对生态平衡造成破坏的事实有所批判,沙青创作的报告文学《北京失去平衡》(1986)、徐刚的报告文学《伐木者,醒来!》(1988)等更是引起极大轰动。生态文学的生态批判并没有错,关键是我们应该认识到在一个现代理性还没有完全建构起来的国度,要探究中国生态危机的真正根源,就必须强调其批判性,"让思想醒着"。由上看来,我们当下的生态批评存在着理论越界和对西方文论借鉴错位的情况,如果跨学科的生态文学研究认识不到这一点,就是把"理论"置于"文本"研究之上的偏误。

现代文学的研究走过的道路既有曲折亦有荣光,其学科的建设任重道远,在这个消费主义和大众文化昌兴的时代,要从庞杂的物象诱惑之中辨析学科研究有价值的新思路,从爆炸的知识和理论中汲取有益的营养,我们只能敞开现代文学跨学科研究的多元通道。但我想强调的是,跨学科的"跨"是方法,"研究"是目的,研究对象是"现代文学"。如果我们的研究尤其是生态批评一味追逐新的理论,在跨学科研究中援引生态学、民俗学、文化学、宗教学、地域学……等理论的过程中"一跨而不回",或者把"现代文学的生态批评"变成了一个无所不包的大杂烩,那么,这种淹没学科主体的"跨学科"研究也就背离了"现代文学研究"的初衷。

(原文收入《中国现代文学研究会第四次青年学者研讨会论文集》,海峡文艺出版社 2011 年版)

第二编

城市化与乡土挽歌

2

　　与生态问题紧密相关的,是现代化、工业化过程中乡土的失守和"城市化"的席卷而来。再没有一个时代像这个世纪之交一样,到处充斥着挖掘机的轰鸣,到处污水横流、雾霾弥漫。中国20世纪文学故有的"京派"的牧歌情调,一下子被"乡土挽歌"所取代。不管是"文化西部"游牧文明最后的挽歌还是"现代焦虑"下的乡土文化守成与道德批判,抑或乡村俚俗世界温情的田园牧歌的重奏,笔者愿意把这些"挽歌"解读为这代读书人面对时代骤变时"家山回望"的精神宣言——似乎每一代人都有自己的宿命。同时,我们也应该正视:不少作家并非仅仅固守于传统,盲目排斥和否定历史发展进程,而开始以理性的目光打破乡土的藩篱,正视农村的出走,关注他们的变异和迷失,挖掘城乡体制建设的不足与失误,这实际上使得当下的"城市化"书写与乡土叙事呈现出与以往不同的审美质素和思想质地。这是笔者所看重的。

论世纪之交中国乡土小说的"城市化"批判

对城市化的批判由来已久,威廉姆·拉尔夫·英奇(William Ralph Inge,1860—1954)曾经批评:工业革命产生了一种全新的野蛮主义,全无过去的根基;一代人正在成长起来,他们并非没有受过教育,但是,他们所处的人文环境,在其历史发展过程中,与欧洲文化几乎没有任何联系,不教古典作品;不教圣经;教历史也不考虑任何后果。更严重的是,没有社会传统,现代城里人是无根基的。[1] 英国"花园城镇"运动的创始人埃比尼泽·霍华德认为,大都市是公开的罪恶之城,让如此多的人拥挤一起是对自然的亵渎,因此他在1898年提出了制止伦敦发展的计划,随之形成一套强大的摧毁城市的思想。[2] 中国知识界更是有一个"贵乡村、抑城市"的传统:或出于"三纲五常"诸端规约使得一个读书人永远不可能真正脱离乡村,或出于传统中的贱商重农,或出于读书人作为乡村"叛逃者"的一种复杂心理——赵园曾经谈到知识分子在面对城市时候的某种集体无意识——对乡村的一种歉疚之感:"那种微妙的亏负感,可能要一直追溯到耕、学分离,士以'学'、以求仕为事的时期。或许在当时,'不耕而食'、居住城镇以至高居庙堂,在潜意识中就仿佛遗弃。事实上,士在其自身漫长的历史上,一直在寻

---

[1] 参阅 http://blog.huanqiu.com/? uid-54251-action-viewspace-itemid-50656.
[2] 埃比尼泽·霍华德:《明日的田园城市》,金经元译,北京:商务印书馆2000年版。

求补赎：由发愿解民倒悬、救民水火，到诉诸文学的悯农、伤农。"[1] 在现代化过程中，乡村似乎是一个必然要格式化的区域，工业化、城市化是世纪之交乡土小说家不遗余力批判的事物。

一 "城市化"批判的四个角度

在世纪之交的中国乡土小说创作中，有的批判者是从城市化下的工业生产造成的污染为着眼点，其中最用力者当包括张炜。在《刺猬歌》中，野性而温存的棘窝镇因唐童修造了紫烟大垒，"里面装了他从洋人那儿弄来的放屁的机器"，"山地和平原的人从今以后只要一抬头，就会看到那片隆起的黑灰色建筑群，并看到从许多突起处、一些小孔，冒出一股股一缕缕紫色的烟雾；只要一仰鼻子，就会闻到一种熟悉的巨大气味"，从此"人们进入了真正的沮丧期，他们彻头彻尾地沮丧了。……因为一种弥漫在大地上的、无休无止的、羞于启齿的、古老的——气味……"

如果说上面引用的《刺猬歌》的文字是针对城市化造成的工业污染，那么有些作品则是极尽了城市"吃人"的罪恶，例如《太平狗》。在通过一只狗的遭遇揭示人性的罪恶或曰城市的罪恶方面，少有作品能够和陈应松的《太平狗》相比肩，小说对太平的忠义和人心的冷漠的对比刻画震撼人心。一条叫"太平"的神农架纯种猎狗（即俗称神农架"赶山狗"）本来宁静安详地生活在神农架山村，但是，当其主人程大种不得不改变以往的生活方式去武汉打工时，它竟然恋恋不舍，即便被主人恶打，仍执意追随，最后被踹昏后装入一个蛇皮袋子才带到了汉口。结果，太平在城市里遭遇了一系列难以想象的摧残——开始是主人在自身没有生存之计的情况下投奔亲戚，遭遇姑妈的谩骂，太平也遭受抛弃和凌辱；接着，万般无奈下主人把太平卖

---

[1] 赵园：《地之子》，北京：十月文艺出版社 1993 年版，第 17 页。

给了以杀狗为生的狗贩子,被囚禁在笼中等死。小说描写的囚笼中狗们的生存情状之惨烈让人不忍卒读,由于环境恶劣,狗与狗为争夺生存空间而爆发的恶斗更让人头皮发麻。就在太平命悬一线之时,一个当年曾经到过神农架、认识这种赶山狗的知青,把太平买下了。但是,在城市养一条狗比在山村难多了,这位下岗的、处在生活最底层的老知青养不起它,只好送给了一位身有残疾的朋友,朋友也无法养活,最后遗弃了太平。在太平仓皇流浪的日子里,它历尽一切城市的暗算,但始终要寻找主人的踪迹。最后在一个工地与程大种偶遇,主人感慨万千,但恰恰由于太平的出现,程大种丢掉了工作。程大种被骗到有毒的工厂工作,那里嗡嗡作响、气味刺鼻,味道比神农架令人惊骇的瘴气凶悍一万倍,里边的工人永远没有出离的可能,只要有病就被扔在一个肮脏处被老鼠啃啮。太平倍受恶打、凭借智慧而脱逃,屡救主人而不遂,主人最后丧命,太平伤痕累累地回到故乡神农架……这是一曲感人的动物之歌,同时陈应松不遗余力地揭露了城市的罪恶。太平始终不能明白的是,城市里的人们"为什么要这样对待一条狗呢?为什么对这条狗有如此深的仇恨?"其实,作为"人"的程大种和作为"狗"的太平的命运何其一致,"太平狗"的绝无"太平"在这里其实就有了一种喻指的作用。在作品中,作者就有描述程大种看到的城市"实况"的一段文字:

> 一辆大卡车撞瘪了一辆小汽车,死人血淋淋的从车里拖出来。刚才还是个活人,瞬间就成了死人,比山里的野牲口吞噬人还快呀!一溜的红色救火车催逼人心赶往一个地方。两个在人行道上行走的男人无缘无故地打了起来,打得头破血流,看热闹的人刹那间围了过去,像一群见了甜的山蚂蚁。一个挑担小贩跑黑了脸要甩掉一群城管。城市里充斥着无名的仇恨,挤满了随时降临的灭亡,奔流着忐忑,张开着生存的陷阱,让人茫然无措。

《怀念狼》则独辟蹊径,是从城市造成的"人种退化"的忧虑出发来声讨城市:

> 清晨对着镜子梳理,一张苍白松弛的脸,下巴上稀稀的几根胡须,照照,我就讨厌了我自己!遗传研究所的报告中讲,在城市里生活了三代以上的男人,将再不长出胡须。看着坐在床上已经是三个小时一声不吭玩着积木的儿子,想象着他将来便是个向来被我讥笑的那种奶油小生,心里顿时生出些许悲哀。咳,生活在这个城市,该怎么说呢,它对于我犹如我的灵魂对于我的身子,是丑陋的身子安顿了灵魂而使我丑陋着,可不要了这个身子,我又会是什么呢?

在作家笔下,城市化和人种退化是息息相关的,甚至被作为最重要的原因或条件,对城市的批判正是建立在人种退化的担忧之上。

当然,从城市吞噬乡村、使人们失去土地失去"根"的角度(即从精神性出发)批判城市化者更多。如果说艾青的土地是"被暴风雨击打着"的"饥馑的大地",张炜、贾平凹、韩少功、李佩甫、陈启文、赵本夫等作家笔下的土地则是正被城市鲸吞蚕食的失去野性的土地。20世纪80年代初,张炜眼中的大地是一块笼罩着明媚的乡愁的完整大地,是一种纯粹的心灵世界,苦难失衡的心灵天平总能在强大的自然之境中得以平复;但是,"接下来我们看到了社会生活中越来越多的难以克服的矛盾,看到了积累的难题太多,老问题没有解决,新问题又出来了。而且历史又是惊人的相似。我们笑都没有工夫。我们需要思索了,需要另一种回顾"[1],文化传统中固有的一些毒素、一些悲剧的种子就种在血脉中,在一个适宜的气候下随时就会疯狂滋长、

---

[1] 张炜:《问答录精选》,济南:山东友谊出版社1996年版,第35页。

泛滥成灾,于是,《古船》诞生了。《古船》之后,张炜创作出现了明显转向,《九月寓言》应该是其"新世纪文学"创作的开端,张炜再一次"脱胎换骨",从《古船》的文化批判走向了退守,其中最为重要的原因即是经济的转轨带来的对地理空间和精神疆域的强大破坏力,人性的贪婪和新的意识形态媾和,对历史的一切审思和借鉴似乎都失效了,退守似乎是唯一的"无为之为"。《你在高原·西郊》中的"我"不得不再次回到厌恶的城市,但是"我"对未来惶恐焦虑,"作为一个生命,我宁可是一棵树;可是一棵没有根的树到底能活多久?"[1]在千篇一律的都市盲目地追名逐利的现代人就像失去了根脉的树!

二　家园固守中的伦理歧境

以上我们大致从四个方面分析了乡土生态小说的城市化批判主题,其中乡村和城市与人的精神联系的不同在一些作家笔下更为突出。还没有完成现代化的中国猛然遭逢了西方"后现代精神"中逃离都市、回归荒原的还乡之旅,脱离大地的陌生化迎合了人类情感对于母体——大地的依恋,包容一切苦难和悲欢的大地在男性期待中被诠释为"母性"的注解。

精神与肉体的对决是传统人性观的必然结果,在"至善、神圣"的伦理形态中,精神控制肉体,天理克制人欲。那么在 90 年代以来乡土作家的怀乡之作中,他们的文化哲学是把城市和乡村放置在了两个端点,现代化代表了"物质"文化,乡村代表了"精神"文化,两者被表述为正好相反——在不少作家看来,现代化提高了城市人对舒适、财富、健康等条件的期望值,而随着物质的丰富,这种期望值越来越高,不满之感、不适之惑也会越来越增强,我们从来没有觉得我们已经"够"满足,创造与幸福似乎背道而驰,只有乡村是我们灵魂的最终

---

[1] 张炜:《你在高原·西郊》,沈阳:春风文艺出版社 2003 年版,第 237 页。

家园。

浪漫主义乡土作家"谋求一种隐喻以把好的纯朴的自然状态与（假设的）邪恶的人为行动和科学工业世界的败落及世界观相对比"[1]，这同样是一种"体、用"二分的公式。海德格尔说诗人的天职就是"还乡"，自然和弦正异化为"现代噪音"，"浪漫者的还乡就是回到自我，回到一度被世俗生活与现代文明遮蔽的精神世界，回到人类曾经拥有的自然健康的心灵之家"[2]，在对精神故乡的守望中不再是一种"思古之幽情"，而是对都市文明隐形的精神对抗。汪淏《鸟儿的翅膀》中那个在婚姻内外都很疲惫的诗人"悄悄离开居住了多年的城市里的家，来到了这浮戏山上，是想找到一个可以称之为家的地方"，这"家"无疑是灵魂之家，是可以安妥疲累身心的清净之地——自然，远荒——"瞧瞧吧，四面八方全是青翠的山峦，随处可闻淙淙溪流，鸟儿欢歌，目光所及之处尽是绿色，树木，山花，野草，和庄稼"，"早晨，眼看着鲜红的朝阳一点点的从对面的山峰上冒出来，升上去，黄昏时，目送着夕阳恋恋不舍地落入西边的山坳里，到了夜晚，仰望着满天的繁星和皎洁的月亮"，这个城里来的诗人"好像回到了童年，也像是回到了遥远的故乡"。大自然治好了诗人的失眠症，梦里全是蓝天、白云、鲜花。但是，在相对比较封闭保守的乡村世界，他很快又开始思念城市，思念城市的便利，当然也包括身体对城市的渴望。爱情就在这时发生了，浪漫美妙，这或许只是城市读书人的一个梦？另一方面，乡下人也在苦苦追寻着一个城市梦，那个"仙女似的"女孩儿不是渴望诗人能带她远走高飞吗？也许，这个故事还有很多种结局，没有一种结局可能使诗人勇敢地放弃城市的一切，一劳永逸

---

[1]　[美]查尔斯·哈珀：《环境与社会》，肖晨阳译，天津：天津人民出版社1998年版，第46页。

[2]　陈国恩、张健：《中国现代浪漫主义者的怀乡意识》，《广西民族大学学报》2007年第1期。

地享受乡村的诗意和爱情。正如南帆有些苛刻的质问：文学是如此地迷恋乡村，为什么多数作家仍然逗留在城市？在一定的历史发展阶段，如契诃夫所言：在蒸汽和机器中，比在贞洁和素食中，包含着更多的对人类的爱。

毋庸置疑，社会学家所分析的自有其道理，在一个国家走向现代化、城市化时，农村人口向城市人口的地域转移，分化与流动中以实现农村大量的剩余劳动力向第二、三产业转化为根本内容；"城市化"以其特有的社会分工改变了人们的职业价值观，同时也铸炼出城市生活特有的现代性质素，现代性渗入与生长的过程，也是心灵秩序的重整与社会规范整合的过程；城市化窒息了传统人伦机制，所催生的新型伦理建构将激发人们作出具有契约理性特征的行为选择，新的城市生活以其特有方式涤荡着农民身上所积累的传统因子，他们的伦理价值观和社会行为发生了巨大变化，他们自觉不自觉地与传统诀别，形成新的现代思维。但是，当下中国的"城市化"存在着极大误区，它没有把农村作为现代进程的积极因素纳入经济框架结构，也没有为农村人尊严地融入城市提供应有的知识和思想豁蒙以及权益保障，在恶的发展模式下，公平和正义不复存在，造成了"城"与"乡"二元对立的文化心理。

世纪之交的乡土书写无疑呈现了作家一厢情愿的守持，作家努力维护心灵中的原生态农耕文明的和谐宁静，但在商品经济的大潮下，现代城市文明时时诱惑着这片乡土上的芸芸众生，特别是渴望打破祖祖辈辈的生存定律、期望走出不一样的人生轨迹的年轻一代——当然，这些渴望走出者还并没有太多鲜明的自觉意识。那些无有学识、虚荣心较强的乡下妹子，她们唯一能够证明自己与众不同的方式就是披金戴银的回到家乡。那么，故乡有他们的标准，这标准对准着一切"变"，"常"与"变"产生了交锋，即便不动声色，也许只是东家大娘西家二婶的一次嚼舌，却也把乡村的传统伦理观念传播给了那些不能安分守己的年轻人。不过,他们毕竟开创了与"留守者"
不同的另一种人生图景,不管这开创伴随着多少屈辱与磨难,多少挣
扎与苦恼,在闯荡江湖、开阔眼界中有可能被现代洪水冲撞开思想的
闸门,唤起他们掌握自己的命运主动权的意识——这条路确实充满
血泪。赵本夫《寻找月亮》中城市的钱坤每个周末都要到郊外看月
亮,他在所有老师中成了可笑、怪异的人,因为谁还在意月亮呢?"月
亮已经从城市里消失,已经从人们的生活中消失了","就像嫦娥的故
事一样遥远"。钱坤在林子里"英雄救美"遇到了一个叫月儿的乡下
姑娘,懵懂天真的她特别渴望成为城市女孩。三年中,月儿由一个瘦
弱的山野妹子成为城市娱乐中心的舞女,她还是未能实现自己的城
市梦,没能脱胎换骨变成城里女孩,因为她的野性成了吃惯了美味佳
肴的城里人的"野味",老板们正是利用这一点拿她挣钱的……"城"
与"乡"就这样成了对立的存在,物质和精神终难两全。而赵本夫
"地母"系列中的《无土时代》,作家更是让厌倦了城市生活的女子通
过在乡下蓝水河边的森林里体验一次"强壮的土著人"的强暴,从而
荒唐地获得了疗救。薛舒《阳光下的呐喊》中那位少年浪漫苦涩的成
长史就是一个从乡下家庭走进城市的普通人精神挣扎的历程。"我"
因爸爸是一个修鞋匠感到羞惭,最后在"我"拿到吉林大学录取通知
前一周,父亲病死。19 岁的"我"长大了,"我"不再因是鞋匠的儿子
羞于见人,"我再也不会去追踪我用幻想虚构的祖辈历史了,我承认,
我的祖籍,就是长江对岸的苏北,我的先祖,是农民,贫穷、蛮荒,而
且,从来就是。"看似一个少年的成长经历其实却是对家族根脉的追
踪,也是民族文化根脉的追踪,"我"对乡下人身份的最终认同在于
"我""鲤鱼跳龙门"终究脱离了土地,褪去了农民的身份外衣,这里
隐含着对现代化过程中城乡身份制度、贵贱等级制度的一种质疑,以
及对弱者的同情、对人性与人道的悲悯。有不少小说都是以乡下人
身份对抗、声讨城市绝对话语权的道德宣言。

当然,这些文本不能说没有作家对城市的误读。如果说进入现代化就是把"城市"扶植到高贵于乡村的地位是一种不公,城市对乡村居高临下的姿态伤害了乡村的情感,同时也破坏了自己的形象,甚至于在妄自尊大中忽视了自己的根深蒂固的弊病,那么取其反,认定乡村文明在精神上高贵于城市文明,也是缺乏理据的伪命题,乡土小说"必须破除城乡间简单粗暴的二元对立和非正常错位,追寻乡土中国的自然生命和精神生命的融合,饱蕴感性、灵魂和血泪,从现代性的立场重构人类生命永恒的家园"[1]。

三　二元对抗的思维模式与知识者的德性坚守

"乡村和都市应当是相成的,但是我们的历史不幸走上了使两者相克的道路,最后竟至表现了分裂。这是历史的悲剧。"[2]这种悲剧在文学中的表现并不仅仅是一种简单分明的二元对抗,它更深刻的表现则是作家内心纠缠不清的价值困惑——对传统文化的认同皈依与对传统文化的反叛超越,充满了历史抉择中的困惑和二律背反,体现在张炜等作家这里尤为突出。在城市物化环境的强烈刺激下,张炜的文化批判和社会批判让位于文化坚守之后,他说:"我深知,当我书中的主人公在为一个梦想而痛苦万分的时候,我却一直想使自己生活在梦想里。于是,我明白,全部的'你在高原'最终也许只是重复着这样一句话:我有一个梦想……"[3]这里,我们想谈谈张炜的语言。张炜并不刻意追求形式,不刻意追求策略,他把注意力放在了语言上,他调用语言造成冲击力,他制造了自己的语言系统,恐怕他的字词语句的想象力和创造力是无人匹敌的,散发着张炜的魅力和天分,有时让人想到这个词:惊艳! 是的,惊艳——不是色彩,而是语

---

[1] 丁帆:《中国乡土小说史》,北京:北京大学出版社 2007 年版,第 369 页。
[2] 费孝通:《乡土中国》,上海:上海人民出版社 2006 年版,第 131 页。
[3] 蒋楚婷:《张炜:我有一个梦想》,《文汇读书周报》2004 年 7 月 2 日,第 2 版。

言的怒放,如"秋后的北风扫过她(珊子)裸露的胸口,胸口就变成了
火焰色,那正好是男人烤手的地方……",如"我谜一样热恋的宝物
啊,你这会儿心跳为何如此急切慌促? 悲伤? 绝望? 愤恨? 不,肯定
是无边无际的爱情——这个时代最为稀有之物,今夜仍在诱惑你和
我"。他肆意饱满、清新刺激的语言风格是一种冲荡阅读习惯的汉语
语势,时而失控、时而节制,时而波浪翻滚、时而潺潺清流,时而酣畅
淋漓、时而柔媚如丝。当然这是从每一个细部出发——它的每一个
细部都完美无缺,而整体的语言感觉也并非无可挑剔,那些动静波折
的曲线被强势的语言狂欢压下去了,我们感到一种拨不开层次、拨不
开年代、拨不开人物、拨不开情节的混响,如果每一字如血、每一句千
钧,合起来紧张繁复一冲到底,它就伤害了起伏、伤害了节奏、伤害了
阅读快感——我们或许可以说的是: 正是这种语势,匹配了张炜满
腔的对野地的深情、对工业化的焦虑。

庞大的现代城市对德性的戕害是作为人文知识分子的作家
所痛心疾首的精神悲剧事件。在西方反现代化的思想者的论述
中,现代化罪恶昭彰,启蒙运动被认为逻辑地导向道德破产,善
良、斯文、忠诚、爱、感激等都变得无关宏旨,人类只有走出"现
代"的迷雾才能看到人性的曙光。艾恺就毫不含糊地指出: 传
统与现代化是水火不相容的,前者代表着人性,而后者代表着非
人性;弗洛姆在《健全的社会》一书中也警告说,如果历史的道路
不改变进向,全世界的人类会在不自觉中就丧失了为人的品质,
成为无灵魂的机器人。[1]

---

[1] [美] 埃里希·弗洛姆: *The Sane Society* (New York,1955),参阅艾恺:《世界范
　　围内的反现代化思潮》,贵阳: 贵州人民出版社 1991 年版,第 223 页。

　　正如台湾著名学者殷海光所揭示的,一般来讲,保守主义者常常是泛道德主义者,都有着强烈的道德声威及集成"道统"的历史使命感,他们甚至将道德看成是人类文化的唯一必修课。[1] 贾平凹的《土门》、《高老庄》、《怀念狼》则表达了作家对"家园"的理性思索,他以"仁厚村"、"神禾塬"、"高老庄"等揭橥了民间传统遗存对于现代生存的哲理意味,那份家园依托感无疑闪烁着浪漫的星光。贾平凹、陈忠实、李佩甫笔下的乡村智慧者和"民生"息息相关,如《秦腔》中的夏天义、《白鹿原》中的白嘉轩、《羊的门》中的呼天成,但张炜的"乡下人"身上却显明是一种清高脱俗之气,张炜笔下的乡土流浪汉可以说是乡村的"异类"。张炜是乡土的,但尽管他营构着生灵鲜活的大地,他的文字却天生避嫌了真正的"泥土味",他是最没有"农民趣味"的乡土作家,他的乡风乡俗也并非乡间人物土笨的眼睛和耳朵能够耳闻目睹到的,那是知识者以智慧对大地的聆听,由于带着理智,所以就少了份从容悠闲,凌空高蹈却并不空灵飘逸,像调门太高的音符,是渗透了心血的沉重的,有时也因了这份激越而显得过于高亢了。如廖麦,他以一腔热情固守的其实并非原生义的农耕文化——住在野地,"晴耕雨读",给心爱的女人写一部《丛林秘史》,这个形象对于农耕文化并不带有普适性,并不秉承普通大众的世俗性,倒更接近于一个具有浓郁士大夫古典情调的"农场主";他的一生是在追求自然性生存,绝望地反抗异化,但恰恰是他失去了"性自然",他有太多传统知识者的性爱伦理观念。知性的独立或许沦落了,我们再一次看到了作家美学上的矛盾。

　　在对城市化的批判上,迟子建和张炜是相通的,但如果说张炜是

---

[1] 参阅殷海光:《殷海光全集·论认知的独立》,台北:桂冠图书股份有限公司1990年版。

追梦野地的自由、守护知识者的良知,迟子建则是渴望人性的温馨、回护生存的多元。《额尔古纳河右岸》中,那个女酋长说:自古以来"我们和我们的驯鹿,从来都是亲吻着森林的",和自然界相知相融,但是现在数以万计的伐木人进了山林,"林木因砍伐过度越来越稀疏,动物也越来越少,山风却越来越大","驯鹿所食的苔藓逐年减少",乡干部说"驯鹿游走时会破坏植被,使生态失去平衡,再说现在对动物要实施保护,不能再打猎了","我们和驯鹿"被迫下山定居,其实驯鹿和伐木工人比起来,就是轻轻掠过水面的几只蜻蜓,"如果森林之河遭受了污染,怎么可能是因为几只蜻蜓掠过的缘故呢?"这些走出山林的鄂温克人,比如依莲娜,她成了城市里的一个有前途的画家,可城市到处是人流、车流、高楼、灰尘,"实在是无聊","她厌倦了工作,厌倦了城市,厌倦了男人。她说她已经彻底领悟了,让人不厌倦的只有驯鹿、树木、河流、月亮和清风",于是她一次次逃回山林,但是"乡土"也不再是她灵魂的徜徉处,她终于像一条鱼一样漂浮在了贝尔茨河里。科学技术正在用一种无处不在的流行文化将世界化为一体,"地球人"也许终究将失去国籍,一律被"美国化",人们对机器和大众文化、消费主义将使人"失去文明",陷入"一种无限丰富的虚无"。《额尔古纳河右岸》告诉人们:丛林也是一种文化。在城市化的过程中,以西方为蓝本的一元化的发展模式必然带来对生态多样化、生物多样化的破坏,对自然的破坏都伴随着对文化的破坏,生态灭绝其实就是一种"文化灭绝"(ethnocide),多样性生态的破坏伤害了自然中所蕴含的人类家园意识,扼杀了人的灵魂和美好天性,这是一个毋庸置疑的事实。

京夫的《鹿鸣》注意到了全球生态整体关联的问题。在写到日本老人铃木在中国沙漠腹地进行生态保护的科学研究时,作者写到了日本本土的"黑雪":"有人推断,那雪中的黑色来自黑土地上的扬尘。次年春,又下了一场有色的雨,是黄褐色的,来自于更远的大陆的北方。岛国不平静了,富裕的岛国以为自己四面环海,植被丰茂,气候温润,四季分明,极具地利,沙尘只在遥远的外域,而这时才感到了切实的危机。地球实在太小了,小到是一个村庄啊,村东头感冒,村西头保不住不打喷嚏。如果这样下去,沙漠化加剧,有一天势必吞噬了整个地球,花木变色,人也土头灰脑,河流淌黄沙,风沙漫天肆虐,世外哪得桃花源?"

正如安德烈·洛夫所言:"作为避免世界单一化、机械化、人类成为机械的奴隶的必须的解毒剂,艺术是必要的。"[1]乡土生态小说正是通过对人的生存方式、社会文化的思考,通过欲望动力论批判、科技决定论批判、消费主义和物质主义批判、人类中心主义批判等,来探究人与自然和谐的图景渐去渐远的原因,其现实批判性在大众审美文化时代显示着文学的内在精神。

当然,在人性与自然的悖论中,在"乡村启蒙"和"皈依大地"的悖反中,作家和他们的文本不得不呈现出复杂的甚至相悖的意涵。《刺猬歌》也同样呈现了主体思想的混沌复杂:一个方面是执迷倾向农业文明、回归大地的形而上的理想期待,一个方面是乡村大地的蒙昧和野蛮使得作家"融入野地"的理想大打折扣。所以,当张炜对野地的向往走向了极端,内心的矛盾也走向了极端,我们看到了作家主体内心痛苦的分裂,"廖麦的绝望不是对某一个人、某一件事的绝望,而是对于整个世界的绝望,是对于大地、自然、乡土和人类本身毁灭前途的绝望"[2],绝对的道德抵触和非理性迷狂暴露了作家文化思考的荒漠地带。和许多乡土作家一样,从农村出来的贾平凹站在城市回望故土,这种双重身份、双重视角使得他的乡土情感也是分裂的、对立的、矛盾的。贾平凹的《土门》《高老庄》激荡着作家对乡村

---

[1] [法]朱里安·本达:《〈知识分子的背叛〉安德烈·洛夫的序》,孙传钊译,长春:吉林人民出版社2004年版,第15页。
[2] 吴义勤:《悲歌与绝唱》,《文艺报》2007年2月6日。

大地和传统文化的审美情感,但"对土地的偏执固守"因为失却了现实依据而无限悲凉;《秦腔》应该被充分肯定的是作家敏感地捕捉到了转型期农村巨变过程中的时代情绪,是对正在消逝的千年乡村的一曲挽歌。陈启文的《河床》描述了长江中下游的开垦史和繁衍史,那片具有强大母性能力的"河床"既孕育万物生灵不屈的生命,也孕育纠葛和仇恨,也有爱和希望的拯救,"男人"、"女人"、"大河"合奏了生命的诗篇。《河床》里流淌着湘地文化特别的浪漫抒情韵味,似乎是一曲美丽忧伤的乡村民谣或传奇。

四　城市文明与生态文明的辩证

我们不能否认,"向着野地的回归"有可能是一种终极性的精神文化策略,以元概念的"大地"超越了二元对立的文化模式,或者说是执着于"还原"的理性思考。然而,对启蒙理性的虚妄回避、日趋加重的充满说教味的议论,表征着这些小说家对市场化变革的隔膜和疑虑,对想象中被神化的"野地"的空洞迷恋,在质疑了一种"神化"的历史狂欢的同时其实也陷入了另一类"神化"。而且,问题存在着悖谬的一面:如果像《刺猬歌》这样的乡土小说中的历史观、发展观被认同为一种社会未来的方向、这种生存形态被追认为"诗意的栖居"的话,无疑就回到了所谓"高贵的原始人"的思路,这显然有悖于人类文化发展的本性。

这里我们应该再谈到马丽华,关于"文化多元"和"生态多样化",马丽华应该是有发言权的。从对藏地文化的"审美眩晕"到达"审美困惑",马丽华出版了17本散文和文化人类学著作,拥有了一个"马丽华的西藏",最终确立了新型的西藏认知体系,即"发展"。有人曾反问她,"一手拿着手机、一手拿着相机的西藏,我们还有必要看吗?"马丽华的回答很坚定:"这话要是藏族同胞听到了,非得吵起来不可。让一个地区保留成为前现代的博物馆,供后现代的人们来欣赏,这一要求对于当地来说是非道义的。"[1]藏族作家班丹的《星辰不知为谁陨灭》(《西藏文学》第 4 期)即凸显了差异文化间理解的艰难与互补的主题。小说采取了西藏本地牧民的叙事者视角,讲述厌倦了现代都市文明的女摄影家和男诗人到藏地寻求精神家园的故事,整个故事极富有反讽意味。"我"作为向导带着艺术家去攀登珠峰,而整个旅途他们对藏族文化的提问常常令"我"无言以对,"我"只能在心里对他们的言说进行批评和解构,"我"外在的和善和内心的敏感犀利形成鲜明对比,或许这说明了现代化元素的涌入需要一段时间才能和西藏传统文化更好的结合,正如佛教进入藏地和本教融合为藏传佛教一样。而阿来对于文化消亡的态度我觉得是审慎的,在谈到《空山》时他说:"文化不是一个单独的问题,而是与政治与经济紧紧地纠结在一起。任何一个族群与国家,不像自然界中的花草,还可以在一些保护区中不受干扰地享有一个独立生存与演化的空间,文化早已失去这种可能性了。基于这样的认识,我不悲悼文化的消亡。但我希望对于这种消亡,就如人类对生命的死亡一样,有一定的尊重与悲悼。悲悼旧的,不是反对新的,而是对新的寄予了更高的希望。希望其更人道,更文明。"[2]

在社会学领域,有一个词汇叫"风险社会"。中国人口已经远远超过了土地承载力,人均资源短缺,环境容量狭窄,但是经济却以高消耗、高污染为代价在飞速发展,也就大跨度地迈进了"风险社会"的门槛,城市文明与生态文明的悖反将更加突出,如何构建社会主义初级阶段的生态文明模式,确实是一个迫切的问题。其实,在城市化问题的思考中有着另外一条思路,那是加拿大女性学者简·雅各布斯在《美国大城市的死与生》中所提供的。她在深入考察了都市结构的

---

[1] 李国文(记者):《作家马丽华:在那如意高地上》,《今日中国·中文版》2007 年第 2 期。
[2] 阿来:《有关〈空山〉的三个问题》,《扬子江评论》2009 年第 2 期。

基本元素以及它们在城市生活中发挥功能的方式之后,加深了对城市的复杂性和城市应有的发展取向的理解,她批评了源远流长的"反城市"的思想,认为城市之所以不被人喜欢是因为当下城市改造的经济法则只不过是一个骗局,"缺乏研究,缺乏尊重,城市成为了牺牲品"。雅各布斯指出:用一种"伤感的"眼光看待自然是危险的,"自然"被赋予了善良、高尚、纯洁的特性,不具有虚构特征的城市与这些想象格格不入,于是被视为邪念横行的地方,即成为自然的敌人。其实,这种伤感情调从根本上说含有一种没有被注意到的对自然的漠视,例如,美国是伤感眼光看自然的冠军,同时也就是乡村和自然的最大漠视者和破坏者,这种精神分裂症状的指向出于"不相信我们以及城市的存在本身就是自然不可分割的、合法的一部分",把自然"非自然"化成了风花雪月、鸟虫鱼禽。她认为我们应该记住植物学家埃德加·安森提醒的:作为"智人",我们所需要做的是接受"人是自然的一部分"这样一个事实。[1] 雅各布斯在怎样使城市街道安全、什么构成街区、街区怎么发挥多样化功能等问题上评估了城市的活力,无疑可以成为生态主义思潮"城市化"批判别有意味的借鉴。

(原载《文艺研究》2010 年第 4 期)

---

[1] 参阅[加拿大]简·雅各布斯:《美国大城市的死与生》,金衡山译,南京:译林出版社 2006 年版。

伦理的歧境

——新世纪文学"城市化批判"的精神归趋

在现代知识分子所追怀的古代文人中,屈原和陶渊明是特别被青睐的两位。如果说遭遇放逐的屈原在流浪与行吟中绽放的沉思和内省已经成为一种文学精神的象征,现代作家对楚辞世界的向往无疑蕴含了今人与诗人千古遥契的缘分,那么,现代读书人对陶渊明的热情则是从另一种"放逐"中发现了逃离的魅力。士与隐、通与穷,几千年来中国文人对生存生态的选择变化微弱。黄宗羲在《寿徐掞青六十·序》中认为,在易代之际,有两种士人乃"见道之大"者:一者入世弘道,为当世道德楷模;一者避世守节,"其无关于天下者,乃其有关于后世者也"。无疑,陶渊明本属于前者,但人在江湖,三十年竟如一只"缀网劳蛛","长恨此生非我有,何时忘却营营"?终于是"万里乾坤,不如归去"!这种"归去来兮"的生命选择也正是一种文化选择,使得"采菊东篱下"的陶潜被尊为"平淡之宗",甚至在历代文人心中成为卓然自洁、道德正义的符号。而20世纪末以来工业化、城市化的骤然逼仄,又赋予陶氏田园诗文以新的阐释空间,宁静自然、恬淡悠远的"桃花源"成为人与自然相融相洽的精神家园的象征,也成为新世纪文学"城市化批判"中的一个"关键词"。但是,现代文人面临的文化抉择更为艰难,决不是简单的或此或彼、或是或非的问题,在通往理想之境的道路上其心灵陷入了深刻的伦理歧境。

一

　　无疑,对中国古典传统自然主义文学精神的重新开掘是建立在
对现代化反思的基础之上的,也是建立在人与自然的关系日趋紧张
的恐惧之上的,和世界性的文化守成主义思潮、生态主义思潮相连
接,所以我们不能孤立地看待文学城市化批判"重塑桃花源"的梦想。
在城市化过程中,乡村似乎是一个不可避免要被"格式化"掉的区域,
面对着不可逆转的乡下人进城的洪流,人们意识到在潮来潮往中丢
失的不仅是个体的故土家园和传统文化之根,甚至整个人类都面临
着"失根"的威胁。因此,对现代化、城市化的批判成为欧美学者的
"精神传统",艾恺(Guy S. Alitto)在《世界范围内的反现代化思潮》
中就毫不含糊地指出,传统与现代化水火不相容,传统代表人性,现
代化则代表非人性;弗洛姆(Erich Fromm)在《健全的社会》一书发出
严峻警告:倘若历史的道路不重新规划进向,人类会在不知不觉中
丧失为人的品质,变成无灵魂的机器人;英国"花园城镇"运动的创始
人埃比尼泽·霍华德(Ebenezer Howard)批判大都市是公然的罪恶,
是对自然的亵渎;美国学者威廉姆·拉尔夫·英奇(William Ralph
Inge)曾经批评欧洲的工业化、城市化脱离了传统的、历史的根基,造
成了无根的"欧洲新文明";英国著名生态文学家乔纳森·贝特
(Jonathan Bate)在《大地之歌》中指出:环境已经完全变了,现在必须
再次提出那个老问题:"我们究竟从哪里开始走错了路?",诗人何为?
诗人应该"重新审视人类文化,进行文化批判,探索人类思想、文化、
社会发展模式如何影响甚至决定人类对自然的态度和行为,如何导
致环境的恶化和生态的危机"[1]。中国文化中也有一个源远流长的
"贵乡村、抑城市"的传统:这或出于"三纲五常"的诸般规约,例如居

[1] 朱新福:《美国生态文学批评述略》,《当代外国文学》2003年第1期。

官者丧亲要回乡守孝三年,一个读书人就不可能剪断连接乡村的脐带;或出于传统农耕文化的贱商重农、安土重迁的心理遗存;或出于作为乡村"叛逃者"的一种复杂心理。进入近现代社会以来,农耕文明被打破,这种意识在知识分子心目中虽然发生了巨变,但"贵乡村、抑城市"的思想传统依然存在,且有过之而无不及。"桃花源"的建构可谓20世纪中国乡土小说的一个母题,从沈从文、废名到汪曾祺,再到张承志、史铁生、张炜、刘庆邦、红柯、迟子建……这个序列川流不息,同时这也是20世纪文学一条可贵的具有浪漫主义色彩的抒情传统。

在中国文学的城市化批判中,浪漫主义文学可谓不遗余力,浪漫主义本质上就是一种背弃庸常、拒绝同流合污的精神气质。1991年,贝特在《浪漫主义的生态学》(Romanic Ecology)一书,首次从文学与文化的意义上把浪漫主义与生态学联系起来。那些带有原生态的文化复魅倾向的浪漫主义作家志存高远,梦扬云天,其回归"天人合一"的浪漫梦想本身就体现了对波澜不惊的庸常世俗和确定规范或各种意识形态钳制的反叛,闪耀着对失却家园的孤独、悲凉之精神生态的人文关怀;更为可贵的是,这些浪漫主义的激情描写勾画了人与自然和谐共存的图景,在为大地复魅的过程中恢复了乡土小说的诗性和神性的美学特征。可以说,新世纪文学对城市的批判是通过对乡村的"怀旧"而实现。我曾经尝试将新世纪文学的城市化批判主题分为四个维度:一是工业污染为着眼点,批判城市化对田园的戕害、对心灵的荼毒,例如张炜的《刺猬歌》;二是极尽书写资本强权下城市"吃人"的罪恶,如陈应松的《太平狗》;三是如贾平凹的《怀念狼》,从现代化造成的"人种退化"的忧虑出发来声讨城市;四是从城市吞噬乡村、使人们失去土地失去"根"的角度(即从精神性出发)批判城市化践踏人性的暴虐本质。[1] 这四类文本有一个共同的精神指向,那就

---

[1] 黄轶:《论世纪之交乡土小说的"城市化"批判》,《文艺研究》2010年第4期。

是将自然、人性放在神圣的祭坛上,在对城市化的忧虑和声讨中重新探查"重返乡野、皈依大地"的心灵之旅,甚至有一些文本一定程度上将城市"污名化"、"妖魔化"了。

"事物的发展和人类的认识都是一个永无止境的进程。……承认差异和不完满不仅符合事物发展规律,而且能进一步使人的思维逻辑趋于辩证性,增加对事物再认识的动力。"[1]作为一种文化批判,城市化批判面对现实的千疮百孔、污浊横流,将乡土中国的愚昧、阴暗、狭隘、冷酷等质素置换为审美意象,我们看到,在刘庆邦、王祥夫、地丁、衣向东等作家笔下,乡村是充满了民间人伦淳朴温情的所在;在陈启文、晓苏等笔下,乡村被转誉为至纯至美的"净土";而在张炜、红柯等作家笔下,乡野则是充满生命活力和激情的存在。这些创作以审美理想抚慰城市化的沧海横流下人心的苍凉和焦虑,应该说,这里边蕴含着文学应有的人文情怀。作为20世纪末以来浪漫主义作家的代表人物,早在2005年,张炜在《你在高原·西郊》中就写道:"作为一个生命,我宁可是一棵树;可是一棵没有根的树到底能活多久?"[2]这是对失去地气滋养的自我生命力的疑惑,更是对失去大地根性的城市的质问。张炜的《刺猬歌》以滨海荒原莽林的百年历史为纬,以男女主人公廖麦和美蒂围绕"野地"四十余年的爱恨情仇、聚散离合为经,铺展开一幅幅具有强大生命张力的、野性充溢的多彩画卷,体现了张炜所具有的浪漫主义情怀与深刻的哲理幽思。老实说,张炜的文字活色生香、饱满有力,这样富有激情和活力的文字是不多见的,他痴情地融入到风情野地,亘古的农耕神话涤荡着作家面对恶败的城市文明时沟沟坎坎的怨愤。大地,包容了一切苦难和悲欢,成为无边的"母性"力量的注脚;主人公在大地的怀抱里获得新的生机,

[1] 张福贵:《活着的鲁迅》,北京:社会科学文献出版社2010年版,第104页。
[2] 张炜:《你在高原·西郊》,沈阳:春风文艺出版社2003年版,第237页。

他的生命的拔节与大地上的万物一样健壮、野性、神秘、诗意盎然。作为书写整个中国 20 世纪转型的"行走之书",39 卷本的《你在高原》归为《家族》、《橡树路》、《海客谈瀛洲》、《鹿眼》、《忆阿雅》、《我的田园》、《人的杂志》、《曙光与暮色》、《荒原纪事》、《无边的游荡》10 个单元,更是恣情铺衍了这种对野地的迷恋,只是"我"不得不再次回到厌恶的城市,对未来就像失去了魂魄一样惶恐焦虑。

乡土作家背对城市的声色犬马,以审美姿态重奏乡土世界的牧歌,在对平淡简约、安详温馨抑或激情真挚、活力四射的乡村生活不断地回眸中表达着对大地的礼赞、对传统伦理秩序的呼唤、对底层生存的关怀、对卑微人生的观照、对生命自然性的敬畏、对常与变的感悟,对抗着城市化过程中的信息爆炸、节奏迅疾、交往杂乱、知识密集、物质泛滥等对人性的挤压。

二

不过,在城市化批判中,批评家和乡土小说家一道,误入"桃花"深处,夸大了中国传统文学中的"自然"因素,夸张了传统文化中"天人合一"等观念对当下精神重建的功用。20 世纪末以来社会急遽转型,一代文人再次骤然遭遇了从历史惯性中甩出的剧痛,现实的诗意与荒唐结伴而至,逢缘时会的狂热和英雄失路的悲凉相映而生,"天人合一"的古代生命理想在中国当代文学中获得了复活的机遇。陶渊明自然为本、安贫乐道的人生哲学吸纳了儒、释、道三家的思想精华,《桃花源记》中那"芳草鲜美,落英缤纷"的自由之地是每一代读书人的心灵栖息地,在与大自然任情自由的相依相偎中慰藉灵魂、抚平创伤、对抗浮躁。对于生活在无序嘈杂的城市中人来说,陶渊明田园诗文本然于心、行云流水的精神具有原始生态的魅力,其审美意境满足了人们对于本色自然和任运自由的呼唤,迎合了日新月异、信息爆炸的时代人们内心对于"慢下来"、"等等灵魂"的渴望。但是,陶渊明面对的"尘网"毕竟不是物质主义、科技至上，而是传统封建秩序等级中的"官网"，是官场的纷纭斗争。张炜说："我深知，当我书中的主人公在为一个梦想而痛苦万分的时候，我却一直想使自己生活在梦想里。于是，我明白，全部的'你在高原'最终也许只是重复着这样一句话：我有一个梦想……"[1]，无疑，这是一个乌托邦式的"梦想"。

相较于张炜等对城市文明的执拗批判，迟子建、阿来等的评判或者态度是宽厚的，他们并没有武断地把"城市文明"定性为恶。迟子建认为："我们所受到的文化熏陶和他们的原生态的文化是不一样的。当他们相遇的时候，必然要发生冲突。而这种冲突用善和恶来下结论是简单的。"[2]《额尔古纳河右岸》中鄂温克人与自然相得益彰，敬畏自然又能巧用自然：在一个个没有现代狼烟所污浊的自然神话中，鄂温克部族以歌谣的形式颂赞自然、祈祷神佑、超度灵魂、排遣困惑，这些歌谣正是这些民族的生存本相和文化本体的一部分。作为有现代意识的作家，阿来、迟子建等没有迷失在历史理性与道德感性之间，作家们明白，告别田园已是人类现代文明的总体进程[3]，虽然带着太多无奈，也有太多肉体与精神的磨难，但那充盈着丰沛的诗意的乡土已经严重滞后于新时代的步伐。迟子建也并不遮蔽林牧游猎生活的生存困顿和思想愚暗。小说中的依莲娜是作家塑造的系列女性中有意味的一个形象。依莲娜是这个鄂温克游牧家族走出去的第一个大学生，她秉承了鄂温克人擅长岩画的天赋，最终成为一名画家。因为无法适应城市里的男人，她结婚一年就离婚了，每次她返回山林疗伤都会谈起城市的喧嚣和无聊，但她又嫌弃山林里过于寂寞冷清，于是在城乡之间不停往返，最终她彻底领悟了："让人不厌倦

[1] 蒋楚婷、张炜：《我有一个梦想》，《文汇读书周报》2004年7月2日。
[2] 迟子建、周景雷：《文学的第三地》，《当代作家评论》2006年第4期。
[3] 据国家统计局《中国统计摘要——2009》提供的数据，2002年，进城农民工突破1亿大关；到2009年，这个数字已被改写为2.4亿。

的只有驯鹿、树木、河流、月亮和清风",结果回归自然的依莲娜还是被丛林河流夺去了生命。《额尔古纳河右岸》无论是写孩子们出山读书还是写牧人们下山定居,无论是写氏族婚俗还是写自由恋爱,迟子建的审视是双向的。人类需要在前行中殷殷回首捡拾失落的人文精神,但"回归"是否标示出了未来方向,这个话题很值得玩味。

进一步讲,城市批判文本对现代生活荒野化陌生化的诉求、归趋传统人文生态的潜意识,其实已经割裂了作家主体的人格,以及对传统文化的认同皈依与对传统文化的反叛超越,充满了历史抉择中的困惑和二律背反,这也可以理解为一种德性坚守下的伦理歧境。其一,在普遍的浮躁的文化失落中,怀乡主题的乡思是否发自深渊似的心灵倒真是一个值得追问的问题。历代文人受到社会的压迫越是难以反抗,就越容易想到陶渊明,试图用他的人生观来化解而不是冲破社会的压迫。这样,既满足了精神上、道德上的自我安慰,也避免了在冲突中容易遭到的危险。这样我们就容易理解,在城市化批判中,对于"桃花源"的向往为什么会被误认为"矫情",大概是一方面我们在"有所为"中制造并享受着现代化的盛宴,另一方面却在"有所不为"中批判现代生活方式、追慕世外桃源的静雅,以逃避化解矛盾。素有逃世情怀的中国知识分子怀着对遗弃故土的一种原罪,欲以醇厚的乡土想象回归自然本真时,他们和真正的乡土或许渐离渐远,而不是更为亲近了。其二,遁身"桃花源"的思路是否也正是"理想的东方主义"的"中国化",其中呈现的是对观念的着迷? 我们知道,"近代以来,随着资本主义现代化文明的发展,反对过度的物质主义和精神沦丧的西方人,再一次感到西方文化需要一个理想的他者",有些人将目光投向"停滞"的前现代中国,"赞美它为西方提供了一个质朴、宁静和自然的'香格里拉'"[1]。还没有完成现代化的中国

---

[1] 景凯旋:《另一种"东方主义"》,《随笔》2010 年第 5 期。

猛然遭逢了西方后现代精神中逃离都市、回归荒原的还乡之旅，迎合了人类情感对于母体的"返回"欲望。我们不能否认向着野地的回归有可能是一种终极性的精神文化策略，以元概念的"大地"超越了二元对立的文化模式，或者说是执着于"还原"的理性思考，然而，对启蒙理性的虚妄回避、日趋加重的充满说教味的议论表征着小说家对市场化变革的隔膜和疑虑，对想象中被神化的"野地"的空洞迷恋，在质疑了一种"神化"的现代性狂欢的同时其实也陷入了另一类"神化"，因为那种翩然行吟于人间烟火之外的乡土诗意栖居或许最可能在现代化实现之后的"后现代"语境下才可能兑现，那种疏离和隔膜并不是由他们的文本所钟情着的乡情所能寄怀的。其三，在某些怀乡之作中，作家的文化哲学是把"城市"和"乡村"放置在两个端点，两者被表述为正好相反：前者是"物质"文明的代表，后者是乡村"精神"文明的代表。在城市批判者看来，城市提高了人们对舒适、财富、健康等条件的期望值，但随着物质的丰富，不满和不适也进而增强，似乎永远不可能"够"，"现代"所承诺的幸福也就不可能抵达。在传统文化守成与反叛、现代文明批判与理性认同之间的价值困惑，是整个一代作家不得不面对的转型期主题。许多从农村出来的乡土作家站在城市回望故土，这种双重身份、双重视角使得他的乡土情感也是分裂的、对立的、矛盾的，对土地的偏执固守，因为失却了现实依据而无限悲凉。"这也提出了一个足以引人深思的问题：如何能够正视民间的精神需求，让他们切实拥有能有效温暖心灵、安放灵魂的方式呢？"[1]不少城市化批判的文本呈现出主体思想的混沌复杂，一个方面是执迷于农业文明、回归大地的形上的理想期待，一个方面是乡村大地的蒙昧和野蛮使得作家融入野地的理想大打折扣。所以，当作家对野地或民间的向往走向了极端，内心的矛盾也走向了极端，我们

---

[1] 姚晓雷：《"都市气"与"乡土气"的冲突与融合》，《文学评论》2011 年第 5 期。

看到了作家主体内心痛苦的分裂,甚至一些小说文本绝对的道德抵触和非理性迷狂暴露了作家文化思考的荒漠地带。

三

无疑,逃离有时意涵批判,逃离有时又意在逃避,这样,城市化批判介入历史的思想核心和精神原点可能面临着自我解构的尴尬,这里边亦可见出批评的浮躁。当一个批评家把"回到荒原、回到神"作为文学批评的捷径时,他的批判力不是强了,而是弱了,甚至可以说这种"融入大地"的思路已经脱离了真实的大地,弱者——那些被盲目的城市化夺取了生存空间的弱势群体、那些由生态危害殃及的自然的利益不可能仅仅通过重回自然的理想就获取正义和公平。当然,这并不是说我们可以简单地以介入历史的广度和深度如何来评判文学创作的高下,实际上,一直以来,我认为文学的功能是多层面的。从整个 20 世纪文学史来看,开启民智或革命救亡的文学自然与追求历史功利的目的相契合,"文学的启蒙"则以"无用之用"的纯文艺观与审美现代性的肇始相应和,回雅向俗的通俗文学则彰显了现代性语义之内的新型市民文化的需求,这正是中国文学现代转型的多元面向。在 20 世纪的不同历史阶段,三种文学史观虽有升降沉浮甚至你死我活的矛盾冲突,但文学的"美的本质"决定了在介入历史和超越现实之间,文学应该寻找到恰当的支点。"桃花源"作为一种都市中人的避难所或逃亡地,看似出于对生命自由与意义的维护,甚至可以上升到一种生命哲学,但也有可能导致一种精神撤退,毕竟,"批判性"应是城市文化批判的文学精神所在,但这种精神在唾弃城市的龌龊的同时走向"悠然见南山"的闲情逸致,而不去探查"城市化的罪与罚"这一世界性的难题,也不再探究中国城市化的经验与教训,对生态问题背后的经济问题、政治问题置若罔闻。

发展中产生的罪恶是隶属于发展本身还是在于这个过程中的失

误与偏差,即"唯发展"和"伪发展"? 这是一个值得思考且必须深入思考的话题。中国传统文化一向被认为"中庸",但进入近现代以来却总爱走极端,不"左"就"右"。现在经济学界或者是思想领域有所谓"中国模式"的提法,我虽然相信存在"中国经验"、"中国体验"、"中国优势"甚至"中国特色",但对所谓"中国模式"的论断一直不敢苟同。在现代化的过程中,中国目前的城市化道路与自己的"西洋导师"相较并没有多少与众不同、出类拔萃之处,在进入新时期以后,改革开放的大时代迅速到来了,真的是"时不我待"了,我们来不及对"文革"的内在真相及其复杂性作出更多省思。"对于'文化大革命'的'全盘否定'是'文革'后中国的政治精英、社会大众和知识分子的精神起点,也是他们自此展开的精神探索中的重要内容,如果对这样的起点不作有效的精神重省,我们的精神无疑将仍不健全。"[1]也就是说,我们未曾清理完过去,便掉头去拥抱新的现代化图景——在这图景中不可避免就会有经济与权力媾合的大行其道,必然造成城市化中某些发展的乱象。

乱象丛生中,城市化的结果如果是以生态保护区的名义建造特别区域,驱赶更多的自然村落居民流离失所,让乡下人在杂相纷呈的"圈地运动"中失去土地,让城市人在工作之余到所谓的生态园区游玩嬉戏,这样的"桃花源"除了商业酷相外又何尝真正地体现了"武陵人"那种"黄发垂髫并怡然自乐"的理想境界? 美国作家梭罗宣称"只有在荒野中才能保全这个世界",他把未曾被人类染指过的荒野视为圣地,而荒野中的漫步则类似朝圣。但是,人类重返"圣地"的路复杂而漫长,它不仅蜿蜒在诗人心中,也必须植根于现实。作为读书人的精神遗产,"桃花源"是一个富有永恒魅力的寓言,而且在全球性的城市化背景下,它的存在更显出了精神的高贵;但起码在某些时

---

[1] 何言宏:《当代中国的新左翼文学》,《南方文坛》2008 年第 1 期。

候,它会失效,失效在"价值"层面。城市化批判正是现代性反思的一部分,从历史意义上讲,它是人类避免偏差、反省失误的重要精神财富。"桃花源"的幻象将"事实"归罪于"现实",却以道德上、伦理上胜利者的姿态遮蔽掉了现实的残酷,也忽略了城市化批评的价值意向,以超脱性的虚幻内核代替了价值诉求。并非每个人都有机会享有陶渊明或梭罗那样的与自然亲近的快乐——即便我们也挚爱自然万物的刚健、柔美与浪漫,即便我们也警觉工业和科技的魔力和人类无限膨胀的欲望,即便我们也密切关注城市化进程中的诸多乱象。

新世纪文学创作和批评病相累累,但我相信文学应该有洞穿表象的思想准备和审美能力,在"文学死了"、"批评死了"的叫嚣中,我还是愿意相信真正的文学的美、文学的力是永在的。因此我想,"桃花源"是城市化批判最终的"精神放矢地",但梦想的价值不在于梦想本身,而在于抵达的行旅,如果沉溺于梦想的魅性本身,城市化批判等于放弃了自身的主旨。需要再次强调的是,对"桃花源"的寓言给予质疑并不代表否定对其理想境界的向往,并不是要拒绝浪漫主义和理想主义的情怀,并不是要否定城市文化批判的合理性,并不是否定在生存环境日益恶化的当下精神生态重建的紧迫性,更不是对三十年来中国的巨大变迁盲目乐观而放弃反省和批判。只是,在批判的行旅中,我们不能早早地遁入了桃花源,陶陶然去做有闲阶级的春梦,需要充分认识"桃花源"的两重性,审慎地看待城市的"累累罪恶"以及"反城市"的思想,建设性地评估"城市让生活更美好"的论断,尽量走出伦理的歧境,这样方能"离真相再近一点",包括"心的真相"。

呼唤批判与审美的双重力量

——论新世纪小说的"城市异乡"书写

新世纪以来小说创作新的焦点性题材向度,除了揭示人与自然关系的生态小说,还有大量作家作品对"城市异乡者"的观照。这一命名隐含着一个动态的过程——"乡下人进城","乡下人进城"是伴随着晚清中国现代化追寻的步伐就开始出现的社会现象,但浩浩荡荡的两亿多农民进入城市确实是到 20 世纪末才成为最主要的社会转型景观,它标志着稳态的乡土农耕文明社会结构正在加速解体。"城市异乡者"成为当下中国城乡社会结构中一个新社群、新阶层,这个身份界定有其形象性和科学性: 他们是突入城市的"异质",城市将是他们一代甚至几代人的"异乡",而乡村也将不能再安妥他们被城市文明招安的灵魂,他们遭遇到了空前的文化身份认同的困境,在自愿非自愿、自然非自然地接受着身份的"异化",本质性的一个"异"字恰切地凸显了这一介入、冲突、挣扎的精神历程。农民的迁徙流动是人文学科普遍关注的重大问题,20 世纪文学史上关涉"乡下人进城"的文本自鲁迅始香火不断,更有人往前追溯到孙玉声的《海上繁华梦》,但最近几年,呈现农民进城赶生活的历史情景以及其间所遭逢的精神挫折才真正成为小说家无法回避的表述时代的入口。

"城市异乡者"书写拓展了传统乡土小说的表现阈限和内涵。前此的乡土小说多是以乡下"本土"上发生的故事为"本事",或者以浪漫的姿态表达对乡土依恋的"根性",或者站在启蒙的立场强调对乡土愚暗的批判,那些出入于乡土、落脚于城市的"乡下人"在精神气质上属于现代文明,常常是以乡土作为精神还乡地的知识者,所以乡土小说所传达的风情、风俗和风景是较为纯粹的乡土气息;而以农民工为书写对象,注重的是投生于城市角角落落的乡下人的生活状态和精神空间,对城市文明与农耕文明矛盾冲突的揭示适时地反映了"乡土中国"嬗变为"工业化中国"的艰难历程,也描画了乡土文学转型的轨迹。当下阎连科、王安忆、铁凝、刘震云、刘庆邦、方方、孙惠芬、魏薇、墨白、尤凤伟、荆永鸣、吴玄等一大批作家作品把进城农民作为描述对象,丰富了新世纪文学的表现空间和精神蕴藉,但总体上,此类创作还需要更为坚实的现代理念和审美情感的支撑。

乡土作家伦理处境的两歧性是目前"城市异乡者"书写中的一个突出问题。毋庸置疑,中国当下的"城市化"存在着极大的误区,它没有把农村作为现代进程的积极因素纳入经济框架结构,也没有为农村人尊严地融入城市提供应有的知识和思想启蒙以及经济保障,造成了"城"与"乡"二元对立的文化心理,而现代文明所暴露的弊端又使作家主体一方面先入为主地将城市文明定性为"恶"、把乡土文明定性为"善",一方面从日常生活到个人精神追寻和理性维度上又对"现代"持有好感,以城市为参照声讨城市化造成的城乡差别正说明了这一心理矛盾,这种伦理的两歧性已经严重僵化了乡土小说家思想探寻的广度和深度,对底层或维护或批判、非此即彼式的套路阻隔了知识分子对真实民间的表述,内在精神的紧张、抵触和割裂也疏淡了对于民族性的深入开掘,恐怕这其中就有作家"乡土经验"片面的因素。

在现代"文学体系"的构建中,文学的社会属性、作家成分、文学观念、创作内涵、形式体裁、语言模式和传播方式等所有要素整体性、根本性的转换才意味着文学现代转型目标的实现,这里边历史观的问题不可忽略。"21 世纪初小说叙事中呈现出来的农民的当下心态、行为的变化,赋予了现代化概念一种道德伦理上的暧昧,而进城农民的主体尴尬又暗示着现代化进程的诸多缺憾。这类小说的叙述主体差异是对作为知识者的小说家身份、态度的多元呈示。"[1] 其中,文化保守主义对文坛的渗透使大量乡土小说以文化守成为意旨,表达对传统伦理秩序和生活模态的顾恋。在一个价值失序、大众文化独擅胜场的时代,重回传统自然蕴含着重建文化秩序的热望,有其积极的一面。张炜在《刺猬歌》中重塑了野性充溢的风情野地,并把野地风情与现代发展二元对立地提出,深刻地揭示了现代经济发展中非人的、堕落的一面,"在大垒里做工的都是村里的穷人、外地的童工,他们什么劳动保障都没有,工资低到了让人不敢相信的地步,……紫烟大垒是咱老百姓的血汗拌水泥、白骨当砖头砌起来的"[2]。乡下人渴望经过打拼实现身份的转换,"融入城市"的过程充满艰辛和挑战,也常常换来的是歧视、辛酸和痛苦,甚至最终一切落空,如范小青的《像鸟一样飞来飞去》(《上海文学》2005 年第 10 期)和墨白的《事实真相》(《花城》1999 年第 6 期),其中的人物怀着对生命的真诚进入城市寻找乐园,而个人生存就是理想与现实纠缠不清的世仇,它把你逼进命运的错误之境,你永远没有足够的余裕和智慧揭开事实真相,找到幕后元凶,所以城市乐园是这些异乡人找不到安全感的"外景地",无措中生命本体只能充满恐惧和分裂。而反过来说,中国现代化的启动正是由"移民"为发端的,从晚清起一批批青年就被抛出传统轨道卷入都市洪流,这一变迁是无法逆转的历史趋势,其间也充满了悖论。我们值得思考"为什么异乡人饱经肉体与精神的苦难却死守在城市"? 因为像《歇马山庄的两个女人》(孙慧

[1] 徐德明:《"乡下人进城"的文学叙述》,《文学评论》2005 年第 1 期。
[2] 张炜:《刺猬歌》,人民文学出版社 2007 年版,第 396—397 页。

芬,《人民文学》2002 年第 1 期)和《蒙娜丽莎的笑》(邓建华,《收获》
2002 年第 2 期)中的乡下妹妹做了"小姐"回乡就无法重拾尊严? 或
如吴玄《发廊》(《花城》2002 年第 5 期)中的方圆,她苦留城市仅仅是
因为"自贱"吗? 或者是乡下人都变得"像城市人一样爱浮华爱享
受"? 大概这些都只是表象,而不是答案。

　　城市文明以巨大磁力吸引着来自乡野的农民执着地留在城市,
在他们以血肉之躯支撑起中国现代性繁荣的同时,也分享了乡土中
国都市化过程中健康的一面。在乡下人进城的主题内涵中其实就包
含着乡下人眼中"农村异化"的倾向,"乡村"在这代人心中不再是文
学家心中的那个"精神故园",也不是海德格尔那个"诗意的栖居
地",而是一个复杂的对象。《发廊》说得很明白:"我的老家西地",
"它现在的样子相当破败,仿佛挂在山上的一个废弃的鸟巢",它"什
么资源都没有,除了出卖身体,还有什么可卖"? 他们说:"我们这些
来到城市的异乡人,生来就想抛弃身边的东西,生来就对哪怕是隔壁
的村子充满了向往。"[1] 从社会学意义上来说,农村人口向城市人口
的地域转移、分化与流动中以实现农村大量的剩余劳动力向第二、三
产业转化为根本内容;"城市化"以其特有的社会分工改变了人们的
职业价值观,同时也铸炼出城市生活特有的现代性质素,现代性渗入
与生长的过程,也是心灵秩序的重整与社会规范整合的过程;城市化
窒息了传统人伦机制,所催生的新型伦理建构将激发人们作出具有
契约理性特征的行为选择,新的城市生活以其特有方式涤荡着农民
身上所积累的传统因子,他们的伦理价值观和社会行为发生了巨大
变化,他们自觉不自觉地与传统诀别形成新的现代思维——当然这
里边也包含着传统"美"的沦丧和现代"恶"的增殖,人类社会就是这

---

[1] 佚名:《榴梿飘飘——与怀念有关》,http://www.wentan.com/html/info/Net-article/emotion/true-feelings/2005 - 10/27/10054. html.

样一步步从痛苦和挣扎中走出混沌和落后。正因如此,我们这里也需要指出,文学作为对人类文化生存境遇的内在机理进行寻绎的学科,不能只是仅仅追随历史进化的线性法则,它在前瞻的同时还必须不断殷殷回首,捡拾那些在过于激烈的历史功利目的下沦落或丢失的人文关怀意识来作为当下的强调,以人道主义的悲悯姿态让传统中古朴、谨严的文化品格留驻,以利于保持生命存在的庄严和文化模式的康健。[1] 时代是复杂的、充满悖论的,"作家历史意识的分裂是社会转型导致现实碎片化而引起的后果,但是在艺术创作过程中,作家的历史意识是不能与现实一起碎片化的"[2],当下乡土小说重复雷同、单调滑行的叙述模式不足以担承起对转型期复杂性、悖论性的有效揭示。

乡土小说思想性的单薄还来自文化语境中精英意识的消隐。对"城市异乡者"在城乡之间像候鸟一样迁徙流浪的描述在现实意义上正显示着小说家与历史同构的努力,这扩张了乡土小说的内涵,内蕴着作家对现实热点的清醒、敏感和责任意识以及化除的愿望,这一点自然可贵。对弱势群体的关注和悲悯历来就是文学高贵本质的体现,现实中的"底层"如何追求公平与正义、如何伸张受挫的心灵和体现生命价值是这个时代的艰难命题。不过,虽然有不同主体叙事显示着不同的社会良知和道德决断以及伦理精神,但对传统乡土的同情述说成为一种模式,"城市的精神主体性始终受到作家主体性的批判和排拒"[3],并不代表富有理性的建设意识的生成。

毫无疑问,对移民潮的描述重新唤起了曾经淹没在"伪现实主义"之中的批判精神,它一定程度上批判现实主义的锋芒使文坛重起

[1] 孔范今:《中国现代新人文文学书系·总序》,山东文艺出版社2005年版。
[2] 王光东:《"乡土世界"文学表达的新因素》,《文学评论》2007年第4期。
[3] 施战军:《"进城":文学视角的挪移和城市主体的强化》,《扬子江评论》2007年第6期。

一股生气。不管我们愿意不愿意,现实主义与中国乡土小说有着宿命的结合,从五四"为人生"的乡土小说派,到"左翼"革命文学,再到20世纪30—40年代"社会主义现实主义"的提出和政令化,到"十七年文学"现实主义成为文艺创作的典型范式,以至到80年代中后期的"现实主义冲击波","现实主义"在中国被深刻"伦理化"了,它对文学生机的遏制不言而喻。所以在谈到《受活》时,阎连科说道:"在过去很长时间里,关于乡土中国的书写,总是被'现实主义'的旗帜任意覆盖,这使乡土中国获得了一种高昂的形象,同时也被规定了一种本质与存在情态。现实主义的笔法已经洗劫了乡土中国的每一寸土地。"[1]其实,无论现实主义、浪漫主义还是现代主义,都不应该模式化、伦理化。以超现实主义的笔法表现"受苦人的绝境",《受活》就不单有其文本实验的重要意义,它对权力意志的批判和反讽无疑是可贵的。当然《受活》最后让受活村的人回归传统的生存状态,是一种浪漫的乌托邦式的逃遁,正表达了作家在城市化中那种焦灼不安、无所适从的内在美学矛盾。

现代伦理学的基本主题应是道德主体性原则的确立,创作主体怀抱怎样一种人文立场才能更富有思辨力地揭示"小人物"的命运是一个需要面对的问题。从"五四"到30年代新伦理权威主义的创立已呈显了个性解放的有限性,"问题小说"过于峻急的启蒙心态多少存在着为论造文的弊端,斫伤了文学自足的审美情致,但是我们却无法否定这些文本中闪烁的精英意识和人道主义命意给现代文学带来的生机以及对现代伦理编码的成就。90年代末以来进入"杂色"文学场的乡土小说创作,在以现代视角观照自身的乡土生活背景时,作家主体理性审视不够坚决彻底,对现实的批判精神有些含混,更多的是主体的低调和知识分子精英意识的隐藏,甚至对价值的戏弄或否

---

[1] 李陀、阎连科:《〈受活〉:超现实写作的新尝试》,《读书》2004年第3期。

定,或对形式的关注大于思想的含量。其实,越是在高度现代化的国度,站在一个人类发展阶段的高点审视由"乡"入"城"的历史,"乡土"越是应该呈露它的参照意义或审美力量。

有人认为现在小说期刊的惨淡冷清和网络文学的燎原之势说明小说的贵族化和精英化都该是尽头了,我想如果是用于批评文本形式主义的繁琐化和奥秘化倒是有其道理,若指文学精神倒未必妥当,其实正因为"面向大众"或者说白了是"面向市场"的文本汹涌澎湃才显示了精英意识的必要,五四文学也正是在民国初年其势滔滔的大众文化中崛起的。我们看到乡土小说在日益世俗化,"如调整'教''乐'比例、重新价值定位、淡化崇高格调等"[1],而乡土小说应该成为"精英意识对抗世俗和人文精神下滑的堡垒",调整好这其间的矛盾才能使"城市异乡者"书写文本呈现应有的思想力度。

艺术品格的粗疏也制约着民工题材创作更广阔的文化意蕴和审美空间的营建。"文学性"是文学之为文学的基本属性。新世纪以来,关于汉语文学是否既能葆有历史内涵又能在实现文本的文学性方面有所作为,许多有才情又有思想的作家企望通过回到底层民众的苦难生活来建构文学的思想力度与审美表现力,以多元化的表现手段如通过叙事角度的调度、反讽或语言的局部修辞来解放叙述;而另一方面,作家主体伦理处境的两歧性和对时代的整体性迷惘与碎片式把握深刻制约着乡土小说家的美学方式,因而,既拥有本土性的深厚力量又拥有美学上的独异品格的翘楚之作并不多见。写作者在身份上已经逃离乡土,在叙述乡下人时道德批评严重影响了审美的掘进力度,或者说以伦理的态度代替审美的批评制约了现代乡土小说的审美立场和美学风范。许多文本人物性格、审美角度、语言风貌

---

[1] 周水涛:《90 年代以来乡村小说创作的价值分化与价值调整》,《小说评论》2005 年第 2 期。

都比较单一,语言粗拉拉的,甚至脏兮兮的,好象只有这样才能更准确地书写进城者的真实生活;或是欠缺对"城市异乡者"精神境遇的开掘,停留在义愤的表达和苦难的描述上,意蕴的单薄是一个通病;"完整性和持续的单向度的叙述时间还是使他们的作品受困于现代性美学的范畴"[1],大量对话、直叙、群像素描、细节耽溺等叙述方式就证明了这类小说的"原生态"味道,精致细腻的沉思和深入灵魂的悲悯更是缺席。

在对"底层"的书写中,那深藏在生活逻辑之中的荒谬只有通过作家主体沉下心来的宁静冥思才能达到撼人心魄的力度。刘震云写进城民工的小说《我叫刘跃进》(长江文艺出版社,2007 年版)本来是作家一个富有意义的"转身",它打破了当下诸多同类题材小说所体现的底层人物的道德优胜,再次切入了"国民性"的话题,切入了民族的精神病苦,但过分戏剧化的"华丽"情节和喜剧化的叙事方式湮没了它的思想锋芒。荆永鸣的《外地人》(《阳光》2000 年第 5 期)、《北京候鸟》(《人民文学》2003 年第 7 期)等小说集中反映了入城者所遭遇的文化尴尬,《白水羊头葫芦丝》(《十月》2005 年第 3 期)通过一个凄美的故事,立意"塑造出健康的站立着的打工者",深刻的文化批判内涵显出了文本的卓异;《创可贴》(《山花》2005 年第 4 期)选取民工性饥渴这一问题进行深度反思,我认为小说语言的冷幽默是其成功处之一,如:"报纸上曾登过一幅漫画,特有意思。画面上,一边是'洗浴桑拿'、'歌厅'、'洗头房'……一边是一群民工模样的人站在街头小摊前,神情专注地看着电视。标题是:《夜生活》。——这画画得好。生动,准确,很有琢磨头。潜台词特别深刻。深刻得能叫社会学家们犯愁,让善良的人一看,就觉有点心酸,有点苦,甚至有一种'说不出来的滋味'……其实没用。那些'看电视的人'才不管这些。他

---

[1] 陈晓明:《乡土中国与后现代的鬼火》,《文艺报》2004 年 2 月 26 日。

们知道自己是谁。他们一点都没往那种灯红酒绿的地方上想过,也不计较。"无疑,它对"城市异乡者"精神境遇的揭示是富有深度的。但荆永鸣小说结构的松松散散和对人物心理世界的浮光掠影降低了文本可能生成的文化意义。

当看惯了不少作品以直白的粗口表明民工对城市的"挑剔"和"不满",曹多勇的《城里的好光景》(《都市小说》2006 年第 1 期)真是干净得云淡风轻,而看似轻描淡写,不经意间却透露着对底层人精神维度的关切。民工"我"和憨子一起在城市打工,空闲时别人可能是去找女人"高消费"或睡大头觉,而"我"的爱好是仰着脸数楼层,因为这是在农村没有的"天旋地转的享受","数着数着心中能涌出一股自豪来,就像这座大楼是我以前参加建设的",然而保安怕"我"存心不良出面干预了,那么"我"就转而看杂乱的十字路口,而且看出了很多故事,觉得日子"有那么一点意思了"。"我"在心满意足中去了一个打工者开的小店,结识了一个称"我"老板使"我"猛生尊严感的小女孩,于是"我"更加爱出去逛,并讨价还价从常与小偷合作的修车人那里买了辆破自行车,修车的恶狠狠地说"就怕你上路被车撞,不得好死",被这么一刺激,"我"心理变形,猛然明白自己游逛的目标——"想亲眼看一桩交通事故",或者说潜意识中需要一场报复,对城市的报复!结果无意间撞着了那个小姑娘,"'哗啦'铺开一片红光"……不少小说是以务工者直白的言语抗议在城市受到的挤压,但《城里的好光景》在自娱自乐式的自言自语中表达着对城市的不合理因素的批判,而在艺术表现上,作者还未纯熟掌握铺展复杂的内心活动和驾驭多线故事头绪的技巧。溪晗的《富人区的卖花女》(《都市小说》2006 年第 9 期)写打工者辉在接妻子娟子时想搞个惊喜,在半道冷不丁搂住了妻子,妻子以为遇见坏人而大声呼救,正在蹲守杀人强奸案子的警察不容辩解就抓了人,在用了手段后,丈夫不得不"招供"且被判死刑。不明真相的娟子为了凑得高昂律师费到富人区卖花,失手打碎了业主价值 50 万的古瓷器,她无法赔偿,于是把一个肾脏出卖给富人的儿子,而最后案子不告而破,辉无罪释放。但此时娟子才知道,警方把几桩案子张冠李戴了! 文本对生命的荒谬与无助的揭露触目惊心,而《富人区的卖花女》像《事实真相》一样,揭示了乡下人在城市的"失语",由于"身份"被忽视和漠视,在公共场域乡下人的真话也变得暧昧不清。但《富人区的卖花女》在审美意蕴上却比较寡淡,悬念和巧合的设置痕迹太露。致力于述说"民工"故事的孙惠芬,以其丰富的感觉和强烈的情感冲击力打动了读者的心灵,《天河洗浴》依然富有拥抱生活一草一木的感动。孙惠芬习惯利用两个人的内心对峙来构筑文本,如《歇马山庄的两个女人》、《歇马山庄的两个男人》、《民工》、《三生万物》、《天河洗浴》等,这既是她的长处,也会成为她的局限。

乡下少女在城市"沦陷"是农民工小说的重要选题,雪漠的《美丽》(《上海文学》2005 年第 9 期)、刘继明的《送你一束红花草》(《上海文学》2004 年第 12 期)、项小米的《二的》(《人民文学》2005 年第 3 期)、阿宁的《米粒儿的城市》(《北京文学》2005 年第 8 期)、吴玄的《发廊》等是其中比较出色的。《美丽》有其独特的魅力,它摈弃类似小说把故事放在城市肉欲中展开的思路,也不是轻巧地让主人公月儿回到家乡,在淹死人的唾沫飞溅下自暴自弃甚至悲愤凄凉地死去,更没有粗暴诅咒城市的恶,而是患了"杨梅大疮"的月儿以对灵官的爱反省自己怎么走到了这一步。相爱的人终于结婚了,她把爱情当作宗教来完成自我救赎,但病痛的恶化和隔离的夫妻生活最终让她决意将美丽定格,这个笑着选择死亡的姑娘在自焚时还为自己唱了一曲"花儿"。月儿精神世界的饱满和生命意志的强韧以及对爱情的渴望与坚守使文本充满了灵气和张力。这类题材也有很多写得过于轻巧,或者耽溺于色情的描述,放弃了对人物复杂的内心世界的寻绎。

20 世纪末以来,随着"宏大叙事"得以存续的文化语境土崩瓦解,"小型叙事"扶摇直上,但描写生活的"原生态"绝对不应该就是一种立场。只有当作家对"原生态"经过深刻细致的反刍,达到一种理性认知和历史思辨的纯度,并能以人性和人道的立场注重农耕文明、工业文明、后工业文明伦理冲突下悖论的复杂心理和各自在人类进程中的价值评判和哲学意义[1],才能驾轻就熟地写出中国当前这次巨大的移民潮独特的"中国经验","城市异乡者"书写才能走出"问题小说"式的粗浅,真正负载起批判和审美的双重力量。

(原载《小说评论》2008 年第 3 期)

---

[1] 丁帆:《"现代性"与"后现代性"同步渗透中的文学》,《文学评论》2001 年第 3 期。

文化守成与大地复魅

——新世纪乡土小说浪漫叙事的变异

在新旧世纪之交,中国所发生的最急遽最广阔的历史性事件,就是由半农业半工业社会形态向现代化或者说向工业化、城市化转型,在转型过程中受到最大冲击的自然是传统的农业文明以及边地的游牧文明。现代浪漫主义文学既是对启蒙的反动,又与现代启蒙精神互动。当代以来,整个社会话语系统供给浪漫主义文学的土壤贫乏而吝啬,很长阶段文学不能够成为宣泄自我感情、思考个人生存意义、抒写自我情感体验的载体。当时序进入 20 世纪 80 年代相对宽松的文化环境,浪漫主义文学旗帜在乡土小说创作中再次飘展,而且与新一轮的文化启蒙思潮密切相关。80 年代文坛汪曾祺的《受戒》、《大淖记事》等一系列书写故乡的怀旧小说,赓续了现代文学史上废名和沈从文所开创的田园牧歌的乡土抒情风格,以含蓄空灵的语言、取材的现实距离感对"十七年"文学和"文革"文学操持工具文体、呼应主流话语造成反拨,那种久违了的乡土审美情趣和淡泊宁静、超脱尘俗的美学风范为文坛接引了一股清凉活水,大量的民风民俗的描绘成为欧化文学转向民族文学的优秀范式。其后刘绍棠、钟阿城、王阿成、尤凤伟、何立伟等的乡土小说使乡土抒情成为一种时尚,成就了新时期乡土小说的丰富景观,寻根小说、先锋小说都或多或少受其影响。在 90 年代初特殊的文化语境中,这股清新的文风遭遇了阻断,以往英雄主义、理想主义的创作方式导致了文坛对浪漫主义的反感,对于"精英文化"的反叛,对于传统创作观念的违背成为新一代作家有意识的追求,随着经济转轨、文化转型的拓展,文坛上形成了所谓的"新写实主义小说""现实主义冲击波"以及各种名目的写作热点,由汪曾祺唱响的当代文坛的抒情慢调渐失风骚,浪漫主义写作集体潜隐了身影,小说写作从政治、文化启蒙等现代传统现实主义的功利性束缚中突围出来,对内蕴极为丰富的人类生存状况作了文学的观照和表现,但在"躲避崇高、消解神圣、拆解深度"的旗帜下,堂而皇之地展示个人丑恶的私欲,无滋无味地咀嚼毫无意义的身边琐事,毕竟缺乏了现代人生的精神品位。潜隐其中且体现着反抗和超越精神的浪漫主义文脉是由乡土小说作家张承志、张炜等承续的,虽然那反抗还有些苍白无力,那超越充满了自虐性悖反,那主观抒情性的"自叙传"似的文字却是声言着浪漫主义乡土小说坚韧的生命活力。

20 世纪末以来,浪漫主义在乡土小说中有旗鼓大振之迹象——虽然内蒙古草原匹马孤帆的张承志"在皈依一种无限的朴素之前,在跳进一个远离文学的海洋之前",通过《心灵史》实现了"最彻底的文学化"[1],之后逐渐地淡出了乡土小说创作的行列,一直默默而坚韧地"以笔为旗",进行着散文随笔创作;而张炜自始至终坚守"葡萄园"下理想神话的寻绎,纵情抒写胶东半岛那片野地上的风光风情和风流,唱响了"远河远山"凄美的"刺猬歌";来自中国最北端的漠河的迟子建迷醉于大兴安岭山林地带的异风异俗,用温情的文字追溯"额尔古纳河右岸"人与自然和谐共生的浪漫历史,期盼着"越过云层的晴朗";过着"城市生活"的刘庆邦,在"桃子熟了"的时节哼着"金色小调",絮叨着"梅妞放羊"的乡村记忆;"敬畏苍天"的红柯,在

---

[1] 张承志:《错开的花(自序)》,《张承志新诗集》,北京:北京师范大学出版社 1993 年版,第 10 页。

"高耸入云的地方"，以"跃马天山"的姿态显示着男儿本色；董立勃在他"静静的下野地"里，嗅着醉人的"米香"，给你讲述那渐去渐远的"远荒""狼事"；湘地作家陈启文在"逆着时光的乡井"边谱写着"大堡柳船坞"的乡土传奇；回族作家石舒清在"开花的院子"里面对那把"清水里的刀子"沉思冥想；徜徉于"大草滩"的王新军时而谛听着"大地上的村庄"那鸡鸣狗叫，时而迷醉于天上漂流的"吉祥的白云"，铺衍着自己的诗情之旅；来自阿拉善草原的漠月"夜走十三道岭"，在"青草如玉"的土地上徘徊难舍；郭文斌在"一片荞地"里温习着母亲的似水流年……

乡土浪漫题材小说在此时的大量出现和变异绝对不是一个偶然现象，起码有以下几点值得关注。

第一，在"浪漫"与"寻根"之间有着一条或隐或显的连线，也就是说，20世纪的"寻根文学"为20世纪末浪漫主义乡土小说的重新勃兴提供了一些线索，或者说"寻根文学"在一定程度上是乡土浪漫派的一个精神源头。对于80年代的寻根文学，现实主义和现代主义是两种习惯的阐释向度，实际上，这一阐释忽略了寻根文学所具有的浓厚的浪漫主义精神特质。寻根文学所提供的主体性、自然性内涵以及理想主义与民间立场的紧密相关性也正是20世纪末乡土浪漫题材小说所涵纳的对象，说白了，"寻根"或者说文化回归也是当下乡土小说创作的重要内涵。厚古薄今是中国自春秋以来儒墨的文化价值传统，当然，对于现代化反思与文化守成的思潮学界认识不一，有人认为，传统中国的精华在现代化负面影响下愈显出重要的价值和意义，它对于反驳现代化过程中的弊端为西方提供了参照，东方的伦理道德和哲学思想能够为拯救人类做出贡献，因而，东方国家应该重视自身的传统，抵御现代化的宰制；也有学者认为，在当下语境中，批判现代性是一种反讽，是知识分子非今崇古的群体早衰和精神阳痿，或者是在与西方交流中产生的挫败感使之逃向怀古主义；也有人认为,这种思潮是以儒家集体理性主义的新保守主义的思想内核对抗现代文化的核心个性主义。[1] 但在当下,这种乡土浪漫叙事有其特殊的话语情境和言说方式。在新旧世纪之交,中国所发生的最急遽最广阔的历史事件就是现代化或者说向城市化转型,在转型过程中受到最大冲击的自然是传统的农业文明以及边地的游牧文明,和以往的移民开荒、边地流放、屯田设防有着本质性区别,这次变革是全局性的、不可逆转的,对于传统文明是一种致命性打击。一个"新乡土中国"正在经济发展的狂飙突进、日新月异中昭然而出,而另一方面人的精神堕入了文化的洪荒地带,对现代性挤压的体验与恐惧日益强烈。现代性反思是 20 世纪末至今文化界的重要思维路径,面对着"传统文化的断裂",知识分子认识到对现实的改造必须利用好自己的文化传统,在一个民族竭力以异域的某种"已然"为蓝图的时候,必然会在其文化根部生成一种逆反的力量,因为民族的发展需要一种自信作为统合力,这种自信不可能来自对自我的否认,而是来自民族文化认同,来自传统乡村社会的"常"。无疑,对于在现代高科技、物质文明拥挤下生活的人们来说,任运自由、天然无价的人性精神具有原始主义的魅力,它的审美意境能够满足人们对于自然和人性的呼唤。这种精神体现在当代小说创作中,就是乡土浪漫抒情派所秉承的对于传统文化魅性的顶礼。乡土浪漫抒情小说的根底是发现生活的真善美,但现实的芜杂、躁乱与他们的审美情致存在着深刻的鸿沟,因而作家将笔触伸向历史纵深,伸向乡村古老的民俗礼仪,伸向原生态的田野和草原,从过往的岁月、偏远的村镇荒野矿井草滩峡谷中打捞这个时代所需要的精神治疗方案,他们常常倚重立足于乡土的想象力的飞扬,或者说倚重于朝向大地的乌托邦的梦想——"虚

---

[1] 张存凯、马征:《九十年代文化保守主义论证简述——兼论文化保守主义的思想内核》,《理论导刊》2005 年第 12 期。

构"是小说的强权,理性的头脑并不见得能够破译人类在追寻中如何驱除孤独的恐惧和实现的不可料知,以使个人精神获得自由、陶然和尊严,而残缺的生命需要信念来扶持,信念的强韧需要一个神话来支撑,虚构的浪漫艺术使生命的每一段都变得可观照、可感受、可思忖、可体恤。"地域成为作家的一种叙事策略"[1],像现当代文学史上废名的黄梅故乡,沈从文的湘西边城,萧乾的京郊村舍,汪曾祺的高邮河道一样,张炜把龙口村野,刘庆邦把豫中平原小村镇,红柯把新疆浩瀚荒原,郭雪波把草原大漠,刘亮程把新疆风沙之地,宁夏作家群漠月、陈继明、石舒清把黄土高原作为寄情之所……表达传统与现实撞击中那些不和谐的音符,表达对传统乡土文化和生存方式的眷恋和维护,是一种为陷入了文明怪圈的民族进行精神"寻根"的壮举,是对历史线性发展观的悲壮的抗拒,那知识者以缤纷之笔营造的"乡村梦"里闪烁着浪漫主义和理想主义的光彩和精神,同时也体现着一代知识者在对现代化未来的无限忧虑中文化守成的姿态和现实批判的意图——在全球化浪潮中,民族化与全球化的拉拔是必然情势,乡土浪漫派作家"跑到深山野林中、荒凉大漠中去歌颂那拙朴、原始、粗犷、纯净、严峻、神秘的生命力量,在其中感叹、表达、歌颂人性,去探求那超时代超现实的永恒的人生之谜"[2],通过对乡土的赞美、都市的讽刺、民族或民间传奇的重叙,以一种伦理的、审美的、文化的方式介入了社会历史进程,还企图通过"恢复传统"、"扩大中国文化"来"重造人心",这其中与传统"国民性改造"主题既有对接亦有反叛。当然,新旧世纪之交乡土浪漫小说的寻根意向绝对不仅仅是对80年代的赓续,它有着属于这个历史阶段文学的基本属性。比如,寻根文学的文化寻根实际上不是向传统复归,而是为西方现代文化寻找一

[1] 朱大可:《"后寻根主义":中国农民的灵魂写真》,《中国当代作家选集丛书·杨争光》,北京:人民文学出版社2002年版。
[2] 李泽厚:《两点祝愿》,《文艺报》1985年7月27日。

个较为有利的接受场,20世纪末乡土浪漫派的思路与此就有巨大差异,它对大地—乡村—农民作为"根"的频频眷顾似乎试图突出"现代"的重围,回到民族的历史"本色"。

第二,浪漫主义一直是作为一种或隐或显的审美意识而存在,它的诞生宣告了现代审美主义思潮的生成。具体到乡土文学,浪漫主义是以"感性乡土"审美理想为指归的,当下浪漫主义乡土小说的潮起和新世纪文学创作感性审美的回归有关联。

新时期小说在与政治的告别仪式中先后步入"先锋小说"、"新历史小说",却始终不能摆脱政治文化心理的纠缠。先锋小说极端化的技术与形式追求、对接受美学的忽视,只是更严密的对政治文化的介入而已,新历史主义小说对深层民族文化心理的揭示和阐述、对古典主义的乡土浪漫情结的鄙视,表明了他们对政治文化更无遮拦的迷狂。另外,现实主义对浪漫主义的威胁只是外在的,现代主义与浪漫主义有内在的联系,它们都强调主体性,强调感情意欲,所以现代主义审美意识对浪漫主义的消解带有根本性,在这种情况下,"感性的乡土"迷失在故事的营造、历史的解构或叙述迷宫的设置之中。最明显的一个方面是在形式主义的红火下,浪漫情怀和审美意蕴的缺失严重伤害了乡土小说的健康,乡土小说应有的美学品格丧失了,风景画、风情画、风俗画的缺席成为新时期小说一大征候,寓严肃沉重的人生内容于诗情画意的乡土小说渐渐远去,一定程度上使简约化了的小说成为观念化的写作,甚至有问题小说的嫌疑。在这一过程中,文学理论批评界对浪漫主义的忽视、冷落客观上也为现代主义对浪漫主义的蚕食起到了推波助澜的作用,以世俗化为表征的颓势和低迷成为90年代中期乡土小说的基本走势。因此有学者在1996年提出了"当代浪漫主义的终结"[1]的话题。

---

[1] 李庆本:《当代浪漫主义的终结》[J].中国文化研究,1996(冬之卷)。

　　同时,问题存在着另一方面,在物质化和科层化越来越严密的今天,在消弭个性和人格标的的俗化洪流中,以怀恋和审美、以守望和排拒体现人类精神向度的浪漫主义具有不可替代的人文魅性,其中正蕴含着以反抗现实、对抗平庸、拒绝异化为主旨的浪漫主义小说的生机。"尊群体而斥个性、重功利而轻审美、扬理念而抑性情"[1]是20世纪中国文学的总体特征,缺少理想与激情的社会是没有希望的社会,轻视艺术的、审美的力量参与的文学现代转型一定是残疾的,牺牲文学本身的特性来论文学也是文学的悲剧。乡土浪漫主义小说要在现实主义、现代主义等的阻抑下获得新生,重铸浪漫主义美学品格是其必须面对的问题。马尔库塞认为:美学总与现实格格不入,美学必须在陈腐老调的日常生活中开启另外的可能的解放的一维。1993—1996年的人文精神大讨论虽然具有随意到毫无章法缺乏规范,但正如谢冕所说,那是"值得纪念的一个事件","它不具备任何权力加入或干预的色彩,以它纯粹的民间自发性而成为至少半个世纪以来中国文学实践中的绝无仅有"[2]。在这种探讨中,我们意识到在高远俊美的精神目标之后,掩盖着"文化英雄""独善其身"的目标关怀,那些由"英雄文化"哺育的偏执并不是能给我们充分的可信任感,但是我们还是无法否认被一种崇高的爱的品质和情怀所打动,这种英雄主义、理想主义的高扬体现了这个"物化"的时代知识分子难得的勇敢和诚实。英雄主义和理想主义的文学载体正是浪漫主义,不管学者们怎么论定浪漫主义的"在场性"问题,"当代浪漫主义终结"起码并不符合事实。由于对主体情感、个人心灵的关注,浪漫主义是以一种对日常人生诗化的姿态进入现代社会的创作方式,超世俗的、精英化的、追求经典性和永恒价值是它的文学理想,所以浪

[1] 谢冕:《百年文学总系・总序》[A].山东文艺出版社1998年版,第6页。
[2] 谢冕:《值得纪念的一个事件》[J].文艺争鸣,1995(6)。

漫主义乡土文学以它的乡土想象对真实乡土做出陌生化、"他者"化处理,让自己从现实中脱身而出,奇妍独放,制造了与现实之间的张力,寻回乡土小说的诗性美学传统,这其中蕴藉着艺术以独立的价值取向不与世俗妥协的一面,它以审美的方式切入时代进程,试图从现实的泥沼中把文学拯救出来,以实现主体人格的完善和民族精神的提升,从理想和精神维度为新世纪文坛提供反省和批判的力量。

第三,随着现代化的突飞猛进,生态危机日益凸显、精神家园逐渐破败,和自然生态相关联的乡土叙事成为新世纪浪漫派乡土小说最重要的生长点。我们说乡土浪漫派其实受寻根派的影响,带有寻找民族文化之根脉的倾向,而在当地球变为地球村的新世纪,我们的乡土小说家探寻的不仅仅是民族之根,也是人类之根。乔纳森·贝特在《浪漫主义的生态学》中认为浪漫主义和生态学密切相关,浪漫主义的写作价值即是维护自然和人类的想象力和语言。现代化的突飞猛进对自然生态的破坏触目惊心,地球作为人类共同的家园已经千疮百孔,当欲望的洪水淹没过人类的精神高地,当人类反顾来路发现一路风景依次陆沉,当自然的神性被一个个哲人宣判了死刑而迎合了人类对自然灭绝性的掠夺之后,当人性挤压下的暴力、死亡、荒谬、孤独、焦虑、恐惧替代了那风情的原野、诗意的生存……失去了精神家园的作家渴望通过"田园"和"荒野"的文本再造来找到"回家的路"。他们重新找到了精神的原乡,即大地万物,大地崇拜、动植物崇拜下人与自然和谐共处的美好愿景氤氲着无限的浪漫情思,无论是红柯的西部荒原豪情、杨志军"环湖崩溃"的悲情、阿来的悲凉抑郁、迟子建的游牧温存,抑或张炜的野地走歌,包括郭雪波的《银狐》、姜戎的《狼图腾》等许许多多动物题材小说其实都和工业文明所造成的生态问题密切相关,和人性与自然的悖论有关,也和资本原始积累阶段的必然需求和自然"稀缺"的不可持续性有关。在这一类小说中,乡土的自然色彩、悲情色彩、神性色彩、流寓色彩内涵通过风景画、风情画和风俗画的外在形式得到了最为充足的展示。特别是在新世纪文学的"边地书写"中,这种自然生态浪漫主义更为卓著,边地的一人一物一景一事都是本土的、非常地域的,具有生态美学性质的。可以说,这是 21 世纪浪漫主义在秉承现代浪漫主义传统的同时所生发、裂变的新质,它使得乡土小说的生命力更显得丰沛充盈,也更具有人文关怀的向度。

　　浪漫主义在经历了一段曲折之后,在经历了评论界的反感、冷漠、批判之后,到 20 世纪末似乎实现了一次自救,无论这些乡土浪漫文本是对民族记忆、文化根性的重新唤回,还是对中国民间情怀、乡情风俗的重新发掘;无论是对荒野大地的神话演绎、风情诠释,还是对乡土人性真善美的激情拥抱;无论是对现代化推动下的生态摧毁、人性异化的反动,还是为传统农业文明唱响哀婉的"暮歌",对生命体验价值的青睐,都显示了新世纪乡土浪漫派的远大抱负。虽然此类题材创作还有着诸多局限,比如,在哲学资源的发掘上,以传统的价值立场和文化心态应对现代文明面临着诸多困境;在乡土美学建构上,那种恐惧、惶惑、颓废、失落乃至濒临末世的绝望心理暴露了作家在"反抗现代"的征途上并没有找到正确的价值立场和新的文化认同;在审美价值的实现上,浪漫主义文本"大地复魅"的理想产生了把乡土"陌生化"的趋向,但是,艺术家和艺术之所以有存在的价值,就在于其在"单向度"的现实秩序之外提供了一个"可能性"世界以及无限度的精神飞扬的梦想。在作家情怀中,"乡土"本质上就是一个歧义丛生的命名,它的厚重与本分的禀赋、色彩斑驳的变易、生息不绝的活力与"大地"这个命名一样饱满而富有质地,可以说是作家寄寓关于文化理想或文化思考的象喻系统,而"浪漫"所传达的匪夷所思的暧昧性、传奇性、神秘性启迪以及透出的"不可为而为之"的乌托邦期待更是一种家山回望的精神宣言——不管是"文化西部"游牧文明最后的挽歌还是"现代焦虑"下的乡土文化守成与道德批判,抑或乡村俚俗世界温情的田园牧歌的重奏。同时,我们也应该正视不少作家并非仅仅固守于传统,盲目排斥和否定历史发展进程,而开始以理性的目光打破乡土的藩篱,正视农村的出走,关注他们的变异和迷失,挖掘城乡体制建设的不足与失误,并企图以"正面取值""呼吁爱、引向光明、建构社会主义新人、求真求善求美、推崇超俗与神圣、理想与憧憬"[1],这实际上使得当下的乡土浪漫叙事创作呈现出与以往乡土小说不同的审美质素和思想质地,也是它与其他题材相比独特的旖旎风光,并预示了乡土浪漫题材小说有可能在 21 世纪获得长足发展。

（原载《郑州大学学报》2009 年第 2 期）

---

[1] 雷达、任东华:《新世纪文学:概念生成、关联性及审美特征》,《文艺争鸣》2006
年第 4 期。

"起承"与"转合"间的断裂
——新世纪"牧歌派"乡土小说论

　　当张炜这样的乡土浪漫派作家致力于文化守成和道德批判的立场时,另一部分作家如刘庆邦、陈启文等背对城市的声色犬马,更多地继承了 20 世纪 30 年代沈从文、80 年代汪曾祺乡土浪漫叙事的艺术风范和美学风格,他们以审美姿态试图重奏乡村世俗世界的温情牧歌,在对平淡简约、人伦温馨的乡村生活不断地回眸中表达着对乡土诗意的礼赞、对传统伦理秩序的呼唤;他们偏向于对底层生存的关怀、对卑微人生的观照,在对乡村世界纯朴人性的讴歌中传递着民间苍凉生存底色下的温情,表达着对生命的敬畏、对常与变的感悟,维护着人类的起码尊严、价值尺度以及伦理规范。但新世纪毕竟不同于 20 世纪 30 或 80 年代,沈从文的现代批判中有其对"回忆是有毒的"的清醒,汪曾祺所构筑的美的世界是对新时期小说创作的多元化趋势的一种认同,是以一种温和的反文化理念迎接商业时代的到来,他在 80 年代与政治过密的文学空间外另造了一个审美世界,成为"寻根小说"和"先锋小说"的引路人;新世纪的"田园牧歌"则是对 90 年代以来乡土小说多元与无名的一种突破,"感性的乡土"是对现实的一种有意义的想象,而在其势滔滔的现代化洪流和平庸嘈杂的速食文化面前,伦理的嬗变使得作家主体性退却也是不言而喻的,它造成了牧歌派乡土小说在"起承"与"转合"间的价值断裂。

平淡与简约:"尚未自失"的民间生存形态

在"乡"与"城"、"传统"与"现代"的起承转合之间,一曲曲田园牧歌无疑是过往历史的回声,是作家对宁静而安闲的人间的深情返顾。乡村历来是淳厚恬淡的乌托邦家园,那里栖息着一代代文人的灵魂,归园田居约略是任何时代都会产生的故事,他们一般倾向于夸耀过去的光彩,依恋于单纯的社会与生活——清明的精神、确定的道德操守和足够的清静与安全,在他们忧郁的怀乡梦中,那是人类尚未自失的世代;而到了处处车水马龙、人人心事重重的 20 世纪末,城市神话让人们趋之若鹜,古老的乡村迈开了蹒跚但难以阻遏的追求物质实现的步伐,20 世纪末的乡村已然被现代化的拥塞喧嚣包围,而灵魂终究需要方寸休养生息之地,于是,刘庆邦、陈启文、叶弥、王祥夫、地丁、衣向东、阿成、杨家强等带着忧郁的情思描摹了一处处纯净简约的乡村空间,在他们笔下,城市的丰饶、高效、舒适的现代化被悬置了,乡村的贫穷、落后、愚昧被淡化了,道德、伦理和人性被诗意化了,慢与简约成为一种美。

乡土作家"如歌的行板"一唱三叹,还乡路上的精神漫游抑扬顿挫。陈启文的《逆着时光的乡井》中废弃以前的乡井是一片乐园:很早以前,"我们"石泉村那眼井叫白鹤泉,有一只白鹤守在泉边,"后来有个不懂事的孩子,拿了石子去射白鹤,白鹤惨叫一声,飞走了,那口石泉井从此就干枯了",后来人们打出的是一个个枯井,而且每次"都要死个把人",终于由幺爸又发现了石泉井,石泉水的响声"仿佛真的从天上传来的,小而细碎,一滴一滴地,落入这无比空旷辽阔的世界之中,一世界的寂静"。这口井成了全村人的福祉,使全村人和睦相处,大家井然有序地等候打水,家长里短地聊天,"就跟一家人似的",水从石头缝里慢慢挤出来,"像乳汁一样,慢慢的,慢慢的,积成一小洼","这水给村子带来了生气,也带来了福气。煮饭,炒菜,特香"，而且石泉水能"养得出好女人"。石泉井的不许孩童靠近的规矩、新嫁娘的初夜泉水浴、"我"和麦秋与丙松的水边嬉戏……在这些似乎失去了时间坐标的乡村记忆中，慢慢悠悠的石泉水、慢慢悠悠的乡下生活、慢慢悠悠的心灵故事表里如一。晓苏的《龙洞记》同样也是写泉水的一曲韵雅有致的乡村牧歌。《龙洞记》以"我"对"老家油菜坡"名为龙洞的泉水的追忆为线索，表达了一个"长年客居异乡"的游子对纯净单一的乡土的怀念。龙洞泉是从巨石的裂缝里淌出来的，它原本四季长流、从未间断，"水质真是好极了"，而且还冬暖夏凉。"我"的成长和它的哺育密不可分，"我"少年的欢乐与忧愁常常随着泉水声音的变化而变化。和《逆着时光的乡井》一样，这眼泉水也有一些神秘的说法，即"来好事"的女人不能接近它，否则龙王就会生气。"像一朵红云晃来晃去"的新媳妇幺嫂子来去无声，"我"多么盼望她能和"我"说句话！一天，她竟然羞答答地让"我"帮她去打水，原来她"来好事"了，年少的"我"由此更觉泉水的神秘。1979 年"我"去读大学后，母亲负责龙洞的卫生，但是在她搬到镇上后，龙洞泉逐渐杂物遍布；当 1987 年"我"回去看它，污物横流的龙洞泉"哭得幽怨而悲伤"；最近又见到它，"我的龙洞早已死了"。《龙洞记》表面是写一眼泉水的干涸，实则是以"龙洞"隐喻了乡土乡情，它寄托着作家对美好的传统乡村生活的感念和伤怀。至于因为对神泉的迷信所造成的女人的委屈而自杀则被附着于对"神秘性"的描绘，不是作为一种愚昧甚至残酷，这种对民间世俗悲哀有意的"诗化"是不少浪漫叙事文本的共同审美意趣。

新世纪乡土小说的"平淡"派不仅出诸"传统"更出诸"现代"，恬淡宁静更对应于都市的声光色电。在乡土小说创作队伍中，刘庆邦无疑是别具特色的一个。以《走窑汉》走上个性化创作之路的刘庆邦早期的作品充满了阴鸷酷烈的复仇与谋杀，他在其中发现了人的硬气、刻毒、仁慈、瑰奇，这些形成了他文本的极大张力。在短篇小说集

《红围巾》的序言中,刘庆邦把优秀的短篇小说比作台北"故宫博物院"那件传世珍宝玉白菜上的玉蝈蝈,是匠心和慧心的极致结合,《梅妞放羊》、《一捧鸟窝》、《美少年》、《红鹅》都是其优秀的短篇佳制。刘庆邦耽嗜于乡村慢节奏的生活,贪恋着乡土世界,并沉溺于这种贪恋。他的短篇都颇有情趣,之所以以"情趣"名之,在于他不纠缠理趣,他的笔致似乎自然生成宜于记趣——田间地头的打情骂俏,庙会集市上的眉目传情,场院堂前的家长里短,庄稼棵里的调情偷欢,以至麦草垛、高粱田、过风道、溪岸桥下都有了风情一般,那里边也有农人对于一切不很深究的豁达从容——私密化是城市生活"个人性"的体现,而乡间的张家长、李家短似乎"家喻户晓",口耳相传是一种关切,也是一种余裕的休闲方式,"趣"是平板简慢的乡村生活的一点声色、一点嚼头,是劳动间隙的异彩吧,刘庆邦是不追求意义的——这似乎就是意义本身? 这也确实是刘庆邦的才秉。"平淡"在小说乃是一种功力,浓妆艳抹是不适宜于山水乡村的。刘庆邦的心境是含蓄阴柔的,以致于他的文本充溢着柔美的性质,民俗仪式都化约为世俗情趣而失去了神秘,没有太多的心灵负重,乡村的朴实纯厚不会带给读者异己感,这或许是别一种"原型"大地。在作家笔下,封闭的生存状态、狭隘的活动空间、简单粗糙的情感世界、迟滞缓慢的生活节奏、贫乏的知识经验都体现的是一种农耕文明的原初安详,作家就以"简约"和"慢"来对抗现代化过程中信息爆炸、节奏迅疾、交往杂乱、知识密集、物质泛滥等对人性的挤压。

有一位乡土作家深情地说:"乡村的人对生活绝不是敷衍的,它们寻常生活是具备音乐的韵律的,他们过着世界上最平淡本分的日子,无拘无束,他们也滋生一些死去活来的故事,但他们不屑与人表述。"[1]陈启文的《大堡柳船坞》以深入肌理的笔致刻画了一个造船

---

[1] 葛水平:《走过时间,走过山河》,《当代文坛》2008 年第 1 期。

的小人物方秋爹在环境变异和感情失意面前表面粗粝而内心细腻悲怆的心灵史,在传达传统生活秩序的解体和时空的打破所带来的乡土忧郁方面出类拔萃。大堡、柳、船坞本是一个不染红尘的美好所在,"仿佛从烟火人间中脱离出来,高深得像座庙"。乡人的生存智慧来源于单调重复、自我创造、自给自足的日常劳作,住在这里的方秋爹是远近闻名的造船名师,他造出的一条最完美的船第一次试水时就异常乖谬,原来他的妻子藏在船里与人私奔了。从此,船师对女人的挂念就蕴藏在了对这艘船的牵挂之中。二十年后的一日,在险风骇浪中,那条船载着丐婆似的妻子和一个老汉避难船坞,方秋爹精心修整了它,然后带着极其复杂的心情看他们离开。随着运输业的发展,传统造船业难以为继,别的船坞,都开始造铁驳船、机轮船,不能也不屑造带铁器的船。无所事事,老头儿一天到晚喝酒,作为徒弟的"我"不分白天黑夜地睡觉,闲得最无聊的时候,"我"竟然用墨线在手腕上画了一只手表。时间仿佛凝固了。"我"终于有一天也进了城,凭着从方家学来的手艺做工艺船模而成为著名的"工艺美术大师"。再次回到大堡,惊喜的方秋爹像一个老顽童和"我"开着玩笑——那玩笑"好笑,又很悲惨。真的是这样,只要你想一下!"同样的,乡土意识、传统伦理是一条河,一条忧郁而感伤的河,漫过衣向东的《阳光漂白的河床》、迟子建的《花牤子的春天》……,漫过时光的每一个细节。

是的,人的一生像一条船一样,需要慢慢地打造、修缮,在扬弃中才能完美,但完美的境界似乎遥不可及! 逝去的韶光总是有着婉约的韵味,那份沧桑悲凉在忆念中都化为"生命中不可承受之轻"。

伦理的和煦:人情美的注重及
对"个人性"生存的遮蔽

人性的问题是人类知识进程中一个富有挑战性的问题,是和伦理观念的嬗变密切关联的问题。从乡村走入城市的小说家都有这样的一种观念,即城市文明的人际关系常常异化人性,乡村人情是自然人性复苏的大地。社会的急剧转型昭示了现代化的艰巨历程,直面底层人的生存挣扎,抗拒时代病对人灵魂的荼毒,发掘平凡人生的人性光芒,为飘逝的农耕文明古朴的伦理道德唱一曲幽婉的咏叹调是乡土浪漫派的话语核心,要表达对传统伦理和心性人伦的青睐和怀恋,浪漫主义乡土小说总是涵纳着对纯美人性世界的重新构筑。

对乡村世界人性温情的描摹是许多乡土浪漫叙事文本的着眼点,最具有亲和性和伦理的和煦。和张炜笔下那片神秘激情灵异的"野地"不同,也与张炜那种义愤激越喧哗的情绪形成鲜明对比,他们笔下的乡土世界涌荡着世俗日常的交响,春种秋收、生男育女、娶媳嫁女、生老病死、婆媳不睦、夫妻逗闷……他们的乡土小说是大地乡村和谐的文学镜像。李立泰的《那条河》氤氲着浓浓的令人感恩的朴实乡情。和陈启文的《大堡柳船坞》一样,《那条河》也是作者的一阕怀乡梦,但后者的关注点显然是人性的美,"天底下还是好人多啊"!小说家是温情的、柔和的,他永远是人事面前的谦谦君子,即便是苦涩的人生,他也不愿揭示出生活中黑暗的一面,总是寻绎出那掩藏其内的生命亮色,给人一种暖意和希望。北北的《寻找妻子苦菜花》之所以感人,也正在于那被生活重重打了一棍的乡下男人能够用一生的挑担逃荒去寻找丢失的妻子。宋剑挺的《杏花奶》描叙的那场相濡以沫、以淡逼人的黄昏恋颠覆了多少花花世界的海誓山盟? 地丁的《蚕花娘子》对蚕事与性事的描写细腻感人,杏子与八婶婶婆媳间那微妙的争风吃醋是乡土人物平淡无奇的生活中一抹美艳的酡红。李明性的《圣土》写落榜生九生家乡洪灾后的荆楚大地浪游,更是揭示了大美大爱在民间、在底层的主题。

传统的人性观着重于人禽之辨,最近的趋势是把人再次拉近动物,这是对人性探讨的一个"新起点"[1],是基于还原"自然的人性"。阎连科在1997年发表于《收获》的《年月日》被誉为"中国第一部寓言现实主义"作品,而我们宁愿关注它蕴含的浪漫内涵。小说通过先爷在全村人都逃荒的情况下守护唯一一株未被旱死的玉蜀黍、让村人回来就有种子这样一个事件,不仅奏响了一曲民间苦难生存中的抗争悲歌,更是对乡村人性美的一种讴歌。乡村无尽的苦难被阎连科再次唱成了温情感人的"天歌",而那只盲狗更是被赋予了人性的光辉,它和先爷相互厮守,一起与太阳、风、老鼠……搏斗,终于以生命之躯保住了果实。这种人性风范和人性力量和功利主义世风格格不入。刘庆邦《大雁》里的李明坤出于"趣味"的撒网捉雁与放雁既无关吃,也无关财,他"爱玩儿"的境界解脱了实利主义的桎梏;《梅妞放羊》中梅妞告别童年的懵懂无知、开始"少女怀春"是通过一头小羊羔实现的,作为牧羊女,梅妞和羊的生活息息相关;《一捧鸟窝》更是人与自然心心相照的秘密厮守,洋溢着人性的温馨。

乡土浪漫派常常通过塑造女人来建构乡土的人性空间,"人性美"是他们文本共同的理想底座,他们都用浪漫的手法宣扬了他们美与爱的哲学。毕飞宇说,中国历史与文化总有着一个怪圈,"每一场血和泪的呻吟之后,总要挑出两个人来买单——一个是农民,一个是女人。我特别愿意把买单的人挑出来写写,想看看他们内心真正的活动是什么。"[2]认同民俗的刘庆邦也爱写这"买单的"女性,但刘庆邦不会为她们声讨现世公平。《平原上的歌谣》写的是1959年到1960年灾难年岁发生在河南某村的事件,展现了那个年代所特有的荒诞,它通过对一个平凡而优雅、苦难而坚忍、柔弱而宽博、贫穷而自尊的乡村母亲的塑造,从哲学和审美境界抒发了传统人伦美的极致,

---

[1] 韦政通:《伦理思想的突破》,北京:中国人民大学出版社2005年版。
[2] 毕飞宇:《〈平原〉让我充实》,《金陵晚报》2005年9月22日。

颂扬了乡村大地阴柔美与阳刚美的交融汇合。不少乡土作家也像沈从文一样执着于塑造一个个青春萌动的少女形象，通过揭示乡村小女孩的心灵世界来发掘乡村的人格美。陈启文的《仿佛有风》追寻人格与情感的纯粹化，寄寓女性那么多清纯与美丽。刘庆邦亲切感人平淡轻快的纯美之笔下小女儿的澄明透彻就是作家对于纯净人生的期待，这并不说明作者阅世不够，其实阅世愈深愈期待童真般的朗朗人情吧，姑且说刘庆邦的"女儿国"与沈从文的"小女子"都是作家在万丈红尘中闭窗冥想的乌托邦梦魇。女人宽容博大的人性美在乔叶、李进祥、鲁敏、刘庆邦的笔下有时幻化为令人讶异的叙事歌谣。乔叶的《指甲花开》、李进祥《挦脸》、鲁敏《逝者的恩泽》、刘庆邦的《八月十五月儿圆》都是写两个女人与一个男人的故事。这些女性超越了传统夫妻道德的审判和声讨以及悲伤，演绎了一段段人间真情，注解着"上善若水，厚德载物"的意义。当然，她们似乎还不能完全承担起人性美范本的重任，没有充分社会化的人性是不够丰盈充实的。

　　民俗描写曾促成了浪漫主义的当代复苏。民俗文化是民间文化积淀下来的审美因素，因为其边缘性、非主流性显示了平民特征，民间礼俗的描写显示了温情浪漫派对底层的关怀。"城市人多更寂寞，农村对人的生死是重视的，城市不把人的生死当回事，城市生活只有结果，不见过程。"和张炜等对现代化激烈的批判态度不同，这是刘庆邦《城市生活》从生存形态对城乡温和的对比。庙会、婚丧嫁娶、逢年过节的礼俗是构成乡村生活的重要内容，也是其传统型内涵的主干。正如费孝通在《乡土中国》中所说，"家庭"是传统乡土社会人伦的核心部位，婚丧嫁娶的民俗都是围绕着家的血缘姻亲在进行。刘庆邦笔下年轻人的终身大事由媒妁之言安排，订了婚的人也很少见面，即便青春之念撩拨人心，但彼此也只不过在压抑的心态下跑到人群嘈杂的集市上远远地瞟上两眼。但刘庆邦的目的不在于站在启蒙的立场揭示这种生存有违人性的一面，而在于用这种原始的或者说饱满

的生命期盼来表露乡村的民俗是温情绵长、善解人意的。父母辈会
为儿女尽到职责,在别人提亲时,四处打听对方的家境为人,做好初
步筛选;年轻人也有不少自主,如《新匦》中的慧、《闺女儿》中的香、
《不定嫁给谁》中的小文。而结婚更是全村人的特殊节日,闹洞房更
把婚礼推向民俗娱乐的极致,那是小伙子们被默许了"浑水摸鱼"的
日子,如《摸鱼儿》所写的街坊狂欢。而《嫂子与处子》、《双炮》里所
描述的已婚女性与童男子的私通,似乎也是伦理所允可的范围,因为
在中原乡村民俗中,嫂子和小叔子怎么闹都不过分,也符合人们对性
的真诚渴望,似乎也是对乡村青涩童子的性启蒙。当然,我们须得承
认乡村牧歌的弹词并非总是单一而纯净的,那种不和谐的音符有时
也并非来自新文明的浩劫,"乡"的迟滞呆笨、因袭守旧、愚昧专制就
来自"土"的本性,婚后的女性仍然得不到起码的人格尊重,事事处处
还是男人的辅助,即便无爱,也在民间道德的规约下隐忍地生活着,
如《给你说个老婆》中的王东芹。毕竟,更多的情感交流是人性的必
然愿望,也是自主幸福的保证,乡村社会非常有限地被人安排的满足
是和开放的时代趋势背反的。

现实疏离:在和谐咏叹中与
"复杂性"有限相会

　　"凡始终都是肯定的东西,就会始终没有生命。只有通过消除对
立和矛盾,生命才变成对它本身是肯定的。"[1]面对着传统生活规范
的打破,人们必然面临着炼狱般的情感与理智的冲突对抗,但是,很
明显,温情的乡土牧歌似乎拒绝了与现实的相会,他们愿意躲在世俗
天地间自娱自乐。在作家笔下,原始自然的醇美、风情习俗的美好就
那样定格在仿佛凝固的时间里,潜含其内的是源远流长的民族传统

---

[1]　[德]黑格尔:《美学》第1卷,北京:商务印书馆1981年版。

文化精神。这使得我们再次回首京派。沈从文致力于开掘"这个民族过去伟大处与目前堕落处"[1],通过对民族或民间传奇的重叙,以一种伦理的、审美的、文化的方式介入了社会历史进程,还企图通过"恢复传统"、"扩大中国文化"来"重造人心",这其中与五四传统"国民性改造"主题既有对接亦有反叛,是对五四启蒙精神的另一种途径的承续。与京派的文化溯源不同,刘庆邦们显然是站在民间底层的立场发掘现世美。弱势小人物是刘庆邦小说的主角,对这些羸弱者的移情释放了作者内心的一种快乐;对现世美的发掘体现了对传统美德的弘扬,这对于物欲横流的现代文明的确是一种有益的营养,或者说是担承了一种美的教化。温情脉脉的小说家似乎只准备认同世俗人生,他们笔下很少主体意识高扬、个性独立鲜明、有坚定的自觉追求的人物,顺从人生是他们遗传的生命基因密码,缺乏超越和提升。和张炜等现代焦虑下的价值困惑和道德批判比起来,此类创作似乎是闭着眼睛不看时代的惊涛骇浪,潜心膜拜于乡村和煦的小天地,批判性的缺位、过多的肯定可能遮蔽掉了对现实恶的发现与批判。那么,坚守农业文明的伦理规范,如果连同它的低俗、荒蛮、落后一同重新认定为"美",这种文化反观是失效的,有毒的。不管刘亮程的《虚土》在乡土创作哲学资源的探索上富有怎样的意义,文本对荒蛮闭塞狭隘的原始生存状态毫无节制的认同却值得思考,小说中有这样一段:"我"在浪游中帮人收割了一片庄稼但无人认领付工钱,于是"我一下生气了","我要报复……我狠狠地用眼睛瞪了村子两眼,跺了三下脚,屁股撅起来对着村子放了一个屁,还想啐一口唾沫,……至于以后,我对这个村子又干了些什么,走着看吧。"我们看到了一个复活的阿Q,而且我们更能感到作家在写下这段文字时的

---

[1] 沈从文:《边城·题记》,《沈从文选集》第5卷,成都:四川人民出版社1983年版。

沾沾自喜,他说:等着瞧吧,他们得拿鲁迅批我!苏童《西瓜船》的故事初读是暴烈不羁甚至野蛮无度的,因为一只西瓜闹出了人命案子,导致了一场械斗,但作者怀着对乡村人物苦难而旷达的生命质感的深切体悟和对乡野民间人物特有的人性光泽的厚爱,在写到福山的母亲寻找西瓜船时叙事猛然转出了阅读预期,乡土世俗世界特有的伦理意识将人性恶的对垒化约为诗意浓郁的民间温情。不过,那里边自然也有乡下人无奈的辛酸和对城市世界的无知与畏惧,如果用温情来掩埋公义的失却和人心的愚昧并不代表乡土的诗意。

从一定意义上说,对某种境遇的"念",实则是一种"祭"。忘掉了大地的苍老和沉重的"田园牧歌"无疑是意义稀薄的,先验性地对于乡村、乡民、乡风的淳化会阻隔了作家,趋同思维和民间道义立场局限了作家主体的精神实践和伦理突破,附着在大地上的不自由与苦难在诗意文人那里成了浪漫的诗性本文。轻淡抑或清浅的调性分寸感的把握需要的是一种举重若轻的功夫(如在汪曾祺那里),因为"祭"的伤悼意境是需要一些复杂的甚至繁琐的仪式认定的,复杂化的情感态度出之于此,太温存的抚慰似乎有些轻佻或轻描淡写的嫌疑,有时难以抵达内心深处。近年来,也许刘庆邦也意识到了飘浮如云的故乡故事已讲得有点重叠,他正在寻找一种突破的路子,在把目光继续投给生命的热土的同时,增强了与现实相会的力度,尝试向人性的深处开掘,使其文本开始出现深致的悲悯情怀和较为自觉的关怀指向。《外面来的女人》、《留不住的爹》、《金色小调》等揭示了平和的生活表象下的事实真相、田园牧歌下的不谐之音,使人惊惧于日常生活的表层之下那戏剧性的本相。《金色小调》写在农忙的季节,灯嫂无意间发现儿媳小兰不守妇道与人有染,这一发现打破了生活的平静,她时时处处对小兰横挑鼻子竖挑眼,婆媳关系趋于恶化。但是最后灯嫂却有了另一发现,原来她的儿子正在和别人搞着"换妻"的活动。刘庆邦的底层立场使他在《平原上的歌谣》里对于三年自然灾害的认识不同于其他小说家,在他看来,饥饿逼迫的只能是耕种庄稼的农民,而且饥饿只是让农民的千万种苦难变得更为深重。虽然刘庆邦仍然以一贯的温情叙事来作为应对苦难的"心灵鸡汤",如以民谣的传播来抵挡、化解对饥饿的恐惧,但刘庆邦毕竟抹去了乡村生活那一抹雾里看花、亦真亦幻的情感美,开始向大地的深层扎根,去感知那深处的阴冷与糙砺:命运无助、社会不公、现实荒诞,他以"母亲""个人化"的神话复活了一个民族的集体性的记忆。《哑炮》用世俗化的宗教信仰提出了"罪"与"恕罪"的问题,从人性的全面图景直面恶与美的纠缠。《舍不了那闺女》对于心灵故乡消亡的书写也意蕴悠远。这部小说写一位乡村母亲宋书梅替自己的儿子相中了姑娘小娟,希望将来能娶到她做儿媳,但是儿子放弃了高考,自作主张选择出外打工,并且久久没有归来,小娟最终也走上了同样的路。宋书梅为晚辈设想的乡村式的安分守己、日常人伦、按部就班的平淡简约生活在新的时代面前渐渐失去吸引力,传统伦理观和人生观遭遇到前所未有的尴尬和无奈,听从父母之命的所谓"孝道"不再发挥效应,年轻的一辈不可能满足于像碾盘一样固守乡园,他们一个个变成了城市工业机械链条上的螺丝钉。

弗洛姆(Eric Fromm)曾经这样论及"现代"的问题:"吾人当前西方社会,尽管在物质、理智和政治上有所进展,却日益不利于精神的健康;同时趋向于毁损个人内心安全、快乐、理性与爱的能力之基础;社会倾向于将人们变为自动机械,而日增的精神疾患则成为人类失败的代价;在狂热的追求工作与所谓欢快的冲刺下隐藏了绝望。"[1]《逆着时光的乡井》是一个有着丰富语码信息的文本,作家以审美的心态、寓言的形态揭示了乡村的生存哲学,具有象征意义的

---

[1] [美]埃里希·弗洛姆. *On Dimentional Man*,Boston1964,第257页,见艾恺《世界范围内的反现代化思潮》,贵州人民出版社1991年版。

"乡井"穿越了两个时代,映照出世易时移的人间万象,同时也道出了"精神"与"物质"的难以两全——当"我"年少时的同伴麦秋在山下红红火火开矿时,石泉井不可救药地干涸了,没了水的村子就"死"了。为了重新打井而受伤"不再是个男人"的幺爸用一生守护这口井,他想以乡情劝阻麦秋。县、乡两级政府都从矿井大大收益,村人们也纷纷渴望到麦秋矿上做工,麦秋终于以金钱和风情摆平了一切,幺爸至高无上的地位动摇了,经济法则取代了父权法则,使石泉村又形成了新的秩序。小说的结尾达成了一种妥协,石泉村终于搬迁下山了,男人们到麦秋的矿上做工,女人们心满意足地在家守着孩子,只有疯掉的幺爸留在了山上到处打井,直至老死。"石泉村人在换了一种活法后,居然又活出了另一种滋味儿",这"滋味儿"的苦辣酸甜谁能一言尽之呢? 不少的男人死在了矿上,他们的身价轻如鸿毛。石泉井的干涸断流隐喻了资本时代的诱惑对乡土基本伦理和亲情的瓦解,作者塑造了幺爸这样一位底层农人,或许能警示我们怎么认识所处的时代,他对传统秩序的坚守既可贵又可悲。小说对乡土本相、人性幽微有较深入的思考。小说中"我父亲"打井时凶蛮残酷,在作恶多端后仍被村人神样的供着;"我母亲"一辈子屈辱而不自知地"死守"着一个抛弃自己的男人;幺爸对待养子丙松时时操持蛮横暴烈的家长手段,村人对此"都显得很麻木"。"我"作为一个喝石泉水长大、并作为第一个大学生走出石泉村的人对石泉井怀有复杂的情感:"在远离这口井时,我甚至恨这口井,它让石泉村的老百姓流了那么多血汗,也把他们在这里坑了几十年,实在没什么值得留恋的。可一回到这井边上看一眼,这井仿佛就能把人的魂勾去",把"我"降低到"跟幺爸一样的水平了",正如麦秋的质问:"你咋就不搬回来,只要你能守着这口井过一辈子,我天天往这井里灌矿泉水,干不干?"陈启文的可贵之处正在于他没有把乡村世俗社会人性、道德、伦理的变异简单地归咎于商业法则和政治强权,乡村与城市、传统与现代并非截然分明的善恶二元,作家揭示出了人们在固守乡俗与改变生存境遇之间的矛盾,也揭示出现代化绝不是一个纯粹的"物质"命题。

由此我们说,温情的"牧歌派"作家带着民粹主义的倾向站在两种文明的临界点上,从传统价值取向和审美追求上描绘着农耕文明下人性的"希腊小庙",用细腻多情的笔致在酷烈的生存之外谱写出质朴淡雅的和谐境界,来安抚社会人事、伦理嬗变的暴虐无常,表达着底层关怀的人文立场,作品中活跃着的人物和故事,成为中国乡村生活的重要影像。但是,面对当下纷繁复杂的社会现实,我们是否需要怀疑:"任何单一方面的呼喊和介入,最终都可能引发出乎意料的后果、甚至完全偏离初衷?"[1]作家对历史惰力所形成的生产力低下、落后保守、狭隘自私缺乏足够的认识,或者是一种有意回避,没有应予的批判意识;同时,作家屏蔽了另一个真实的民间,乡村生活表面的和乐掩盖了城乡不公的现状,感性的、表层的和谐文化掩盖了乡村生存的苦难本相,这些脱离了现实条件的人性美、人情美不可能作为美德被读者接受,疏离了现实的审美意识缺乏向历史、文化、人性的纵深开掘更为广阔精深的文学空间的魄力。正是从这个意义上来说,此类创作虽然"起承"了京派的审美理念,但是却不能将其审美意识"转合"为直面苦难的现实观照,其间的断裂必将局限了创作的格局和深度。

（原载《平顶山学院学报》2009 年第 3 期）

---

[1] 王晓明:《无法直面的人生:鲁迅传·再版自序》,上海:上海文艺出版社 2001 年版。

"文化西部"的突围与边地文明最后的挽歌

　　"文化西部"这个概念来自丁帆主编的《中国西部现代文学史》,这里的"西部"相对于中部农耕文明和沿海商业文明,是一个"由自然环境、生产方式以及民族、宗教、文化等因素构成的独特的文明形态的指称,是以游牧文明为背景、为主体的文明范畴"[1]。文化西部的意义内涵很大程度上是由艺术(更多的是文学)来赋予或认定的,当代的"文化西部"是伤痕文学和反思文学"发现"的,或许是外来者才常常具有发现文化差异的眼光,那一代作家"剪不断,理还乱"的西部情结与其说是对那段逝去的青春韶光的吊唁,毋宁说带来的是西部文化的审美冲击。"西部"古来似乎是中华民族的气运、命脉所系,直到 20 世纪中期,现代的飓风还并未登陆那块神奇古拙与苦难的土地。但 20 世纪末,"西部大开发"在国家意志的强力推动下开始步步展开,"文化西部"的蕴含正由带着民族图腾色彩的传统信仰转向民主、自由、富足等现代福音的叩问,"边地"这块"现代"之外的处女地开始九死一生拽上了市场经济的战车,不同的文化形态和文化立场也开始出现,整个边地包括西部作家的心灵"灾难"来了,而文学的黄金时代也来了! 边地文学在经历了 90 年代一个短暂间歇、整合后,终于在世纪之交新一代作家手中焕发出蓬勃生机——这注定

[1] 丁帆:《中国西部现代文学史·序言》,北京:人民文学出版社 2004 年版。

是一个"前不见古人,后不见来者"的独特的文明转型阶段,亲眼见证"混沌的原生态的"边地怎么念上现代的经咒、怎么迈开追逐经济发展的踉跄步履是"这一代"作家的宿命,正如"那一代"人赶上了"上山下乡",因为再没有一个地方如在边地一样能够感应一套文明规则正被另一套文明规则置换的矛盾交锋和壮怀激烈——抛开历史的政治的经济的价值评判,可以说"上帝是公平的",它总是以它的方式回馈着一拨拨苦辣酸甜的亲历者,单就小说而言,一个成长中的边地小说家群体正成为文坛的生力军,阿来、红柯、董立勃、刘亮程、郭文斌、陈继明、石舒清、温亚军、漠月、叶舟、张学东、卢一萍和姜戎、迟子建、郭雪波、萨娜等,他们或则怀抱对过往清洁人间至纯深情的怀恋抒写草原浪漫的游牧挽歌,或则以重叙过去的方式再造风云激荡的少数民族历史,或则在对现实生存平静的关切中瞩望未来,这些创作在艺术形式和精深内质上带给东部喧哗骚动的文坛耳目一新的极大冲击,实现了"边地文学"的集体突围。

在新世纪西部乡土小说那里,"大地皈依"和"乡土亲和"成为主旋律,而不再是新时期启蒙叙事中文明与落后愚昧的冲突,其挽歌的意味正是90年代中期以来西部乡土小说转型的一个突出特点。而在这风头浪尖上的边地"浪漫"常是一种基调,或昂扬或温情或忧郁。浪漫基调常源自一些中心意象,如大地和大地般的男人和女人,它们共同构成乡土小说的叙事意义。"大地",是边地小说特别突出的意象。西部是硕果仅存的还能够聆听大地声音的地方,在中原、东部和南部,大地早被精耕细作为一块块的良田,蝼蚁般拥堵密集的人们不再仰望苍天而豪歌,而是"面朝黄土背朝天"在土里刨食;而到了近现代,这一区域更是领先地被鳞次栉比的城市、川流不息的铁道和公路所分割。只有在存留着原始古朴特别是游牧生存方式的地方,"大地"才会作为一个整体形象出现在人类的视野,人才会以敬畏天地的姿态产生皈依般的情感和英雄豪气吧。因此,在现代性生存向游牧与农耕混杂的边地文明发起冲锋时,作家也才更有可能脚踏草原大漠、昂头朗日苍穹而长歌当哭,这里涵盖着对抵御异化的生命崇仰。

边地书写一般包容神秘瑰丽的边地世界描摹、精神的叛逆与皈依、民族秘史的发掘或重塑等内容。在新世纪文坛上,红柯也许是边地作家中"最强悍、最孤傲、最富有男子汉气质"的一位,在一个以消费文化为趣味的时代,他渴望找到一个水草丰美、扬马跑沙的居地——一片心灵的牧场。他歌唱草原、赞美骏马的长调短歌悲壮深雄,金戈铁马的英武玄想后是英雄主义的不能自拔,古朴苍劲的草原牧歌后是理想主义的宏大雄厉,那份如泣如诉,那份慷慨悲凉,那份激越悲情是他独有的浪漫主义风格。作为一名汉人,红柯在新疆生活十年,《西去的骑手》《跃马天山》《美丽奴羊》《黄金草原》《吹牛》《奔马》《哈纳斯湖》《库兰》《金色的阿尔泰》《古尔图荒原》《大河》等,是他对那片大地也是那片大地给他最好的回报,透过"跃马天山"的红柯对新疆的描摹,我们看到了浪漫的诗性的西部,也看到了红柯在与西部的感情交流中对自然伟力的礼拜,更看到了"人"的英雄主义或理想主义的雄起。古往今来对于边地的书写其实都涵盖着这种气质,"大漠孤烟直,长河落日圆"的雄奇背后既有苍茫的人生况味,又有壮烈的生命感验。例如死亡,死亡在红柯笔下只不过是辽阔的苍穹映在眼睛里的一片"蓝色梦幻",旗手的梦是奔驰在辽阔的大地上"将背影留给月亮",他深邃无底的眼睛里闪烁的是"星星海"……这个意象无疑带有很深的意蕴。

正所谓"大德无言",沉默是大地的根性。西部作家在对大地的阅读中以"沉默是金"的执念开拓着自己的精神境域,而且常常通过大地上男人和女人的描述来达到这一点。红柯对于女性的表达其实是掩埋在男性语义之下的,这一点雷同于张承志,他们太坚执"男子汉"的寻找,而拒绝太多的缠绵,那份男人的霸道与强大似乎因其不可商榷带着一种雄健的大气,它不赖女人的命名,是与天然与阔大坚忍的荒漠脾性相宜的吧?而另一种奇趣的感觉,就是草原在张承志意念中是"母亲",在红柯那里似乎是"父亲",那种焦渴和"暴力"是否还有一点匪气呢?——"大地"在这里铺展了它双重的精神血脉。在城市化背景下,大地父亲的角色其实正在淡化——牧人、农人都在离家出走,"离乡"是对父亲的一种背叛,却会带着对乡村"母亲"的更多怀恋。但红柯不同。红柯立意于重造大地的阳刚与豁朗,那是"父亲"式的巍然耸立。红柯或许是有哲人面目的,但至今我们还未能看出,哲人首先是要逻辑的吧?红柯的逻辑性似乎被浩瀚大地的混茫同化掉了,也愈加的"不近俗"、"不近情",那充满西部风情的浪漫故事也多半不是为了"故事",纯粹为了一种朗朗乾坤下的纯粹浪漫,在这一点上,红柯似乎不属于这一代人,他笔下的男人常是和"红尘"互不相侔,和大漠浑然一体,也算是异能吧——男人外表的冷漠和内心的激烈、地老天荒般不言不语的征服、荒山野岭充满野性和蛮劲的媾和……似乎红柯是不善于言语的,所以不善于铺衍人物的对话,他依赖的是动作,是力,是阔大,这些都是他的"先在"文本,只等着他依着自己的气质记述下来。或许荒原上的风流只需要一个眼神?那眼神过处就等着瞧风暴的骤起。

到这儿我们似乎明白红柯还是要写一个"大写的人",不是在道德立场上,而是在精神自由层面上。浪漫主义本质上或许可以称为一种自由的精神。浪迹新疆,红柯由一个文雅羞涩的书生冶炼成了刚性十足的西部汉子,他原初的、混沌的、神勇的文字充满了激情。文学为红柯开创了另一个世界,"现实中的红柯循规蹈矩温良恭俭让五讲四美三热爱绝对一大良民君子,夜幕降临,繁星闪耀,或风高月黑或电闪雷鸣,另一个红柯展开纸笔粉墨登场天马行空直至鸡鸣星落,鬼魅逍遁……写作丰富了我的生命,扩大了我的精神空间,尤其是小说"[1]。确实,西部小说有一些感官解放的气质,带给了我们新的审美愉悦,这也是世纪之交西部文坛带来的集体性震撼。

带着同样的皈依大地、重塑"男子汉"的情怀,姜戎在《狼图腾》中以浓墨铺衍对于草原文化精神的追溯和传扬。以《狼图腾》名利双收的姜戎曾经在内蒙古额仑草原生活了 11 年,有机会充分浸润在少数民族的文化和信仰中,对于游牧民族的生存哲学有其独特的感验和认知。《狼图腾》以直逼农耕文化民族性格深处的弱性来阐扬游牧文化的"狼图腾"精神,寄托着作者对于"中国病"病根的挖掘——农耕生存方式所养成的"羊病",呼唤着一种开拓进取的"大游牧精神",对于中华农耕文化中封建帝王专制精神的批判和对于自由强悍的草原精神的崇仰提供了反思中国文化的一个角度。但是姜戎的"民族想象"在历史观、发展观和伦理观上有其极大的局限性,特别是充斥文本雄强话语背后的暴力迷雾怵目惊心,血腥和残忍并非代表阳刚大气和丰沛崇高的民族精神,恰恰体现了作家对草原文化的褊狭理解,对人性的贬斥、对动物性的神化带有强烈的反人类性质,对于自然生态和人文生态的重建都缺乏参照意义。

边地作家挟带着异域风情、横刀勒马向我们打开了一段段传奇,我们其实值得探讨的是为什么他们能带给我们震撼,而且恰恰是在西部开发的狂潮中? 他们在点醒着读者什么? 荒原的价值吗? "荒"是我们想到边疆时一个常常横入脑海的字眼——地老天荒、穷极八荒、荒郊野外、荒漠、远荒、荒凉、蛮荒、荒芜……这些词汇即便你吐出时多么漫不经心,也毕竟感到空旷阔大的迫压。在精耕细作、人际逼仄的文明发祥繁衍地,"荒"有着不够"文化"的语义指向。"荒"成为一种"文化"是现代以来的事,而新世纪的乡土小说对边地的抒写更

---

[1] 红柯:《另一种生活及无限可能》,《文艺报》2005 年 6 月 4 日。

体现了"荒"的精神指归。也许是我们的文明已经足够成熟,自诩强大、自以为是的人类实际上变得越来越软弱,作家企图通过雄鹰骏马、骑士弯刀、荒滩野坡、日月星辰这一组组意象来架构一种新的思考——人类是否可以葆有自己热爱自由、捍卫自由的精神? 是否可以从大地上重新矗立起伟岸昂扬的身躯? 这一曲起承转合无疑是亢奋有力的。当然,把草原大漠特定环境的混沌或澄明写到"极致"浪漫,也未必全是作者的福,浪漫是力,也是脆弱——不管对于红柯还是姜戎。

　　在新乡土叙事结构中,边地世界的展示是以具有灵性的人格化的形貌出现的。无论是红柯笔下的骏马、杨志军的藏獒、姜戎的狼群、迟子建的驯鹿、石舒清的牛羊、王新军的看家狗,还是那些峻伟的山脉、开阔的草原、平展的大青石,甚或一窝鸡一棵树,在作家对大地皈依的情感支配下,它们皆有其自在的灵气,也带有边地独有的敞亮与率真。迟子建是近年来女性作家中卓然而立的乡土守望者,她和不少浪漫派作家一样对游牧文明渐去渐远的背影充满了哀挽和留恋,她笔下流贯着沈从文的叙事风韵。她拒绝直视生活内里"惊心动魄的一种悸"、"刻骨铭心的一种痛"[1],拒绝挑开生活的脓疤,呈示它污浊残酷的伤口,而把大地温情的面纱舒缓优雅地铺展开来。迟子建心中的边地自有另一番"狂放"本色:"其实乡村是不乏浪漫的,那种浪漫不是造出来的,而是天然流露的。……农夫在劳作了一天后,对着星星抽上一袋烟是浪漫,姑娘们在山林中一边采蘑菇一边听鸟鸣是浪漫,拉板车的人聚集在小酒馆里喝下一壶热酒、听上几首登不上大雅之堂的乡间俚曲是浪漫。我喜欢故乡的那种浪漫,它们与我贴心贴肺,水乳交融。"(《在温暖中流逝的美》)《世界上所有的夜

---

[1] 徐坤:《双调夜行船——九十年代的女性书写》,太原:山西教育出版社 1999 年版,第 117 页。

晚》开头写"我"在失去丈夫的痛苦中,"想把脸涂上厚厚的泥巴,不让人看到我的哀伤",在旅途中偶然到了一个乌塘小镇,那里的点点滴滴都渗入"我"的生活,在一个"天与地完美地衔接"的夜晚,"我"多日来死灰般的内心又复活了,"我"感到剃须刀里留存的那些胡渣随清流而去时变成了扇动着湖蓝色翅膀的迷人的蝴蝶。这是一个唯美的结局:"我"的黑暗融进了"世界上所有的夜晚",我们寻常的眼睛所忽略的那些默默的民间的哀恸和慈悲化解了"我"的苦难。带着宗教民俗色彩的《逝川》舍弃物质层面的介入,只在精神意义和心理暗示的层面发生,流荡的震撼人心的东西正是那片黑土地上的精魂!达斡尔文学因自然灵气和人文关怀的文字被称为"文学的幽静的后院儿",曾在大兴安岭生活多年的达斡尔女作家萨娜近年来因对额尔古纳河畔的描写引起关注,《你脸上有把刀》、《伊克沙玛》、《达勒玛的神树》、《山顶上的蓝月亮》、《蓝蓝的天上白云飘》等小说都为作家赢得了声誉。《达勒玛的神树》写了一对终生相爱却因为民族风俗而不能结合的老人在心灵上相互支撑的故事,而更为重要的主题则是写森林的破坏和传统游牧生存方式的终将消亡,充溢着苍凉与崇高的浪漫艺术蕴含和温情的力量。蒙古族作家白雪林的《霍林河歌谣》是一曲悠扬的长调,像草原一样纯朴宽广的诺日瓦无私地爱着放浪的达瓦,达瓦却不愿拴在一个女人身边,当浪游的达瓦重病时,诺日瓦把他接回照料,还以母性的疼爱收养了他的牛。这也是大地的根性,正由于此,边地作家都对土地有着不可名状的深情,那是他们坚定的自尊。

　　"土"在民间是具有风俗性、仪式性的一种东西,离乡者谈"土"带着"吾土吾民"的意味,同时有着"生于斯长于斯"的过从甚密之感,而作家浪漫的内心对土的依恋更带有文化寻根的思维和对土地被掠的惊惧。赵光鸣曾经说到新疆:"人站在它的苍穹下面显得过于渺小和孤单,精神时常感到过于空荡和无所寄托。揣着无尽的乡愁寻找家园,是这土地上远离故乡的人们一种特有心态。"[1]这话大概适应于更广义的"西部"。王新军的《吉祥的白云》开篇即是优美纯净的异域情调的草原风景画:"坡上的青草,一直向下铺,一直向下铺。它们像水一样从高处卷下来,漫过了所有平缓的山峦和低矮的树木。羊群如同飘浮在绿色草面上的吉祥的云朵。这些云朵飘呀飘呀,飘呀飘呀,就飘到山那边的尼麻寺里去了。它们干净地挂在长长伸出的屋檐下,挂在舞动的经幡上,挂在吱呀吱呀转动的经轮上,挂在安静的唐卡上,挂在了殿堂里巨大而平整的墙壁上。"《八个家》是作者对自己游牧民族基因的自我寻找、自我确证,是进入西部高山草原的"寻根"之作,同时也是消费文化之外一曲苍凉凄美的挽歌,这个想象的世界拥有自己在现代城市生活之外的生命体验、生活方式、语义体系、文化形态。在作家的审美世界里,草原儿女奔放的情欲和生死相许的责任担当昭示了游牧文化的自然人性、淳朴道德,但回望"童年"恰恰正是对现实的喻示:草原在消失,"伟大的牧神啊,你怅然地看着这片土地,你不知道你广大的子民将去向何方"![2] 温亚军的《作为祭奠的开始》和杨志军早期的《大悲原》、《海昨天退去》、《天荒》等"荒原系列"也都以浪漫的情调抒写了游牧文明的挽歌,洋溢着作者深深的乡土情结。

说到这里,我们必须搞清楚除了大漠草原的西部,还存在着"另一个西部",一个艰涩而窘困的西部,一个在"金戈铁马、气吞万里如虎"的潇洒和豪迈之外的西部。不同于真正意义的边疆,宁夏、甘肃这一地域之所以被称为"西部",更大程度上是指认其处于"现代"语意之外。这条汉唐以来的"丝绸之路"在 15 世纪以后渐次衰颓,草原、耕地沙化日益严重,生存环境脆弱得令人惊惧。新世纪小说在关

[1] 赵光鸣:《远巢·后记》,乌鲁木齐:新疆人民出版社 1989 年版。
[2] 张懿红:《牧歌之死——王新军的后寻根》,《文学报》2007 年 2 月 8 日。

注西部外在环境对人生存方式的限制时,体现了作家与土地亲和的绵厚情感,这也是西部乡土小说叙事的中心指归。面对汹涌而至的开发洪流,西部作家在传统与现代的悖论中并没有把城市或现代化"妖魔化"的企图,只是不动声色地专注于本土本乡的抒写,用一种艺术诗情打量乡土,焦黄的大地、废墟一样的村庄、枯干的河道以及干涩的农民,都因秉承了大地无言的浑厚而富有一种举重若轻的精神和气质。刘亮程的《虚土》单纯而丰饶的生命体验来自村庄和田野,在朴素的生死哀荣的思考中通悟了日常诗性,在宗教般的空寂与旷远中,阅读者的心灵被导向了存在之源,无边的神秘和虚无唤起人们形而上的感悟。刘亮程相信"土地会像长出麦子和苞谷一样长出自己的言说者",而"不易被人看见的一些文字所呈现的,是这块被猎掠无数遍的西域大地上最可靠的生存真实"。石舒清《果院》写耶尔古拜和妻子请人给果树剪枝,"果院里的土一年也要翻几次。……原本以为自己这里的水土是种不了别的什么的,试着种了一小块枸杞和辣子,真是叫人意外,竟都长了出来",对土地的感恩自然而真挚。郭文斌以审美的、抒情的、从容的笔意和童年的视角挖掘西部消失的乡土记忆和乡土美感,重义轻利、重情轻利的道德情感既体现在日常生活中,也体现在民俗文化中,在《我们心中的雪》、《剪刀》中作者沉迷于乡村经验,《大年》、《吉祥如意》中写到春节、端午节间的一些礼尚往来的民俗细节,《开花的牙》写到丧葬习俗,《呼吸》描写了与水有关的习俗。这些民俗一般具有鲜明的西部特征,如春节时对礼物特别是食品的重视和经济匮乏不无关系,水的风俗是这里干旱少雨的一个证明或结果。陈继明的《在毛乌素沙漠边缘》写活了一位在生存绝境中用生命注解了"人学"的老人。

　　每次读到宁夏作家对西部女性的深情刻画,就不得不感慨西部文化深渊似的内力——漫长历史征战淘洗的弱肉强食、多民族杂居的民族融合使他们"心灵挟带着多层面的声音,造就他们对异质文化具有较强的容受渗化能力、视角转换能力和智慧杂交能力"[1]。从这一点来讲,整个边地其实在气运上是相通的。斯宾格勒认为:"文化愈接近于其生命中的巅峰时期,它为自己所求得的形式语言,就会愈刚毅、严苛、有控制力,有强度。"[2]苦难是男人更是女人必须面对的现实,因为日子是在女人柴米油盐的日常铺排中扑腾开来的,豁达而默默地隐忍就是这种西部文化的"形式语言",难怪石舒清在《西海固的人们》里深情地说:西海固的女人比灯盏和花朵"更是灯盏,更是花朵"!石舒清的《节日》把一位农村妇女写得生动美丽,她的美是内在的纯净透明。郭文斌小说中的女性人物有小女孩、少女、大姑娘、小媳妇和母亲,她们连缀成了一个女性完整的生命轨迹,她们以强韧的生命意志默默承受日常艰难和天灾人祸,伴随着她们成长的不是"女儿心",而是"母性"、"妻性"。小女孩"红红"(郭文斌《玉米》)以特别懵懂也特别美的情感守护着东东;而在《一片荞地》中,"我"面对逝去的娘,猛然就觉得"人真怪,来时自己哭,走时别人哭,两头都是哭,中间呢?",中间是"活着时的那点疼痛"!一片余留下来种荞的土地埋下了一生艰难熬煎的娘,"人吃黄土一辈子,黄土吃人一口",总之,人是和土地如胶似漆的,而西部广袤贫瘠土地上的女人似乎可以说是大地本身,她们"朴实得像草一样,善良得像羊一样"(漠月《青草如玉》)。

西部文学不但关注了自然生态的脆弱,更注意到西部人文生态的脆弱,这是新世纪西部乡土小说值得关注的一个方面。"每一个文化,与广延、与空间,都有着一种深刻的象征性的、几乎神秘的关系,经由广延和空间,它努力挣扎着要实现自己。这目标一旦达到了——它的概念,它内在可能的整个内蕴,都已完成,并已外显之

---

[1] 萧云儒:《西部热和现代潮》,《人文杂志》2000年第4期。
[2] [德]奥·斯宾格勒:《西方的没落》,陈晓林译,哈尔滨:黑龙江教育出版社1998年版,第98页。

后——文化突然僵硬了,它节制了自己,它的血液冷冻了,它的力量瓦解了,它变成了文明。"[1]看来,每一种文明的成型都要经过脱胎换骨的蜕化。西部作家面临传统文明的陨落唱响了一曲曲诗意的挽歌,其实,沉醉于乡土故园的回想可能忽视了真正的乡土故事。李敬泽在谈到《大年》时说,文学也需要那些他们"所刻意的通过自我限制去回避掉的东西","回避的是不童年视角的东西,那个不诗意的东西,那个分崩离析的大地"。雪漠的《大漠祭》就昭彰了这样一个"分崩离析的大地"。《大漠祭》满含激愤与悲伤揭示了这样的真理:西部生存的危难不仅来自于自然条件的恶劣,不仅源自传统文化的负重,更在于城乡不平等的对立格局建构中城市文化对乡村残酷的侵蚀与掠夺。出于对西部道德沙漠化的忧患,王新军的《大地上的村庄·两条狗》独出心裁,细腻描写了方家一条聪明漂亮、自恋矫情的母狗和李家一条长于行动拙于表达、威猛多情的公狗从恋爱到偷情到怀孕生子又被人为弄死的过程。方家和李家有着小小的却因人心狭隘而不能解开的宿怨,即便如此,并不耽搁两只有情的狗避着主人而有染,"狗不知道自己是生活在人的世界里的",它万万没有想到,"人的仇恨会牵扯到它们狗身上"!王新军以幽默反讽的语调揭示了人性中阴骘、肮脏的一面,当作家在篇尾无奈地道出"嗨!狗们这辈子"时,是对人深深的失望。

宁夏的漠月则以深情的姿态召唤飘离土地的游子。从《湖道》到《青草如玉》,人们很清晰地看到一个作家前行的足迹,也明白了漠月的精神文本线索,当然,这离漠月喜欢的平野之阔大和大江之涌流的气象还有距离。漠月并不打算爬上形式主义的前沿阵线,《冬日》、《父亲与驼》、《秋夜》一个个短章轻逸散淡的语言散发着乡村乡野乡

---

[1] [德] 奥·斯宾格勒:《西方的没落》,陈晓林译,哈尔滨:黑龙江教育出版社1998年版,第96页。

情的味道,也洋溢着与现代都市迥异的人性美满。笔者一直找不到
一个合适的有涵盖力的词语来表达对漠月牧歌情调的文字的感受,
直到卡尔维诺荡着秋千似的落在心里:"轻逸"! 卡尔维诺声言:"的
确存在着一种包含着深思熟虑的轻",而正是这"轻","在须臾之间
都要显示出其令人无法忍受的沉重的本来面目"[1]。漠月不擅长于
歇斯底里痛心疾首剑拔弩张,他温和的文字就如春日发芽的草坡毛
茸茸的在春阳下伸胳膊伸腿。但,经过了一个漫长荒凉的冬季,那些
草,你知道没有自己的心事? 没有心事永远成不了作家,那心事就像
一场透透的春雨后牧场上的草长莺飞,摁都摁不住。《青草如玉》的
宝元老汉在 60 年代初不是"老汉"时于东湖湾大旱灾难后埋葬了饿
死的父母,"在一个月黑风高的夜晚"怀着"寻找土地"的信念"不大
光彩"地"踏上了穿越腾格里沙漠的路途",终于找到了阿拉善草原
的西滩牧场。每一次出牧,宝元都有"惊心动魄"的愉悦。宝元娶亲
是一个有意味的事件。"某天黑夜",他拒绝了一个热烈大胆的蒙古
族姑娘的示爱,带着抹不开的"家乡的情结"、一种"自卑和赎罪"的
心理回到了在饥馑的岁月饿死人的家乡,他的心事是极其朴素的自
我救赎:"带走一个人,这个人就能过上和他一样的好日子;带走一个
女人和他结为夫妻,那么就有一家子家乡的人过上和他一样的好日
子。"但是,正当宝元终于过上安稳日子的时候,做了副镇长的"忤逆
的儿子"指挥的"西滩开发建设指挥部"却将他守望了三十年的西滩
变成了麦田。

　　"西滩开发"只是个权谋,是所谓"现代化"的一场闹剧,或者说
宝元老汉只是儿子的一个棋子。漠月在描述失去了西滩牧场、远远
端坐在土岗上的宝元老汉时漫不经心地用了一个比喻:"宝元老汉只

---

[1]　[意]卡尔维诺:《未来千年文学备忘录》,杨德友译,沈阳:辽宁教育出版社2001
　　年版,第5、7页。

是一个模糊的黑点,大概只有棋盘上的一颗棋子那么大。"十年后,想通过开发西滩干上一番大事业的蒙生并没有升任镇长,但是又一盘棋开下了:西滩要退耕还草了。在叙述老汉去世的那个夜晚时,漠月的温良又一次毛茸茸地长出来,那一套田野交响的幻觉其实正是弹奏给宝元老汉的安魂曲。死只是一种气氛,就像在《人亲》中一样。叙述者"我"总是在麦浪滚滚里想起草、在草长莺飞里想起麦。人总是怀旧,这也是宿命。宝元的失去土地其实是必然的,即便不是蒙生开发,也已经有了小儿子蒙土的背叛:当蒙土没有像哥哥一样考上大学,父亲已经为他安排下"锦绣前程":"延续自己牧民生涯的接班人",但是小儿子却并不领情父亲给自己挣下的这个最好的草场,不回头地去了南方,而且偷走了父亲积攒下的养老钱。蒙土走时有一个非常精致的细节描写,即蒙土撕毁日历。日历在老汉的眼里只是摆设而已,时间是一个抽象的模糊的概念,对于整个传统生活方式来说,重要的是"日子"而不是日历,因为真实的日子和日历上的日子总是不相符的,"可是对于蒙土就不是这样,他无法忍受西滩寂寞的日子对自己不安分的灵魂的折磨,对时间的敏感达到了疯狂的程度"。这个看似轻巧的安排彰显着漠月的深意。就这样,温良的漠月现出了他的狰狞:本来一个田园牧歌式的故事,青草如玉般的纯粹,作家不动声色地让它与经济、权力的角力纠缠不清,呈示出西部在"被现代化"过程中悲情的也是悲剧的一面。

可以说,在现代化的日程表上,边地作家写出了另一种时间——边地时间。相对来说,他们将根脉深扎黄土,坚守意义世界,表达着全球化背景下的本土经验,也不懈地雕镌着中华民族的新精神,提醒我们认识坚守文学"族别身份"的意义,其血性或平静为新世纪文坛提供了"大化淳流"的超越境界,酷烈的自然物象和人生际遇相结合产生的孤独感和悲怆感对于文坛的搔首弄姿、喧哗骚动是一种镇静,其"大地皈依"与"乡土亲和"的主题也是对人文主义话题的激活,这自然是西部文学特殊的价值和地位。而"牧歌之死"似乎是无法逃避的未来,那游牧文化的个体精神必然被逐渐消解,因此,边地作家的诗意挽歌满怀了忧郁——或者这是另一意义启蒙的起点?边地的突围不仅仅是经济建设层面上的,也应该是新的价值建构层面上的,更应该是文化重塑层面上的,游牧、农耕和工业文化在相互冲突与融合中都应该不断印证与修正自己。就拿西部文学来说,原始古拙、苍劲悲壮的大地不能代表整个西部,分崩离析、物是人非的大地也不是西部的全部,"文化西部"的蕴含会随着西部开放和发展步履的加快呈现出更为多元的姿彩。

（原载《扬子江评论》2009 年第 1 期）

"悲慧双解"的佛学启悟与乡土小说的
"藏地风流"

　　宗教文化重新登临文坛是 20 世纪末、新世纪初乡土小说转型的重大关目之一。范稳、马丽华、阿来等笔下的藏区风流,红柯、姜戎的游牧风情,郭雪波、迟子建叙写的边地精魂,石舒清等回民作家对伊斯兰坚忍民族性的开掘,北村与史铁生的彼岸追寻……参与建构了新世纪文坛百花齐放的局面,丰富了文学的思想深度和哲学维度。与佛教文化有关的小说如范稳的《水乳大地》、《悲悯大地》,阿来的《空山》,马丽华的《如意高地》,杨志军的《敲响人头鼓》等影响较大。这些作家都曾耳濡目染雪域高原的"藏传佛教",因对宗教进入姿态的不同而其乡土叙事也呈现出迥异的审美价值,代表了新世纪文学与佛教文化融会的不同类型。

在对民间宗教文化的回护中
坚持现实批判

　　以诗歌走向文坛的阿来认为动人的故事容易产生在文化交汇的地带,就宗教立场而言,研究者一般认为阿来文本体现的是佛教文化,我们认为出生于阿坝的阿来对藏地本教更有皈依感。阿来对扎西达娃曾寄寓希望的佛教态度暧昧,对佛教的现实超越性持怀疑态度,因为它在现实面前节节败退,这在《灵魂之舞》、《尘埃落定》、《随风飘散》中有明显迹象。阿来小说中的宗教文化气息来自佛教,也有天主教,而他多部小说中的多神世界正体现了完全属于民间的"泛神论"的本教宇宙观,他是能够把藏地本土信仰写得神采飞扬的少数作家之一。1998 年出版的《尘埃落定》是阿来唱给历史的一曲深情的挽歌。故事的核心是"权力",宗教只是作为一种背景为"权欲"的表演提供了一个平台,慈悲救世、超度众生的宗教丧失了神圣尊严,变得无奈和荒唐,受到无情的挑战和嘲讽。如果说是阿来在解构宗教的神圣,毋宁说是阿来揭示了被人欲所解构的宗教丧失了现实超越性。"为什么宗教没有教会我们爱,而是教会了我们恨?"这是翁波意西苦思冥想不得其解的问题。阿来的《空山》延续了《尘埃落定》中"人与权力"的中心主题,再次揭示了权欲对宗教信仰和人性情感的毁灭。但是有所不同的是,在《尘埃落定》中阿来运用了解构主义的方法,嘲弄和讽刺了宗教在权力欲望下的荒唐和变质,《随风飘散》和《天火》表达了民间社会的"礼崩乐坏"和信仰的变异,文本涉及佛教与本教,作品中的人物格拉、桑丹、多吉、恩波、江村贡布等就像是那个一半是神一半是人的世界的精灵一样。《随风飘散》中的机村原本是一个自足的小世界,他们相信神灵,崇拜自然。机村也是一个矛盾统一体,他们以自己的方式去宽容、包含与怜爱,也有自己的好恶、歧视、嫉妒。在新的社会来到时,机村的庙宇被毁,连象征着神性的金妆佛像也被毁,和尚恩波和修行深湛的舅舅(他的师傅)江村贡布被迫还俗,小说对恩波娶亲有非常细微入神的描述,恩波、恩波母亲心中对于背叛"佛祖"是很矛盾的,因为儿子娶亲真正宣告了这个时代佛祖真的不再光顾机村了;但是,当恩波沿着麦田小路走过来,那日常世俗化的情景的美好却让舅舅和母亲都感动了! 还好,机村有另外一个神灵的世界,那就是森林,那里的山、树、草、鹿……都有各自所属的灵异,"大地"是一切,在精神、肉身、伦理等各个层面与人合一。当恩波错误地认为儿子兔子是被无父小孩格拉带到野外被花的精魂蛊惑发病时,全村随着恩波的憎恨而冲动地施暴于格拉母子。即便如此,这些心灵上的伤口会慢慢弥合,村民们对这对母子表示忏悔。但外部强权世界的涌入终于改变了机村这个多元化生态机制,一个外来的炮仗就打碎了神佛世界被破毁的机村的温情脉脉,机村变成了谣言肆虐的地方。格拉这个遭遇了恩仇算计、流言蜚语的自然之子最终和额席江奶奶在青绿的草地上回归了精神的家园——大地,一切消散了,包括爱与恨。但是,伐木队进山了,机村的森林正在消失,游荡在森林中的灵魂到哪里寻找皈依?

　　《空山》中阿来对格拉与鹿、格桑旺堆与熊、多吉的烧荒祈雨的演绎是非常具有地域风情的,揭示了这个千百年来封闭的小山村的神性色彩。《天火》写在一场森林大火中作为机村保护神的色嫫措神湖被炸毁,保护机村的金野鸭因为森林的砍伐也飞走了,机村人在外来权欲刺激和压制下与自然疏离,失去了神性护佑的机村变成了险恶世界。阿来在《天火》中倾情塑造了巫师多吉这个形象,他是本土神祇与俗众之间的灵媒,这个行当在藏族人中是少有的干预公开蔑视佛门的人,他为了保护村民的草场常常跳神烧荒,乞求水草丰美。"国家"出现之后,机村人无法再按照自己的意愿行事,烧荒的多吉被作为"破坏国家财产"的罪人被逮捕。从来与神灵打交道的机村不明白:"他们祖祖辈辈依傍着的山野与森林,怎么一夜之间就有了一个叫作国家的主人。"没有神佛照临的机村陷入了灾难,一场大火烧毁了大片山林。逃跑出来的多吉还渴望用自己的神助之力祈雨灭火,但是神已经不再护佑这片山林了,整座森林为多吉做了火葬。

　　很明显,阿来把神佛世界作为机村的历史与现实对照并不在于宣扬一种宗教救赎,他的目的在于现实批判,他以机村民间宗教文化败落的个案来揭示强权政治对底层生存的挤压。在藏区,四川阿坝是一个地理位置、政治位置、宗教位置都很特别的地方,是一个远离拉萨中心区的边地,是"边地的边地",阿来曾经在《尘埃落定》中说:

"汉族皇帝在早晨的太阳下面,达赖喇嘛在下午的太阳下面","我们是在中午的太阳下面还在靠东一点的地方。这个位置是有决定意义的。它决定了我们和东边的汉族皇帝发生更多的联系,而不是和我们的宗教领袖达赖喇嘛。地理因素决定了我们的政治关系。"一个发源于北京的盲动的政治声浪也能很快传到阿坝,而且造成无以挽回的恶果,这是阿来所激愤和痛恨的。在《空山2》中,阿来继续沿着这条路子前行,他笔下的神性解体的机村充满血腥的猎杀、砍伐、泥石流、明争暗斗,人心倾废,一片"荒芜",机村完全被另一套话语系统所吞噬了,人与神性自然的和谐共生再也不复存在。阿来以特殊的身份,向我们展示了那个边缘藏区的独特风情和特有心灵,是一幅幅时代的人性风俗画,而《空山2》和《空山3·轻雷》阿来其实已经将文本意义指向一种"对于断裂性的现代性的思考"[1],蕴含的宗教文化与当代中国政治文化语境的冲突,显示了民族、传统、民间文化底蕴强大的生命力和延续性,这一点是否也说明阿来更为具有底层意识,他的小说体现了新世纪以来的民间宗教意识形态。

"神之子"的精神追寻与悲悯
大地的"文化寓言"

不同于阿来对正统佛教有意无意地疏离,从《水乳大地》到《悲悯大地》,一直在从事着滇藏文化研究的范稳是越来越把佛教作为"救世"的工具。范稳"归心"佛教又不同于扎西达娃,可以说扎西达娃是从"反佛教"的启蒙理性出发最终在痛苦的精神流离中又折回到佛教门扉,那"精神原乡"也依然并不那么自信和坚定,我们能感受到作家在从"人之子"到"神之子"的转变过程中精神的撕裂和痛楚;范稳是在对地域文化殚精竭虑的研究中走向佛教救赎的乌托邦营构,

---

[1] 刘大先:《2007:少数民族文学阅读笔记》,《民族文学》2008 年第 1 期。

明白无误地把《水乳大地》、《悲悯大地》做成了叩问"人神"之路的布道书。

范稳的《水乳大地》被评论界称为"大地史诗"和"文化寓言",他以诗性的思维与感情饱满的文字描写了滇藏地区澜沧江峡谷的世纪风云,展现了宗教文化的冲突、融合以及人性与神性碰撞的丰沛瑰丽,表达了文化共存共融的人文理想。范稳在扉页上引用了马克斯·缪勒的"谁如果只知道一种宗教,他对宗教就一无所知",预示着《水乳大地》将是一本倡言多元宗教"水乳相容"的小说。宗教冲突甚至引发的血流成河的民族战争在人类史上从未间断,有的宗教极端主义者或怀抱其他目的者就是打着坚守信仰、净化世界的所谓"理性"的旗帜,上演了层出不穷的对异教徒的迫害和杀戮。范稳所熟悉的滇藏地区并存多种宗教,首先当然是藏传佛教,还有纳西人的东巴教和近代进入的天主教,当然还有本教。根基深厚的藏传佛教和外来的自负的天主教的冲突几乎是必然的,因为任何一种宗教的产生都和其地理和文化氛围密不可分,拥有普世使命的宗教本义上是反对干预和被干预的,所以小说中的五世让迥活佛提倡经过辩论相互了解而不是对抗,他对杜朗迪神父说:"我们是在不认知你们宗教的情况下和你们辩论,而你们并不了解历史悠久的藏传佛教对这片土地的意义。我认为我们或许应该尊重你们的宗教,但是你们也要尊重我们的宗教。我们都是替神说话的僧侣,尽管我们各自供奉的神是多么的不一样。但是我们对众生怀有同样的悲悯。"傲慢的杜朗迪却企图用流血的方式把上帝的福音传达到拉萨,结果造成了两败俱伤的大教案。这些使后来的沙利士神父觉悟到:"上帝的福音和爱,并不应成为这块土地的仇恨之源。"在新中国平等共存的宗教政策下,多种宗教终于放弃前嫌,同浴在同样祥和的阳光之下。在相互尊重、共创幸福安宁的宗教氛围中,五世让迥活佛转世到东巴教祭司家中,佛教藏民安多德成了天主教神父,九世松觉活佛转世后成为天主教民。范稳在以消费主义、解构主义为表征的时代努力重塑宗教文化精神,讲述多民族多宗教多文化从冲突到融合的故事,他的探索用心良苦。

《悲悯大地》和《水乳大地》一样,同样写澜沧江峡谷,同样写到家族世仇,同样写到恶魔般的人性,同样写一个人的成佛,也同样写到宗教的无穷力量。澜沧江岸的都吉家长子阿拉西从小差一点被作为活佛的转世灵童,但阴差阳错尘缘未尽,都吉家与对岸的白玛坚赞头人家结下世仇。两岸延伸出两条不同的追寻“藏三宝”的行动:阿拉西苦苦追寻佛、法、僧,白玛坚赞头人的小儿子达波多杰追求的是成为“英雄”的快马、快刀、快枪。两条追索既纠缠又分离,阿拉西在磕等身长头去拉萨朝圣的途中遭遇仇人的几番追杀,牺牲了恩师、弟弟、妻子、女儿、母亲,最终成为“洛桑丹增喇嘛”。洛桑丹增最终宽恕了仇人,在“红汉人”到来、内乱爆发时,他阻止了战乱,拯救了大地生灵。

在范稳笔下,一切冲突都可以用宗教化解,特别是佛教以其“悲慧”庇护了历经世纪沧桑巨变、掠夺杀戮、瘟疫灾变的人类。《水乳大地》中的泽仁达娃和《悲悯大地》中的阿拉西无疑是寄托作者文化理想最重要的人物,作品倾力描述了他们丰富复杂的人性嬗变。泽仁达娃是康巴部落的巨匪,他有着峡谷大山一样狂野的性格,他是毫不手软的报世仇的杀手,是杀人掠妻的伟丈夫,是一个沉默寡言的父亲,是被雷电追击的魔鬼,最终罪感深重的他皈依佛教成为喇嘛,对人间大慈大悲。同样,范稳在《悲悯大地》中以阿拉西摆脱世俗仇恨、历尽千辛万苦最终成佛的曲折经历来承担沉重佛教教义的“悲悯”。在宏阔的背景下,范稳以史诗的笔法表现了善与恶、人与自然、人性与神性等丰富的精神内涵,从而使悲悯的主题呈现出震撼人心的力量,正所谓菩提萨埵的“智上求菩提,悲下救众生”。

不过,毋庸讳言,我们也感到了范稳在论述落脚时的力不从心,或者是无可奈何。《悲悯大地》最后是意欲叛乱的藏民知道了"红汉人已经包围了草场,如果大家回家去,他们就给我们翻身、自由和土地'新藏三宝'",阿拉西磕长头去拉萨证得的"佛、法、僧"在这里被新的语意置换。"范稳似乎有一个公式:悲悯 = 个人牺牲 + 宽恕仇人 + 舍己成仁"[1],在这个公式的解析过程中,范稳的答案总是西藏解放、新中国宽大为怀的宗教政策,成佛的最终涅槃就选在牺牲自己、化解叛乱、实现和平,作者的唯物史观和宗教非理性本质发生了抵触。正由于"成佛"与"和解"这样一种既定目标,泽仁达娃和阿拉西的形象在故事推进的过程中越来越僵化,人性的生机完全泯灭在神性的虚无中,这无疑是对"佛法在世间,不离世间觉"刻板的释义。

　　范稳把自己的写作手法拟名为"神灵现实主义",《水乳大地》中骑着羊皮鼓飞行的喇嘛、会变幻颜色的盐田、滚动的有知觉的头颅……《悲悯大地》中变成妖魅女子的狐狸、化作蟒蛇的喇嘛、从蟒蛇肚皮里逃生的管家、梦中飞出的神箭、行走的尸骨、投生等,无奇不有。对此,雷达、王谦等评论家有极为相左的意见。我们认为《水乳大地》和《悲悯大地》作为乡土小说最为成功的地方是对神性大地的书写以及人对自然的抗争……神山、圣水、信徒、灾变共同构成了这片神圣的滇藏大地,这开阔了乡土小说的审美格局——不过,有些描写确实已超出了"神性"范围,有可能使这类小说向通俗小说的猎奇志怪靠近。范稳已经完成了西藏文化题材三部曲的前两部,期待其第三部能有超越。

跨文化视域下"人文西藏"的审美关怀

　　在藏地外来作家中,对西藏文化有着更深入了解的应该算是马丽华。27 年的雪域人生,马丽华对藏文化的认识有一个变迁的过程,

---

[1] 王谦:《范稳 & 悲悯大地》,《出版广角》2006 年第 10 期。

即从好奇、惊讶到虔敬的讴歌、赞颂、融入和洗心革面般的彻悟再到质疑、反诘与逃遁和理性审视。

　　跟大多数人一样,刚刚走进西藏时的马丽华面对"自然西藏"的奇观,似乎发生了"审美眩晕"。从"自然西藏"走进"人文西藏",马丽华是以文化相对主义的姿态出现的,她认可了宗教文化对于西藏"这一个"的社会功能,它的宗教、风俗、落后、封闭……都有如其所是的理由,我们不能用一种现代天平来称量它的重量,她强调"一部民间的形而上的西藏"。她沿着这条路向同一方向继续走下去,一些始料不及的情况发生了。她越是深入,越是贴近,离初衷越远,越是微妙地感觉到了什么地方在酝酿着分离和叛逆。"当我从诗意和平凡中下凡,当我关注于乡土文化之上的社会——包括文化、经济、政治以及国计民生等许多领域,我就踌躇不前了。"[1]藏文化中一种不安的因素其实就是那被盛赞的西藏精神的共同体——佛教,它让马丽华发生深深的疑惑和无助,这是另一种悲悯:"就为了一个虚无缥缈的来世,就为了一个无法验证的许诺,我们那么多的兄弟姐妹们就以全部今生为代价,不假思索地心安理得地毕生等待,他们除此而外几乎一无所求。然而他们似乎只担了一个风险——要是来世确凿无疑并不存在呢!要是终有一天,他们确凿无疑地得知,千百年来拼命抓住地维系祖祖辈辈生命和希望的绳子的终端空无一物呢?……纵然果真有来世,也应该把今生看作是仅有的一次。"马丽华由此对"幻觉西藏"产生了犹疑。

　　确实,最荒芜最辽阔最苦寒的地方总是最接近"天"的地方,天和人最容易相知相依。人的孤独最需要一种信仰、一种神秘、一种精神来抚慰,于是有英雄,有宗教,特别是在恍如隔世的青藏高原,人那么无助与渺小。神秘文化是中国文化的一个比较值得注意的部分,对

---

[1] 马丽华:《西行阿里·自序》,北京:中国社会科学出版社2002年版,第214页。

神秘的深入体验和传神表现将有利于对中国民族性、中华文化和人性奥秘的深层把握。但是，走出了文化相对主义的马丽华的疑问并不是没有来由，她站在"跨文化"的角度思考：那些被多少代多少人讴歌过的灵魂信仰，可能戕害了鲜活的生命。这一认识是毁灭性的，"当突然间不再豪迈，不再壮烈，不再大人格"[1]，那种崩溃和坍塌就像是生命之河骤然断流！

　　从"审美眩晕"到达"审美困惑"，马丽华拥有一个"马丽华的西藏"，最终确立了新型的西藏认知体系，即"发展"。有人曾反问她，"一手拿着手机、一手拿着相机的西藏，我们还有必要看吗？"马丽华的回答很坚定："让一个地区保留成为前现代的博物馆，供后现代的人们来欣赏，这一要求对于当地来说是非道义的。"[2]藏族作家班丹的《星辰不知为谁陨灭》(《西藏文学》第4期)即凸显了差异文化间理解的艰难与互补的主题。现代化元素的涌入需要一段事件才能和西藏传统文化更好的结合，正如佛教进入藏地和本教融合为藏传佛教一样，藏传佛教成为了西藏的标志，西藏的魅力并没有因为"佛"的到来而稍减，恰恰增添了新的魅力。

　　循着马丽华从"文化相对主义"到寻找实现"跨文化解释"的路子，我们就可以进入马丽华长篇处女作《如意高地》的内在结构，这本书熔铸了作者对于青藏高原历史的解读和经验、理想和愿望。小说的封页上是这样一句话："让活过的重新活过，让死去的再死一回，我们是一条牛皮船上的兄弟姐妹。"小说沿着一本旧书即封疆大吏陈渠珍《艽野尘梦》所提供的线索，通过对这本书的重述和复写，打捞了清末民初西藏令人惊异的人事和爱情，作为打捞者的今人(包括作者)不时在古人的历史故事中跳进跳出，穿梭于小人物与大群体的命运、

────────

[1] 马丽华：《灵魂像风》，北京：中国社会科学出版社2002年版，第215页。
[2] 李国文：《作家马丽华：在那如意高地上》，http://www.chinatoday.com.cn/china/2007/0702/p56.htm.

历史经验的创痛之中,今生与前世进行沟通,一起进入了马丽华奇诡的叙事。马丽华对"民(国)元(年)藏乱"时期被历史车轮碾压的人(个体与群体)的遭遇、行动和命运的关注是慈悲的,她理性、犀利的目光穿透了藏地佛教界、政府委派的藏地官员以及本真的普通小民的关系网络,发现了水乳交融的汉藏关系正是那些历史小人物在历史的转折关头用抛撒在雪域高原的青春、生命、雄心、野心特别是惶惶然的无谓挣扎熔铸的;同时我们也看到了马丽华是智慧的、乐观的,她颠覆了陈渠珍的淡漠和灰暗,在思辨化和灵感化的证明过程中,她贯穿了更多的现代意识、文化多样乃至个体主观的审视和思考,揭示了"一切本可不如此,一切事物之中本有更为美妙和慈悲的可能"[1]。作为一个历史发掘者,马丽华赋予了西藏世纪风云史新的内涵,开掘了历史与现实的多义性和复杂性。随着 2006 年青藏铁路的开通,新一轮的西藏热正如火如荼,在"西藏风情"的炒作中,马丽华是诚恳严谨的,《如意高地》是一本严谨的小说,也许她"太用力了"[2],写得急切、繁复,有些段落读起来好像是作者在铿锵有力地说评书,眉飞色舞,声情并茂;可能和作者长期写作学术类著作有关,该小说对于一半读者来说进入阅读有些困难。从容地"走过西藏"的马丽华在小说创作上是不是也能够从容淡定?

　　当然,还有一些佛教文化边缘行走者的"惊鸿一瞥",如杨志军的《敲响人头鼓》和《藏獒》、贾平凹的《白夜》和《怀念狼》、雪漠的《猎原》和《大漠祭》等。杨志军有对藏传佛教的慧解,不过其小说从"荒原系列"始已经趋近西方后现代主义,创作的重心不再以切入宗教文化为指向。贾平凹经验的不是藏传佛教,"大慈大悲"的佛与"法自然"的道在他小说文本中是融会贯通的,文本间有着可贵的智慧频

---

[1] 参阅《如意高地》封底李敬泽评语,北京:十月文艺出版社 2006 年版。
[2] 参阅《如意高地》封底王蒙评语,北京:十月文艺出版社 2006 年版。

现。但贾平凹太迷恋于民俗文化,唯其无法调整好调侃和悲悯的极大矛盾,也就使文本丧失了宗教文化的沉实厚重,作家的灵魂也更加"彷徨于无地"吧!

新世纪佛教文化乡土小说传达出了"人性"和"神性"在新世纪人文精神空间撞击融会的异响,以及知识分子在世俗关怀与审美观照、在感性触摸与理性认知、在渎神与信仰之间艰难的文化抉择。当然,我们知道,宗教文化在某些层面正被舞弄成商业时代的消费标签,甚至会与新的意识形态同流合污,这与"大化淳流"的宗教观念或灵魂拯救的小说主题都背道而驰,也更是放弃了知识主体对宗教文化的智慧照临。

文学返魅·精神拯救·现代理性

——论新世纪乡土小说与宗教文化

每个急剧的社会转型期都会出现宗教文化的勃兴。近现代以来,延续了几千年的农业文明大面积衰落,文化传统的基本框架崩溃,宗法统治思想被现代化的脚步所践踏,人们原先仰仗的宗法伦理保护的安全谱系已经失效,价值失序下的伦理重建所指向的历史性动荡和贫富分化加剧使个人命运殊难逆料,宗教文化在不知不觉中填补了人们的精神缺位。新旧世纪转型期乡土小说与宗教文化的密切联姻是文坛一道炫目的景观,范稳、马丽华、阿来等笔下的藏区风流,红柯、姜戎笔下的游牧风情,郭雪波、迟子建小说中的边地精魂,石舒清等回民作家对坚忍民族性的开掘……不仅参与建构了新世纪文坛百花齐放的局面,更丰富了新世纪文学的思想深度和哲学维度;同时,寻绎"人性"和"神性"在新世纪人文精神空间撞击融会的异响,我们就会发现知识分子在普世关怀与审美观照、在感性触摸与理性认知、在"渎神"与信仰之间艰难的文化抉择以及灵魂自救的乌托邦理想。

乡土小说中宗教文化的"返魅"不但使乡土文本具有了民俗学价值和意义,而且那散发着乌托邦色彩的浪漫主义和理想主义气息,丰富了乡土文学的神性维度,参与了"神性乡土"的美学建构。

展现民俗表相,扬显地方色彩,突出异域情调,追寻文化本土化,是新世纪乡土小说的一个重要内容。在历史"祛魅"的过程中,乡土小说的宗教"返魅"不但使乡土文本具有了民俗学价值和意义,而且新世纪乡土小说从总体上放弃了五四以来思想启蒙的价值叩问,反叛了启蒙文学对于乡土大地"蒙昧"的指认、对于民俗仪式"荒谬"的论定、对于宗教信仰"迷信"的批判,它使得乡土小说一度失去的"三画四彩"的本质性特征重扬,那散发着的乌托邦色彩的浪漫主义和理想主义气息使古老的乡土大地重新获得了新的品质和活力,使乡土文学涌荡起新的生机,重建了乡土文学的神性维度。艾略特在《基督教与文化》中曾经指出:"一个民族的文化是其宗教的体现。"[1]原始社会时期,人类生存的艰难促使人们本能地产生支配自然的雄心,但在科学蒙昧阶段原始初民无法找到自然的答案,于是他们把自然物与自己等同,以形体意识、生命和灵魂把它们形象化、人格化、神话化,使自我的心灵世界得以"回到荒原",于是大量的民俗文化得以滋生,它成为民族血脉的标志。在中国中西部特别是西北、东北少数民族聚居区,相对意义上处于中国文化的边缘地带,这种边缘既是历史的又是现实的,既是人为的又是地理的,既是精神的又是物质的。正因如此,这些地区一定程度上能够外在于几千年儒家文化的濡染,保存了独具特色的文化积淀,例如藏传佛教文化、伊斯兰文化、萨满教文化以及诸多的民间精神遗存。在漫长的历史发展过程中,北方及东北的少数民族逐渐养成了各自独特的生存形态,他们以草场为家、亦牧亦猎、随畜迁徙,形成了一套与生存环境相适应的婚丧嫁娶、节日祭祀和口传文化的民族传统和习俗;源远流长的少数民族文化塑造了这些地域的特殊民风民俗,特殊的地理环境和文化积淀铸造了这里的人民与东部和南部迥然不同的精神气质,并形成了他们对历史和现实、生命与死亡特殊的感悟方式。迟子建的《伪满洲国》、《额

---

[1][英]艾略特:《基督教与文化》,杨明生等译,成都:四川人民出版社1989年版。

尔古纳河右岸》,郭雪波的《银狐》《大漠魂》屡次写到萨满教的跳神风俗,与萧红的《呼兰河传》、端木蕻良的《科尔沁旗草原》和《大江》站在"改造国民性和渴望民族振兴的时代性话语与功利目的"[1]不同,前者尊重原始的、土著的萨满教作为东北诸民族文化和民俗形态母源的民俗学价值,跳神的仪式因而充满了神秘、神圣、魅幻的感染力:"萨满们灵佩斑驳、森严威武的神裙光彩,那激越昂扬、响彻数里的铃鼓声音、那粗犷豪放、勇如鹰虎的野性舞姿……一代又一代的铸造、陶冶、培育着北方诸民族的精神、性格和心理素质。"[2]阿来《空山》中那神性氤氲的大地充满了生机和魅力,更带来对机村的护卫。关于自然崇拜,费尔巴哈有一个辩证的论断:"人们并不是崇拜石头、动物、树木、河流本身,而只是崇拜它们里面的神灵,崇拜它们的精灵","人在自己的发展中,得到了其他实体的支持,但这些实体不是高级实体,不是天使,而是低级实体,是动物","人的生命和存在所依靠的东西,对于人来说就是神。"[3]

当然,"人回到神"、"回到荒原"只能是一个隐喻式的乌托邦。神话作为一种原始社会的意识形态和当时的生产方式以及世界观紧密联系,一旦神话产生的土壤变质了,科学文明打破了原始的"万物有灵",神话就再也无法"原创"了;启蒙理性将人类从神权纲纽下解放出来,历史是无法还原的,人类也就无法恢复到人与自然混沌合一的、活力论的、万物有灵的生命形态,正由于"原生态"的不可复制,乡土小说的价值凸显了,它在一个纯粹的审美境界中使人重新获得了"通灵"的神性。

乡土小说中宗教文化的"返魅"有其深刻原因,它是在20世纪末精神沉沦与拯救的思潮下产生的,体现了知识分子在无常人生下对

---

[1] 金钢:《从历史祛魅到神性附魅》,《齐齐哈尔大学学报》2006年第5期。
[2] 逄增玉:《黑土地文化与东北作家群》,湖南教育出版社1995年版,第153页。
[3] [德]费尔巴哈:《宗教的本质·六》,人民出版社1953年版,第39页。

民间的恒常关怀,在对现实的批判中饱含着对未来的寄托。

"宗教是向人类生命的最深层次复归的精神运动。……(其)产生融合需求的根源,从生物学的意义上说,大概来自母胎的情境。"[1]20世纪以来,延续了几千年的农业文明大面积衰落,文化传统的基本框架崩溃,宗法统治思想被现代化的脚步践踏,人们原先仰仗的宗法伦理保护的安全谱系已经失效,特别是20世纪末至今,经济狂澜猛烈冲击着传统意识形态中的诸多理性规范,精神世界的问题越来越凸显为新旧世纪转换之交的焦点,价值失序下的伦理重建所指向的历史性动荡和贫富分化加剧使宗教文化在不知不觉中填补了人们的精神缺位;另一个最为重要因素就是生态危机意识,生态危机下人类精神家园的破败使得宗教文化对生命神性的追寻、对超验世界的追问具有了对平民文化、底层生存的人文关怀意识,在憧憬未来中表达了对理性越界的声讨。在一个"后现代"色彩日渐浓郁的消费主义的年代,生命是如此脆弱,而打击从未间断,我们的心灵已经好久好久没有为超验精神打开哪怕一点点缝隙,为生存的脆弱留下一寸安抚的温床,个体的人在万般无奈下寻求一个精神的依托,乡土美学"重建人的神性维度,是为人的安身立命提供依据和法则,提供超验的精神导向,使人活得心安理得,活得宁静"[2]。

精神领域的文化断裂重新扯住了现代化建设的后腿,宗教文化在大众伦理层面确有其填补裂谷的作用;渊源深厚的慈善救济事业在很小的范围内也可以补救资本主义原始积累时期带来的社会弊病。但"上有所好,下必甚焉",清代自清世祖至清高宗对佛教世代提倡,达官贵人在位时烧香敬佛以求腾达,下野后潜心佛学以资补偿。佛教寺院在清末拥有丰厚庙产,吸引大量僧尼,总数逾80万人,受三

---

[1]〔日〕池田大作、〔英〕B.威尔逊:《社会与宗教》,梁鸿飞、王健译,四川人民出版社1991年版,第133页。
[2]刘晗:《乡土美学建构的三个维度》,《文艺报》2005年7月14日。

皈依的正式佛教徒可能是此数双倍。新世纪以来,在宽松的政策下,中国似乎又出现了一个寺院的商业热,这是寺院管理现代化的表现之一,寺院不再以拥有田亩为资产方式,而以商业运作(开发旅游业、推出寺院商标项目、承办武术比赛、开办武馆等)为龙头,发展起"寺院经济",有些寺院甚至以拉拢名人入寺修持为噱头极端炒作;在民间,随着拉大城市版图,大批农民失去田地依靠,无力谋工的闲散老弱之人会再次找到寺庙为寄身渊薮。寻求挽救之道、探寻终极关怀、解答乱世中的生存意义是宗教所为;而净土世界终究是一个虚无,没有现世的奋斗,彼岸门扉就不可能敞开,宗教所带来的暂时的灵魂依托也终究成为虚假的和谐。

　　在信仰沉沦与精神救赎之间,宗教文化超越苦难的坚忍意志是一种大德大美,在《悲悯大地》、《我与上帝有个约》、《银狐》等文本中,这种超越的力量是震撼人心的,但是苦难本身却是必须清除的,如果赞颂精神变成赞颂苦难,一定是一种歪门邪道;如果作家放弃了对民族苦难深源的挖掘,只停留在民间大众对苦难的超越上,那是知识者对良知的放弃。在乡土小说对民间宗教文化的"复魅"过程中,作家的平民意识、民间立场值得敬重,而如果以民间的"原生态"为准则,不加辨析的全盘接受,那么这个文学只能是照相机的功用,没有主体意识昂扬的文字是生了软骨病的文字,辩证的"拿来主义"是时刻需要的。基督教宣扬:"你们要从心里彼此相爱:假如有人得罪你,你要心平气和地向他说话,你不可存诡诈的心。如果他忏悔和认错,你就要宽恕他。但如果他不承认错误,你不要和他动怒,以免他受到你的毒而开始咒骂。这样就要犯双重的罪……如果他竟恬不知耻,坚持作罪,你也要从内心来饶恕他,并要把申冤之事交给上帝。"[1]如果中国把近代以来遭遇的外敌入侵都交给上帝,那么又该

---

[1]〔英〕罗素:《西方哲学史》,北京:商务印书馆1976年版,第396页。

怎样呢？北村有一篇文章叫《爱能遮掩许多的罪》，那么，被"爱"所"遮掩"的罪如果还在进行而不是被上帝的正义原则取消了，并且因为我们的宽容而愈益猖獗，这个"遮掩"就是"罪"。所以，总是以代表了"普世"真理的姿态来对世界发言的基督教还是不必遗憾我们没有给予它更宽广的空间吧，如果这是对上帝的触犯，那么我倒愿意把惩罚之事"交给上帝"！也许，听听鲁迅说的话会有醍醐灌顶之感："譬如现在似的冬天，我们只有这一件棉袄，然而必须救助一个将要冻死的苦人，否则便须坐在菩提树下冥想普度一切人类的方法去。普度一切人类和救活一人，大小实在相去太远了，然而倘叫我挑选，我就立刻到菩提树下去坐着，因为免得脱下唯一的棉袄来冻杀自己。"[1]这里边有着作为启蒙主义者的鲁迅对宗教救世的清醒。郭雪波《银狐》中杜撒嘴儿利用人们对银狐的恐惧煽风点火，摆"狐仙堂"、卖"狐仙像"骗村人钱财，而且这种愚昧迷信现象广有影响，波及全村，使家家户户请仙拜狐，铁木洛、白尔泰等最终被迫逃离愚众、遁入沙漠，这本身就证明了认同神性复归的乡土大地更需要启蒙光辉的照临。

费尔巴哈指出："对自然的依赖感诚然是宗教的根源，但是这种依赖性的消灭，从自然手中获得解放，则是宗教的目的。换句话说，自然的神性诚然是宗教的，并且是一切宗教以及基督教的基础，但是人的神性则是宗教的最终目的。"[2]张承志、北村的理想不仅是使历史变成情感，而且是将信仰化作生存，这是一种学问和艺术向宗教皈依的过程，凄美、刚烈、执着与决绝就这样结合在了一处。但是，理性的匮乏使这种狂热显得苍白乏力，经不起质疑与批判的理想其意义也是有限的，毕竟理想主义缺少质疑与虚无主义缺少终极关怀同样

[1] 鲁迅：《娜拉走后怎样》，《鲁迅全集》第1卷，北京：人民文学出版社1981年版，第161页。
[2] [德] 费尔巴哈：《宗教的本质》，王太庆译，北京：商务印书馆1999年版。

可怕。这里我又想到史铁生。行动不便的史铁生与社会隔着一层屏障,这限制了史铁生对外部生活的反映,他必须"务虚",向壁而冥思,这样也使他更多地进入内心,他最"发达"的叙事推动力是向内的思考,把写作"更高程度地,掌握在自己手上"[1]。所以,在对待宗教和信仰的问题上,史铁生也是强调了一种自我动能,强调一种主观能动性,"唯在流中可以思源,可以有对神性的不断的思悟,而这样的思路才是信仰之路"[2]。在对神性的不断思悟中顿悟神性就是爱的精神灵魂和能力,"是人类唯一的救助"。只要人间还有困苦,只要爱愿未曾放弃,只要向善仍是真理,宏博的心魂就会追寻神性,"天堂"就在路上,史铁生以人性的饱满接引了神性的力量,得以保持了自己丰沛浩荡的创作活力。以人为本的探索、追问、体贴根本取消了神迹,这是一种追寻人本的回归。

　　在所谓世纪末的恐慌中,以宗教救世是悲壮的,文学批评界、理论界也因此有了异样的声音。文学学士、哲学硕士、神学博士刘小枫是一步步由审美走向宗教的代表性学者,《拯救与逍遥》是一个转折,之后有《走向十字架的真》、《沉重的肉身》、《罪与欠》,部部称得上虔诚的布道书。高旭东曾尖锐批驳刘小枫以基督教对中国人的归化,"我们无法知道天启发和超验的东西,只好听凭刘小枫信口谈上帝,谈基督,谈救赎。然而,这种谈论方式已经不是对学术负责的学者的态度,而是中世纪神甫布道的方式。在刘小枫那里,一个哲学家和艺术家是否深刻地感受了人类的生存困境,都无关紧要,他的高超与否仅仅取决于他对上帝的态度"[3]。还有学者指出:"往后作家对待

----

[1] 王安忆:《精诚石开》,见史铁生:《务虚笔记》,沈阳:春风文艺出版社2006年版,第544页。
[2] 史铁生:《爱才是人类唯一的救助》,《灵魂的事》,天津:百花文艺出版社2005年版,第96页。
[3] 参阅高旭东:《中西文学与哲学宗教——兼评刘小枫以基督教对中国人的归化》,北京:北京大学出版社2004年版,第283页。

基督教的态度不应该像北村那样激烈,在宗教感情外,还会有相当的智性成分。"[1]确实,我们要的是文学,不是宗教;我们需要的是精神,而不是教条,宗教文化文学起码要在文学质地上表现出对宗教别有心得的理解,宗教也应该把个人内心反省扩充到对整个传统和国民性的反思,体现宗教自新的勇气和重建精神家园的雄心。在这一点上,当下的宗教文化乡土小说整体上还没有达到这样的进境。

我们可以批评中国文学缺了了超验的神的一维,因而无法指向终极意义,存在意义歉然,但是我们也不能认同某些哗众取宠的批评家认为20世纪中国文学完全缺乏它的意义。从晚清以来的中国文学一直没有停止"寻找自己的宗教"的脚步,"启蒙"或"革命"等曾经是20世纪文学坚定信仰的双重变奏,一代代知识分子为这些信仰奉献的是"宗教般的情感"。当然这是从隐喻意义上来说的。理想主义在中国大地上的辉煌已经成为历史,一统的理想被击碎后,我们面对的是确立目标的艰难。宗教文化乡土小说又一次带来理想主义的端倪,但是饱受"伪理想主义"之苦的人们有理由对理想主义的真伪提出质疑,也有理由在未能确认其真理性时保持自己的疏远与拒斥,我们需要理想主义的激情,也需要质疑的勇气。

宗教文化曾经是新时期启蒙哲学的一部分,在全球化语境下张扬包括宗教文化在内的文化多元,有助于破除"文化中心主义"观念,也是思想"解锢"的表征之一,折射出民主自由的新基因;但宗教迷狂曾经怎样将中国导向恶魔横行的"彼岸门扉"却是一个永远值得反省的话题。

"文化相对主义"是在20世纪20年代由美国人类学家博厄斯率先提出的。我们知道,每种文化都经历过把自己看作世界轴心文化

[1] 德明:《基督教究竟给了中国现代文学什么》,《中国现代文学研究丛刊》1999年第4期。

的阶段,都"天然"地把异文化"妖魔化",在全球化观念形成之前,当说到异文化圈时,人们常常用到的概念是"蛮荒"、"茹毛饮血"、"原始"、"野蛮"、"未开化"等。19世纪60年代末,当曾国藩要挑选一批学童到欧美去学习先进科学技术时,遇到的最大阻力就是朝野上下都认为那里是"茹毛饮血之地",把孩子送出去可能就等于送命。可见得,文化的偏见深埋于"己文化"的结构深处,成为一种集体无意识,这种认识甚至无关乎事实真相。20世纪人类社会经历了一次又一次民族战争,其实也是文化战争,当一个民族把自己定位为世界上最优秀的民族、有资格代表"上帝"来铲除"劣等民族"时,灾难就发生了。世界大战是全人类的灾难,无论"优等"或"劣等"民族,从废墟中站起的人们终于认识到不同种族和文化的人都是本质一致的地球成员。文化相对论虽然有导致"不可知论"、"文化虚无主义"的弊端,但它的提出对破除民族中心主义或种族歧视、促进人类和平及尊重民族文化之间的和谐是一种创见。在关于宗教文化的问题上,其实也需要认识论上的"文化相对主义"。全球化的过程伴随着基督教文化的扩张,前文已经说到,基督教文化是一种带有很强的征服意识的文化,美国前商务部一位高级官员戴维·罗特科普夫曾说:"如果世界趋向一种共同的语言,它应该是英语;如果世界趋向共同的电信、安全和质量标准,那么它们应该是美国的标准;如果世界正在由电视、广播和音乐联系在一起,节目应该是美国的;如果共同的价值观正在形成,它们应该是符合美国人意愿的价值观。"[1]要对抗这种霸权意识,复兴民族化、本土化的文化是最常见的一种思路。

谈论中国宗教文化与现代知识分子的纠葛,我们应该清醒我们一直是在一种"反教"的话语秩序下发论的。晚清到民国反教话语的产生和构成更多的是地方传统与国家权力相互妥协的结果,而20世

---

[1] 刘胜伟:《文化霸权概论》,石家庄:河北人民出版社2002年版,第63页。

纪后半期以来的反教话语则更多地使用了国家权力话语所界定的内涵。在 70 年代末以前的中国,我们"谈教"而色变;改革开放以来,国家对于宗教和宗教文化更加宽容,公民能够相对自由地表达对于宗教的精神需求,"无神论者"和"有神论者"之间实行文化相对论,特别是少数民族,他们接续了中断几十年的民族宗教信仰。在这个意义上说,宗教文化在当下的复苏也是人们走出"伪信仰"的明证,标志着中国国民精神正在走向多样与丰富,是现代自我决断主权意识的觉醒,其中也折射出民主自由的新基因。

新世纪乡土小说家面对异文化,也有一个逐渐认识的过程,例如范稳、马丽华、红柯、张承志、史铁生、北村等,他们的文化步履是从探奇揭秘开始的,慢慢走向以平等的心性尊重异文化、尊重神秘的灵魂幻想,最后走向精神皈依或理智撤离或若即若离,不管是哪一种选择,都体现出一个社会越来越包容和大度。马丽华在走进西藏的时候,对于西藏女性的生存方式是带着天然的类比,"但现在想来,这种比较可能是带有太强烈的个人文化背景的色彩。我想,我的悲天悯人可能毫无价值且不论,说不定还是完全错误的……人和人的一般沟通都难,更何况你如何去体会另一个文化圈的女子,那些独身的和拥有几位丈夫的或与几位姐妹被同一个丈夫所拥有的女子的心境"[1]? 他们用一种文化人类学的视角来触摸异文化,其蕴含着宗教文化意蕴的乡土叙事文本不但是他们心灵履历的记录,也是时代文化进程的记录。从这个方面来说,文学与宗教在 20 世纪末能够继现代文学后再次联姻是对新世纪文学的特殊贡献。

对宗教的感性皈依与理性舍弃在现代作家的心目中是一对强烈悖论,宗教"一方面被放置在知识阶层普遍崇尚的科学背景下,当成

---

[1] 马丽华:《文化人类学的十五种理论》,贵阳:贵州人民出版社 1988 年版,第 50 页。

与科学对立的迷信,但另一方面则被放置在知识阶层普遍鄙视的物质背景中,当作超出世俗物质诱惑的精神"[1]。作为具有现代理性的无神论的批评家,面对宗教文学或者是具有宗教文化因素的文学创作时,似乎需要怀有一种清醒慎重的尊重意识和辩证立场。作为宗教文化的"他者",我们研究者主体其实也面临着极大的困惑,当不把文学内涵作为一种文化现象的收集整理来对待的时候,要进入观念领域的深层,就不得不面对提到日程上的定位问题,我们可能会无所适从,一律判定其为迷信或愚昧,当然有悖于文化多元的原则。不过这里边有一个潜隐的话头儿,那就是我们无论以怎样的文化多元观念、怎样尊重的心态来看待宗教文化,看待它对于民族的凝聚力量,这里边活跃的还是"异",存异是一种姿态,而不是一种理性植入。笔者在看范稳的《悲悯大地》时,一个非常强烈的疑问就是:为什么洛桑丹增非要磕一路等身长头去拉萨?为了护送他,四位亲人和一位活佛死去,磕头比生命重要吗?一个要成佛的人对亲人生命如此不管不顾,成佛有何意义?大慈大悲非要用人的生命去置换吗?马丽华也曾经问过要去印度朝圣的罗布桑布"朝圣难道是终生职业吗"?怎么不考虑人生中还有其他事情?而接着马丽华就自问了:我们这么怀疑对方不应该去,那么我们是不是也像他们一样是在执着于"其他事情"?在文化相对主义和文化中心论之间,也许真有一个陷阱。民俗文化或者是民间礼俗无论是对文学还是对人的精神建构都有其一定意义,娱神自娱的功用对于焦渴难耐的当下生存是一种浇灌心灵的涓涓细流,可以浇灭精神挣扎中无名的虚火,有其精神治疗包括心理按摩的功能,如《小说选刊》1999年第2期在转载《大漠魂》的时候《编后记》指出:作家"时空开阔、情节跌宕地描述那本来带有迷信色彩、解放初几于湮灭的民俗'安代',后来如何被推陈出

---

[1] 葛兆光:《中国宗教与文学论集》,北京:清华大学出版社1998年版,第199页。

新地复活,成为当地人们表达新的思想感情又不失传统的文化形式";而在大众化的喧嚣中,乡土小说宗教民俗的宣扬不得不防备着使人们不能明辨其非理性本质而走到伪科学的歧途。一旦文化更新以听经、打卦、占卜、测字、晚祷、晨颂、寻门、别派为主题,如胡适在 20 年代"科玄论战"中所说的"遍地的乩坛道院,遍地的仙方鬼照相"[1],那么反叛与拯救的审美意向也就走向了它的反面,乡土文本也就失去了它的美学意义。

当然,因为文化相对主义就提出一种"文化不可知论"也有值得质询的地方,它必然导致虚无主义的世风。易布斯认为:"一切文化在其特定的历史、地域范围都具有内在的意义和价值,这些意义和价值只能用它本身所从属的价值体系来评价,而不能从外在于它的立场来进行批评。"[2]这是否也是不可知论的体现? 难道跨文化的解释是不必要不可能也不合理的吗? 可能必须超越文化相对主义,进行文化交流对话。那么怎么对话? 什么是对话的基础? 那就是"人性",人性是在保守本己价值与尊重异己价值之间的沟通桥梁。那些以宗教文化为标签的哗众取宠、粗制滥造之作,自然不在宽容之列,它导致了"神"拥有对生命诠释权的唯一有效性。所以曾有西方学者说:"正是由于全民族信教和宗教首领执掌政教大权这一重要因素,导致西藏丧失了适应不断变化的环境和形势的能力。"[3]刘小枫认为:"与上帝所启示的法律的神圣性相比,根据人类本性确立的价值是毫无根据的。维系人类生活的只能是上帝的正义。"[4]这话在我看来玄之又玄,起码也要一分为二地看。因为如果相信上帝正义的

---

[1] 胡适:《科学与人生观·序》,张君劢等:《科学与人生观》,上海:亚东图书馆 1923 年版。
[2] [荷兰] 易布斯:《绝对主义·相对主义·多元主义》,龚刚译,《文艺理论研究》 1996 年第 2 期。
[3] [美] 梅·戈尔斯坦:《喇嘛王国的覆灭》,杜永彬译,北京:时事出版社 1994 年版。
[4] 刘小枫:《拯救与逍遥》,上海:上海三联书店 2001 年版,第 110 页。

"末日审判"终究要到来人就应该无所事事吗？这难道不会导致人类走向厌世、颓废、堕落和萎靡？或者相反，因为不相信末日审判或者说即便相信也是久远的事就可以为所欲为、荒淫无道吗？

基督教是希腊的科学理性与希伯来的信仰相结合的果实，如果剔除了民主、科学、自由、个性解放，基督教就只剩下普世信仰了，既然在西方"上帝"已经死了，西方把人类生存的噩耗指认为科学理性的罪恶，是基督教的必然结果，那么"上帝死了"等于宣判了整个西方文化的毁灭，精神的无所依凭在所难免。西方在精神危机之下从审美、从伦理、从宗教，寻找灵魂的安居，走出中世纪的宗教迷狂，走向现代的清朗理性必然标志着人类的进步。在西方已经告别了"神"的现代社会，宗教本义向社会意义和个人意义迁移，总体上作为一种精神向度和情感体验或情感方式，而不单单是一种信仰。"一神论"的迷狂中国近现代以来不是没有"以身试之"，引火烧身的剧痛应该还在。借助"拜上帝教"发达起来的太平天国农民运动承诺的正是"务使天下共享天父上主皇上帝大福，有田同耕，有饭同食，有衣同穿，有钱同使，无处不均匀，无人不保暖"，但最终搞起来的却是一个恶魔横行的乱世。耶稣基督宣扬的基督教伦理和中国的伦理"差序格局"[1]讲究的人伦等差迥然异类，离间人类亲情似乎正是基督的信条："人到我这里来，若不恨自己的父母、妻子、儿女、弟兄、姐妹，和自己的性命，就不能作我的门徒"。[2] 天父耶和华的独子耶稣说的："你们以为我来，是叫地上太平吗？我告诉你们，不是，乃是叫人纷争。从今以后，一家五个人将要纷争：三个人和两个人相争，两个人和三个人相争；父亲和儿子相争，儿子和父亲相争；母亲和女儿相争，女儿和母亲相争；婆婆和媳妇相争，媳妇和婆婆相争。"[3] 怪不得

---

[1]　参阅费孝通《乡土中国》，上海：上海人民出版社 2006 年版，第 20—25 页。
[2]　《路加福音》第 12 章，第 51—63 节。
[3]　《路加福音》第 14 章，第 26 节。

《施洗的河》中刘浪拒绝"施恩"于弟弟,自己拥有价值连城的财富却让母亲活活饿死,父子相残、弟兄成仇、夫妻怀恨、友朋促狭,我们似乎看到了"文革"的那番图景!《圣经》上有这样一则"把绵羊和山羊分开"的故事:与性情温顺的绵羊相比,山羊的性情好争好斗,通常在不拴绳子的情况下不容易听从牧人。在耶稣末日审判时会把人分别开来,像牧人把绵羊和山羊分开一样,"绵羊"就是那些证明自己是耶稣的忠贞臣民的人,他们可以在地上享受永生;"山羊"就是那些不归附上帝王国的人,耶稣就会把山羊般的人灭绝。[1]

总之,乡土小说中宗教文化的渗入丰富了文学的表现空间,促进了新的美学风格甚至新的乡土美学的生成;民俗仪式的描写使乡土文本更富有魅性和感染力;作家主体对宗教文化从形而下关注到形而上思考也为乡土小说提供了新的哲学维度,但是优秀的宗教文化乡土小说不会满足于对民间风俗仪式的发掘和对自然神性的传奇式描述,更不应该成为宣扬宗教教义的布道场,神性乡土的建构应立足体现知识分子对于民间无常人生的恒常关怀,能够提供可资借鉴的生态意识以及美学观念和健全辩证的现代理性。填补当下人的精神上的裂谷,"佛教文化在内的中国传统文化义不容辞,但它既须剔除宗法污垢,又要迎纳新知重新整合,还负有帮助大众转换观念的使命,实在是任重而道远","我们应可把握住历史上不多的创造性地转换传统的机遇,在已经奠定的民族独立的近代化必须前提之下,通过不懈的难免有反复的努力,使中国社会刚开始形成的多元共生结构得以确立,精神与物质现代化都能够辗转推进。这是中西宗教改革成败启示我们的希望所在"[2]。中华民族的文化复兴是一个说了一个多世纪的话题,打开 20 世纪中国知识分子的文化履历表,我们看

---

[1]《帖撒罗尼迦后书》(1:6—9)。
[2] 高瑞泉主编:《中国近代社会思潮》,华东师范大学出版社 1996 年版,第 444 页。

到了一代代富有精英文化良知的先驱者求索的艰难步履,他们高迈卓绝的灵魂至今还在中国现代化的旅程上泅渡,一种新的民族文化的涅槃不可能一蹴而就,不可能是一种西方文明的东方克隆,也不可能是腐朽的中国旧文化的借尸还魂,它在后顾中更需要前瞻的犀利眼光,在旁征中更需要本身的自省拷问。

（原文为 2008 年南京大学"民族认同、启蒙思潮与百年中国文学"国际学术研讨会宣读论文,有修改）

第三编

文本批评的空间

3

文本批评是名目繁多的批评路径中最为直截和有力的一种。走进这条路径最为优美的姿态，乃细读。对我而言，"细读"这两个字有一种别致的魅力。当下的批评界越来越不看文学文本说话，看作家名头、看出版社招牌、看约稿刊物档次、看红包、看交情……总之，"看"得五花八门，就是不好好看作品本身。这是创作的悲哀、批评的悲哀，最终会是文学的悲哀！对于浩如烟海的新世纪中国小说而言，由细读到批评本身就是最好的经典遴选。

后乌托邦批评的尝试

——读李小江《后寓言:〈狼图腾〉深度诠释》

　　《狼图腾》横空出世后,在文学批评界掀起轩然大波,有两种声音针锋相对,一种是"挺狼派"。在《狼图腾》封底,孟繁华把激情的美誉赋予《狼图腾》,认为它是中国当代文学整体格局中"灿烂而奇异的存在","是一部情理交织、力透纸背的大书"。[1] 不同的发言则来自以顾彬(Wolfgang Kubin)、丁帆为代表的激烈的"灭狼派"。两位学者对《狼图腾》的批评角度有所不同,但是批判的立场总体上是一致的,都尖锐地强调了该小说文本体现的反人类、反文明、反人道的本质:一向强调文化的"同"而批判"异论"的顾彬,强调"《狼图腾》对我们德国人来说是法西斯主义,这本书让中国丢脸"[2],这揭示了《狼图腾》在后现代主义思想外衣下的"后殖民主义"寓意,体现的是一个德国知识分子的反省精神;丁帆把《狼图腾》作为社会转型期"文化伦理蜕变"的文本来解读,认为《狼图腾》在后现代思潮推波助澜下以"先锋"的面目出现,暴露了当今"知识价值和人文价值的沦丧",强调了"人性与自然的悖论",重彰了现代人文精神的

---

[1] 参阅《狼图腾》封底,长江文艺出版社 2004 年 4 月第一版。
[2] 据 2006 年 12 月 11 日《重庆晨报》报道,德国汉学家顾彬在接受"德国之声"采访时论《狼图腾》语。

启蒙。[1]

在这样的研究背景下,《后寓言:〈狼图腾〉深度诠释》(下文简称《后寓言》)可谓一部"惊艳"之作——一位严谨的学者,把两年多的"静伏案头"之功、65 万余字的巨大篇幅,抛掷给这样一本毁誉参半的畅销小说,这太出人意外了,大概不仅需要学养也需要一定的勇气。我一度揣测以女性主义批评与研究为主要学术履历的李小江会过于推崇《狼图腾》,幸亏在"引言"中我看到了这样一段"宣言":"就个人识见和审美趣味而言,我并不欣赏书中的血腥描述,不认同狼性崇拜,不赞同作者对农耕或游牧民族的简单评判,更不欣赏他以狼为楷模对'国民性'进行批判的立场,对战争气氛或竞争的叫嚣我有一种本能的厌倦"[2]。实际上,《后寓言》是在尝试创立一种新的分析范畴,即"后乌托邦批评",其间的许多杂谈新见包括对《狼图腾》偏爱有加下的"过度阐释"乃至其间批评家时隐时现的"批评障碍"皆出于此。

一

《后寓言》文本浩繁,涉及的知识系统和理论结构甚为驳杂。其"上篇"为"文本分析",著者从《狼图腾》讲述了怎样一些故事?"、"《狼图腾》为什么拥有广泛的读者群?"、"《狼图腾》是怎样抓住人心的?"三个部分,分别剖析了作为"寓言"《狼图腾》的品质与特点,作为"小说"《狼图腾》体现的后现代语境中的主体易位,以及《狼图腾》在"美学"上所体现的后现代移情效应及其"示范性"。《后寓言》的"下篇"是"寓意索隐",这是《后寓言》的主体。在《狼图腾》承载着

[1] 丁帆、施龙:《人性与生态的悖论——从〈狼图腾〉看乡土小说转型中的文化伦理蜕变》,《文艺研究》2008 年第 8 期。

[2]《后寓言——〈狼图腾〉深度诠释》,武汉:长江文艺出版社 2010 年 5 月版,第 6 页。

多少寓意?"部分,李小江从符号学、语言学、宗教学、人类学、性别学、生态学、文化学、经济学、政治学、史学、哲学、民俗学 12 个诠释角度全面而细致地解剖了《狼图腾》所蕴含的复杂的寓意系统;"下篇"还探讨了《狼图腾》何以引起阅读者截然相反的情绪和意见的问题,认为作为"后殖民批判",《狼图腾》的寓意在"思想"中自我消解。研究文本最后以"小结:《狼图腾》内外的话语空间"作束,指出"后乌托邦批评"诠释和"必要的过度诠释"的必要性。

《后寓言》认为,在"文化大革命"等诸多乌托邦社会实践之后,在后现代、后殖民理论盛行的"后"时代,反省和批判社会主义乌托邦的《狼图腾》颠覆了传统的狼母题,将"难言之隐深藏在'厚道'的面具背后,更接近寓言而非一般小说"[1],确切地说是一部"后"时代的长篇寓言小说。《狼图腾》的思维路径和价值取向都是非常后现代的,它的故事中弥漫着后现代的空气,但是在"'对话'和'讲座'中鲜明地表现出后殖民批判的政治走向"[2],并尝试重新找回丢失已久的审美理想,同时又企图让失宠的乌托邦"重返现场",远远偏离了创作初衷,其寓意"深陷在后殖民的身份情结和后乌托邦的意识形态中不能自拔";那么,批评显得尤其重要——批评的目的即在于还原"问题","让语言还乡",将文本"纳入历史的认知序列",得以重返"现场"。[3]《后寓言》躲开了生态批评的捷径,也错过了道德批评的坦途,径直走进了"寓言"的殿堂,后乌托邦批评登场了。

"后乌托邦批评"在回到文本本身的同时又试图挣脱批评文本和批评话语的束缚,其"还乡"之旅沉重且充满辩难的激情,带着拨开云翳就能重见天日的冲动,使得《狼图腾》的阐释空间和路径一下子纷

---

[1]《后寓言——〈狼图腾〉深度诠释》,武汉:长江文艺出版社 2010 年 5 月版,第 34 页。
[2] 同上书,第 19 页。
[3] 同上书,第 10 页。

繁多彩,所以如果单单把《狼图腾》看作一本"生态小说"或动物小说的批评者还真是小瞧了它。借用拉塞尔·雅各比一本书的命名,《狼图腾》体现了"反乌托邦时代的乌托邦思想",这也正是《后寓言》的批评策略和思想本相。

在整个阅读中,我比较关注《后寓言》对《狼图腾》体现出的在中西方文明对比上的殖民与反殖民话语、在国民性问题考量上扬游牧贬农耕的思想意识的看法。在《后寓言》看来,作为现代性反思思潮下的一个创作文本,《狼图腾》重新提示了后殖民主义的一个尖锐问题,即怎么看待现代化全球扩张中造成的非西方文化的断裂。后殖民主义实质上就是殖民地和第三世界知识分子反对西方发达资本主义国家对发展中国家采用的文化霸权主义,而且意图使处于边缘状态的自己的民族文化在世界文化格局中找到应有的位置,甚至渴望使其成为新的文化中心。中国的百年现代化历程和民族国家的建构理想难分难割,所以后殖民主义批评在中国也不可避免地打上了"民族主义"的烙印,从后殖民理论出发正面来看《狼图腾》,可以看出它是由对中国在世界文化中失语的焦虑走向了对"狼图腾"的打造,并渴望以此来实现拯救中华民族的梦想。草原游牧文明面对的是"双重"的殖民主义:农耕文明和西方文明。面对西方文明,游牧文明和黄土地上的农耕文明均是人类文明史上"传统"的一部分,又均被"现代"这个自以为是的"殖民者"标签为"愚昧、落后",同时那些传统的东西又总在现代化形式上不断寻求涌出的可能;但草原文化在西方文化到来之前已经有了农耕民族和农耕文明对它的"侵占"或覆盖,所以《狼图腾》中显示的是双重的传统缠绕,作家内心也有着双重殖民的悲壮情结。站在后殖民意识形态,"草原"必须是左右开弓以全面抗击这双重遮蔽与覆盖,但在对"为什么在文化衍化的过程中失去了自我的探讨"中,《狼图腾》不仅为草原文明鸣不平,似乎更为农耕文明扼腕叹息,甚至作者更执拗于探求后一种文化陨落的深层原因：远则为"长期的农耕环境和儒教终于彻底教化和软化"[1]造成的华夏"羊性"，近则为 20 世纪中叶以后乌托邦社会实践的直接恶果，以致西方"白人狼"、"文明狼"能远涉重洋、招摇而入。在否定"羊性"和"传统乌托邦"实践的基础上，新的乌托邦开始升腾——重张草原逻辑和狼性精神，培养"强悍进取、永不满足的民族性格"，同时又在尚武拓疆上把游牧精神与学习西方白人"文明狼"作类比。

《后寓言》在关注诠释《狼图腾》有可能被其他批评路径忽略了的寓意时，也关注到了它在弘扬游牧文明、贬抑农耕文明过程中出现的理念悖论。游牧文明是高等文明，如今世界上先进发达的民族都是游牧、航海和工商民族的后代，这就是汉族农耕文明终至被外来文明欺凌的原因。但恰恰在叙事文本中，作者又把游牧文明败落的罪魁祸首指定为农耕文明，是被视为"劣等的"农耕文明的进驻打败了游牧文明。以后殖民理论为凭，《狼图腾》强调真实地认识各种文化之间的差异或曰特殊性，要充分肯定现代文明进攻下的弱势民族的深层性格，但是与其把狼书对农耕文明的态度看作一种维护草原文化个性的批判，毋宁看作是对西方狼的顶礼；与其把"羊性"批判视为国民性改造的康庄大道，毋宁说是复现强大的草原文化帝国的乌托邦在作祟！由此看来，所谓的对游牧文明、农耕文明、西方文明三种文明形态差异的强调被《狼图腾》自己消解了，他者话语和自我话语大面积重复，"自我本质"的定义失败，理念被切割得体无完肤，试图以传统的自我作为"恒"的建构被逻辑性地推向了自我的"变"的诉求。当然，《后寓言》在寓意诠释中更倾向于将《狼图腾》这些"缺陷"作为逻辑的混乱和叙事的矛盾来对待，对其体现出的文化观、伦理观等方面的悖谬有些避重就轻的意思。或许在批评家看来，批评总是无奈的，它无法给出答案，只是把那些矛盾纠缠放在那里，让读者自

---

[1]《狼图腾》，武汉：长江文艺出版社 2004 年 4 月第一版，第 387 页。

己去参悟。对于《狼图腾》的后殖民的身份情结和后乌托邦的意识形态,其实《后寓言》在"上篇"已经有选择地凸显了《狼图腾》"寓意"中的某些"标志性文字":"列宁是在听着人与狼生死搏斗的故事中安详长眠的,他的灵魂也可能是由异族的狼图腾带到纳克斯那里去了"[1],"1966 年'文化大革命'之(以)前"、"自 1949 年新中国成立以来直到 70 年代"这些词句不断出现在文本分析中。《后寓言》认为,白人"文明狼"之所以能够漂洋过海来到"群羊纵生的黄土地上找到了代言人,并不是因为它携带着强势的西方文明的气息,而是因为它经由苏维埃故乡而带来的社会主义理念",在著作者看来,是"'十月革命'一声炮响之后的红色狼烟滚滚以及列宁及其追随者为'白人狼'涂上了鲜红的色彩",才使得作为社会主义中国的'革命接班人'和"白人狼"搭上了关系,"白人狼"在中国大陆"陡然多了血色"。[2] 这样,《后寓言》将狼书的寓意从打造"狼图腾"的险滩引向了威权年代的政治意识形态批判,这是《后寓言》时时要抵达的目的地,它与《狼图腾》英雄再造的宏大叙事有意发生了错位。

二

《狼图腾》让"后殖民"、"乌托邦"联袂演出,披的是"后现代的外衣","后现代思想是彻底的生态主义的"[3],人与自然关系的思考便贯穿了《狼图腾》的始终。人与自然的关系说到底也就是人与人的关系,因为它常常就是经济利益的前方战场。《狼图腾》中额仑草原由"习俗经济"到"指令经济"再到"改制经济",历次变革带来的更多是折腾是伤害,当然这有其道理,不过,狼书通过这条潜在的"历史"

---

[1]《狼图腾》,武汉:长江文艺出版社 2004 年 4 月第一版,第 18 页;《后寓言》,武汉:长江文艺出版社 2010 年 5 月版,第 28—29 页。
[2]《后寓言》,武汉:长江文艺出版社 2010 年 5 月版,第 30—31 页。
[3][美]大卫·雷·格里芬:《后现代精神》,王成兵译,北京:中央编译出版社 1998 年版,第 227 页。

线索在表达对政治乌托邦的批判的同时走向了极端,带着强烈的反文明的本质,而《后寓言》有意避开了评断,从"从经济学看:'劳动'距'富强'有多远?"即"劳动与财富"的关系来思考这一问题,进一步以"内殖民问题"来认定狼书文明诉求与反文明"自相矛盾"间的"史学意义"。当然,我认为"内殖民问题"的提出非常犀利尖锐,它提醒研究者重新思考对"自然"危机的某些论述。我个人曾经认为,中国式自然危机的深层原因并非"发展"和"科学",而多半是政策失误如50 年代的赶超战略和人口政策、新时期改革开放中的一些偏误、当前政策调整中的一些迟疑等,还有全球化背景下的"新殖民"危机造成的环境问题,例如废料转移、例如低端技术出让等造成的,对于内部资源的"再分配",一般更多停留在多样化生存的思考方面,在公平发展的问题上,对于"文化西部"的现在和未来的危机感弱化了。[1]"内殖民理论"的介入使一些问题的思想意涵和文化意图一下子明朗起来,例如"国富"与"民穷"的问题,例如"城"与"乡"的二元对立问题,例如"发达"与"落后"的认定标准问题。借助"内殖民"现象分析,还有助于揭示一个民族或是一个国族群体在丧失了话语权之后的悲剧。语言很大程度上就是一个民族的共同体和身份证,是一个民族统合力的"黏胶"。没有文字的民族,离开了原生之家后就不得不在母语之外的汪洋漂泊一生,它们将"失去"自己的历史,严格说是失去言说自己历史的权力,这些认识使一些边地作家的乡土文本充满了语言的乡愁。《狼图腾》中毕利格老人无私地教诲知青陈阵认识草原,懂得草原狼性精神,然后能够为蒙古人写书,因为"汉人写的书尽替汉人说话了,蒙古人吃亏是不会写书"[2]。没有为自己民族立言的写书人,这是《狼图腾》总结的草原文明被覆盖的一个重要原因。

[1] 参阅黄轶:《我们究竟在哪里开始走错了路》(载《当代作家评论》2008 年第 3 期)、《论世纪之交乡土小说的"城市化"批判》(载《文艺研究》2010 年第 4 期)。
[2]《狼图腾》,武汉:长江文艺出版社 2004 年第一版,第 3 页。

这让我联想到迟子建的《额尔古纳河右岸》,西班是鄂温克文化的传承者,当他听说好听的鄂温克语没有文字时,他迷上了造字,最大的梦想"就是有一天能把我们的鄂温克语,变成真正的文字,流传下去",但是就连本氏族的人也嘲笑他:"现在的年轻人,有谁爱说鄂温克语呢? 你造的字,不就是埋在坟墓里的东西吗?"[1]从世界范围看,这是所有的非发达国家的"语言乡愁"。而李小江想说的是,语言绝不仅仅是交流的工具,而在当前的全球西化时代,"内殖民"和平同化的力量是何其巨大,历史可以在没有"事件"的情况下无声无息中就被改写了!

不过,"内殖民话题"的提出仅仅是为弱势文化壮威而立言文化公平吗? 大概并非如此简单,在"从政治学看: 你用什么武器征服草原?"中,著作者分析了《狼图腾》描写外来民工(同样的蒙古族人的后代)猎杀天鹅的一段文字,她牵扯出围绕"信仰"的三个问题: 身份认同问题、信仰革命问题、新的信仰即"最高指示"的权威问题;在对猎杀事件各种人等态度的寓意分析中,她解析出了权力关系、意识形态问题、阶级关系、民族关系。[2] 所以,经常从"人与自然的关系"或曰生态伦理视野或曰宗教文化进行探讨的话题,其实无不被社会政治意识形态的"华盖"所荫蔽。怪不得对《狼图腾》一直足够克制和回避、"引而不发"的批评家终于毫不客气地说:《狼图腾》体现的自由精神带着强烈的暴虐倾向和"非自由"潜质,随之追问:"这世界上还有什么政治是'为人民服务'的呢?",批评家终于再次回到她无法释怀的起点!

在《后寓言》浩繁的寓意分析中,我感兴趣的还有著作者对其生态学寓意的分析,即"人类还有多少选择空间?",她的回答虽然带着

---

[1] 迟子建:《额尔古纳河右岸》,北京: 十月文艺出版社 2005 年版,第 236—237 页。
[2]《后寓言》,武汉: 长江文艺出版社 2010 年 5 月版,第 322—324 页。

形而上的困惑但充满了批评的智慧:科学界的朋友告诉"我",大量数据表明,天地的变化以光年计,所谓环境保护"于天地诸事无补亦无害",倒是人类自己的生命生态可堪忧虑,可是谁愿意放弃舒适的生活当真在山林安营扎寨?"我不能",即便"我已经做出了重返山野的选择,却最终还是回城了"。[1] 在这里,《后寓言》终于揭示了"复归传统"还是"走进现代"之间的抉择问题,其实也是一个伦理问题——我视之为《后寓言》对前文所分析的《狼图腾》逻辑悖论的一个回答,遗憾的是,《后寓言》并没有在《狼图腾》的历史观、文化观和伦理观上追问得太远。再回头看《狼图腾》的生态叙事。一个方面,广袤的草原生态系统的平衡持续不适合运用农耕方式,盲目地改草为耕必然扼杀了生物圈的多样化生存,破坏了草原生态;而另一方面,我们没有理由认为游牧民族世世代代逐水草迁徙、烧牛粪饼、吃手抓肉、喝酥油茶或马奶茶就是唯一合理的生活方式,定居生活、接受学校教育、改善居住条件无疑并非违反人道与人性。当人口不断发展、劳动工具逐渐进步时,从整体格局上来说农耕文明取代游牧文明是历史的必然趋势。主张重回传统的《狼图腾》的"尾声"写牧区过上了衣食无忧的好日子。很显然,"好日子"不是由原始的游牧生活方式造成的,而是以一种"安居乐业"的方式实现的。即便这种"好日子"反过来又对草原自然新陈代谢造成怎样的破坏,对草原自由精神是一种怎样的亵渎,似乎多余的指责是非人性非人道的:《狼图腾》的作者认为农业文明的汉文化之所以败落就因为杀绝了狼,而狼使蒙古人居安思危,每天处于紧张的与狼的对抗之中,"草原狼搅得草原人晨昏颠倒,寝食不安……,是草原狼控制了草原人口舒舒服服地发展"。这有其科学性,却也有违人性常理。发展的目的理应是使人更安全、更健康、更舒适地生存,而不是更加不安全。即便我们

---

[1]《后寓言》,武汉:长江文艺出版社 2010 年 5 月版,第 266 页。

必须批判科学完美主义,并愿意拿狼来"驯化"人,那种原始生态也是不可复制的,每个历史发展阶段都有各自内在的逻辑。

既然如此,我倒是觉得不必追问"人类还有多少选择空间",而想追问"我们还有多少发展空间"?《狼图腾》"重回草原"的叙事对"发展"的质疑和批判又蕴含着怎样的"寓意"? 从根本上来说,生态问题不仅仅是一个环境问题或自然问题,也是很复杂的社会问题和政治问题,在发展的道路上,当道德主题与自然主题相遇的时候,如果人类对自然犯下了罪恶,"现行的社会经济制度是更加可能的原因"[1],天灾之外,战争、殖民掠夺、富国与穷国的贫富差距是最大的生态灾难。那么,重回传统又意味着什么呢? 美国学者 G·哈丁曾经提出过一个缓解生态危机的"救生艇伦理"。G·哈丁把地球比作一个拥挤的救生艇,他认为穷国人口增加导致了需求增大和污染问题,破坏了生态系统;本着弱肉强食的进化理论,富国不应该怜悯穷国,最好让他们沉入大海。[2] 这套理论是明目张胆的霸权主义,事实是只占世界人口总数23%的发达国家却占有和消耗世界能源、木材、钢材的70%以上,人均量是发展中国家的9—12倍,温室气体的排放量也占全球总量的过半。[3] 显而易见,如果我们放弃发展,就等于为西方经济强国的环境污染埋单。回归传统生存方式对于发展中国家来说无疑等于放弃发展,这在一定程度上正好迎合了西方学者以生态维护为理由的文化扩张主义和种族主义思想。这究竟是《狼图腾》所追慕的还是所批判的?《狼图腾》说:"生命是战斗出来的,战斗是生命的本质和血脉"[4],但我和批评家有着同样的质疑:

---

[1] [英]戴维·佩珀:《生态社会主义:从深生态学到社会正义》,刘颖译,济南:山东大学出版社2005年版,第355页。
[2] 参阅[美] R. T. 诺兰:《伦理学与现实生活》,姚新中等译,北京:华夏出版社1988年版,第448—451页。
[3] 傅华:《生态伦理学探究》,北京:华夏出版社2002年版,第294页。
[4] 《狼图腾》,武汉:长江文艺出版社2004年第一版,第18页。

"这与人类对和平的追求以及文明的发展趋势背道而驰。"[1]不过,我觉得《后寓言》在对《狼图腾》生态寓意的诠释中也可以更多关注到蕴含的社会人口学问题,这样能够从另一个偏门穿过经济学、生态学的屏障看透"文明的较量"的本质、"选择空间"逼仄的原因。

<h2 style="text-align:center">三</h2>

在我惊艳于《后寓言》密不透风的"寓意索隐"时,也猛然生出这样的疑问:

《后寓言》果真意在著作者所言的"知识的积累和文学经验的拓展"[2]吗?

"诠释"就是批评的目的"本身"吗?

我得重新寻找答案。李小江指出,按照弗莱(Northrop Frye)的理论,批评有两个方向,审判式的批评旨在揭露研究文本的"不真"或道义上的"不善";学术式的批评目的在于"知识的积累和文学经验的拓展"。针对《狼图腾》,她选择后者,也就意味着她首先把《狼图腾》看作一个寓言,排除"批判"而选择"诠释",而且先入为主地把批判式批评置于"学术"之外。但是,只要是"批评"就不可能离开"批判"而只在"知识"的层面打转,尤其是对应于《狼图腾》这样复杂的文本存在。正如批评家对《狼图腾》的指认:"在寓意方面,它的形象化手段并不充分,总像传统寓言中的长者智人,迫不及待地站出来教训,暴露出中国知识精英的积习,不仅将安邦立言的情愫挥洒在字里行间,借机也将殖民的和被殖民的怨气一吐为快。"[3]批评家和我们同样看到的是,《狼图腾》在对民族受难、草原蒙羞问题的思考上,相

---

[1]《后寓言》,武汉:长江文艺出版社2010年5月版,第264页。
[2]同上书,第172页。
[3]同上书,第170页。

对于第一世界,把中国作为反思主体,批判了西方霸权以及一个世纪以来我们对西方顶礼膜拜、对中国阐释和中国自我阐释的不足,《狼图腾》对草原狼和"狼图腾"的打造是对"后殖民"困境的突围;反过来看,《狼图腾》以西方狼和海洋狼为仰望的对象,暴露的狼性精神和草原逻辑的"富国强兵"的乌托邦理想下不仅仅是反思,更是追慕,在"民族重造"的幻境下充斥着暴力迷雾,不仅是在为草原传统招魂,也在为殖民主义张目。所以,虽然《后寓言》要全心全意做"学术式"的批评,但可以肯定地说,完全的"诠释"大概无法对应文学文本,头头是道的"索隐"有时候会变成批评者的一厢情愿,"安邦立言"的灵光欲压不止,旨在揭露"不真"与"不善"的批评时时占位。

反过来说,如果读者真的相信《后寓言》的著作者看重的就是纯学术式的批评,那则是"误入歧途",且绝不符合批评家的初衷。"诠释"并不能释放那代人心中的"屈辱"、"受难"的伤痛和"心中的梦",所以,《后寓言》的批评实践是为了"呼应并成全我们曾经的社会实践和历史作为,为那些在朝向乌托邦的探索中长久失语的经验找到尊严而得体的话语平台"[1]。李小江"胸中有丘壑",作为被"潜移默化地改变了"[2]的一代,她情不自禁回眸"那个"时代,她戴着"后寓言"这个面具只不过想说的是另外一些话,一些比"后寓言"本身更有见地更为要命的话。

那么,《狼图腾》果真承载得起这些"演绎"和"对话"吗?

《后寓言》批评的对象就是《狼图腾》吗?

《后寓言》借助《狼图腾》这个难得的"平台"借题发挥、执拗"演绎",批评似乎被深藏内心的创伤和愤激左右,它过度的"旁逸斜出"、"深度诠释"将许多精彩的思想闪光淹没在浩繁的文献引用、累

---

[1]《后寓言》,武汉:长江文艺出版社2010年5月版,第9页。
[2]同上书,第29页。

赘的知识条陈和浩大的文章篇幅中了，"这一来，'思想'在言说的同时也可能就是它的终结"[1]，这句批评《狼图腾》的言语何尝没有自说自话的味道？至此，错位再次发生，它一下子又堵塞了走进《狼图腾》的多元通道，起码是使其寓意重新变得暧昧不清起来。正如《后寓言》说的，在西方，后现代、后殖民这两者其实矛盾对立——后现代遇到了后殖民，它也就"后不到哪里去了"[2]；那么，在东方中国，"前现代"的巨大身影还在身边徘徊，后现代和后殖民的相遇将更为尴尬吧？一个方面，《狼图腾》是"后"理论无法覆盖的，其包容的厉兵秣马、民主科学、自由独立、民族复兴、赶超西方等大概念正是现代的根本品性，所以在一个前现代、现代、后现代并存的文化语境下追溯后现代或后殖民话语方式也难免削足适履之嫌疑；另一个方面，虽然李小江"后"了，但她真正的思想锐气诞生于"前"，也不愿放弃对"前"的质疑和追问，她的"前"与"后"相互建构又解构，即便应用的是前沿的后乌托邦批评！这就是中国的"前"与"后"兼容的景观！

我的不安接着出现了：

"后乌托邦"之后我们还可以建构什么样的"心底的梦"？

"自由"与"正义"的局限到底在哪里？

《后寓言》认为，杰克·伦敦笔下的"赤裸裸，无限豪迈，洋溢着征服的激情和嗜血的狂躁"[3]的"白人文明狼"未被红色狼烟濡染，而是作者原始的内心的"野性与文明、自由与制度"中的痛苦挣扎，或者是"社会主义者"的浑浊，那么，《狼图腾》本身在反对强权中趋奉强权，在"去政治化"的"自由精神"追索中重塑政治乌托邦、民族乌托邦，它对"来自上面"的反击是否有着一丘之貉的嫌疑？我们抗争"权力话语"，但有时发现"话语权力"更铁血，更杀人不见血，在《狼

---

[1]《后寓言》，武汉：长江文艺出版社 2010 年 5 月版，第 170 页。
[2] 同上书，第 19 页。
[3] 同上书，第 30 页。

图腾》中如果其对自由精神的张扬是表达一种对那个时代极权的反叛和抗争,那么,我们是否也应该读出这种"自由"的扩张中带着特殊时代的激烈与暴戾,我还想追问的是,当我们把对自然生态的罪责归诸那段在对待自然的问题上的制度时,怎么面对"非羊性大地"的人性的、生态的诸种灾难? 显明的是,我们当前的不少生态灾难是由技术官僚体制、复杂的人力造成的。

美国历史学家兼社会批评家拉塞尔·雅各比在《乌托邦之死》的《前言》中认为,当下是一个政治衰竭和退步的时代,"乌托邦精神,即相信未来能够超越现在的这种观念,已经消失了",他"绘制出了文化倒退的曲线图:激进派已经丧失了其刺激性,自由主义者也丧失了其骨气。在历史的优势力量或历史的经验面前,倒退并非不光彩的事情。……难题不在于传统的失败,而在于思想的疲倦与装聋作哑,即假装每向后或者朝边道退后一步就标志着前进十步"。[1]《狼图腾》试图为广泛的"精神不振"注入雄风,在《狼图腾》之后,社会领域的"狼来了"势头更"振聋发聩",各种商业文化的"狼性法则"都被公然奉为圭臬,不断炒作推广,例如王宇的《狼道:社会生活中的强者法则》和《狼道:人生中的狼性法则》(中国物资出版社,2005年版)、鲁德编著的《狼性的精神》(中国商业出版社,2007年版),还有网上风传的《企业狼性文化大揭秘》、《如何打造狼性营销法则》、《狼性员工》、《狼性团队》等,不胜枚举。如果个人和民族都以富有凶残的进攻性为强悍、自由的象喻,攻击成为高贵的品性,那么我们的生存境遇不仅不会好,恰恰会更恶劣。事实上无论提倡狼性文化还是提倡羊性文化大概都太偏颇,它和我们现代民族精神的塑造是背道而驰的。

---

[1]［美］拉塞尔·雅各比:《乌托邦之死:冷漠时代的政治与文化·前言》,姚建彬译,北京:新星出版社 2007 年版。

　　回到老话题,为什么非得批评挺身而出?

　　李小江认为,与其说《狼图腾》"在做文学的和文化的思考,毋宁说是出于社会的和政治的人文关怀"[1],很明显,与其说《狼图腾》是"出于社会的和政治的人文关怀",毋宁说这也正是《后寓言》的目的地。一个知识分子的学术生命底线是良知,是永怀挑剔的意志,批判是其天职,《后寓言》"在'思'与'言'都十分艰难的境遇下",认定《狼图腾》为思想的演绎和思想者的对话提供了一个极为难得的话语平台,通过《狼图腾》的核心寓意,辨析了"纠缠在中国知识分子精神中的'民族'情结和'民主'意识之间的内在联系","让批评的触角穿透'草原'文本指向当下前沿性的人文关怀"[2],这一点值得肯定;为了修复"乌托邦之舟",为了"在'理想'破灭的地方架起续接理想的桥梁"[3],它把在其他地方无法透彻表达的话在对《狼图腾》的批评中好好"发泄"了,从这个意义上讲,《后寓言》"戴着镣铐的舞蹈"值得欣赏,其"醉翁之意"我们应该会心一笑。不过,还是要指出,《后寓言》在对《狼图腾》寓意系统的诠释中有意弱化其体现的文化伦理蜕变的属性,其偏爱有加下的长篇大论、旁逸斜出相比于对其思想谬误的批评只不过是"温柔一刀",当以"残忍"的审美拯救被权力所压下的"话语"时,批判的力度或许就被抵消了,反思的通道出现了新的被阻碍的可能。《狼图腾》果如《后寓言》诠释出的那么深刻伟大,它似乎可以在当今多元价值确立的学界渐次扩大的自由主义队列中对号入座了,也似乎可以自此开创一门"狼学"了,那岂不荒谬!这究竟是"后乌托邦批评"本身的局限还是著作者"思"与"言"的相悖,甚至就是整体性的知识分子精神萎缩造成的无法逃避的辐射,值

---

[1]《后寓言》,武汉:长江文艺出版社2010年5月版,第120页。
[2] 李小江:《论"狼图腾"的核心寓意——国民性、民族性与民族主义问题》,《文艺研究》2009年第4期。
[3]《后寓言》,武汉:长江文艺出版社2010年5月版,第500页。

得进一步思考。当然,这些局限并非批评家的本意。她要放弃"批判的学术"而"深度诠释"《狼图腾》的寓意和内涵,就意味着颇有认同和共鸣,否则批评的意义无以附丽,但批评家又不得不时时站出来指证这本恶誉之书的"不善"——《后寓言》选择了这样一个乖谬的文本来开始自己的"后乌托邦批评",也就意味着一切。

(原载《当代作家评论》2011 年第 1 期)

"现代反思"下的价值困惑与德性坚守

——新世纪张炜小说转型论

在《泥沙俱下时我会让文字更坚硬逼人》的访谈中,张炜说:《刺猬歌》说的是一种两难,"如今无论是身边的生活,还是整个的世界,处处都是两难。我们一觉醒来,突然发现自己走到了怀抱刺猬的十字路口,走到了需要更多智慧和勇气的时候了"。所以,作家必须警醒着,永远对"不义"耿耿于怀,不然,恶潮来了,你就得趴下,人可不能"像草一样倒伏"![1] 对现实的焦虑和批判意识一直是张炜等乡土作家伸张人文精神的方式。在这类乡土小说的裂变中,"两难",正是作家价值理念的困惑和伦理的歧境,他们用"坚硬的文字"逼视着现实的"泥沙俱下",以知识分子的精神操守来对抗现代化、世俗化洪流中恶的泛滥,来寻找和诠释乡野大地上民族精神重造的活力,"浪游者"孤独的灵魂在精神与物质的体用间、在文化批判与文化守成间进退失据。

精神与肉体的对决是传统人性观的必然结果,灵肉二分的思想在中国始自孟子,孟子把"灵"赋予"仁义、人伦"的意涵,肉指代身体,指向人心、人欲,"灵"指向精神、心灵或曰"道心",在这种"至善、神圣"的伦理形态中,精神控制肉体,天理克制人欲。那么在 20 世纪

---

[1] 张炜:《泥沙俱下时我会让文字更坚硬逼人》,《北京青年报》2007 年 1 月 15 日。

90年代以来乡土作家的怀乡之作中,他们的文化哲学是把城市和乡村放置在两个端点,现代化代表了"物质"文化,乡村代表了"精神"文化,两者被表述为正好相反——在不少作家看来,现代化提高了城市人对舒适、财富、健康等条件的期望值,而随着物质的丰富,这种期望值越来越高,不满之感、不适之惑也会越来越强,我们从来没有觉得我们已经"够"满足,创造与幸福似乎背道而驰,只有乡村是我们灵魂的最终家园。浪漫主义乡土作家"谋求一种隐喻以把好的纯朴的自然状态与(假设的)邪恶的人为行动和科学工业世界的败落及世界观相对比"[1],这同样是一种"体、用"二分的公式。海德格尔说诗人的天职是"还乡",自然和弦正异化为"现代噪音","浪漫者的还乡就是回到自我,回到一度被世俗生活与现代文明遮蔽的精神世界,回到人类曾经拥有的自然健康的心灵之家"[2],在对精神故乡的守望中不再是一种思古之幽情,而是对都市文明隐形的精神对抗。

正如社会学家所分析的,在一个国家走向现代化、城市化时,农村人口向城市人口的地域转移,分化与流动中以实现农村大量的剩余劳动力向第二、三产业转化为根本内容;"城市化"以其特有的社会分工改变了人们的职业价值观,同时也铸炼出城市生活特有的现代性质素,现代性渗入与生长的过程,也是心灵秩序的重整与社会规范整合的过程;城市化窒息了传统人伦机制,所催生的新型伦理建构将激发人们作出具有契约理性特征的行为选择,新的城市生活以其特有方式涤荡着农民身上所积累的传统因子,他们的伦理价值观和社会行为发生了巨大变化,他们自觉不自觉地与传统诀别形成新的现代思维。但是当下中国的"城市化"存在着极大误区,它没有把农村

---

[1] [美]查尔斯·哈珀:《环境与社会》,肖晨阳译,天津:天津人民出版社1998年版,第46页。

[2] 陈国恩、张健:《中国现代浪漫主义者的怀乡意识》,《广西民族大学学报》2007年第1期。

作为现代进程的积极因素纳入经济框架结构,也没有为农村人尊严地融入城市提供应有的知识和思想豁蒙以及权益保障,造成了"城"与"乡"二元对立的文化心理。如果说进入现代化就是把"城市"扶植到高贵于乡村的地位是一种不公,城市对乡村居高临下的姿态伤害了乡村的情感,同时也破坏了自己的形象,甚至于在妄自尊大中忽视了自己根深蒂固的弊病,那么取其反,而认定乡村文明在精神上高贵于城市文明,也是缺乏理据的伪命题,乡土小说"必须破除城乡间简单粗暴的二元对立和非正常错位,追寻乡土中国的自然生命和精神生命的融合,饱蕴感性、灵魂和血泪,从现代性的立场重构人类生命永恒的家园"[1]。

"乡村和都市应当是相成的,但是我们的历史不幸走上了使两者相克的道路,最后竟至表现了分裂。这是历史的悲剧。"[2]这种悲剧在文学中的表现并不仅仅是一种简单分明的二元对抗,它更深刻的表现则是作家内心纠缠不清的价值困惑——对传统文化的认同皈依与对传统文化的反叛超越,充满了历史抉择中的困惑和二律背反,体现在张炜这里尤为突出。

如果说艾青的土地是"被暴风雨击打着"的"饥馑的大地",张炜的土地则是正被城市鲸吞蚕食的失去野性的土地,面对不同的"大地灾难",作家怀抱的是同样的炽热情感:"为什么我的眼里常含泪水,因为我对这土地爱得深沉。"(艾青:《我爱这土地》)20世纪80年代初张炜眼中的大地是一块笼罩着明媚的乡愁的完整大地,原野上蓬蓬勃勃的草木"声音"、芦青河畔稻花飘香中的"夜莺"、"拉拉谷"流淌的月华和晚风……这些与大地本源亲近和谐,是一种纯粹的心灵世界,苦难失衡的心灵天平总能在强大的人性之境中得以平复;但

---

[1]丁帆:《中国乡土小说史》,北京:北京大学出版社2007年版,第369页。
[2]费孝通:《乡土中国》,上海:上海人民出版社2006年版,第131页。

是,"接下来我们看到了社会生活中越来越多的难以克服的矛盾,看到了积累的难题太多,老问题没有解决,新问题又出来了。而且历史又是惊人的相似。我们笑都没有工夫。我们需要思索了,需要另一种回顾"[1],于是,《古船》诞生了。《古船》以"古船"隐喻古老而载重太沉重的中国,由此张炜开始对践踏人道的罪恶之源进行深入探查,对暴虐的宗法制度以及传统秩序所促生的人性恶展开了文化批判,当然也是对传统农耕文明封闭、狭隘、保守的劣根性的尖锐批判。超越于当时的寻根小说,我们看到了作为大地的守夜人的隋抱朴对于苦难思考的深邃,看到了在集体无意识的"暴力"面前一位思索者的高贵。这一转型的步幅无疑是巨大的,这里边有着作家相当成熟的理性思索的姿态,与80年代中后期社会思潮的新一轮文化启蒙同气相求。

笔者认为,1992年的《九月寓言》应该是张炜新世纪小说创作的开端。张炜"脱胎换骨",从文化批判走向了退守,其中最为重要的原因即是经济的转轨带来的对于地理空间和精神疆域的强大破坏力,人性的贪婪和新的意识形态媾和,对历史的一切审思和借鉴似乎都失效了,退守似乎是唯一的"无为之为"。像穆时英在《上海的狐步舞》开篇撕心裂肺地开宗明义——"上海,造在地狱上的天堂"一样,张炜在《九月寓言·代后记·融入野地》开篇这样宣言:"城市是一片被肆意修饰过的野地,我最终将告别它。"《九月寓言》第一次让物质世界、乡村世界、宗法世界三元并置,互相映衬出"异己"文化的面影,最后乡村世界终于在物质的诱惑面前走向自毁,传统文化束缚下的宗法世界对其无能为力,自在之家消亡,人性的淳朴和男女至情终将消失,大地的欢歌终究奏成了一曲悲怆的挽歌,而作家主体的人文精神立场也渐显其悲壮的轮廓。作品中,乡村的一切如自然环境、历

---

[1] 张炜:《问答录精选》,济南:山东友谊书社1996年版,第35页。

史变迁、神话传奇、农人命运、鸟兽草木都被普照了诗意的光晕,神秘的气息弥漫在田园,万物的芳菲飘荡在小村上空。"土地"就是生命的本钱,会出产果腹的"地瓜儿"和做衣的"白毛毛花"。小村人白天劳作,夜间一伙儿男男女女融入野地,"他们打架,在土地上滚动,到庄稼深处唱歌"。青年男女非理性的任情自为的夜晚狂奔和那率性嘹亮的歌唱令人无限遐想,那涌荡着野性的或狂热或羞涩的爱情让读者怦然心动。这是人性的乐园。而象征着工业文明的矿区正逐步推进着自己的战场,那隆隆的炮声在小村炸响,俨然构成另一种生存现实,被掏空的大地终于轰然塌陷,一个生机盎然的小村迎来了自己的末日。小村的人自此开始逃亡,但哪里是可以安心栖息的地方呢?原来的农村生活方式终究要成为绝唱。《九月寓言》之后的小说继续了这一进向。《外省书》里从京城退居省城又退居海湾的史珂依靠自己耕种获得了美好和惬意的感受,但一辆又一辆推土机开进了海湾;《柏慧》中厌倦了城市生活、回到故乡葡萄园的"我"发现故土的宁静不再,跨国公司正借权力的"龙头拐杖"谋划着葡萄园的宏伟前景;于是,《你在高原·西郊》中"我"不得不再次回到厌恶的城市,但是"我"对未来惶恐焦虑,"作为一个生命,我宁可是一棵树;可是一棵没有根的树到底能活多久?"[1]在千篇一律的都市盲目地追名逐利的现代人就像失去了根脉的树!

在城市物化环境的强烈刺激下,张炜的文化批判和社会批判越来越让位于文化坚守,他说:"我深知,当我书中的主人公在为一个梦想而痛苦万分的时候,我却一直想使自己生活在梦想里。于是,我明白,全部的'你在高原'最终也许只是重复着这样一句话:我有一个梦想……"[2]《刺猬歌》是张炜一次"抡圆了的写作",小说的叙事方

---

[1] 张炜:《你在高原·西郊》,沈阳:春风文艺出版社2003年版,第237页。
[2] 蒋楚婷:《张炜:我有一个梦想》,《文汇读书周报》2004年7月2日。

式典型地代表了张炜所具有的浪漫主义情怀与深刻的哲理幽思。小说以滨海荒原莽林的百年历史为纬,以男女主人公廖麦和美蒂四十余年的爱恨情仇、聚散离合为经,贯穿唐家、霍家、廖家的多重血仇编织出一个个光怪陆离、耐人寻味的传奇故事,铺展开一幅幅具有强大生命张力的、野性充溢的多彩画卷:"在这片临海山地莽野上,人们自古以来就不嫌弃畜牲,相反却与人相依为命,甚至与之结亲。海边村子里只要上了年纪的人,谁说不出一两个有头有尾的故事,谁不能指名道姓说出几个畜牲转生的、领养的、活脱脱降下的人名啊。有人是狼的儿子,有人是野猪的亲家,还有人是半夜爬上岸的海猪生下的头胎娃娃。海猪不是海豚,不是人们耳熟能详的那类可爱水族,而只是这里的渔民才见过的稀罕物件:全身黢黑长毛,像母熊一样,以鳍为脚,慢腾腾走遍整个海滩,等月亮沉下时趴在一团茅草里生产。她在为一个一生守候鱼铺的老光棍生下唯一的子嗣。"这是何等饱满绮丽的想象,它感性恣肆的笔墨、神奇诡异的气氛使每一个执着理性阅读的人感到战栗。浪漫的情思和炽热的爱恨是当下所缺乏的东西,在讲实利的今天,匆匆忙忙的人们已经不懂得浪漫,已经丧失了去爱去恨的能力和心境,浪漫精神的缺失可能将成为人类精神中最大的匮乏,而固执己见的张炜满怀深情厚谊在播撒浪漫:珊子对"俊美青年"良子怀有火热、纯洁、坚韧的爱与恨,"珊子记得清清楚楚,最初失去心上人的时日,正是一个秋天,是满泊乌鸦叫得最欢、林中野物胡蹿乱跳的季节。……无边的林子在当年是有威有势的,大树一棵棵上柱天下柱地,一个大树冠就能住得下野物的一家三代。地上溪水纵横葛蔓绊脚,一拃长的小生灵们在草叶间吱哇乱跑,向闯入林中的生人做着鬼脸、打着吓人的手势。"张炜由野物世界的喧哗风情温馨和谐对比了珊子,"那会儿她发现自己真是孤单"。传说中美蒂是刺猬的孩子,是野地的精灵,她携带了大自然所有的奥秘、神奇与美好于一身:她有着金色的小蓑衣、如蜜的肤色,坚强勤劳贤惠,她对廖麦爱得单纯执着又火辣野性，她是张炜心灵世界对抗物欲横流的一道独特风景，"廖麦感受着妻子——其实他们这样日日相偎的日子只有十年，她每一天里都是他的新娘"，他们拥有爱情——"这个时代最为稀有之物"。只有那个小沙鹬对一切毫不知情，她不知道霍老爷的后代赖以庇护的山叉岛也将被天童公司开发，有多少人在为旅游业的未来欢呼雀跃，小沙鹬仍在古老的鱼戏中尽情唱着"我愿雷公轰天地，双双成灰在一起"！这个独角戏啊，令人愁肠百结！在那片大地上该隐匿着多少浪漫多少神秘爱恨呵？

是的，"大地"，"大地"即代表着厚德载物，"大地"正是张炜的哲学，是他谛听自然、审视自我、警示人类的伦理观。还没有完成现代化的中国猛然遭逢了西方后现代精神中逃离都市、回归荒原的还乡之旅，脱离大地的陌生化迎合了人类情感对于母体——大地的依恋，包容一切苦难和悲欢的大地在男性期待中被诠释为"母性"的注解。投入地融入到心灵中的风情野地，亘古的农业神话和大地痴情涤荡着作家面对恶败的城市文明时沟沟坎坎的怨愤，他在土地的怀抱里获得新的生机，他的生命的拔节与大地上的万物一样健壮，野性、神秘、诗意盎然。"诗化构筑了人类栖居的本质"，张炜实践着海德格尔的非凡认识，无拘无束地放纵在心灵的大地之上，但是，因为珍视，所以毁灭才更加致命。毁灭就来自滋生柔情的珊子变成了珊婆，她的罪恶开始于她和渔把头在燃起的熊熊欲火中谋财害命、她和金矿主唐童师徒兼情人的畸恋，以及与脚上长蹼的毛哈的神秘血缘……这些都助长着这个精灵似的珊子在世风日变下变成了妖叉。更大的摧毁则来自美蒂，在巨大的经济利诱面前，她要把千辛万苦经营来的园子交给唐童开发，女儿也成了唐童的同盟，廖麦找不到强大有力的阻拦妻女的理由，难道，在一个现代耕作的"蛊"的年代，她们有什么错吗？即便找到了，一切也难以逆转！

而问题更为沉重的一面是，即便张炜在抛弃"古船"后多么渴望

"融入野地",我们还是能看到张炜从《古船》一路走来的对传统文化
堕落一面的反叛。在《九月寓言》感性笔触的恣肆下,则是张炜对宗
法社会小村传统本身的愚暗、封闭、保守、褊狭、排外……的理性认识
和揭示,小村的恒在与自足的表象下的贫穷与愚昧已无法适应历史
发展,面对强大的工业文化,只有野性和自在的小村是缺乏抗争性
的,饥饿和贫穷本身更大程度上来自自然环境本身,那么多的乡村姑
娘为了活着都纷纷成了矿区的媳妇。《家族》《柏慧》中的苦难不仅
来自自然的灾难,更来自传统人伦家族之间的仇恨、剥削和杀戮,这
暴露了传统文化秩序非人的本质。《刺猬歌》也同样呈现了主体思想
的混沌复杂,一个方面是执迷倾向农业文明、回归大地的形而上的理
想期待,一个方面是乡村大地的蒙昧和野蛮使得作家融入野地的理
想大打折扣。所以,当张炜对野地的向往走向了极端,内心的矛盾也
走向了极端,我们看到了作家主体内心痛苦的分裂,"廖麦的绝望不
是对某一个人、某一件事的绝望,而是对于整个世界的绝望,是对于
大地、自然、乡土和人类本身毁灭前途的绝望"[1],绝对的道德抵触
和非理性迷狂暴露了作家文化思考的荒漠地带。

　　在传统文化守成与反叛、在现代文明批判与理性认同之间的价值
困惑,是整个一代作家不得不面对的转型期主题。许多从农村出来的
乡土作家站在城市回望故土,这种双重身份、双重视角使得他的乡土情
感也是分裂的、对立的、矛盾的,如贾平凹。贾平凹的《土门》《高老
庄》激荡着作家对乡村大地和传统文化的审美情感,但"对土地的偏执
固守"因为失却了现实依据而无限悲凉;《秦腔》应该被充分肯定的是
作家敏感地捕捉到了转型期农村巨变过程中的时代情绪,是对正在消
逝的千年乡村的一曲挽歌。我们不能否认向着野地的回归有可能是
一种终极性的精神文化策略,以元概念的"大地"超越了二元对立的

---

[1] 吴义勤:《悲歌与绝唱》,《文艺报》2007 年 2 月 6 日。

文化模式,或者说是执着于"还原"的理性思考,然而,对启蒙理性的虚妄回避、日趋加重的充满说教味的议论表征着小说家对市场化变革的隔膜和疑虑,对想象中被神化的"野地"的空洞迷恋,在质疑了一种"神化"的历史狂欢的同时其实也陷入了另一类"神化"。

而很多时候我们发现,乡土浪漫派对传统的坚守最后简化成为"抗拒德性的蒙难"。庞大的现代城市对德性的戕害是人文知识分子所痛心疾首的精神悲剧事件。20 世纪末以来的文化保守主义思潮在对近代以来的文化进程进行反思的过程中认为,在传统儒家文化中有很多东西值得肯定,例如某些伦理规范,但从谭嗣同开始的文化激进主义到五四一代激烈的反传统倾向,非常大的一个效应是对于中国传统伦理观念的冲击,到了改革开放的转型期,一套经济法则的实施给传统伦理以致命一击,新型的现代伦理价值观在工业化、城市化的过程中正在建构,其负面功用是我们和西方一样遭遇了空前的价值真空、社会失序、民族凝聚力丧失的厄运,其中在伦理嬗变中表现出来的文明范式中的非人性因素、人性的异化是审美主义者揭示的现代化的重要弊端。西方一些带有"反现代性"意识形态的学者认为,如果说启蒙运动是走向现代的思想运动,那么它逻辑地导向道德破产,善良、斯文、忠诚、爱、感激等这些传统伦理和美德都沦为罪恶昭彰的现代化的牺牲品,人类要想重见人性的曙光就必须走出现代的迷雾。文化守成主义思想的代表人物之一、美国学者艾恺就有一个决绝的论断:"传统"与"现代"是冰火两重天地,不可能和平共存,因为"传统"即代表"人性",后者即代表"非人性";[1]在《健全的社会》一书中,弗洛姆也曾经这样警告人类:历史的道路必须改变方向,否则全人类都会丧失人性,不可逆转地成为没有灵魂的机器人、功利人。

––––––––––

[1] 参阅［美］艾恺:《世界范围内的反现代化思潮》,贵州:贵州人民出版社 1991 年版。

　　"现代性"作为 20 世纪以来的"元话语"预示着现代精神的多层面需求,乡土作家在对现实过激的绝望和诅咒中表达了一个知识者不应放弃独立的理想与创造,一个作家应该时时保持对现实的警醒和距离,才能葆有"人"的体面,而道德坚守正是能够沿此前行的必由之路。在台湾著名学者殷海光看来,保守主义者常常就是泛道德主义者,他们有着强烈的道德声威及集成"道统"的历史使命感,因而总是站在人类道德导师的角度不遗余力地"将道德看成是人类化的唯一必修课"。[1] 从《九月寓言》到《刺猬歌》,我们看到"德性的蒙难"引起的焦灼和愤激。《家族》以个体传奇性的抗争展示了先辈自由磊落、任性而为的人生图景永不再来,作家向"家族"的退守是为了倾诉家族遇到的不公,在包装家族的苦难中力证家族血脉的纯洁高贵;《刺猬歌》中廖麦对"现代化"事件的对抗、对工业化那么惊天动地的批判最终落脚在绝望于父仇未报而女儿竟"认贼作父",特别是妻子在万不得已时背叛过感情,廖麦带着"爱、感恩和亏欠"的离开只是为了证明自己绝不同流合污,"宁为玉碎,不为瓦全"——具有道德主义清洁精神的张炜在自恋自虐中陷入了传统的道德"洁癖"。

　　德性的坚守在张炜这里并非单一,在作家笔下它与知性的坚守常常是统一的。朱里安·本达指出,"知识分子的职责是把个人自由作为价值体系的顶点",他认为很多知识分子背叛了这种职责。[2]因为知识分子的职责是叙说普遍的价值,一旦知识分子赤裸裸地委身于世俗的热情,更可怕的也是不想超越政治世俗的热情,使得精神的东西隶属于现世的东西,那么知识分子就背叛了自身的职责,他们所做的是取消人心的启蒙和批判意识的发展,促使人放弃个人的思

---

[1] 参阅殷海光:《殷海光全集·论认知的独立》,台北:桂冠图书股份有限公司1990年版。
[2] [法]朱里安·本达:《知识分子的背叛》,孙传钊译,长春:吉林人民出版社2004年版,第50页。

考。在张炜这里，知识分子的职责就是德性的坚守。如果说汪曾祺、刘庆邦等以民俗文化为兴趣的浪漫派是立意世俗化、日常化的反文化倾向，以张炜为代表的一部分浪漫作家恰恰是在寻觅田野精神中张扬知性文化。这里我们要谈到张炜小说中那些孤独的知识者，如《家族》、《柏慧》、《外省书》、《刺猬歌》中的"我"、史珂、廖麦等，他们以明知不可为而为之的偏执对抗破坏性开发。《我的田园》让我们看到了"葡萄园"的守护闪耀着人性的华美和知识者精神操守的坚贞，而《能不忆蜀葵》、《丑行或浪漫》中的桤明、淳于、赵一伦为自己背弃初衷、流于世俗而痛苦煎熬。这些独行者似乎就是作者的影像，张炜说："我如果能像一个外人一样遥视自己，会看到这样一个图像：一个人身负行囊，跋涉在一片无边的莽野之上。对我来说，这是一次真正的奔赴和寻找，往前看正没有个终了……"[1]乡土流浪汉也并非张炜的独创，而是许多乡土作家笔下活泼泼的群体，包括知青、大义士、艺人、货郎、猎手、渔人、游医……，当然也包括张承志小说中的"蓬头发"系列。很有意味的是，作为作家笔下乡土大地的守卫人，他们常常是传统乡土伦理的僭越者，是传统人伦社会的打破者，他们或愤而离群或浪游异地，成为流徙的乡土流浪汉。或许，从"浪漫"内涵来讲，浪漫主义的背景就是一种自由精神，一种自在而为的独立意识，一种追求边缘行走的自主自觉，一种拒绝世俗的精神漫游——幸好还有文学，为我们留下了一块精神的自留地。

张炜笔下的乡土流浪汉可以说是乡村的"异类"。贾平凹、陈忠实、李佩甫笔下的乡村智慧者和"民生"息息相关，如《秦腔》中的夏天义、《白鹿原》中的白嘉轩、《羊的门》中的呼天成，张炜的"乡下人"身上却显明是一种清高脱俗之气。张炜是乡土的，但尽管他营构着

[1] 张炜：《我跋涉的莽野——我的文学与故地的关系》，见黄轶编选：《张炜研究资料》，济南：山东文艺出版社2006年版。

生灵鲜活的大地,他的文字却天生避嫌了真正的"泥土味",他是最没有"农民趣味"的乡土作家,他的乡风乡俗也并非乡间人物土笨的眼睛和耳朵能够耳闻目睹到的,那是知识者以智慧对大地的聆听,由于带着理智,所以就少了份从容悠闲,凌空高蹈却并不空灵飘逸,像调门太高的音符,是渗透了心血的沉重的,有时也因了这份激越而显得过于高亢了。如廖麦,他以一腔热情固守的其实并非原生义的农耕文化,住在野地,"晴耕雨读",给心爱的女人写一部《丛林秘史》,这个形象对于农耕文化并不带有普适性,并不秉承普通大众的世俗性,倒更接近于一个具有浓郁士大夫古典情调的"农场主";他的一生是在追求自然性生存,绝望地反抗异化,但恰恰是他失去了"性自然",他有太多知识者的性爱伦理观念。

张炜从《九月寓言》以来就在有意构造另一种农耕乡村,那种现代生活荒野化陌生化的诉求和归趋传统士子的潜意识其实已经割裂了作家主体的人格。我们看到,当作家欲以醇厚的乡土文化回归自然本真时,他们和真正的乡土渐离渐远,那种疏离和隔膜并不是由他们文本所热乎着的乡情所能寄怀的,因为在普遍的浮躁的文化失落中,怀乡主题的乡思是否发自深渊似的心灵倒真是一个值得追问的问题。乡土浪漫作家一厢情愿的回首顾盼中是匪夷所思的哀怨和愤激,是莫名其妙地对于逝去的生活秩序的怀恋,是以不复存在的虚幻为浪漫,如果造作的、矫饰的、虚情的浪漫主义情绪控制了作者的审美自觉,乡土叙事可能沦为意义空洞俗滥的符号,成为伪感伤主义的廉价点缀,那未免亦为悲剧,一不小心,对传统的怀旧真的走到了文人所期待的相反的路径。其实,"知识者的'土地'愈趋精神化、形而上,农民的土地关系却愈益功利、实际"[1],诸多关于乡土的诗意表述实际上也同样指向一个现实主义意义内涵。中国知识分子有着太

[1] 赵园:《赵园自选集》,桂林:广西师范大学出版社 1999 年版,第 224 页。

深的逃世情怀,那种翩然行吟于人间烟火之外的乡土诗意栖居是不是在现代化实现之下的"后现代"语境才可能兑现? 有学者认为"农村人口转移之日,也即退耕还林、退耕还湖、退牧还草之时","数千年不堪重负的衣食乡土、实用乡土、功利乡土,才可能成为诗画乡土、精神乡土、审美乡土"[1]。现代性建构应该有其强大的自我反思自我批判自我更新自我淘汰功能,历史的进步或许不在于停下脚步蜷缩在原始的文明社会生活形态之中,而在于召唤人在社会发展的过程中去寻找最佳的人性表现,而乡村中国的重负不可能是由农民来发掘的——我们毕竟明白"农民的中国"前行的迟滞与艰难。

如果说文化守成和德性卫护是一种知识分子的道义职责,那么当知识分子一再混身"民间"、自称"乡下人",是否获得了如释重负的轻松感? 这份轻松是否来自解脱了知识分子的义务和"使命"? 当代以来的知识者的乡人自居是否有着意识形态的遗存? 因为很有一段时期知识分子的改造是以农民身份的合法性为对照的。所以,有时候当我们宣称我们来自农民的身份、宣扬着自己的"民间"身世时,其实也是潜隐地寻求着一种意识形态的身份认同,也潜隐着知识者的赎罪心理,好像只有来自底层出身寒苦才彰炳着自己的主体情感是来自"大地"、立足人民的,它的合法性是无可置疑的,这种创作心理的曲折颇为耐人寻味。或许,张炜不是。张炜在这样喧嚣的时代一再提示了我们一个高贵的精神的话题,也包含一个刻不容缓的生态的话题,虽然这里边是他两难的困惑和德性的偏执。

（原载《中国现代文学研究论丛》第 4 卷第 1 期）

---

[1] 简德彬:《新现代性崛起与乡土美学建构》,《文艺报》2005 年 5 月 19 日。

阿来的"及物"与"不及物"

——读《格萨尔王》

　　阿来曾说,动人的故事容易产生在文化交汇的地带。新旧世纪之交,阿来、范稳、马丽华、杨志军等人的创作都不约而同地聚焦于雪域高原的藏地,而其涤荡着异域情致的乡土文本因其对宗教文化进入姿态的不同而呈现出迥异的审美价值,其间的思考和探问、寻找与重建正好代表了这一时期乡土小说与藏地文化融会的不同类型。

　　就宗教文化倾向而言,研究者一般认为阿来文本体现的是佛教文化,我认为阿来的宗教文化心理倾向有一个不断调适的过程,且触及了宗教文化在不同社会和历史境遇中的价值重估问题。在藏区,四川阿坝是一个地理位置、政治位置、宗教位置都很特别的地方,是远离拉萨中心区的"边地的边地",阿来曾经在《尘埃落定》中说:"汉族皇帝在早晨的太阳下面,达赖喇嘛在下午的太阳下面","我们是在中午的太阳下面还在靠东一点的地方。这个位置是有决定意义的。它决定了我们和东边的汉族皇帝发生更多的联系,而不是和我们的宗教领袖达赖喇嘛。地理因素决定了我们的政治关系。"《尘埃落定》中,阿来对神圣的佛教态度暧昧,对佛教的现实超越性持怀疑态度,因为它在现实面前节节败退;换言之,宗教只是作为一种背景为"权欲"的表演提供一个平台:济嘎活佛被麦其土司供奉,喋喋不休、自以为是;门巴喇嘛能施展法术、请神降魔,为了在土司面前得宠,争风吃醋,明争暗斗;意志坚定、在拉萨获得格西学位的翁波意西因直言不讳被割掉了舌头;"上帝"福音的传播者、英国牧师查尔斯的"布道"只是贪婪地到处寻找宝石……慈悲救世、超度众生的宗教在这里完全丧失了神圣尊严。如果说阿来是在嘲讽和挑战宗教的神圣,毋宁说阿来无情地揭示了被人欲所解构的宗教丧失了现实超越性,批判宗教在权力欲望下的荒唐和变质。"为什么宗教没有教会我们爱,而是教会了我们恨?"这是小说中翁波意西苦思冥想不得其解的问题。

到《空山》时期,阿来似乎越来越向"自然的生命神性"靠拢,他是能够把藏地本土民间信仰写得神采飞扬的少数作家之一。《空山》中的多神世界正体现了属于民间的本教自然观,在阿来看来这里边有很多非宗教的和民间的因素,这些"自主性"因素总是面临着被其他更强势的东西覆盖的危险。《空山·随风飘散》中的机村原本是一个自足的小世界,人们相信神灵,崇拜自然。在新的社会到来时,机村的庙宇被毁,连象征着神性的金妆佛像也被毁,和尚恩波和修行深湛的舅舅(恩波的师傅)江村贡布被迫还俗,恩波娶亲真正宣告了这个时代佛祖真的不再光顾机村了。还好,机村有另外一个神灵的世界,那就是森林,那里的山、树、草、鹿……都有各自所属的灵异,"大地"是一切,在精神、肉身、伦理等各个层面与人合一。但外部强势世界的涌入终于改变了机村这个多元化生态机制,一个外来的炮仗就打碎了神佛世界被破毁的机村的温情脉脉,机村变成了谣言肆虐的地方。接着,伐木队进山了,机村的森林面临着消失。阿来在《空山·天火》中倾情塑造了巫师多吉这个形象,他是本土神祇与俗众之间的"灵媒",有些特异功能,如测定风向,呼唤火神和风神,这个"旁门左道"的行当在藏族人中是少有的敢于公开蔑视佛门的人。"国家"出现之后,机村人无法再按照自己的意愿行事,多吉屡次冒着入狱的危险烧荒,乞求来年水草丰美,被作为"破坏国家财产"的罪人被逮捕,最终在"全国山河一片红"的"文革"中被逼成逃亡犯。即便如此,残疾了的多吉藏在山洞里还要发功祈雨,期望以微薄神力熄灭肆虐森林的大火,直至困累而亡。自称是正宗格鲁巴佛教徒、一向看不起巫师的江村贡布,竟然怀着一派庄严"屈尊为他超度",而且"发了誓,活着一天,就要替他蓄起长发"。《空山2》、《空山·轻雷》,阿来其实已经将文本意义指向一种"对于断裂性的现代性的思考"[1],蕴含的宗教文化与当代中国政治文化语境的冲突,显示了民族、传统、民间文化底蕴强大的生命力和延续性;《空山》第六卷依然凸显了作家娴熟稳健地对于藏族人的心灵和信仰"变"与"常"谨慎而有深度的观照。

阿来说自己的创作"不是那种不及物的路数"[2]。很明显,宗教特别是佛教不是《空山》的主角,阿来把神佛世界作为机村的历史与现实对照并不在于宣扬一种宗教救赎,在《生命神性的演绎——论迟子建、阿来新世纪乡土书写的异同》以及《我们究竟从哪里开始走错了路——生态文学"社会发展观"批判主题辨析》两文[3],我从《空山》所蕴含的生态批判意识肯定其"及物"的问题:以机村民间文化和自然大地败落的个案来对边地生态破坏进行历史反思和现实批判,揭示强权政治对底层生存的挤压。不过,比起《尘埃落定》的思维向度,《空山》显示了阿来对"非正宗"的民间原生性宗教文化越来越多的体恤与尊重,有向"不及物"转向的可能。

如果说从《尘埃落定》到《空山》,阿来游弋于本教和佛教之间,且有意在民间原生性宗教文化驻足,到《格萨尔王》其宗教文化心理和审美偏向猛然出现了一个逆转。

继苏童的《碧奴》、叶兆言的《后羿》、李锐的《人间》之后,阿来的

[1] 刘大先:《2007:少数民族文学阅读笔记》,《民族文学》2008年第1期。
[2] 阿来:《有关〈空山〉的三个问题》,《扬子江评论》2009年第2期。
[3] 黄轶著,分别载《文学评论》2007年第6期,《当代作家评论》2008年第3期。

《格萨尔王》作为重庆出版社承接的全球合作出版项目"重述神话"的中国系列之一于 2009 年 9 月出版,可以说这是一本久被期待的书。据说,从广袤无垠的青藏高原到辽宁的喀喇沁,从天山南北的卫拉特,到伏尔加河的卡尔梅克,从青海湖畔到贝加尔湖的布里亚特,是一条宽阔的传唱《格萨尔王传》的史诗带,150 多万行的《格萨尔王传》是世上最长的也是唯一还在"活着"的史诗。阿来的《格萨尔王》"重述"了藏民族原始部落联盟到格萨尔称王的这段历史,分神子降生、赛马称王、雄狮归天三个部分,围绕两条线索展开:"故事"一条是格萨尔降生人间、斩妖除魔、建立岭国,最后完成使命,回归天庭的故事,这是虚写的部分;"说唱人"一条是当代牧羊人晋美得到"神授"成为"仲肯",踏遍格萨尔王的土地即古时的岭国如今的康巴大地传唱格萨尔王史诗,并且追寻传说中的格萨尔王遗留的宝藏,并度过浪游的一生。两条线索并行推进且时有交叉,"故事"即是叙述人的讲述,也可谓说唱人的讲述,直至格萨尔一次次进入晋美的梦中,最后晋美失去"神授"的故事流落寺院,格萨尔在超度了地狱的万千亡灵后飞升天界。

　　无疑,要使西藏的"现代"与"历史"进行对话,要进入藏民族的历史和内心,作为传统重要内容的宗教文化是必由之路。格萨尔的故事显然离不开与宗教的纠葛,阿来写作中参照的史诗《格萨尔王传》也正是苯教与佛教在漫长的斗争历史中产生的,且偏重于颂赞佛教,所以《格萨尔王》中才会有通晓神变之术、陷害格萨尔母子、屡试奸计谋害勇士嘉察协噶、意欲霸占岭地称王的晁通,才有到处兴风作浪、危害大地苍生的各路邪魔;才会有莲花生大师对格萨尔的一次次启示和助力,有观世音菩萨对格萨尔的种种点拨,会有阿须草原寺庙的喇嘛在活佛指导下排演藏戏,才有当代说唱格萨尔的"仲肯"最终落脚于活佛寺院里演唱"雄狮归天"。阿来其实演绎了"崇佛诽本"的宗教斗争思想。出版方的比喻非常精彩,他们说《格萨尔王》太精彩了,读起来就像《西游记》。从审美的角度看,这话绝非虚言,格萨尔王让阿来想象力飞扬,激情充沛,语言洒脱,但这种类比中是否传达出别样的语意?——《西游记》本就是一个宣扬"佛法无边"的文本,也是"人神合一"的齐天大圣孙悟空九九八十一难与各种各样的歪魔邪道斗智斗勇并一一取得胜利,最后取得佛法真经,功德圆满。从对民间宗教文化的辩难到对"主流"宗教的回护,这期间究竟是一种怎样的心理曲折?阿来在故事开篇借历史学家的嘴说,家马与野马分开不久即是后蒙昧时代,"在绝大多数情况下,'后'时代的人们都比'前'时代的人们更感到自己处在恐怖与迷茫之中",比起"家马与野马"分开的"后蒙昧时代",我们现在显然是更加"后"了。或许,"恐怖与迷茫"的人类真正的心灵灾难要降临了?真的需要复魅宗教以救赎人心?

"拒绝被定义被期待"的阿来这一次为他自己下了"定义"——这或许并非是他"期待"的。很显然,从《尘埃落定》到《空山》再到《格萨尔王》,阿来虽然"及物",但越来越"不及物"。从这个侧面讲,我们可以说:阿来,"故事应该结束了"!

当然,《格萨尔王》中的"故事应该结束了"有着其他的意涵或者解读途径——否则,阿来就真的不必"重述神话"了!

自然,阿来借助"重述神话"继续表达了自己对历史、对文化多样性的思考。2009 年 8 月,阿来曾带着全国近 30 家媒体的记者和数名读者代表驱车从成都、雅安、二郎山、康定、甘孜、玛尼干戈一直走到阿须草原,寻访格萨尔王的踪迹。往返于自然与文化之间,阿来对历史对藏族文化的重新认识,总会涉及文化多样性的立场。在其间的访谈中,阿来强调自己"重述"格萨尔并不是要解构或颠覆什么,相反,他要借助这本书向"伟大的藏族传统文化、艺术致敬",希望更多的人通过读这本书,"读懂西藏人的眼神"。无疑,《格萨尔王》是对"历史的回溯",通过格萨尔王的神话重叙,阿来切入的是少数民族族

裔文化的过去和未来的探问。对于多元文化的消逝,阿来曾经声言
他并没有过多的悲悼,因为文化不是一个单独的问题,它不可能独立
存在于一个绝无外扰的空间,消逝的文化"大多是因为停滞不前而导
致其在现代社会中适应性,也就是竞争力的消失";需要深究的是,对
于传统文化,为什么我们打碎了很多,但并没有建构起比以前更好的
新的文化? 这在《空山》中表现得非常显著,在《格萨尔王》中,我们
依然看到阿来对旧文化破碎、新文化无望的关注。人间王国里那些
尊者争端纷扰、刀兵四起,众生则变得像"逆来顺受的绵羊"、听天由
命,格萨尔领天命下界岭噶就是要降福祉于人间,建立一个与别的国
"不一样的国"。他向佛法深致之处探索,试图不再有兴师讨伐之事,
让"猎人要收起弓箭,渔夫要晾干渔网",让危害岭噶的众魔被降服,
变作岭噶的护法神,人与人之间和睦相处。但正如故事中所说的,其
实那个"百姓永享安康"的伟大的岭国早已不复存在,在格萨尔征讨
过的地方,如今到处是石头的、泥土的、黑铁的、不锈钢的格萨尔像,
还有画在画布上的、图书上的、CD 里的……但是又有多少人真正懂
得格萨尔? 当晋美漫游到一处四周土地与草原严重沙化、将要干涸
的湖泊时,他发现这就是格萨尔王故事中的盐湖,他看到人们用巨大
的铁船在捞盐,当他试图问"古代是不是有两个国争夺过这个湖中的
盐",对方的回答很干脆:"快滚吧!"演唱《格萨尔王传》已然悄悄变
味,在康巴赛马会上,晋美被一个学者发现,给他录音照相,最后把他
作为"一个国宝"介绍给地方领导们,建议在赛马前让他在广播里唱
"赛马称王",但领导们把说唱人比喻成从地下冒出的地鼠;商人在赛
马会上把真正的骏马买到城里去,每天比赛,很多人押赛马的胜负赌
钱;晋美被学者带到广播电台,但"又脏又丑"的晋美对主持人的好感
被大家唾弃,委屈中只好放逐自己;在樱桃节上,晋美的演唱不再是
"一段故事",而被镇长理解为水果节所图的一个"好结果"而已,晋
美又一次离开;国家给钱、盖房子,把艺人们养活起来,让他们在广播

中说唱英雄格萨尔,但真正的艺术是在民间、在口头的说唱中才有生命……不管是故事中的晋美还是故事外的阿来对阿须草原的探问,都只能是一种失望。

在关于《格萨尔王》的访谈中,阿来说,他对文化多样性的理想不抱希望,"今天,全球性的经济危机,正是资本的无止境的贪婪所致,资本贪婪时,连普通百姓的生计都抛之于脑后,还遑论什么文化的保护"[1],但就像看待人的生命的死亡一样,需要的是我们对于这种消亡拥有足够的尊重。在"华语文学传媒大奖"的获奖感言中,阿来也说他写作的主要意义是想让人们明白,"一个刚刚由蒙昧走向开化的族群中那些普通人的命运理应得到更多的理解与同情",不幸的是,许多美好的东西被涂抹得面目全非,没有多少人真正在意普通人的心灵灾难了。所以,阿来在对宗教文化传统的回眸中似乎有了更多的深情。

悲悼旧的不是为了排斥新的,而是对新的寄予更高的希望,使其更人道、更文明。[2] 所以,阿来对文化多样性的悲观其实是源于对人性的悲观。在《格萨尔王》的叙述中,阿来让民间传说中的英雄格萨尔的"神性"渐渐向"人性"转化,而且晋美在说唱故事的过程中和格萨尔王之间心领神会,最终一个倦怠于英雄伟业,一个也厌倦了说唱,"神"与"人"同时意识到"故事应该结束了",由此,阿来使得《格萨尔王》在神性的祭坛之外呈露出人性复杂的深景。

《格萨尔王》让格萨尔走向神坛而更具有人性的悲欢,是阿来在诠释英雄的性格和命运时赋予神话的新的含义和价值,也是阿来又一次"及物",他期望"打破所谓西藏的神秘感,让人们从更平实的生

---

[1] 出自阿来在法兰克福书展中德文学论坛发表的演讲《全球化趋势下如何保持民族文化》,参见 http://www. china. com. cn/book/txt/2009 - 10/20/content _ 18733864. htm.
[2] 阿来:《有关〈空山〉的三个问题》,《扬子江评论》2009 年第 2 期。

活和更严肃的历史入手来了解藏族人,而不是过于依赖如今流行的那些过于符号化的内容"[1]。正是这样一种叙事设置,使我们阅读《格萨尔王》时,不至纠缠于阿来的宗教文化心理,而且也不必执拗于《格萨尔王》如何像《西游记》一样以神来之笔描述一场场引人入胜的征伐——单单为了宣扬"更为纯粹的宗教",单单为了通过神采飞扬的艺术描写把民间说唱的"格萨尔"英雄故事描述得更加撼天动地,显然不是阿来的目的——他写出了"另外一种格萨尔"。

故事的开篇阿来已经为他的"重述"抛下了一个隐隐的伏笔:世间灾难都是由魔的作祟造成的,"在人神合力的追击下",无处可逃的魔最终找到了一个"好去处",那就是人"暖烘烘的内心",这样,人对躲在自己体内的"心魔"便无可奈何了,只有受其挑拨与折磨。所以,古往今来的历史学家对人跟自己斗争的结果相当悲观,所有的"已写的"和"要写的"历史书"持之以恒地传达出来这么一种悲观的态度"。

格萨尔来到人间的缘起就是人性悲悯绝望的一次成功突围:格萨尔王在天界时就是一个具有怜悯之心的神子,当他看到下界大陆不是"上万的人排成方阵,彼此冲杀",就是"很多人在皮鞭驱使下开挖运河",或者是"为活着的荒地修筑巨大的陵墓",病饿而死的人不计其数;而丛林中人们相互追杀,落伍者被食肉寝皮,这些所谓的"国"悲苦混乱,令其叹息忧愤,因此请缨下界。但斩妖除魔的过程并非一帆风顺,而是历经了人性悲苦的煎熬:从外部说,魔鬼不断出现,如亚尔康的魔国鲁赞王、霍尔国的白帐王、姜国萨丹王、门国的辛赤魔王等,他们秘练功法、骚扰邻邦、为所欲为;巫术超群、试图篡权的叔叔晁通对格萨尔的挑战和陷害也从未停止过,甚至格萨尔在年

---

[1] 金涛:《阿来谈〈格萨尔王〉:让你读懂西藏人的眼神》,《中国艺术报》2009 年 9 月 22 日。

幼时就被流放远方,在斗智斗勇的过程中,格萨尔借助天神之力屡屡得胜。从内心讲,格萨尔也有着极其复杂的思想斗争,当岭国建立后,"一班臣子们把国王的安稳当作江山的安稳",降伏姜国后,岭国更加富足强盛,"会书写和诵读的人们也有共识,把这样的局面称之为:繁荣",格萨尔巡游四方,看到的也是"学者们创造出来的形容什么事都不会有的那个词:稳定",他发现一个国王其实无事可做,臣子们只会商议为国王奉上的新的嫔妃,但他对于十二王妃之首珠牡的吃醋忌妒感到无奈,他对自己的事业深深怀疑:"这就是做一个王吗?"为了有事可做,他只能听从天上的母亲之点拨一次次出征讨伐更远的妖魔。当格萨尔进入仲肯的梦中,他竟然问"我以为妖魔之国都消灭干净了,怎么又冒出来一个卡契国?"格萨尔征服了好多个国家,为岭国打开一个个宝库,可需要消灭的敌人也没完没了,他甚至不知道接下来会发生什么、自己会干什么。更大的心灵悖论则是:格萨尔王教导侄子扎拉成为一个怜老惜贫的国王,但是一个伟大的王总是有一个难解的谜团:为百姓散尽财宝还是锻造更多无敌的兵器?这个问题,晋美没办法回答。国王只能责怪自己,"怎么变成一个内心里问题多多的人了"!人们只传诵那个骑在战马上披坚执锐、目光深远坚定的格萨尔,谁探问过他内心的孤独和忧伤?

　　格萨尔遭遇的这种"思考"是毁灭性的,而晋美的内心分裂更加不可挽救。牧羊人晋美成为神授艺人是来自梦境机缘,即所谓"神灵附体",他遭遇了神子,最终成为声名远播的"仲肯"。晋美自从说唱格萨尔,就没有片刻停歇,他活在了故事中,而忘掉了生存的现实。慢慢地,晋美的心中有了两个格萨尔,一个是史诗中的英雄主人公,一个是在凡间完成人间事业的格萨尔,肉身凡胎的格萨尔或许更加真实。从一定意义上说,晋美执着地探访格萨尔的胜迹其实是为历史寻找一种明证。当初晋美探访姜国的途中,他甚至遭遇了格萨尔的责难,因为他试图问询神子那些传说中的故事是不是真的,结果神子不耐烦地说世间的人从来只有相信而没有生疑,"你被选中就是因为你对世事懵懂不明",做一个傻子好了,"那些故事和那些诗句张口就来,不需要你动太多脑子",受到这样的责难,使他内心充满了怒气,他仰脸面对天空喊道:"你不该这样对待我!"历朝历代的"仲肯"都是不需要这类忧心忡忡的思考的,因为在传说中他们只需要听从天意罢了,在这个古老的岭国,人们对命运都驯顺如羊,当一个人总是问询"为什么"的时候,大概这个人会被称作疯子。当晋美一路"追随"格萨尔,"告诉"格萨尔"现在又有人写出了新的故事,还让人去征服新的国家,为岭国取得新的宝藏",他其实已经感验到神子的疲惫。当晋美于梦中和格萨尔在"厌倦"的问题上莫逆于心,特别是在对待晁通的死的问题上,阿来其实进一步揭示了人性悖论式的悲剧。格萨尔以慈悲宽忍之心对待晁通,但最终还是趁晁通装死将其火葬。对于晁通的死,格萨尔王与晋美内心都产生了剧烈的振荡和不安:晋美质问格萨尔为什么把流传千年的故事改变了,因为晁通不应该这样死去,格萨尔辩解道:晁通"不肯向我认错求饶",其实那种求饶他不是没有意会到。两人争执的结果却是格萨尔王对自己也怀疑了:"晁通死了,我很难过。我的使命只是下界斩妖除魔,而不是取凡人的性命","可是这次,我杀死了一个人"!晋美又反过来安慰格萨尔:你不过"杀死了一个坏人",但格萨尔总是不安,他的困惑和难过还来自王妃们,来自首席大臣和人间的母亲。特别是格萨尔震怒于阎王将其慈悲怜悯的人间生母下到地狱时,阎王答道:"你是领天命下界斩妖除魔,并不能因此消泯你杀戮的罪孽,再说,哪一次战争不误伤众生,使百姓流离失所?""因果循环,只好让你母亲代你受过。"在诘问面前,格萨尔的创世功业似乎大打折扣。格萨尔的痛苦何尝不是对晋美的折磨?就是这时,晋美要求格萨尔"你不要到我的梦中来了"——"故事应该结束了"!

格萨尔和晋美的疑惑其实正来自对人性的质疑:既然人的欲望

特别是恶欲是无止境的,魔是住在人心深处与人捣乱的,那么魔的出现就是无止境的,人性的转好似乎也是不可期的。这或许也正是阿来对人性及未来绝望的由来:人类的蒙昧何其漫长!人的心灵的痛苦有没有终结?这不仅是阿来对共同的人类的悲悯,也蕴含着一个古老的民族的慈悲。

由以上分析可以看到,阿来(也可以说是晋美)以充满魅力又庄严的语言讲述了一个与传统史诗"不太一样"的故事,从"人性"的维度重塑了格萨尔,使得古老的神话与"当下"相关联,其间是阿来对文化传承和人性悖谬的深思远虑。不过,在"重塑"中,阿来并没能够贯彻前此创作特别是《尘埃落定》的思想维度,在加浓宗教意味的同时也在很大程度上削弱了"当下性"。或许确如阿来所说,作为一个少数民族知识分子,阿来面对自身民族的弱小、自身文化承受力差的问题,必须"重建信心,而不是反思",因为大多数人还不具有"反思"的能力,"你能怎么办呢?"阿来在问自己,当然也是一种自我慰藉和开脱:"放弃现实"并非个人意愿,只是在整体上当别人都没有达到理性思考的层面,对它的批评不但不忍,也似乎是为强势助威、使弱者更弱,这不但会很麻烦,而且毫无效应。要走"以美育代宗教"的理想之路的阿来,认为宗教是不断从政治淡出的历史,《格萨尔王》表面是写"王"的征讨掳掠,实际却是"去政治化"的,是为政治祛魅,淡出政治的宗教"反而能成为人们纯粹的信仰"[1]。这样,阿来不得不和大多数人一样,"往历史回溯"。况且,像《格萨尔王》这样的题材,把现实处理得轻一些是符合题材的,"但回到现实中去,回到我们经历的这个时代,常常的感觉是好像用不着写小说了。写小说干吗?如果我们有足够的能力、足够的勇气,这个社会又有足够的表达空间的

---

[1] 阿来、孙小宁:《多年写作,我的内心总在挣扎之中》,《北京晚报》2009 年 9 月 1 日。

话，我们完全可以用非虚构的方式呈现一些更有力的东西"，"非虚构作品才有力量"。这个"不取决于我个人"的问题确实是个大问题！我们就处在这个时代，所有知识分子都面临一个表达空间的问题。由此，我们看到了阿来多年来内心挣扎的痛苦，最后发现他在尝试一种自救——寻找原始的情感、思维和勇气。

如果站在"借这本书向伟大的藏族传统文化、艺术致敬"的角度看，阿来的这次"重述神话"是极为成功的，《格萨尔王》对精深博大的藏民族文化"经典"的揭示也是对世界范围内的跨文化沟通的卓越贡献，但是"还愿之旅"结束后的阿来，确实也需要进行一次"清空"——既然他走的是"及物"的路数，那就需要时时防备当下流行的越来越"不及物"的文化陷阱。

（原载《文艺争鸣》2010 年第 3 期）

由"虐恋"意涵谈《古炉》叙事的内在断裂

　　新时期伊始,"伤痕文学"迎合了当时表述受损群体意愿的意识形态诉求,呈现出"文革"叙事的深度以及限度;80 年代中期以后,随着"启蒙"再次成为文学史的中心语词,由《随想录》引发的知识分子的再思考重置了主流话语的归罪思路,将每个个人的良知押上了历史的审判台;接着,"文革"逐渐在先锋、寻根小说的历史叙事中被淡化为"背景",呈现出碎片化、象征性和寓言化的特点;20 世纪末以来,在社会失序和价值失范的文化语境下,"文革"叙事则呈现出纷繁复杂的样态,而其中以美籍华人艾米的《山楂树之恋》等为代表的一批小说,则过滤掉了历史的沉重和罪恶,在怀旧的浪潮中将"文革"的人情美演绎得"干净而纯粹",体现出西方知识界在对资本主义文化逻辑失望之后向东方寻医问药的思想端倪:"红色中国"成了探索光明的注脚,其逻辑借由张艺谋等的影视文本推波助澜。

　　《古炉》可谓当下"文革"叙事的异响。作为"文革"的亲历者,贾平凹拒绝忘掉伤疤的怀旧冲击,《古炉》以"开会"、"说病"、"铰花花"、偷情等无数日常细节把村民的虚妄蛮横、愚昧怯懦、狭隘自私、权力崇拜与"文革"的盲动狂热、强权暴力作了同质化叙述,从而揭橥了"文革"发生的深厚的民族文化心理基础,这承续了五四启蒙文学揭示出"精神奴役创伤"的主题,在新时期政治话语的历史归罪和知识分子话语的自我反省之外提供了反思"文革"的另一条路径。与此同时，《古炉》将日常生活的鸡零狗碎与"文革"的宏大叙事作同质处理、将乡村械斗与"文革"武斗作对应性关联，其失控的生活漫流式的叙述泥沙俱下，冲散了那理应穿透历史雾霭和现实屏蔽的思想之光，作家的美学立场和文本叙事的动力变得暧昧不清。这些意涵突出体现在文本的虐恋叙事中。

虐恋，英文为 sadomasochism，意为施虐—受虐狂。李银河在《虐恋亚文化》中对"虐恋"的阐述是："虐恋是权力关系的性感化理论。相互自愿的虐恋关系的一个要素是权力结构中的统治与屈从的关系……统治屈从方式包括使对方或使自己陷入奴隶状态，受侮辱，被残酷的对待，受到精神上的虐待等等。"[1]从积极的意义上来说，虐恋是要超越现实秩序，是对理性束缚的反抗、对自由意志的张扬，它赋予非理性以合法性。《古炉》中呈现的虐恋景观是多层面的，贾平凹通过"虐恋"的描写提供了理解民间生存形态及其这一生存形态在"文革"中与权力关系运作纠葛的一个向度，揭示了非理性狂欢的生成动因及其恐怖情状。

性虐：权力关系的戏仿

"一个把其全部能量都耗费在组织上的社会，很少留有内省、沉思和反思的机会。"[2]《古炉》中的"虐恋"描写首先体现在"性虐"上，它本身成为对权力关系的戏仿。在古炉村，夜霸槽是个"另类"。霸槽年少失怙，在农业劳动之余依靠补胎修鞋等挣点小钱，在生活上却是"今朝有酒今朝醉"。贾平凹把他塑造成了一个"流亡无产者"似的形象，这种乡间人物总觉生不逢时，渴望出人头地，只要有什么风吹草动，总会首当其冲，因此，他们总以惹是生非、好强斗狠而与乡

---

[1] 李银河：《虐恋亚文化》，内蒙古大学出版社 2009 年版，第 213 页。
[2] [德] 卡尔·曼海姆：《重建时代的人与社会：现代社会结构的研究》，三联书店 2002 年版，第 72 页。

村伦理秩序格格不入,但又有行侠仗义、抱打不平的一面。正值情窦初开的敦厚的杏开恰恰喜欢霸槽这种年少轻狂的潇洒。霸槽"口碑不好",两人的相处遭受村人的非议和杏开父亲即队长满盆的阻拦,越是如此,他们越是爱得倔强和固执。霸槽与杏开的感情很大程度上是一种虐恋。总是自觉心气不顺的霸槽发起火来会毫不犹豫地扇杏开的耳光,但暴打归暴打,打架后两个人还会偷偷摸摸地"相好"缠绵,分分合合令狗尿苔百思不得其解。在纷乱世风之下,霸槽对杏开的感情本身"包含着一种将性与政治彻底分开的要求",这出"革命时期的爱情"所要争取的是"在私人生活领域的真正自由","这种自由既要摆脱那种认为它'在政治上不正确'的指责,也要摆脱那种'政治上没问题'的标榜,更不愿意被派上'是真正的男女平等'的用场,它只希望获得不受打扰的自由"[1]。杏开在肉体和精神双重的折磨下依然不愿舍弃霸槽,甚至公然对抗了父权的施压,可以说她爱上了这个男人的暴力——对于有受虐倾向的女人而言,男性的暴力有着性感的一面。当然,霸槽虽霸,也只有杏开在关键时候敢于当众驳斥他,一物降一物,这里边也有着女人幽暗的骄傲和虚荣,这种骄傲实际上成为杏开受虐的一种心理补偿。

但是,这种性虐的最大对手不是流言的可怕,也不是父权的干预,而是族姓的冲突与"革命"权力的介入。

在《古炉》中,贾平凹将宗亲冲突、乡村械斗与"文革"的暴力武斗作了同质化叙述,前者是后者的民间基础。阿里夫·德里克认为,"从1956至1976这二十年为期来观照'文革'才算恰当"[2],他旨在强调"文革"并非平地生雷,而自有其历史伏笔。《古炉》从1965年的冬天开篇,其肆意铺衍的生活细节如分救济粮、出售老公房、争开

[1] 李银河:《虐恋亚文化》,内蒙古大学出版社2009年版,第273页。
[2] 阿里夫·德里克:《世界资本主义视野下的两个文化革命》,林立伟译,香港《二十一世纪》总第37期,1996年10月。

拖拉机、婆媳失和、父子不睦等实乃"文革"的伏笔,一旦遭逢政治的劲风就会演变为如火如荼的斗争——这里边族姓的矛盾已然醒目,夜霸槽和朱天布都想做民兵连长,最终埋下了怨毒的种子。在"夏部"和"秋部"中,针对"四类分子"的批斗会已经"失控"地升级为全民造反运动。由于霸槽的招引,古炉村入住了第一个串联的学生黄生生,他来古炉就是为了"煽风点火",因为"无产阶级文化大革命在别的地方已经如火如荼,古炉村却还是一个死角",从此小小村庄和城镇和北京相连,不得安宁。北京发表了"最新指示",洛镇立即组织几万人的"大集会",这让古炉村人大大开了眼界。古炉村的"破四旧"在夜霸槽的主持下如火如荼,他们对准"掌权"的朱姓人家逢"旧"必砸,甚至朱姓人家的屋脊无一幸免,因为上面的"仙人走兽"被指认为封建迷信的证物,这其实是霸槽借机对朱姓的报复,因为支书朱大柜曾经假公济私占有了霸槽的几间租屋。"破四旧"闹得鸡犬不安,族姓之间的械斗也随之上演。终于,忍无可忍的朱姓磨子要开"社员会",却发现霸槽和黄生生已闻风而逃。霸槽再次归来时,带来了惊天动地的消息:"县上已经有了两大群众组织,一个是无产阶级造反联合指挥部,一个是无产阶级造反联合总部",两派势如水火!霸槽成立了"联指",这个流氓无产者搅动得古炉村地动山摇,生产停下来了,族姓之间的恩恩怨怨借着"革命"的名义分化成派系的斗争,以霸槽为首的、夜姓为主力的榔头队和以天布为首的、朱姓为主力的红大刀两支"造反派"如"麦芒对针尖地对立着"。运动以荒诞无稽又势如破竹的方式展开,族姓间鸡毛蒜皮的摩擦借由政治革命的风暴骤然变得水火不容,可怕的是毫无用心时一句话瞬间可能就会变成一桩大罪,于是双方互设陷阱,相互揭发和诬陷,原本的乡里乡亲现在人人自危,命如草芥。

就这样,夜霸槽和朱杏开的相恋就不再仅仅是两个人的事,它成了两个族姓之间的事情,它使得朱姓蒙羞——更为可怕的是,两人的情感在政治上也成为"不正确"的,这加剧了霸槽对杏开的施虐与背叛。对杏开的情欲之爱和对马部长的权欲之心,霸槽似乎努力寻找平衡:他喜欢穿着杏开一针一线给他编织的毛衣,它安抚了男人的躁动和隐秘的良知,但是他更喜欢穿着"县联指"来的马部长送给他的代表时代潮流的绿军装,这满足了他的政治虚荣以及忠诚,"毛衣"和"绿军装"在这里成为实施虐恋的道具,它们实现了对两个女儿的心灵鞭打——但最终受伤的只会是杏开和霸槽,因为"不爱红装爱武装"的马部长在政治上的优越感使她在受虐中足够强大。终于,霸槽在"文革"的暴力疯狂中臣服于马部长,他的肉体因此沦为"政治肉体",霸槽沦为马部长及其代表的威权的施虐对象,一场男欢女爱被权力所征服所架空,虐恋成为对权力关系的戏仿;换言之,世俗的越轨的个人情爱最终被置换为合理合法的"革命恋爱",成全了权力虐恋场上的假面狂欢。

施虐—受虐:集体无意识的狂欢

除性受虐倾向外,还有一种社会受虐倾向在《古炉》中表现得非常明显。狗尿苔与霸槽甚至全体村民与"革命"就构成了这样一种虐恋关系。十二三岁的侏儒狗尿苔是蚕婆拣来的,他想象无涯,与动植物的交流构成了其外在于政治斗争之外的童话世界,这是古炉村"山光水色的美丽中的美丽",这一点被作家和评论家一再渲染。其实,狗尿苔是《古炉》中性格最为复杂、最难一言论之的人物,贾平凹在"后记"和"访谈"中表现得对其过于偏爱了。蚕婆的丈夫做"伪军"去了台湾,他家成了"四类分子"家庭。狗尿苔的异能是能够闻见一种气味,只要闻见古炉村"就出些怪事"。这样一个革命时代,"异能"和"妖言惑众"就是一回事儿,更何况是"出身不好"的狗尿苔?夜霸槽说:"我是贫下中农,谁也不能把我怎么样,你出身不好,你就得顺听顺说。……以后出门除了给人跑个小脚路,你应该随身带上

火,谁要吃烟了你就把火递上",并说"原始部落里是派重要的人才去
守火的",狗尿苔听到自己"能在古炉村里重要",就非常兴奋。从
此,狗尿苔天天带着火绳为大家点烟,人人都可以指派他"跑小脚
路"。小小年纪的他常常在对霸槽的追随中寻找到被关注的尊严和
安全感,以满足自己爱的需求,哪怕霸槽常常羞辱他。由于身份特
殊,狗尿苔内心一直是以一个"失败者"自居的,狗尿苔"想和别人一
样,都是贫下中农",但只有"好好当你狗崽子"的份儿——"当好狗
崽子"其实是霸槽、善人、蚕婆、支书一起从"善意"出发教会狗尿苔
的自保之术,也是水皮、秃子金等人用"阶级斗争"给予他的教训。在
寻找生存罅隙的过程中,他追求着被接纳、被重视,哪怕是以一种干
活又受气的方式进行,他也认了,甚至乐此不疲,蚕婆拦都拦不住。
他怕孤独。他怕与众不同。"封建专制政体留给人类的最大灾难是
扼杀个性思想,通过政治强权和道德教化而培养人的奴性意识,使人
丧失自我"[1],狗尿苔养成了明显的受虐倾向,他总是自我否定,自
我贬低,怀疑自己的价值,有明显的依赖心理。狗尿苔处在一种赎罪
中,即使他不知道罪从何来,在逼仄的夹缝中讨人欢心的许多行为,
在心理上将"被虐"视为"被爱",甚至是从受虐转向了自虐。狗尿苔
成为一个被"异化"的人物,作家所一再强调的狗尿苔的"童心美丽"
也就变得可疑,这可能是贾平凹始料未及的。

受虐倾向也有可能演变为一种生活态度或一种社会行为,这正
体现出权力的运作实际上就是一场施虐与受虐的"虐恋"游戏,一旦
这种游戏规则"约定俗成",也就成为民众的集体无意识,即集体的施
虐—受虐,它所生发的非理性的力量是非常可怕的。古炉村的人们
集体受虐,他们像殉道者一样,或被激情所裹挟,疯狂信仰着来自"上
面"的指示,串联、像章、红袖标、语录本、造反等等似乎成为席卷一切

---

[1] 张福贵:《"活着"的鲁迅》,社会科学文献出版社 2010 年版,第 33 页。

的"时尚";或迫于权力的淫威造成的恐怖,自觉不自觉地向权力投诚,并随之成为权力规训的奴才,进而堕为权力的帮凶,暴力也就以狂欢化的方式成为革命时代的重要景观。所以,这里不存在所谓"沉默的大多数"。《古炉》中,"文革"的前序是一场场"文斗"形式的"开会",动员会、社员会、现场会、宣誓会、批斗会、宣判会、宣誓会、公审会、大集会……名目繁多,构成了共和国"十七年"到"文革"的历史,"会场"也就变成了名正言顺的监控与揭露的"广场",其"在场"的鼓动性使"上面的"意图被指认为"民意",在看不见的硝烟中完成其暴戾和非人性的使命,所以在"破四旧"时,古炉村在霸槽、黄生生、水皮这类唯恐天下不乱之人的鼓噪下闹得天翻地覆,但人们听之任之,最终唤起大家怒而反抗的无非是宗亲意识。

《古炉》中描写的这种施虐—虐恋的景观既是"文革"非理性的本然表现,也形成一种对政治运动严肃性的内在反讽——"革命",无非是阿Q一样毫无章法的"革他妈妈的命",正如"武干"在传单上所写下的:所谓的"革命者"无非是一群"混蛋,王八蛋,地痞流氓,懒汉二流子,野心家,神经病,疯子"! 当受虐成为一种生活常态,作为历史积淀的"精神奴役创伤",人们完全失去了善恶判断力,智慧泯灭,愚蠢泛滥,理性丧失——叙述结束时,村人拿着馒头争相蘸取被枪决的天布、霸槽等人脑浆的场景着着实实让人不寒而栗! 正如有学者所言,"文革"期间人们"破四旧"、"立四新",毁坏古物、焚烧书刊,"所破坏的都是传统文化的凝固物态——宝贵的文化财产,而传统文化的精神遗产——个人迷信和封建家长制、血统论和株连政策等却得到继承并恶性膨胀"[1]。"个人迷信和封建家长制、血统论和株连政策"蔓延的淫威在《古炉》中得以充分展示,它揭示了"文革"中集体无意识的施虐—受虐的源头活水所在。

---

[1] 张福贵:《"活着"的鲁迅》,社会科学文献出版社2010年版,第199页。

在《古炉》中,作家对内化在这种传统文化本体上的"恶"深怀警醒和忧患——"恶",就藏在民族性的某个角落,一旦蹿出来,悲剧或许就会重演!所以说,贾平凹借助《古炉》揭橥了一个话题:人心的蒙昧——一个方面,"正因为太贫穷了,他们落后,简陋,猥琐,荒诞,残忍",另一个方面,他们"历来被运动着,也有了运动的惯性。人人病病恹恹,使强用恨,惊惊恐恐,争吵不休"。[1]《古炉》彻底打破了正史叙述中"好人"与"坏人"、"正面"与"反面"的界限,"人人都是历史的推手",蒙昧的血液本就依赖惯性流淌在村人的身上,在历史洪流的裹挟下,这些日常生活状态积压的人性恶,这些发自人性中的非理性虐狂——他们的狂躁、破坏和嗜血就会来一次大发作,民间积郁的不满借"造反"得以集中发泄。如果说"文革"的发动是外来的一把火,那么民众的愚妄盲信则就是一堆干柴,一点即着。写到这里,我猛然觉得,整个《古炉》似乎可以视为《阿Q正传》的一个加长版——民间原生态生活中鸡毛蒜皮的矛盾纠结借由"革命"的名义上升为一场暴力盛宴,最终定格在屠杀示众、昭告天下,包括其中阿Q与吴妈、霸槽与杏开的情爱故事,在主人公看来也都是"门当户对"、极为般配的,但都被世俗的力量所否定甚而虐杀。个人的清醒是否可能?从作家对狗尿苔的偏爱可以看出,贾平凹拒绝"整体"的修剪,他呼唤个体意义的复苏,每个个人都有独自面对上帝自我选择的权利,正如狗尿苔能够拥有独我的"通灵"的异能来修复其"在人间"的受难,但同时我们也看到,我行我素、个性十足的霸槽似乎也只是在个人利益遭受损害时才会反抗"权贵"支书,最终却是被"权势"招安,仁慈悲悯的蚕婆面对一次次批斗只能吓得发抖,作为传统文化精髓化身的"善人"是文本中自始至终面对"施虐"而选择隐忍的人物,但最终却在霸槽点燃山神庙的大火中自焚,他同白皮松一起烧成了

---

[1] 贾平凹:《古炉·后记》,人民文学出版社2011年版,第604页。

灰,只留下一颗炭化的心,这似乎昭示了"自我"面对上帝的无望。是否可以说,最终幸存的狗尿苔一定程度上就是另一个阿Q的子孙,他的受虐情结和他的前辈何其相似!那霸槽的情欲之虐留下来的血肉经由杏开的调教幸而不会变成另一个"霸槽"?历史还会循环吗?于是,"说病"也就成了对五四文学所开创的国民性批判的承接和延展,"文革"中施虐与受虐的出现也就不过是千百年来虐恋文化的一个结节、一段曲目罢了。也正是在这个意义上,这个大炼炉似的"古炉"就成了整个民族文化绝妙的象喻,这正是《古炉》的深厚、雄浑之处。

"说病": 精神受虐的拯救?

如果说作为一种"精神奴役"情结,古炉村人集体陷入了施虐—受虐的文化陷阱而不能自拔,那么贾平凹的拯救之道就是借助善人的"说病"。换言之,"说病"是善人的"专业",是《古炉》的"正业",有时那个隐藏的叙述人就忍不住和善人"合二为一"了。

贾平凹设置"善人"这一角色可谓苦心孤诣,也发人深省,《古炉》试图借助善人"说病"揭示"文革"的文化病症。如"古炉"一样,"善人"本身也是一种隐喻,或者说是一个象征符号。善人本是洛镇广仁寺里的和尚,在"社教"强制下还俗,落户古炉村。他是一位民间智者,熟知阴阳八卦、天地人心,正经的行医是接骨,真正的偏好却是说"伦常道",开解心病,劝人向善。由于其"出身不正",善人在村人面前的身份极其尴尬,无论他多么谨小慎微,也依然受尽嘲弄、鄙夷甚至陷害。"文革"开始前那几年,"古炉村里许多人都得着怪病",莫名其妙地秃头、难产、死亡、疯傻……而饥饿则是最大的顽症,"上年纪的人都胃上有毛病",饿症造成的争端和死亡司空见惯。但很显然,最可怕的疾病还在于人心。面对价值失序、伦常丧乱的现实,"说病"是善人对荒诞人间、暴乱人心的施救;当他个人受虐时,"说病"又是其悲戚心灵的默默独语。他成为古炉最为独特的风景,以执拗的"布道"刺破了利益之争、权力交锋和族姓报复密布的罗网,让我们看到了探求生命意义的一丝光亮。

善人给人"说病",讲的都是家道伦常、为人处事的道理,"本质就是治己不治人,托底就下,不借半毫势力",不管村人接受与否,倒也未曾遇到支书反对,算是"默认"了,但是,就在1966年春天那次"学习会"上,善人"说病"被定性为装神弄鬼、扰乱社会,他成了批斗的对象;"破四旧"时,他珍藏的教人学说病的《王凤仪十二字薪传》被焚烧,书在火堆里"像一只被捉住的山鸡,不停爹着羽毛打滚"。贾平凹的这句描写简直令人惊艳,给人以强烈的心灵震撼,那火中"山鸡"的形象何尝不是当时社会"人"的特写!虽遭批判,但善人无欲则坚,他总是一有机会就"趁机牛鬼蛇神"。正所谓"给井蛙说不清日月",五行乱了就很难搬正。善人的生存智慧就是以"隐忍"叩问人间道义和尊严,正如善人教狗尿苔的:"今生有什么难过,你都要隐忍。隐忍知道吗?就是有苦不要说,忍着活,就活出来了",这是这些弱者得以自保同时又能在受虐中不施虐于人的生命哲学,从善人、蚕婆这些民间智者身上我们也看到了非常年代可贵的人性光辉和温暖,虽然,贾平凹在人性问题上更是个悲观主义者。无疑,善人是中国传统伦理道德的传承者和坚守者,他的身上也正体现出这种文化本身的魅性。

更进一层讲,贾平凹创作《古炉》本身就是一种"说病",为病入膏肓的时代说病。在善人看来,国家、家庭、性界、心界都有"五行",而"现在外边这么乱",则是"国之五行"乱了。越是乱世,自然越需要"伦常道"来匡正世道人心——"说病"在这里就具有了隐喻性。从《浮躁》中金狗的"进城"寻求新生,到《废都》的庄之蝶离家出走成为"废人",之后,受挫的贾平凹不仅在文本题材上也在文化选择上、美学立场上掉头转向,他转向了乡土大地,就有了土得掉渣而高亢孤绝的《秦腔》,而《古炉》延续了《秦腔》的美学风格和叙述方法,更加决绝地回到了"此地此土",回到了大地上的山水与民风上,也可以说从《秦腔》后,贾平凹找到了自己的另一套叙述话语,到《古炉》已锤炼得炉火纯青。这样,《古炉》借善人"说病"得以彰明"文革"暴虐的发生是"伦常道"沦丧的恶果,相对于《秦腔》将"对外的窗户关闭"、"满足于对自我情调的闪动",《古炉》似乎要"直面生活的暗影"[1],这里寄寓了作家对乡村文化、传统文明失落的忧思,从而为传统文化在乡土大地的复魅、乡村伦理与当下现实的对接探寻可能。所以,有研究者认为《古炉》是"落地的文本",既是"历史的落地",也是"灵魂的落地"。[2]

在回归民间、返回传统、落脚大地的道路上,贾平凹试图融汇儒释道互补的和合文化来切除集体无意识的虐恋病灶。但是,恰恰在这里,一个新的问题出现了,我们看到了文本叙事的内在断裂。在施虐的"正义"和受虐的狂欢中,我们发现"我们放不下心的是在我们身上,除了仁义礼智信外,同时也有着魔鬼,而魔鬼强悍,最易于放纵,只有物质之丰富,教育之普及,法制之健全,制度之完备,宗教之提升,才是人类自我控制的办法。"[3]为什么"仁义礼智信"与"魔鬼"同在? 如果说"魔鬼"是传统文化精魂的一部分或者变异,那么很显然,"伦常道"无法拯救陷入受虐惯性的民众,因为它们共生共在,这样,《古炉》的文化批判就变得面目不清;如果它们是互不关联、各自为政的存在,那么,《古炉》对"文革"发生的民间虐恋文化心理定因的挖掘就失去了依据——20世纪文学并不缺乏乡村械斗血淋淋的描写,乡土小说发轫时期的《惨雾》、《械斗》和《岔路》等即提供了乡民械斗的惨烈景观,仅从此点而言,《古炉》也就是搭了"文革"

---

[1] 孙郁:《汪曾祺和贾平凹》,《书城》2011年第3期。

[2] 《悲悯的情怀,落地的文本——贾平凹〈古炉〉研讨会发言摘要》,《延河》2011年第7期。

[3] 贾平凹:《古炉·后记》,人民文学出版社2011年版,第605页。

的便车而已,未能提供太多有价值的新思考。由此来看,"说病"何以能完成对精神受虐者的救赎? 当我们强调"文革"发生的"民间"基础与动因时,又是否淡化了体制与权力构筑的"思想监狱"的淫威? 这正是现代中国作家不得不面对的二律背反吧,但却暴露了"鬼才"贾平凹内心美学的矛盾。王德威从他的"抒情传统说"来解释这一"分裂",他认为《古炉》不在于写"文革"的血雨腥风,也不在于敷衍什么寓言,贾平凹"用了很大的气力描述村里的老老少少如何在这样的非常岁月里,依然得穿衣吃饭,好把日子过下去"[1];那么在我看来,当《古炉》将"宏大"的"非常历史"与日常世俗穿衣吃饭的鸡零狗碎同质化观照,并将民族文化中施虐—受虐的隐性结构化解为"好把日子过下去"的理想,就注定了这种叙事的内在断裂,内含其中的悲悯情怀和批判力量也终将被漫流式的叙述语言所冲散。

（原载《南方文坛》2012 年第 3 期）

---

[1] 王德威:《暴力叙事与抒情风格—贾平凹的〈古炉〉及其他》,《南方文坛》2011 年第 4 期。

在"华丽"与"转身"之间

——评刘震云《我叫刘跃进》

荣获《当代》2007 年长篇小说年度奖的《我叫刘跃进》被称为刘震云的又一个"华丽转身"。"华丽"自然毋庸置疑。小说写一个在京的河南民工刘跃进被抢了包,包里藏着一张 6 万元的欠条。在找包的过程中,刘跃进一脚踏进了北京的小偷界,并捡到了一个女式手包,里边的一个 U 盘存有"盖了半个北京城"的大地产商严格和高层领导贾主任等之间钱权交易及龌龊勾当的录像,这事关几条人命,各路人马开始疯狂寻找刘跃进。于是,"一个工地的厨子,陡然之间,竟变得这么重要"[1]! 刘震云把一个进城农民的"都市寓言"排演得跌宕起伏、惊心动魄,确实是一部名不虚传的吸引人的好看的小说。

批评界论《我叫刘跃进》"在风格上有创新。……现在赵本山小品是有土壤的,有很多喜剧的东西,甚至一些调侃化、喜剧化的东西都是有土壤的。刘震云的作品里面充满了机智、反讽、调侃,有一些新时代的特点",或者是说该小说最大的创新是"说书体"[2],刘震

---

[1] 本文引用小说文本文字均出自《我叫刘跃进》,长江文艺出版社 2007 年版,下文不再一一注明。

[2] 见徐虹:《〈山楂树之恋〉〈我叫刘跃进〉分获出版"百花奖""金鸡奖"》中雷达、孟繁华评语,《中青在线—中国青年报》http://zqb.cyol.com/content/2008 - 01/01/content_2015586.htm.

云自论创新不在"风格"也不在"体裁",而在理念:"《一地鸡毛》说的是吃的事,小林的生活证明,家里的一块豆腐馊了,比八国首脑会议要重要;《故乡面和花朵》主要说我们每天胡思乱想的价值,没有它的充斥,我们会不会自杀;到了《手机》,是探讨说对想的背叛,嘴对心的背叛,当我们的生活充满背叛和假话时,我们是多么地愉快。这一回《我叫刘跃进》说的是心与心之间,出现的横七竖八的拧巴。"[1]由"一地鸡毛"到"故乡面"再到"手机",最后把掌控秘密的工具换成"U 盘",看上去只是说的"事儿"不同了,到底"理念"上"新"在哪里?换言之,这个"转身"会不会空有"华丽"而缺了"丰韵"?

　　无疑,我们应该把《我叫刘跃进》放在中国现代小说"城市异乡者"书写的传统中来探讨。20 世纪文学史上关涉"乡下人进城"的文本自鲁迅开创现代乡土小说始绵延不断,但直到 20 世纪末新世纪初,随着稳态的乡土农耕文明社会结构加速解体,浩浩荡荡的两亿农民大军涌进城市,呈现农民进城闯生活的历史情景以及其间所遭逢的精神挫折才真正成为小说家自觉的选择或者说无法回避的表述时代的入口。"21 世纪初小说叙事中呈现出来的农民的当下心态、行为的变化,赋予了现代化概念一种道德伦理上的暧昧,而进城农民的主体尴尬又暗示着现代化进程的诸多缺憾。这类小说的叙述主体差异是对作为知识者的小说家身份、态度的多元呈示。"[2]从这个视阈来说,《我叫刘跃进》打破了自 20 世纪 30 年代至今作家主体涉及这类题材时常常先入为主地将城市文明定性为恶、将乡土文明定性为善的思维模式,更打破了当下诸多同类题材小说所体现的底层人物的道德优胜,不管城市人还是农村人,不管高官显贵还是小民百姓,人人都是假装着"羊"的红眼狼,而"贼城"的揭橥更使我们

[1] 潘小娴:《悲剧之中,一地喜剧》,《信息时报》2007 年 11 月 25 日。
[2] 徐德明:《"乡下人进城"的文学叙述》,《文学评论》2005 年第 1 期。

不由得想到 30 年代老舍《猫城记》对京味文化乃至整个中国文化的隐喻,作家就这样切入了"国民性"的话题,切入了民族的精神病苦。——笔者认为这才是刘震云的出类拔萃之处,才是这次"转身"的意义所在。

在当下作家中,刘震云是有思想深度、目光锐利者之一,他非常明白我们要的是在社会巨变期人们"内心的洪流"。作为一个鲜活地活在我们周围的小人物,刘跃进类似于鲁迅笔下的阿 Q、余华《活着》中的富贵、苏童《米》中的五龙、田耳《环线车》中的王尖。一个方面,这个流浪农民怀抱着固有的勤劳、狡黠、巧智、自私,忍受了残酷现实扑面而来防不胜防的一切不屑和羞辱,仍对生活存留着顽强的念想:独立地把儿子养大、让"曼丽发廊"的离婚女人马曼丽接受自己,这里边缠绕着的更为执着的信念是兑现作为精神补偿费的 6 万元欠条,就像胡学文《在路上行走的鱼》里边的主人公一样,这是人物生活的内在动力和思维逻辑,他的"一根筋"式的执拗加强了作品美学上的意义和对现实社会透视的深度;但刘震云更注重的显然是另一个方面,即刘跃进像阿 Q 一样,把中国的"乐感文化"发挥到了极致:妻子跟一个卖假酒发财的跑了,刘跃进得出的经验是:以前十三年夫妻生活,自己怎么就没有发现妻子"一把能掐住"的"小腰"? 他于是自责,而且以得到妻子的新欢一张欠条而颇为下半生得意,在给儿子的电话中炫示自己有钱,"定期取了亏了",在马曼丽面前想着自己将来拿到了钱给她个样子看看;作为厨子,他因每天在采购菜蔬中能做点小手脚而沾沾自喜;明明手里有钱,儿子屡次打电话要学费却能拖就拖;他酒后摸了一把吴老三媳妇的满胸,被迫赔"猪手费"三千六;当他在马路上看到一个同样来自河南的卖艺的老乞丐,"当头断喝"乞丐改唱河南坠子《王二姐思夫》,因为"看见没有? 那栋楼,就是我盖的!",活脱脱一个阿 Q 再生!

刘跃进性格的形成既有历史遗传的因素,也是现实无数次侮辱与欺凌的教训带来的结果。作者没有简单潦草地把一切罪恶归于城市文明，来建构一个城乡二元对立的认知模式以缅怀乡土文明的美好，刘跃进的乡土家园显然也是充满了敲诈、蒙骗、自欺欺人以及生存艰难。小说对刘跃进的儿子刘鹏举的塑造其实颇值寻味。如果说刘跃进这代人身上还遗存着坚韧、辛勤、自食其力、责任意识、自尊和羞辱感(尽管那是扭曲的)，刘鹏举这代人已经完全成为得过且过的堕落的一代，他们以"独特"的生活方式混迹于世，坑蒙拐骗的技能"先天性"的出神入化，对亲情的疏淡冷漠、对责任的毫无意识、对"恶"的潜规则本能似的"游刃有余"，羞耻感尊严感的缺失让人不寒而栗，这是真正拥有"狼性"的一代。

刘震云功力最"毒"的地方是在调侃中把北京城缩略成了一个"江湖"，中国最"黑"的人物——从一个料场看门的、一个工地做饭的、一个小报摄影的……到"盖了半个北京城"的地产商和国家部委级干部——"欢聚一堂"，人人相连，环环相扣，就像一根绳子上拴的蚂蚱，牵一发而动全身，生活因之变得荒谬不堪，刘震云以沉稳老练的控制能力把控了全局的进展。在这里，权力、金钱、性是异化社会的"春药"，人人都成了狼心贼子，妻子是丈夫身边的贼，儿子是父亲身边的贼，部下是领导身边的贼，民工是工头儿身边的贼，而大街小巷也全是贼们各自为政的地盘，人人都无视生命及心灵健康的宝贵，为达到目的要尽卑劣手段。小说内有这样一句耐人深思的话："被抓住的不叫贼，没被抓住的才叫贼呢"，其中的玄机即在道行高者窃"国"、道行低者窃"人"而已！

也许，刘震云乐于在关键处浅尝辄止。《我叫刘跃进》故事本身是一个悲剧。刘震云认为："所有的悲剧都经不起推敲。悲剧之中，一地喜剧。"[1]于是，一个辛酸而强韧地活着的进城农民和社会的三

---

[1] 见《我叫刘跃进》扉页，长江文艺出版社2007年版。

教九流阴差阳错地打上了交道,并糊里糊涂成为所谓"羊吃狼"确切说是"小狼吃大狼"的"平民英雄"。我认为这是《我叫刘跃进》这部小说最"华丽"的地方了——把悲剧转化成了荒诞不经的喜剧和闹剧。或许,我们可以称之为"电影小说":第一,小说整个构架情节离奇,巧合丛生。例如刘跃进的丢包、捡包都和素不相识的杨志密切相关,其间有一个小小的却事关紧要的细节,正是这个细节使"找包"有迹可循——当刘跃进的包被抢后,他描述那个劫匪"左脸上有一块青痣,呈杏花状";杨志潜入严格别墅盗窃而被严格妻子瞿莉发现,严格听瞿莉描述窃贼模样同样是"左脸上有一大块青痣,呈杏花状",这真是太巧合了! 多少人见过"杏花状"是个什么"状"? 何况当时的情景是瞿莉从雾蒙蒙的浴室裹着浴巾出来接电话,杨志一直躲在窗帘后,"窗帘拂动,那女人突然看到窗帘下有一双脚",听见女人尖叫,杨志"跨窗户就往下跳"! 像严格与女明星买红薯、小报记者违约、刘跃进受雇"表演生活"、瞿莉走访现场、贾主任生气等连锁反应都非常巧合,真是"无巧不成书"了。第二,节奏快疾,悬念迭起。和刘震云以往的小说《故乡三部曲》、《手机》比起来,《我叫刘跃进》一改散漫拖拉的节奏,一个个利用电影"蒙太奇"手法的"特写"镜头的切入,使情节快速推进中悬念接踵。刘跃进藏 U 盘就藏得很有悬念,他躲避高官、侦探、黑帮、巨商几帮人围追堵截一路逃奔,在儿子被绑架、喜欢的女人马曼丽被吊打的情形下竟然交代说 U 盘就藏在建筑工地塔吊驾驶室坐垫的海绵里,终于真相大白,读者可以缓口气想象一下几路兵马汇聚塔吊争夺 U 盘的刺激镜头,结果后来说那是假 U 盘,真 U 盘被他藏在发廊后面"女厕所的左数第三个蹲坑上方,上数第五第六块砖之间、左数第八第九块砖之间的墙缝里",设这悬念酷似好莱坞侦探片子的功夫了。第三,叙述反复,"回放"不断。《我叫刘跃进》语言有了些变化,比以前的小说简洁沉稳了,但小说"在章节与章节中间,交代性、过渡性的语言太多,很像一个电视剧放下一集的时候,对前一集做回顾"[1]。第四,小说结尾的伏笔酷似电影手法,似为续拍留有余地。刘震云是清醒的,他让对案件告破立下汗马功劳的老邢最终没能"顺藤摸瓜"揪出贾主任背后的"大老板","上边突然来了指示,这个案子到此为止,不再查了";刘跃进这只无名"小羊"似乎无意间打败了"群狼",几个高官自杀的自杀、暗杀的暗杀、获刑的获刑,在经过"D字头"火车似的逼仄迅疾的紧张之后,刘跃进可以坐下来安生地吃碗面了,但就在这时他发现并没有万事大吉,一是他儿子兑换走了本属于他的6万元补偿费,更要命的是特工一样的瞿莉又追上了刘跃进,因为那手包里还藏着另一个"牵涉到几条人命"的"孙悟空卡",刘跃进必须继续找包! 我们暂且不问瞿莉这样一个有心的女人怎么把这么多条人命都"放"在了随身携带随手抛掷的一个手包里,单凭小说集民工、黑帮、侦探、反腐题材于一身外加迅疾、巧合、荒诞不经、"蒙太奇"等特点,已是准电影脚本了。

　　生活的本质也许就是荒诞的,人就在平淡无奇的生活内在层面与荒诞不期而遇,荒诞构成了"悲剧"的根底。阎连科曾说,在他眼里不是小说荒诞,而是生活本身和社会本身荒诞。作家不是用荒诞去写小说,而是荒诞的生活要让作家那样去呈现。作品经由荒诞途径,抵达生活的内部,才能把生活的灵魂、生命的灵魂表露得更加准确和完整。[2] 作为有生活悟性和灵气的作家,刘震云非常敏感于这种荒诞,他像鲁迅一样,"在我们最习以为常、最迷妄不疑的地方,看出了生活的丑恶与悲惨"[3]。如前文分析,《我叫刘跃进》的独异之处正是超越了当前大部分小说创作对于"城"与"乡"的既定性道德立场,

────────────────

[1] 见徐虹:《〈山楂树之恋〉〈我叫刘跃进〉分获出版"百花奖""金鸡奖"》中孟繁华评语,《中青在线—中国青年报》http://zqb. cyol. com/content/2008‐01/01/content_2015586. htm.

[2] 潘小娴:《阎连科:我的小说是一口底层深井》,《信息时报》2006年1月16日。

[3] 摩罗:《大作家刘震云》,见《耻辱者手记》,呼和浩特:内蒙古教育出版社1998年版。

走出了"现代"与"传统"的伦理歧境,但日益"影视化"的刘震云越来越追求大众化、市民气的"喜剧精神"了,他执着于用调侃、玩笑、幽默的方式来表达生存体验,这成了一种惯性,他的立足点不在现实的灰尘之中,而是对着喧嚣沸腾的工地、大街,睿智幽默旁观地调侃小人物在嘈杂的生活中"小丑"似的"表演",甚至这次刘震云似乎也沉浸在小人物"乐感文化"的快慰之中。他坚决不和大家"玩儿深沉",或者说他玩得太深沉了,"隐匿太深"了,使我们很难看到洒脱和玩世不恭背后"作者的大痛苦大煎熬",他的幽默让我们联想到老舍早期小说的"油滑",而《我叫刘跃进》围绕"U盘"盘根错节、险象环生的寻找也使我们很容易类比2006年宁浩执导的电影《疯狂的石头》。从这个意义上来说,我们看到刘震云毕竟还是刘震云,作为"新写实主义"小说的代表人物,他至今扛起来的依然是这面旗帜,虽然创作题材的宽广度、暴露生活的复杂面、作家的情感倾向增大了。如果说"新写实主义"小说曾经以与现实不合作的"玩世"姿态表达过反叛意识,那么现在则彻底"臣服于影视的审美趣味"[1]了。

　　其实,"经不起推敲"的恰恰是喜剧,只要我们还有沉思与反省的能力,只要我们不刻意拒绝深沉、诗意、理性、价值的力量,就不得不承认生活表象的浑浑噩噩嘻嘻哈哈之后,"一地悲剧"!刘震云自信《我叫刘跃进》是能让大家在转念一想之后"噗哧"一声笑了的,我想这个"笑了"的时候,最合适的自言自语该是:"真邪门了!"是邪门了!生活怎么这么戏剧化地都堆积到了刘跃进身上?但是我还想:究竟能不能笑出来呢?命运如此荒谬,大概不是"一笑了之"的事;拧巴的故事太凑巧太神话,似乎不能让我们相信那"拧巴"被拧巴过来了。在"底层叙事"中,如果没有沉下心来的宁静冥思,"深度"就会

---

[1] 黄发有:《文学季风——中国当代文学观察》,济南:山东大学出版社2006年版,第268页。

被表面的热闹所化解,那深藏在生活逻辑之中的荒谬就不能达到撼人心魄的力度,像一杯稀薄的酒水一样缺少醇厚的耐人寻味的"劲道"。不错,在《阿Q正传》中,鲁迅确实用漫画式的笔法、戏谑式的语言勾画了阿Q无知、愚蛮、奴性十足、欺软怕硬等面目,但鲁迅在写进城的乡下人阿Q时清醒地揭示了阿Q性格其实并非乡下人的特产,城市人也有其愚暗混沌的一面,所以参与言论的立场在于批判这种愚昧怎么整体上成为中国走进现代的阻力,内涵其间的是鲁迅作为一个知识精英"哀其不幸、怒其不争"的悲戚和绝望,当下有关农民工的小说很少能达到这样的知性高度。

中国现代文学史上立意揭示"存在"之荒诞的作品并不少,《雷雨》就是一例,而曹禺自己并不满那些荒诞的巧合,那毕竟是他23岁时的制作。但至今只要我们再读到这部现代话剧经典最后一幕周朴园回到昔日的周公馆、现在的教会病院看望他的两个女人的情景,我们不得不承认当代作家很少能够达致蕴藏在当时曹禺年轻的心灵深处那种对人性对命运对生命的悲悯。"疼痛感"是一个作家面对生活的基本情感,大作家无论多么看破红尘,多么失望和厌倦,大概都会通过自身的"绝望体验、光辉体验、孤独体验"[1],以精神钻探的勇气赋予文本思想探求和情感抚慰;大气象的作品就应该充满悲悯的冲击力,作家通过对人道的人性的悲悯、对生命编码无可破解的悲悯、对小人物不合逻辑的折腾的悲悯,让读者掩卷之后遐思感慨,以致心灵受到共振或棒喝——而有时,批判也许是更深的悲悯。平铺直叙的描摹和不动声色的刻画可以是一种表现方法,但怀抱智者的聪慧退到高处,放弃内心的挣扎、煎熬、呼告,对人物远距离静观或戏弄式操控,无疑研伤了作品可能达到的灵魂的深度。

像目前农民工题材小说普遍存在的审美品格粗疏的情况一样,

---

[1] 钱理群:《"精神界战士"谱系的自觉承续》,《南方都市报》1998年11月22日。

刘震云笔下人众一律粗鄙，他把人性宽广的内涵和外延压缩在"肉球、瘦猴、厕所、猪下水、骚货、豺狼、蛆虫"等肮脏低俗的意象之中了。《我叫刘跃进》中有这样一个描写高尔夫球场上严格陪贾主任小便的段落："贾主任尿线之粗，对草地冲击之重，尿味之臊，之浑浊；（按：疑为逗号误植）一闻就是老男人的尿；但又不同一般老男人的尿；它弥漫之有力，之毫无顾忌，让严格感到，贾主任温和之下，不但藏有杀气，似乎还有第三种力量。通过一泡尿，严格明白自己还嫩，不是贾主任的对手。"真是"一滴水可以见世界"！一泡尿能被作家剖析出这么多哲理，这足见刘震云对世相深透的把握能力，不过也足见作家对某种意象的"嗜好"。严格在《我叫刘跃进》里是一个最可能深沉、最富有悲剧心理、也最富有冥思空间的人物，在激情执着的"博弈"和风光无限的生活表象背后，他的内心怎能不是一片苍凉的洪荒？但是沉浸在快速的喜剧叙事惯性中的作家不容许严格有反思和悲悯的机会，严格就那么乱糟糟地上跟贾主任、下跟包工头、中跟妻子"斗法"，这阻碍了小说切近另一思想维度的可能性，过多地留下了粗鄙和欲望，这是消费市场最浅近最广泛的需求了。

那么，我们是不是可以说《我叫刘跃进》"转身"的意义很有被"华丽"所遮蔽的危险，过分喜剧化、戏剧化的情节消弭了它的思想锋芒？这当然不是刘震云的错！人们不可能找到那个幕后的"操盘手"，很多时候它是隐形的。本来，"大众文化是伴随着工业革命的进程、借助于大众传播媒介、被文化工业生产出来的标准化的文化产品，其中渗透着'宰制的意识形态'（dominant ideology），也是政治与商业联手对大众进行欺骗的工具"[1]。在大众文化语境中，人们失去了价值判断的能力，甚至失去了自己主动思考的意识，《我叫刘跃

[1] 赵勇：《大众文化》，见赵一凡、张中载、李德恩主编，李铁编辑：《西方文论关键词》，北京：外语教学与研究出版社 2006 年版。

进》是为这"新时代的"喜欢华丽景观的大多数人量身定做的。"华丽转身"后的刘震云似乎不屑于只当一个作家了,稍稍迟于纸版小说推出的电影版《我叫刘跃进》,刘震云亲自担当了编剧和制片人,还再次"触电"出演一个打哈欠的"麻将男",这更是无可厚非。不过我还是相信,电影和小说都同样需要广阔而深邃的思想空间,需要一种精英化的、敏锐而精致的穿透力度。

如果一个时代的文学集体性地放弃了思想上的理想主义也走过了形式上的先锋主义,放弃了理性的求索或审美的优雅;如果一个时代都在渴望并追逐浮泛的"喜剧精神"而"对于比较沉重的启蒙式的悲剧,或者非常悲惨的故事"[1]抱持一种心理上的排斥,正说明了这个"发炎的"时代亟须冷静的沉思的文字,亟须康健与怜悯的理性的胸怀。

　　　　　　　　　　　　　　　（原载《扬子江评论》2008 年第 1 期）

---

[1] 见徐虹:《〈山楂树之恋〉〈我叫刘跃进〉分获出版"百花奖""金鸡奖"》中雷达评语,《中青在线—中国青年报》http://zqb. cyol. com/content/2008 - 01/01/cont-ent_2015586. htm.

身份：20 世纪的"中国结"

——读田中禾《父亲和她们》

　　田中禾的长篇小说《父亲和她们》讲述了一个具有典型意义的
20 世纪"中国式爱情"故事。"我"（狗娃、马长安）在美国小镇邂逅
一位同样在异域漂泊的故乡人，小镇酒吧的蓝调民谣和"母亲"寄来
的录音磁带，勾起"我"对故乡、对父辈无尽的歉疚和思念，作为一个
叛逆之子，"我"愿意以一本书的形式将"我的家庭秘史"保留下来。
小引之后，是"父亲"马文昌、"娘"肖芝兰（兰姐）、"母亲"林春如（化
名曾超）轮番讲述（实为录音回放）的他们之间近乎荒诞的合合分分
的悲剧——从抗日战争、解放战争、抗美援朝一直到"文革"结束，
"我"既是前辈的故事的解说者和补述者，又是故事发展中的一员。
作为 20 世纪 30 年代开始走向社会的知识分子的代表，马文昌等在
社会动荡中一波三折的人生遭际和情感历程，与整个 20 世纪尤其是
当代中国的社会进程宿命性地纠结在一起。

一

　　我们先从马文昌的三次不幸婚姻谈起。像许多社会转型期从知
识青年走向革命的人们一样，马文昌的第一次婚姻是纠缠主人公一
生的噩梦，同时又是其政治落难时的庇护所，这注定了他叛逆与复归
的无尽纠结。马文昌是欧美留学预备班（河南大学前身）高材生，

"孤僻、乖戾、玩世不恭",抗战时期参加游行、撒传单、卧轨请愿,被党部抓捕后,又被学校开除,在爷爷逼迫下被强按着头"三媒六证"与娃娃媒肖芝兰结婚,但他当夜就逃走了,终生不愿承认这样一门亲事。像那个年代的许多年轻人一样,他的宏誓大愿是到重庆考大学,然后出国留洋,将来做一名工程师。但国难当头,为抗战出力的自豪感驱使他愿意到战时难童学校任教,而因为给《前锋报》写信揭露学校黑幕被民团抓走。就在这个 1945 年的春天,同乡林春生的大哥利用和民团的关系设法营救他,在省里女子师范读书的妹妹林春如在躲避日寇的炮火中与其患难与共,这个有妇之夫和已订过婚的林姑娘产生了感情。抗战结束,马参加了革命,"为了爱情,为了自由",两人分别发表了离婚和退婚声明,颠沛流离要"到那边去"。但林家大哥不能容忍订过婚的妹妹的选择,向民团告密抓走了马,带回了妹妹,并且私下代她发表了一份"自新声明",而正是这份声明造成她和马文昌一生的灵肉流亡。

马文昌的第二次婚姻是一场人间闹剧。在政治高压的阴霾下,所谓爱,所谓自由,都变得无关紧要、一文不值,甚至成了"有罪"的代名词。被大哥带回时已有身孕的林春如逃婚逃到了马家,肖芝兰忍下怨怒和痛苦收留了这个痴情女子。为了林的体面和保密,也为了自己有个后人,肖假装自己怀孕,从此"我被两个女人孕育着"。"母亲"把"我"交给"娘"后,化名"曾超"参加了部队文工团。马则在朝鲜战场上差一点牺牲,卫生员刘英救了他,归国后在医院疗伤期间邂逅了分别 5 年的林。当初在旧中国报纸上登过"离婚声明"的马向新政府正式申请与肖离婚、与林结婚,沉浸在抗美援朝光荣军属荣耀中的肖突然间就被宣布了旧婚姻的无效! 她从小生活在马家,含辛茹苦伺候马家爷爷、叔叔、傻弟弟,她已成为这个家真正的主人,结婚与离婚都只是个名分而已。他们的婚姻原本"与我无关","我"在"娘"的护爱下已经 5 岁了,但那份"自新声明"却成了横亘在马、林之间无法跨越的重大历史问题！在接踵而至的一次次运动中,政治高于一切,他们无可逃遁。林不得不复员,历尽屈辱,以致在审干中进了劳改队。做了政委的父亲与刘英结合,这是他的第二次婚姻,但马永远无法割舍对林的感情,这份情感折磨了他一生,肖、林、刘三个女人也各自默默舔舐着自己的伤口。"肃反"运动中,曾经向"曾超"示爱、喜欢写诗的邹凡差一点被划为反革命,在关键时刻,"曾超"向肃反领导马文昌讲情,最后邹只是被"开除公职,清洗回乡,劳动改造"。"曾超"决定和邹凡结婚,从县城中学转到乡村小学落户。在这桩婚姻面前,虽然不乏人性光辉的闪耀,但马、林、邹精神上却经受了炼狱般的折磨。大跃进、大炼钢铁运动又来了,怀孕的曾超与来"蹲点"的马在工地不期而遇,曾超对大跃进的质疑影响了马,身处此境的他"不再被愚公移山、精卫填海的神话感动",他"离谱"的蹲点报告不出意外地换来了自己的"辩论会",没想到一直对马文昌不能忘记林怀有怨气的刘英出现在会场,声色俱厉地质问马文昌"这个地主阶级的孝子贤孙"！刘英申请和马离婚了,带着孩子远走他乡。落难的马文昌再一次被有着贫下中农好成分的肖芝兰救回乡下,为了"找个理由"从劳改场出来,他不得不接受复婚。

如果说马文昌的第二次婚姻还是为了"政治进步",第三次完全是命运的莫名摆布。秉性倔强的邹凡在改造中死去,正当"三年自然灾害"中一家人濒临饿死的边缘时,带着幼女的"母亲"从"娘"手里接走了"我"。"我"游荡在两个家庭之间,在叛逆中成长,因早恋被迫分手而离家出走,让望子成龙的母亲肝胆欲碎。为了让"我"有一个完整的家,"母亲"要求正式和"父亲"结婚,"父亲"再一次"忘恩负义"背弃了"娘"。这是"父亲"的第三次婚姻。随后,孤苦一人的"娘"以"招呼孩子"的名义也加入了这个本已复杂的家庭。在教育孩子等问题上,家里矛盾不断,每个人都很无奈、痛苦,尤其是生性自由的"父亲"。因为"父亲"的出身,"我"政审不过,被大学拒录,负罪的父亲又一次弃家而去,选择与"母亲"离婚。"文革"开始了,大学停办,因为那份"自新声明"打成"叛徒"的"母亲"被红卫兵挂牌游街;"父亲"也在外乡写大字报时被人暗算偷偷返家,"娘"决定带着"父亲"再次逃难异地。"父亲"和"娘"的交手"以父亲的彻底失败告终",他的人生就像兜圈子,上一次兜了十几年,这一次只兜五年,"每兜一个圈子,就意味着他身上的茧子又收紧了一环",爱、自由甚而包括性,这些对"父亲"来说的生命主题,已经变得没有什么意义了。在知识青年"上山下乡"运动中,"我"做了知青,生活充满诱惑和风险。"母亲"和在部队时"关怀"过自己的革命老干部老方结婚,这也是她的第三次无奈婚姻。"我"不知道这是否是"母亲"为了"我"前途的一笔交易,不管怎样,"母亲"说她"对自己走过的路从不后悔"!"我"被东风厂文艺宣传队录取了……小说最后以"几个附件"的形式交代了马文昌到处做革命报告的热闹晚年,在一次电视台录制访谈节目时,马因谈及苏联"被几个政治家、野心家、叛徒"解体而愤激,以致"訇然倒地",与世长辞。这样一个喜剧化"晚年"似乎是对个人悲剧命运的巨大反讽!

二

在阅读的过程中,我一直在追问:到底是什么造成了马文昌的婚姻悲剧?如果说他与肖芝兰的包办婚姻是违背人性的、非人道的,那么他与革命伴侣林春如志同道合、心心相印又为何不能厮守?他与刘英从朝鲜战场相依为命的战友到后来反目成仇究竟是什么造成的?为什么在他危难时候总是那个出身贫微,在知识分子的眼中代表着落后、愚昧的肖芝兰有能力予以施救?马文昌的人生就像一个过于盘根错节的"中国结"——正如作者所写:"我"很"惊奇是谁想出了这样好的名字。是不是每个中国人都在绕着自己的结呢?",那么,打下这个"结"的幕后黑手又是谁呢?在笔者看来,正是那个决定了当代中国无数人命运的"身份"！

就身份问题而言,《父亲和她们》可谓一部中国当代知识分子的身份改造史或说重塑史。这一代成长于二三十年代的读书人也曾经像80年代一位诗人一样宣言:"告诉你吧,世界/我不相信",但最终历史倾倒的"所有的苦水"却都注入了他们心中！从"抗战"到"文革",知识分子特有的思维方式、社会意识及知识结构失效了,在诡谲多变的政治风云中,中国人已经少有自然身份或者说个人身份意识,有的只是政治身份和社会身份。他们被贴上了不同的身份标签,这些标签处处呈现着自己的淫威,出其不意地成为其以后命运的伏笔。《父亲和她们》主要在两个方面揭示了无可逃避的"身份"对命运的决定作用。

在"非常"年代,一个人的"出身"是身份有没有政治问题的有力旁证;换言之,一个人无法选择的出身会成为影响其终生的身份问题。马文昌家原本并非大户,他失去父母后,跟着爷爷和有点痴傻的弟弟马文盛以及娃娃亲兰姐一起生活。我们需要注意到以下两点:第一,这户人家拥有土地,但因为一家人老的老、小的小,种不了地,所以雇有长年的帮工,"段姨是咱马家的佃户,老憨姨父种着咱家十五亩河滩地";第二,这个家庭的家长相对来讲是比较开明的,马文昌从小就读书,17岁就进了欧美留学预备班,"为了让你爹去留洋,你爷卖掉了20亩林地"。这两点后来都成为马文昌革命道路上的紧箍咒,出身一旦和阶级挂钩就成了大问题！

马文昌从部队复员到县里工作不久,仕途上风调雨顺,家庭上和刘英育有一女、安居乐业。此时,马文昌从同族人口中了解到,"土改"复查群众评议时,和自己离了婚的肖芝兰"拿出一份契约,说你家河滩里的25亩地早已卖给了老憨段根柱",使马家没有被划为地主分子,他顿时恼羞成怒:"这是转移土地,逃避革命!","这叫我在县里咋工作? 叫我给组织咋交代?"肖芝兰的理由很简单,也很现实:

"我一个妇道人家,你们那些政策我不懂。我只知道我们文盛没有享过一天福,他不应该当地主分子挨斗争。我也怕马家当了地主,连累我的长安。"不幸这些话后来都被言中:当马文昌忠心耿耿向工作队打了家庭情况报告,村民大会就把马文盛宣布为地主分子,马家土地、房屋、财产分给贫雇农,这个脑子不太灵便、从小在泥地里劳动的马家老二以上吊自杀来抗拒命运的荒诞;后来,刘英又因马文昌的地主身份和他划清了界限;多年后马长安考大学,又一次绊倒在马文昌这个"出身"上。马文昌以对党和人民的无限忠诚为马家换来了这个地主身份,却要有两代人为这份"忠诚"付出巨大代价!

除了"出身",《父亲和她们》着力揭示的还有言行与主流意识形态的牴牾所造成的身份问题。当马文昌在晚年回顾自己走过的路,才发现一个人走过的岁月,似乎无时不充满着造成以后危险"身份"的细节,那些曾经真诚的言行如此"幼稚可笑、漏洞百出,经不起组织的拷问,让人意想不到哪个细节会变成重大污点",成为后来无法辩驳的"身份"证明!例如,学生时代一时意气的活动,保不准会"站错立场";流亡途中被日本人抓住,为其带路,算不算投敌变节?在战时中学和同事一起办报纸,对方下落不明,要是对方的身份有问题,自己说得清吗?小报上发表的文章,保不准哪一天就成了无法辩解的证据!在去解放区的途中私自返乡被民团追捕,在朝鲜战场救了一个美国佬,肃反时包庇旧情人的未婚夫,写报告攻击大跃进、污蔑大炼钢铁……马发现自己一生留下的"身份"污点太多了,再加上与这些"污点"相伴生的情感上的无数周折和煎熬,生命之重真是无法承受!

有意味的是肖芝兰的社会身份问题。肖自小失去了父母亲人,七岁起就从肖王集到了兴隆铺马家,既是未来媳妇,也似帮家女佣。她没有什么文化,也没有很高的"政治觉悟",但她凭着在底层摸爬滚打的生存智慧和博大的爱,当马家面临劫难时,其认识和选择有时确实更为实际,也更为切实可行:当林春如躲在马家生孩子,她假装自己怀孕,养育马长安这一做法使得马、林在她面前永远成了抬不起头的罪人;当马文昌被民团追捕,她把马藏起来,和对方斗智斗勇地周旋;当马家被划为地主,她带着长安回了娘家,"到那儿我是贫农,把我狗娃的名字改成肖长安,离你们马家远点。……我这个当娘的,不能叫他背着地主羔子的黑锅长大";当林春如被作为"叛徒"批斗,她出点子让她逃到乡下;当马文昌在"文革"中遭遇不测,她果断地带着他躲到湖北养鱼为生。多大的屈辱她都领教过,即便"心上像扎了一把刀",还是以宽忍撑下来;多大的动荡她都见识过,即便倾家荡产、寄人篱下,她都能从容地应对生活。对比起来,马文昌、林春如这些政治觉悟很高的知识分子,虽然在政治运动中小心翼翼地为人做事,生怕对不起人民、对不起组织,却依然时时碰壁,处处倒霉。那么,肖芝兰的"游刃有余"仅仅是因为上面所说的富有生存智慧和博爱之心吗? 似乎问题还有别一个层面:肖芝兰出身过硬,贫农,自然是"根正苗红"。一个显明的例子就是,肖芝兰替马家瞒报了土地,甚至卖地文约也是假的,当工作队来向她调查的时候,她敢于理直气壮地辩解;也正是由于"出身好",她才有资格带着长安从兴隆铺迁到肖王集。可以想见,如果是地主分子或者知识分子(一般都有家庭出身问题)这么做,一定是"欺骗政府,罪该万死"! 当然,这里只是从"身份"出发强调的问题的一个方面,在非常年代,乡下和乡下人并不因为"天高皇帝远"就能够躲过哪一场政治运动。

三

在《当我们老了,当我们谈论爱情》的访谈中,田中禾认为马文昌一生的幸与不幸和肖芝兰的关系密切,"她是中国传统文化的代表。善良、宽容,富有生存智慧和顽强意志力,内心秉承着封建的伦理信念,执着地关怀着叛逆的主人公,终于把一个不听话的孩子改造成了驯顺的奴才。她的最终胜利是传统势力对自由思想的胜利。一个看似柔弱、宽宏的女人,其实是三个人中最有力量的人"。[1] 我不很同意这种解读。

首先,把肖最终得以"与子偕老"视为其"胜利",忽略了这个"胜利"的过程渗透着这个女人多少心灵血泪。悲剧也同样属于肖,她更是这场婚姻的受害者。即便站在知识分子的立场发言,即便认为传统女性对男人的依恋更多只是一种"先天性"的"嫁鸡随鸡、嫁狗随狗"的旧伦理观念所致,也不能武断地认为草民就不懂得爱、没有丰富的情感世界。在马与肖打交道的过程中,肖并没有以自己秉承的"封建的伦理信念"来约束、控制马文昌,对于这样一个"叛逆的"男人,她能做的仅仅是自己遵从封建伦理,"拜过天地,他就是我男人",这种"遵从"并没有对马的"自由思想"造成管控,他完全可以自作主张、擅自行事;同样,她"执着地关怀着主人公"也并不能够改变马不顾惜她的局面,那种关怀中母性远远多于妻性。因此,仅就爱情和婚姻而言,他们的悲剧可以说是文化的悲剧,他们就是裹挟在时代风浪中的沙粒,人性的善与恶都救不了他们。所以,真正的"中国结"不是由"娘"织就的,真正的悲剧力量来自时代,来自"身份"。

其次,把马文昌晚年"成了驯顺的奴才"看作是肖的"力量"改造的结果,这冲淡了文本所具有的反思的力量,或者说是社会批判和文化批判的力量。肖最终和马相依为命、安度晚年是"传统势力对自由思想的胜利",这种看法似乎夸张了"伦理信念"的力量,恰恰在那样一个时代,传统伦理是被踏在脚下的,父子怀恨,夫妻成仇,同志离弃,人人自危……"把一个不听话的孩子改造成了驯顺的奴才"的并非一个"柔弱、宽宏的女人",恐怕更重要的是那个时代;也并非"全怪他不争气,不断落下把柄让娘握着",他只得乖乖地和娘过日子,实

---

[1] 参阅 http://blog.sina.com.cn/s/blog_4f8dcedb0100kg05.html.

际上他的"风流惹事"既有家庭氛围所致,更是社会风气逼压的结果。他们年轻时意气风发、敢爱敢恨,几十年后"回归了现实与平庸,而且变成了奴性十足的卫道士",或许正是时代"洗脑"的结果——非常年代的强权话语不会允许人性发出灿烂的光辉,例如林春如由于恐惧政治身份造成的对母亲的冷待,恐怕并非仅是人性的丑恶;刘英在政治斗争面前选择和马文昌划清界限,其主因也并非女人之间的妒忌,而是形势所迫,也是为自己和下一代选择一条生路;相反,邹凡的执拗显现了知识分子的批判精神和反抗意志,但最终却付出了生命的代价。诚惶诚恐走出这个时代的人或许汲取了桀骜不驯的教训,不得不"驯顺"起来,把一生虔诚地奉献给了造成他们无数个人悲剧的伦理。

对于这部小说的主题,有学者剖解其"漂泊",有学者阐释其"爱与自由",有学者偏重其"母性文化",它确实是多义的,但首先是它成功地呈现了 20 世纪中国知识分子被改造的历史。作家将忧郁、感伤的探询之笔插入这段历史的底部,书写一代知识分子"被改造"的人生,不仅仅是因为"他们曾经是我少年时代的偶像。他们年轻时满怀激情,意气风发,追求自由和梦想",主要是想探问:"他们的人生,是不是就是中国人的人生缩影?"英国社会学家 T. H. 马歇尔在《公民身份与社会阶级》一书中认为公民身份包含公民的、政治的、社会的三种要素,分别对应了公民权利、政治权利和社会权利,他指出:"公民的要素由个人自由所必需的权利组成:包括人身自由、言论自由、思想和信仰自由,拥有财产和订立有效契约的权利以及司法权力……"[1]但按照政治的逻辑,似乎一个现代民族国家的建立必须以牺牲公民个体的精神自由为代价!无疑,这种代价过于沉重,它使

---

[1] T. H. Marshall, Sociology at the crossroads and other essays. London: Heinemann, 1963, p. 74.

得人们至今还时常被这一问题所困扰。田中禾以面对历史沧桑时的敏锐和清醒,以沉实稳健又不失诗性的语言,以从容宽宏、善解人意的语风,在宽厚、细腻与睿智间,将文学触角探入现代中国的社会进程,当事人追忆、"我"的旁述与历史实景相互交织,似乎漫不经心,其实却暗含"杀机",复原了那个时代无处不在的政治风云以及那些历史皱褶处个体的挣扎、喘息与泣血,充满对一个世纪政治兴衰、人生宿命的慨叹和惋惜。由此可以说,《父亲和她们》通过对一代知识分子"身份"悲剧的探查,揭示出"身份"是缠绕整个 20 世纪中国革命史、政治史和个人精神史的"中国结"这一重大命题,使这部"一个男人与三个女人的故事"有了与 20 世纪中国社会史、思想史对话的角度和力度,其反思意识亦有了丰富的历史感和冲击力。

（原载《小说评论》2012 年第 2 期）

批判下的抟塑

——李佩甫"平原三部曲"论

　　李佩甫的"平原三部曲"《羊的门》(1999)、《城的灯》(2003)、《生命册》(2012)历经十几载终成完璧。如前两部一样,第三部的名字也取自《圣经》,《新约·启示录21:27》有言:"只有名字写在羔羊生命册上的才得进(上帝的圣城)"。《生命册》是一本乡村"人物志",他们的故事或单独成"册"或相互纠缠,但都和"我"(吴志鹏)的生命相纠结,所以他们确实是"我"生命之书中一张又一张的"册页"——一个"册"字,一种沧桑、悲凉、厚重,还有命运无以言说的那种力度都出来了。李佩甫强调《生命册》是写"脚印"的,从城—乡二元对照的结构和对"进城者"形象的塑造上讲,"三部曲"的每一部都是写"脚印"的,不仅是写"人"的脚印的,更是写中国乡村社会变革的脚印的,从中我们可以细细品悟李佩甫那句由衷的感慨:"这样的土地很难生出栋梁之材是有原因的。"

一

　　李佩甫是具有执着的历史文化批判意识和清醒的现实主义观念的作家,从他的《红蚂蚱、绿蚂蚱》(1986)、《李氏家族的第十七代玄孙》(1987)、《金屋》(1988)到《城市白皮书》(1995)、《天眼》(1995)、《李氏家族》(2000)再到《等等灵魂》(2007)和"平原三部曲",无不渗透着作者对中原文化根性、历史因袭惯性以及乡村现实处境深刻的认识，而其成功塑造的一系列人物无论乡村统治者或贫弱大众，都深深植根于平原地域的乡风世俗，他们如盘旋在乡村上空的历史幽灵，是体现平原政治文化和精神内核的主体。乡村基层政治"当家人"其实一直是新时期乡土小说所青睐的对象，近年来就有陈忠实《白鹿原》中的白嘉轩、贾平凹《秦腔》中的夏天义、《古炉》中的朱大柜、梁晓声《民选》中的韩彪、周大新《湖光山色》中的詹石磴……构成了当代文学最生动丰满的人物群像。作为乡村世相的聚焦点，呼天成这类乡村教父似的人物天赋拥有从民族文化和民族心理出发的"人治"智慧。他们有着仁厚、包容、圆滑、世故、狡黠、残忍等交相混杂的复杂人格，讲权术、擅权谋、重权威，又有敢于主持公义、为民请命、铁面无私的一面；进入当代以来，带有"家政治"特色的文化遗传基因在极左政治意识形态的催化下被发扬光大，每个人都被束缚在集体主义、道德主义和独断专制之下，与"现世"不断妥协，作者如果把乡村基层权力人物奴化众生、经营人场的故事写活了，把庸凡百姓的狭隘自私、恃强凌弱、敬畏权力以及勤苦坚忍、渴望出人头地的复杂性写活了，其实就写活了一部中国当代乡村史。

《羊的门》中有这样一句话，就是市委书记李相义因为一时之间报刊上关于许田市的负面新闻铺天盖地，不得不去呼家堡见呼天成——他懂得那些"动静"是一方"土地爷"呼天成为了呼国庆的案子而耍的威风——李相义看到呼家堡整齐划一的农舍、工厂、民兵表演，心里暗暗地说："这里只长了一个脑袋啊！"无疑，那个"脑袋"就是呼天成。呼天成在呼家堡四十年的经营盘根错节，树大根深，其尊严神圣不可侵犯，这里发生的每一桩事都体现出他的无敌权柄。"在呼家堡，要想干出第一流的效果，就必须奠定他的至高无上的地位。而这一切，都是靠智慧来完成的。……对于那些'二不豆子'、那些'字儿、门儿'不分的货、那些野驴一样的蛮汉，他必须成为他们的脑子、他们的心眼、他们的主心骨"。呼天成处心积虑树立自己在乡民中的权威,私下里以给孙布袋说媳妇、记工分为诱饵让孙故意偷庄稼被抓,他开了一场又一场的批斗会,"孙布袋的'脸'成了他祭旗的第一刀",另一些人的"脸"则因被呼天成点名表扬而容光焕发,甚至热泪盈眶!信仰在乡间,是草民对命运无常的一种敬畏和自我安抚。刘全为溺水而亡的女儿招魂招来一条小鲤鱼,当刘全下跪感谢"神"的眷顾,呼天成却在众目睽睽之下捏死了小鱼;呼天成信"主"的母亲临死前最大的愿望是儿子能够给她举行一个基督教葬礼,呼天成毫不犹豫地把她葬在了"地下新村"。通过这两件事,呼天成既征服了当地"神"又驱逐了异域"主",他的气魄镇住了村人,成了呼家堡人信仰的一尊神。他对待自己喜欢的女人秀丫的绝情、解除八圈的"革命"、展览麦升的指头、处理刘清河被锯"事件"、定"呼家堡法则"、建"地下新村"……呼家堡没有人敢于质疑和反对,"他的声音就像雨露一样,渗进了土地的每一个角落",他们机械地听命于呼天成"一个脑袋"发号施令,这已经无法用所谓的愚昧、无知、麻木来概括,而成为一种文化、一种民性。呼天成的人格图谱上,最迷惑人的地方是其日常行事似乎总是站在"公义"立场,培养着民间的"良心"和"面子"。"文革"地动山摇,在一车车"红卫兵"扯着大旗向呼家堡呼啸而来、带来外边世界的暴风骤雨时,每次站出来应对紧急局势的只有"长了天胆"的呼天成,他站在村口"笑迎八方客",欢迎每一支"革命队伍"的到来,一次次变更村街的大字报,低声下气地请"小将们""喝口水,喝口水",那是他一生唯一一段"不硬气"的日子。呼家堡因而得以保全,没有卷入任何一派势力,这使得民众更甘心情愿成为任其摆布的木偶,甚至以此为荣,即便自己的尊严和权益受到侵害。由于害怕强权的淫威又渴望其庇护,而且崇奉"面子哲学"、"人情哲学",反过来促进了乡村社会对权力的认同和崇拜。

经营小小的呼家堡绝不是呼天成的全部深意,他主要是想经营一个体现"面子"和威权的官场,这个"场"就只能在城市。呼天成的拿手好戏是向下注重栽培新秀,向上寻求感情投资,这才是权力执掌者巩固地位的"人才经济学"。呼天成在插队知识青年和本村青年中发现可塑之才,下大气力将孙全林、邱建伟、冯云山等培养成为各级权力部门的官员,尤其是对呼国庆的培养更是不惜血本。呼家堡关系网中最密实有力的一部分当然来自老秋,"文革"时呼天成藏着的一个大秘密便是斗胆把被人打折了腰的省委副书记老秋藏在了自己住的茅屋里休养。呼天成是有远见和胆略的,在生命危难之中所结下的这种友谊坚不可摧,当老秋重新出山,他留给了呼天成一句话:"农民嘛,还是种庄稼。"这句话"点亮"了呼天成,从乡村到县城到省城和首都,一张为呼家堡编织起的权力关系网织就了,小村庄转动了大乾坤。《羊的门》结尾处是呼天成弥留之际全村男女老少为其学狗叫,这个情节有些夸张荒诞、惊心动魄,而这一结尾无疑揭示了这样一个残酷的事实:在传统教化和乡村政治权力的代表者呼天成的调教下,呼家堡的村民在人格上都成了跪叫的人狗。

如果我们将李相义所谓"这里只长了一个脑袋"这句话延展到整个历史长河中来看,世世代代平原地域的国人大概也凭借着"一个脑袋"习惯了随波逐流,久而久之他们忘记了自己也长着脑袋,忘记了独立思考。这种倚赖"一个脑袋"的思维和源远流长的官本位文化相依相存,以致当官的擅权弄术,老百姓以官为尊,造成了平原人独特的"有气无骨"的生存状态。《城的灯》中的老支书刘国豆可以算作共和国乡村政治的第二代,他缺少呼天成那辈呼风唤雨的资格,也失却了为民请愿的政治荣耀感,但是却承袭了那种人术和人治的衣钵,村人尤其是上梁村孤门独户的冯家对支书是心怀敬畏的。杀猪匠"铜锤他爹"每每自行车上挂着主家让带走的一刀肉或者一挂下水,总是到村口顺手就给了支书,所以当冯家的树被铜锤家移占去找支书说说公道时只能无功而返,那份屈辱却深深埋进了冯家昌的深心;

当支书的女儿刘汉香约冯家昌幽会,支书气疯了,"他没有想到'癞蛤蟆敢吃天鹅肉'!""在这村里,没有一个人敢对我这样。……我眼里不揉沙子。"支书带着基干民兵把冯家昌"绳"了,要截掉他的腿;要命的是,那个时代的支书的腰带上都挂着全村人的"公章",掌控着农家子弟的命运大权!

　　官本位文化的力量是巨大的,一套跑官、卖官、以权谋私、钱权交易的潜规则如天罗地网,防不胜防,这样的土壤会"化神奇为腐朽"。《生命册》中,"骆驼"(骆国栋)要托请隋部长办事,隋夫人单玉却很"有范儿"地挡住了箭镞,但他们打听到单玉的父亲有一个心愿,就是为家乡重建一所曾经以他祖父命名的、毁于抗战的小学,"骆驼"私下找到老人,无偿拿出200万实现其造福乡梓的心愿,"等将来学校建起来的时候,再请这位名教授和他的女儿单教授一块儿去剪彩",生米做成熟饭,反对也来不及了。这真是躺着也会中枪了!从乡下走出来的穷人家子弟范家福,从中国到美国苦学苦读"读到了博士,尔后又回来报效国家……骆驼一旦进去,一旦开了口,就把人家给害了",副省长范家福在"骆驼"一环套一环的暗算中成了阶下囚。

　　"三部曲"写活了一批擅权弄术之人,也写活了芸芸氓隶、懵懂众生,作者将平原人特有的生存情状和生命意识具体入微地融进现代文学"国民性批判"的主题,写出了现实与历史纵深的遥相呼应,从而揭示了这样一个振聋发聩的道理——"一个不再产生思想的民族是可怕的"。

二

　　"三部曲"的每一部都是双板块结构,即以村支书为代表的乡村群氓和以进城者为主体的城市官场与商界,所以有人认为李佩甫有两副笔墨,一副是乡土批判,一副是城市批判,后者主要是对进城的农家子弟被城市俘虏和异化所进行的道德审判。在我看来,"三部曲"中的城市并非一个完整的、自成体系的城市，"城市"板块是围绕"进城者"而不是围绕"城里人"来书写的，乡村与城市共同笼罩在平原文化的传统阴霾之下。"平原三部曲"重要的价值维度是从道德层面上审视城市金钱、权力与性交易的欲望与丑恶，细究起来，这种欲望和丑陋并非城市所独有，作者是将其置于整个民族文化尤其是官本位文化的视域内来考量的；作者立意不在描摹这种欲望和丑陋的种种表象，或者说不在于批判这种现象本身，而是用大量的笔墨来探究其形成的文化渊源；作者用大量的篇幅为征服城市者的堕落进行铺垫，如描写他们童年的苦难、成长中的屈辱、入城后的压抑，这其实正是他们怀抱理想而最终在精神上灵魂高度上走向自己的反面的心理积淀。因此，我们也可以把"城市"理解为乡村土地的延伸和平原思想意识的弥散地。

《羊的门》是分别以呼天成和呼国庆为中心的城—乡双板块格局，前者由呼天成的近卫组织如副村长呼国顺、民兵连长呼二豹、村秘书杨根宝、妇女主任马凤仙、女广播员姜红豆和孙布袋、刘全等愚弱民众组成，以呼家堡为势力范围，俨然一个"独立王国"，后者却并非一个"自足"的独立个体，他是贯穿乡村与城市的一个"线人"，他的自我价值认定完全是官本位文化的沿袭，缺乏独立意识和决断能力。与呼国庆产生生命交集的城市人物有李相义、王华欣、范骡子、谢丽娟、蔡五等，这些人物之间的牵连、制约与渗透暴露了官场权、钱和性交易的乱局，却全部是围绕着呼国庆的权力得失——其每一点升迁沉浮最终都牵扯着呼家堡那个"脑袋"的谋划。所以，呼国庆就如乡村(呼家堡)放飞进城市的一架风筝，那个线圈掌控在有着文化隐喻意义的呼天成的手里。

《城的灯》在文本结构上以冯家昌和刘汉香为双轴心，正好呈现了城—乡的两极。在人生追求和自我定位上，冯家昌和呼国庆可谓"同胞兄弟"，他们都将进城为官作为生命最高的也是唯一有效的选择,"进城"和"为官"就是合二而一的,以官为贵、以官为荣的传统意识非常浓厚,而显然,把全部心思用在如何抛弃乡村上的冯家昌,也只是一个有着"农民根性"的城市异乡者。"四个兜"是冯家昌的第一个人生目标,"穿上'四个兜',这意味着他进入了干部的行列,是国家的人了。'国家'是什么?!'国家'就是城市的入场券,就是一个一个的官阶,就是漫无边际的'全包'。"最初这个决定是来自刘国豆嫁女的条件,但其实也是冯家昌自卑的内心的一个梦。在部队五年,他以忍辱负重换来一张张"五好战士"的奖状,写上"等着我"寄给乡下的刘汉香,但是他还是轻而易举地就向城市"投诚"了——在高干子女李冬冬面前他是多么卑微多么自惭形秽啊!当拥抱中李冬冬突然打开了所有的灯,"灯光是很逼人的,灯光把他照得很小,是灵魂里的小……"他只有"俘虏"她或者被她俘虏才有更光明的前程,才能够光宗耀祖扬眉吐气!"成为城市人"是冯家昌无法抛舍的梦想和荣耀:"告诉你们,我不会回去了。不久的将来,你们也会离开那里,一个个成为城里人,这是我的当务之急,也是咱们冯家的大事。其他的,就顾不了那么多了。"对于刘汉香,当然,"咱们是欠了债的。……如果,她非要我脱了这身军装,要我回去种地,那,我就回去。我等她一句话——不过,那样的话,咱就不欠她什么了,从此之后,也就恩断义绝了!"但是,自此他在挺进城市、进军官场的道路上就有了两套看不见的枷锁,一套来自他的背信弃义,隐隐折磨着他的良心,还要担心"东窗事发";一套来自"高攀"的婚姻,时时伤害着他男人的自尊。当他终于实现了"冯家的大事",却并没有获得预想中的满足感,"他进入了'城市',却丧失了尊严"。作者借刘汉香"走马观花"的城市之行揭穿了冯家昌所在的城市的真相:拖欠工资的工地上民工如"碗"一样空洞迷茫的眼神、穿着"羊皮"的穿梭不停地行人、狡猾行骗的行乞者、淫荡的娱乐场……这是个要有"跪的艺术"才能活人的地方啊,冯家昌在这里其实"也不容易"!刘汉香在内心释然了,得救了,当他还在防备着她的报复的时候,她其实已经宽恕了他,但是这并非一种两心相知的和解,而是一种宣判:她永远不需要他的怜悯,值得同情的恰恰是他自己,她赦免他了。无论在城市还是在乡人眼里,他既不是强者也不是胜者,他必然要面临内心的崩溃!

"树状结构"的《生命册》结构上有些散,有些乱,但实际上还是以村支书蔡国寅("老姑父")为代表的乡村和以进城者吴志鹏("我")为代表的城市的对应结构。"我"的老家是平原省颍平县吴梁村(民间叫"无梁村"),立过军功的"老姑父"在这里是一个类如呼天成似的重要人物,既是地方权力的象征,又有点家长威风,不过他没有呼氏那么大的能耐和天地,甚至在家庭生活中还是个窝囊废,但是他心里有杆秤,量得出人心的斤两,很多时候他是乡村事件中最为忠实也最为有力的调解员、和事佬,也善于利用一些小伎俩为村民谋点利益,不少事情经他的协调变得更为人性化,更为公正公道,所以他有不同于呼天成的权威。"我"是一个在"老姑父"关照下吃百家饭也吮遍全村女人的奶水长大的孤儿,因此在成人后就成了全村人的儿子。"我"研究生毕业后分配到毗邻黄河的省城大学当老师,"这是一个叫人淡忘记忆的地方,也是一个喜新厌旧的地方。它的商业氛围是含在骨头缝儿里的,欺生又怕生,是那种一次性交易、不要回头客的做派。但一旦待的时间长了,它又是宽容的、保守的、有情有义的。"这也是平原的习性。乡村人是活人情的,活脸面的,他们心照不宣地把当初那份照护"我"的索报发挥到极致:国胜的娘家兄弟的儿子考大学差了一分让"我"跑关系,"你不是在省里么?","你办了吧";保祥家女人说:"你叔的农用车在漯河撞住人了","你打个电话,让派出所把车放了吧";句儿奶奶说:"你七叔都当了十六年的民师"被裁了,"你是省里大干部","给县里说说吧";海林家女人说:"你侄子眼看就匪了呀","孬好在省里给他找个事做"……"我""身

上背负着五千七百九十八亩土地",“近六千只眼睛",“近三千个把
不住门儿的嘴巴",他们的唾沫星子是可以淹死人的,“一个无梁村就
快要把我压倒了"。为了逃避这个沉重的包袱,“我"痛下决心辞了
职,选择南下北上的“漂"的生活,和“骆驼"等一起尝尽人间苦辛,也
阅尽官场和商界的各种钱权媾合的阴谋,终于赢得生命最大的辉
煌——成为坐拥上市公司几亿资产的最大股东。但是,“我"最终也
无法遗弃掉无梁村,“老姑父"的白条子会神出鬼没地传到“我"的手
里,每一张上都有他的亲笔字“见字如面"或“给口奶吃",如紧箍咒
一样束缚了“我",因此,“老姑父"“既是我的恩人,也是我的仇人"。
表面上看,乡下人对“我"无穷无尽的过分要求是出于对城市生活的
无知和夸扬,认真分析会发现那却是出于对官的崇拜、对城市的敬畏
和向往,因为人在城市就意味着离“官"近,离呼风唤雨的权力近,也
就意味着“不分青红皂白"就能够把事情“办了",这既是身处最底层
的百姓对城市、对官场一厢情愿的想象,也是从自身卑微的生存经验
出发得来的启示;另一个方面则是出于他们爱面子、求报答、重私谊
的心理积淀,也可以称为“乡愿哲学"。

　　李佩甫运思这样的城—乡二元叙事格局是有其深意的。作为当
代政治的产物,城市与乡村的二元分化、政策差别、身份区隔造成了
农家子弟宿命性的出身的低微、出路的狭窄,久而久之便生成一种对
城市的向往、羡慕、怨怒和仇视的心理和风气,“征服城市"成为乡村
人的世界观和方法论,进城者在乡村与城市“双板块"生活的心灵轨
迹也成为当代中国社会城—乡结构关系嬗变的思想标本。直面城—
乡区隔造成的心理问题体现了作者对共和国政治的反思和批判,当
然,这也成为李佩甫的一种伦理向度,正由于如此,三部小说在结构
上、人物设置上的雷同是不言而喻的,站在乡村视角对城市所进行的
道德审判以及所体现的价值迷思也让人诟病,《城的灯》在这一点上
更为突出。

三

正是由于李佩甫对乡村—城市二元对立结构的省思,对乡下人艰难的进城之路的清醒,其小说文本就产生了与"批判"主题息息相关的另一条别有思想价值和审美意趣的主线,那就是"抟塑农家子弟新一代",揭示平原人与土地的密切关系,并由"平原上的成长"这一条线索思考"这样的土地何以不能生出栋梁之材"的根由,进而考量在历史负累下中国尤其是中原区域的现代转型之路。

从作者早年创作中的李治国(《无边无际的早晨》)、杨金令(《田园》)、李金魁(《败节草》)等一直到呼国庆(《羊的门》)、冯家昌(《城的灯》)和蔡思凡(蔡苇香)、大国、骆驼、吴志鹏(《生命册》),这是一个背弃了传统的生存方式、走进城市的人物序列。他们或由依附传统到逐渐觉醒,或由决绝出走到重识故园,或由盲动自私到理性审慎,其间的困顿与迷茫、疯狂与决绝、隐忍与苦挣、迎合与拒斥⋯⋯绘成了"背着土地行走"的一代农裔后人、一群读过书的乡村进城者复杂的精神图谱,正体现出李佩甫在"抟塑农家子弟新一代"这一叙事主线上的别具匠心和良苦用心。

李佩甫曾说道:"我觉得咱们中国人,或者叫中原人吧,如果查三代,我们祖先都是从乡村走向城市的,本身都带有很浓重的、这块土壤给他的很多东西,几乎都是背着土地行走的人,每个人背后都有巨大的背景,生活的背景。"乡村作为背景,在呼国庆、冯家昌、骆驼、吴志鹏那里意义并不尽然相同,但有一点可以肯定,那既是动力,又为羁绊。呼国庆和冯家昌的"背景"浸染了他们的人生观和价值观,那就是不择手段地寻找出人头地的捷径。在个人欲望的驱使下,他们舍弃了生命作为一个独立个体所应有的审美趣味、人格尊严和理性思考,依附在一张强大无边的官文化网络中无法自拔。住在田间草屋的呼天成是呼国庆的精神领袖、事业导师,"在呼伯面前,呼国庆从不敢隐瞒什么。他是呼伯一手培养出来的,他知道,在老头面前,是不能说半句假话的。假如有一天他知道你骗了他,你将永远得不到他的谅解!"冯家昌则在"逃离背景"的欲念下走得更为决绝,但其酒醉后学狗叫的细节似乎与《羊的门》形成互文——这个苦难出身的寒门子弟绕了好大一个圈子终于成了体面人物,实质上却像一只苍蝇一样落在了原点,仍然是呼家堡徐三妮一样的学狗叫的奴才货色!这是多大的讽刺和嘲弄!不过,作者并没有把冯家昌写得更坏,他从其成长中寻找那些坏的"诱因"即那些"背景",为其"背叛"做好铺垫:冯家昌的屈辱感是六岁那年跟着那棵"会跑的树"开始的,他看见受了屈辱的父亲"像是夹了尾巴的狗一样,掉头就往村里奔去。父亲太痛苦了,奔跑中的父亲就像是一匹不能生育的骡子!"九岁那年,他偶然发现提着串亲戚的纸匣里装着的竟是八个风干的驴粪蛋儿,顿悟到"有时候,日子是很痛的";十二岁时失去了母亲,他带着四个弟弟用脚上扎蒺藜的办法克服无鞋穿的艰难;十六岁时被支书的女儿爱上,却差一点为此付出断腿的代价……故乡带给他的,除了羞辱还是羞辱,他是凭着羞辱的磨砺而成长的,进城为官、投机钻营、攀龙附凤就成了他摆脱羞辱感的救命稻草,当然也给他带来新的不安和耻辱。很显然,李佩甫并没有试图从呼国庆和冯家昌的身上找到多少"新"的思想因子,他让他们沿着一种文化惯性滑行,等待着他们在跌宕中觉醒。

在"三部曲"中,"觉醒"的探寻最初在呼国庆那里露出若隐若现的曦光,在刘汉香那里有了悲壮的尝试,在吴志鹏那里最终成为自觉。在对《羊的门》结尾部分那个"炸雷"的认识上,我认同多年前刘思谦教授的看法[1],她认为那不仅预示着呼天成的末日来到,同时也是谢丽娟觉醒的霹雳,也是"无骨的平原"养育的呼国庆在爱情与

---

[1] 刘思谦:《卡里斯马型人物与女性》,《当代作家评论》2000 年第 3 期。

自由的召唤下第一次对"呼伯"的权威产生动摇："走吧。离开这里。这是一块腌人的土地","你还是不是人？还有没有做人的骨气?"……此刻,在呼国庆望着谢丽娟的惊诧的目光中或许蕴含着"叛逆"的力量,他或许不会再拿自己的人格和自由为呼天成去殉葬了。

如果说呼国庆、谢丽娟的渐渐苏醒是代表着一代农裔后人对旧传统、旧文化尤其是"人术"政治的背叛,是"思想的惊蛰",那么刘汉香的觉悟则是作者对社会转型期乡村城市化可能性的新探索,或者说这个人物寄托着李佩甫探索中国当下社会变革的抱负。和呼国庆、冯家昌背负的"背景"不同,乡村并不构成对刘汉香的控制或羞辱,声色俱厉的支书刘国豆对这个女儿言听计从,她的蒙羞和受伤来自"城市"——冯家昌成为"城里人"后对她的负情,但是当她看透了城市虚美之下的龌龊,看透了乡下进城者的卑微和无力,她选择了与呼国庆、冯家昌"征服城市"不同的道路即"重建乡村梦想",她的理想是把自己的村镇建成一座花都,让农家的子弟在自己的家园里过上幸福的生活而再也不用进城招辱,作为新支书她面对着全村人说:"让我们重新认识自己。""让我们自己救自己吧。""日子是可以过好的。"就这样,她开始带领村民种果树,她精心培育月亮花,她拒绝巨商高价购买种花技术的企图而是要求合作开发……刘汉香是一盏灯,她照亮了冯家昌们走向城市的路,也照亮了赵县长的政绩,照亮了月亮镇的前程——当县长的车亲自接她时,村民望着她的眼睛就已经被这盏灯"点亮"了。刘汉香就像在捐着一盘大绳、拖着这块土地行走,坚忍,吃力,出人意料地却死于"六头小兽"的无知和粗野,临死还喃喃着"谁来救救他们"！"香姑"最终成为一个传奇,上梁村也成了名扬海内外的花都,成了让冯家昌找不到北的城市。

不过,李佩甫还是认识到了平原民性固有的麻木颟顸、斤斤计较、鼠目寸光与中国农村现代性实现的矛盾,他写村人对种树的不解、写在果子成熟季节发生的纠纷、写他们对种花的拒斥……刘汉香临死没有辩解也没有呼叫,那究竟是出于绝望还是出于自信?刘汉香死后全村三千人披麻戴孝在县政府前请愿的行为被称为一种"良心的发现",但他们黑压压跪在县长面前的情景是否就是传统的对青天大老爷的期待?送香姑的悲怆中有对一颗灵魂的朴素的敬意,但是否就意味着认识到了花镇的价值?从另一角度来看,开创了月亮镇未来的刘汉香在思想深处依然是活在古老的时代,她类如男性的"圣母"想象,是一个美好的道德幻影,其价值观的重建来得如此突兀,以道德主义为准绳的她最终也不可能是"新人"的精神引路人,故乡也终究不能成为离乡者的精神栖居地。仅从这个意义上说,作者在这个人物身上的探索即便不是无功而返,也有着明显的乡村乌托邦的色彩。

《生命册》中,吴志鹏和蔡思凡、"骆驼"构成两对一一对应的关系,这三个人物在当下中国非常具有典型性。蔡思凡是一个值得玩味的角色。她本来是一个进城的洗脚妹,可以说是在城市化过程中乡村送给城市的一个"祭品",她在城市"见了市面",捞到了"第一桶金"后回到家乡创业,在商界厮杀拼打,在男人堆中把自己练成了"钢"一样的女人,最终成为可以在县城里呼风唤雨的人物。我们细细品读文本会发现,虽然作者带着截然不同的情感来塑造蔡思凡和刘汉香,其实这两个人都是乡村现代化的实践者,而且前者似乎更为真实、更为切合实际,因为蔡思凡更懂得乡风乡情,更懂得"干企业有多难":"那些村里人,你用他,他说你给的工钱低,骂你;你不用他,他说你不给村里办事,也编排你……"她告诉吴志鹏:"你要是有良心,也该回老家看看了","手里有钱了,给家乡投点资",否则他们会戳断你的脊梁骨!这就是这些"背着土地行走的人"所面临的尴尬!如吴志鹏所言:"我是一个有背景的人。"《生命册》的开篇就是:"我是一粒种子。我把自己移栽进了城市。"一棵土地上的种子移栽进了城市,难免会有水土不服。这棵"成熟的种子"的背景是"家乡的每一

棵草都是我的老师",它们活得都很小——在平原,人也必须向"小
处"活。对于吴志鹏来说,乡村作为"背景"是一种成长的羁绊,是永
远逃之不去的"无尽关系",他在这种牵牵绊绊中学会以内省和自审
的力量来面对城市与乡村的荣与喜、罪与罚。吴志鹏和"骆驼"都从
底层来,苦难背景激发他们上进的欲望,但是,"骆驼"更加爱面子、爱
虚荣,敢拼敢干,什么东西都要"必是拿下",欲望膨胀到不择手段。

　　在"骆驼"和吴志鹏的对照书写中蕴含了作者对于社会转型更深
远的思索——"有些事,得慢慢来",这句话似乎轻描淡写却极有分
量,是吴志鹏送给"钻进钱眼里去了"的"骆驼"的,他劝他用"慢"来
对付"抢","抢时间"的弦"绷得太紧,是要死人的","骆驼"最终就
是死在了一个"抢"字上。吴志鹏虽然坐拥数亿资产,但他是一个能
够冷静地看待人生理想、理性地把握个人命运的人,"当一个人志得
意满的时候,就该警惕了","咱得有底线",他努力保持内心的独立
和自主,努力坚守与财富和名利之间的张力。当蔡思凡以反哺故乡
的名义要他为其板厂投资时,他很清醒地说:"你让我考虑考虑"。那
些"乡愿"他理解,那些虚荣他则无须,他不想为了赢得村人的好感而
率性盲从,他的理智告诉他:"我真心期望着,我能为我的家乡,我的
亲人们,找到一种……'让筷子竖起来'的方法。"吴志鹏是李佩甫系
列小说中难得一见的清醒、自律、理性、珍重孤光自照的人物,或许,
这片四处漂泊的树叶再也回不到乡村那棵大树上了。这该是好事。

　　《生命册》在"慢慢来"的意义上是对《等等灵魂》的深化和丰富。
几年前我曾猜想,写过厚重如《羊的门》者再写《等等灵魂》,是有点
"小菜一碟"了,这部"中国商界的病相报告"写得有点火躁,就像一
个流行的大众化的电视脚本,我读《等等灵魂》后也有点"等不及"
了,我在等作者面对社会的急遽转型时更绵厚更审慎也更开阔的思
考,等其在"批判"之外能够回到人性和命运的刻画本身。《生命册》
终于实现了超越,"抟塑"出具有一定内省意识和自审精神的"新

人"——在我看来,内省和自审才构成文学最为强大的审美力量。也可以说,从《羊的门》结尾呼国庆朦朦胧胧的叛逆萌动,到《城的灯》刘汉香悲壮自残式的创业实践,再到《生命册》吴志鹏终于逃离了"乡愿哲学"也逃离了唯利是图的城市"异化"的宿命,正蕴含着李佩甫在"批判"之外所具有的"正面建设"的愿望。

（原载《当代作家评论》2012 年第 5 期）

参考文献

胡适:《〈科学与人生观〉序》,上海亚东图书馆 1923 年版。

[英] 罗素:《西方哲学史》,北京:商务印书馆 1976 年版。

中国社会科学院外国文学研究所编辑委员会编:《欧美古典作家论
    现实主义和浪漫主义》(一),中国社会科学出版社 1980 年版。

[德] 黑格尔:《美学》第 1 卷,商务印书馆 1981 年版。

葛兆光:《禅宗与中国文化》,上海人民出版社 1986 年版。

马丽华:《文化人类学的十五种理论》,贵州人民出版社 1988 年版。

[美] R. T. 诺兰:《伦理学与现实生活》,姚新中等译,华夏出版社
    1988 年版。

[美] 丹尼尔·贝尔:《资本主义文化矛盾》,三联书店 1989 年版。

富育光:《萨满教与神话》,辽宁大学出版社 1990 年版。

[埃及] 穆罕默德·高特卜:《伊斯兰艺术风格》,一虹译,中国人民
    大学出版社 1990 年版。

[美] 霍尔姆斯·罗尔斯顿:《环境伦理学:自然界的价值——对自
    然界的义务》,叶平译,邱仁宗主编:《国外自然科学哲学问题》,
    中国社会科学出版社 1991 年版。

[日] 池田大作、[英] B. 威尔逊著,梁鸿飞、王健译:《社会与科学》,
    四川人民出版社 1991 年版。

［美］艾恺：《世界范围内的反现代化思潮——论文化守成主义》，贵州人民出版社 1991 年版；朱维之：《基督教与文学》，上海书店 1992 年版。

Scott Slovic, *Seeking Awareness in Nature Writing: Henry Thoreau, Annie Dilliard, Edward Abbey, Wendell Berry, Barry Lopes.* Salt Lake City：University Press,1992.

林松等：《回回历史与伊斯兰文化》，北京：今日中国出版社 1992 年版。

［英］阿诺德·汤因比：《人类与大地母亲》，徐波等译，上海人民出版社 1992 年版。

［德］F. 厄尔克：《人与自然》，生活·读书·新知三联书店 1993 年版。

［美］梅·戈尔斯坦：《喇嘛王国的覆灭》，杜永彬译，北京：时事出版社 1994 年版。

［美］弗洛姆：《健全的社会》，贵州人民出版社 1994 年版。

逢增玉：《黑土地文化与东北作家群》，湖南教育出版社 1995 年版。

高瑞泉主编：《中国近代社会思潮》，华东师范大学出版社 1996 年版。

孔范今主编：《二十世纪中国文学史》，山东文艺出版社 1997 年版。

［美］奥尔多·利奥波德：《沙乡年鉴》，侯文蕙译，吉林人民出版社 1997 年版。

Anderson, Alison, *Media, Culture and Environment.* London ：UCL Press,1997.

［美］查尔斯·哈珀：《环境与社会》，肖晨阳译，天津人民出版社 1998 年版。

马丽华：《雪域文化与西藏文学》，湖南教育出版社 1998 年版。

［德］奥·斯宾格勒：《西方的没落》，陈晓林译，黑龙江教育出版社

1998 年版。

[美] 保罗·库尔兹编:《21 世纪的人道主义》,肖峰等译,东方出版
　　社 1998 年版。

[德] 费尔巴哈:《宗教的本质》,王太庆译,商务印书馆 1999 年版。

中共中央马克思恩格斯列宁斯大林著作编译局马列部编:《马克思
　　主义经典著作选读》,人民出版社 1999 年版。

[日] 岸根卓郎:《环境论——人类最终的选择》,何鉴译,南京大学
　　出版社 1999 年版。

盖山林:《蒙古族文物与考古研究》,辽宁民族出版社 1999 年版。

谭桂林:《二十世纪中国文学与佛学》,安徽教育出版社 1999 年版。

王本朝:《二十世纪中国文学与基督教文化》,安徽教育出版社 1999
　　年版。

马丽蓉:《二十世纪中国文学与伊斯兰文化》,安徽教育出版社 1999
　　年版。

赵园:《赵园自选集》,广西师范大学出版社 1999 年版。

黄万华:《文化转换中的华文文学》,中国社会科学出版社 1999
　　年版。

[美] 唐纳德·沃斯特:《自然的经济体系——生态思想史》,商务印
　　书馆 1999 年版。

余谋昌:《生态哲学》,陕西人民出版社 2000 年版。

[意] 卡尔维诺:《未来千年文学备忘录》,杨德友译,辽宁教育出版
　　社 2001 年版。

雷毅:《深层生态学思想研究》,清华大学出版社 2001 年版。

王立:《宗教民俗文献与小说母题》,吉林人民出版社 2001 年版。

张英:《文学的力量》,民族出版社 2001 年版。

刘胜伟:《文化霸权概论》,河北人民出版社 2002 年版。

戈峰主编:《现代生态学》,科学出版社 2002 年版。

许志英、丁帆:《中国新时期小说主潮》,人民文学出版社 2002 年版。

佘正荣:《中国生态伦理传统的诠释与重建》,人民出版社 2002
　　年版。

傅华:《生态伦理学探究》,华夏出版社 2002 年版。

何怀宏主编:《生态伦理:精神资源与哲学基础》,河北大学出版社
　　2002 年版。

乐黛云、李比雄主编:《跨文化对话》第 13 辑,上海文化出版社 2002
　　年版。

[美]杰克·伦敦:《野狼·野性的呼唤》,孙法理译,译林出版社
　　2002 年版。

[美]彼得斯、江丕盛、本纳德编:《桥:科学与宗教》,中国社会科学
　　出版社 2002 年版。

[美]叶维廉:《道家美学与西方文化》,北京大学出版社 2002 年版。

[美]戴维·梭罗:《瓦尔登湖》,戴欢译,今日世界出版社 2003
　　年版。

王诺:《欧美生态文学》,北京大学出版社 2003 年版。

[美]彼得·辛格:《动物解放》,孟祥森等译,光明日报出版社 2003
　　年版。

[法]朱里安·本达:《知识分子的背叛》,孙传钊译,吉林人民出版
　　社 2004 年版。

Killing sworth, M. Jimmie, *Walt Whitman and the Earth: A Study in
　　Ecopoetics*. Ipwa City: University of Iowa Press, 2004.

丁帆主编:《中国西部现代文学史》,人民文学出版社 2004 年版。

钱俊生、余谋昌:《生态哲学》,中共中央党校出版社 2004 年版。

高旭东:《中西文学与哲学宗教》,北京大学出版社 2004 年版。

[德]恩斯特·卡西尔:《人论》,甘阳译,上海译文出版社 2004
　　年版。

韦政通：《伦理思想的突破》，中国人民大学出版社 2005 年版。

Lawrence Buell. 8 *The Future of Environmental Criticism: Environmental Crisis and Literary Imagination*，MA：Black Well Publishing，2005.

蒋述卓：《宗教文艺与审美创造》，暨南大学出版社 2005 年版。

［法］塞尔日·莫斯科维奇：《还自然之魅：对生态运动的思考》，庄晨燕、邱寅晨译，于硕校，生活·读书·新知三联书店 2005 年版。

［英］戴维·佩珀：《生态社会主义：从深生态学到社会正义》，刘颖译，山东大学出版社 2005 年版。

唐代兴：《理性哲学导论》，北京大学出版社 2005 年版。

费孝通：《乡土中国》，上海人民出版社 2006 年版。

Hester，Randolph T. *Desigh for Ecological Democracy*. Cambridge：The MIT Press，2006.

李铁编辑：《西方文论关键词》，外语教学与研究出版社 2006 年版。

鲁枢元：《生态批评的空间》，华东师范大学出版社 2006 年版。

［南非］库切：《动物的生命》，北京十月文艺出版社 2006 年版。

中国野生动物保护协会编：《生命的喟叹——作家为生灵代言》，中国林业出版社 2006 年版。

［德］韦伯：《新教伦理与资本主义精神》，康乐、简惠美译，广西师范大学出版社 2007 年版。

［美］蕾切尔·卡森：《寂静的春天》，吕瑞兰、李长生译，上海译文出版社 2008 年版。

Campbell，Andrea（ed.），*New Directions in Ecofeminist Literary Criticism*. Newcastle：Cambridge Scholars Publishing，2008.

［美］斯科特·斯洛维克著、韦清琦译：《走出去思考：入世、出世及生态批评的职责》，北京大学出版社 2010 年版。

［美］欧内斯特·卡伦巴赫著、杜澍译：《生态乌托邦》，北京大学出版社2010年版。

［印］萨拉·萨卡著、张淑兰译：《生态社会主义还是生态资本主义》，山东大学出版社2012年版。

王诺：《生态批评与生态思想》，人民出版社2013年版。

王明丽：《生态女性主义与现代中国文学女性形象》，中国书籍出版社2013年版。

［美］格雷塔·戈德、帕特里克·D墨菲主编、蒋林译：《生态女性主义文学批评：理论、阐释和教学法》，中国社会科学出版社2013年版。

黄轶：《中国当代小说的生态批判》，北京大学出版社2014年版。

刘希刚：《马克思恩格斯生态文明思想及其中国实践研究》，中国社会科学出版社2014年版。

胡志红：《西方生态批评史》，人民出版社2015年版。

后　记

自 1998 年发表第一篇小说评论文章《一株妩媚而狰狞的罂粟花——论〈玫瑰门〉中的司绮纹》以来,对文坛创作"当下"的关注一直是我学术的一部分。尤其是 2007 年到南京大学进站以后,我对新世纪小说倾注了更多一点的热情。

在新世纪小说现象研究与评论中,我尝试着寻找自己的批评方法和路径,也就有了这本《新世纪乡土小说的生态批评》。本书体现了我部分的批评观,即文学批评不是"躲进小楼成一统"的"整理国故",而是介入现场(现实与创作)的批评,是一种不仅需要审美意识也需要思想跟进的批评。因此,我把原载于《南方文坛》2012 年第 2 期扉页"点睛"的《内省的力量》作为"代序"重新发表,以体现本书是建构在"内省的力量"之上的。

本书分为"生态批评的新视域"、"城市化与乡土挽歌"、"文本批评的空间"三编,每一编都有一个明确的批评主题维度。当然,这也是一个主题相对集中、各部分又有关联的编排方案,因为第二部分如《论世纪之交中国乡土小说的"城市化"批判》等文,也有着从生态批评维度出发的观照,而收入前两部分的评论文章如《生命神性的演绎——论新世纪迟子建、阿来乡土书写的异同》

何尝不是一篇"文本批评"?

　　收入本书的文字曾经有机缘发表在《文学评论》、《文艺研究》、《中国现代文学研究丛刊》、《文艺争鸣》、《当代作家评论》、《探索与争鸣》等诸家刊物,我一直对这些刊物深怀感激,对那些在浩如烟海的来稿中遴选了我小文的编辑心怀敬意。一个学者回头来看自己在学海的寂寞苦旅,如果说有些学术前辈与先进是高耸的灯塔,那么这些刊物和编辑真可谓是我们泅向学术彼岸时沿途的一条条小船。借此机会,向这些编辑表达深深的谢忱!

　　在苏州,这已是第五个年头了。时间真快啊,就像指间的流沙,簌簌簌就滑走了!龚自珍说"三生花草梦苏州",我何尝不沉醉于此?苏州是淡的也是腻的,苏州是古典的也是现代的,苏州是清雅的也是奢华的,苏州是冷艳的也是热切的,苏州是小家碧玉的也是大气浩荡的……我常常无法用恰切的语言来形容这座多面的城市,这座正焕发着勃勃生机的"白发苏州"!

　　那就什么也不用说了,好好看看这初冬时节苏州大学灿黄的银杏树、天平山上火红的枫林、金鸡湖畔高耸的东方之门吧!

　　　　　　　　　　　　　　　　　　黄　轶
　　　　　　　　　　　2015 年 11 月于独墅湖高教园区海德公园

图书在版编目（CIP）数据

新世纪乡土小说的生态批评/黄轶著. —上海：
东方出版中心,2016.8
ISBN　978－7－5473－0980－3

Ⅰ.①新…　Ⅱ.①黄…　Ⅲ.①乡土小说-小说研究-
中国-当代　Ⅳ.①I207.42

中国版本图书馆 CIP 数据核字（2016）第 139129 号

策划/责编　鲁培康
封面设计　久品轩

新世纪乡土小说的生态批评

出版发行：东方出版中心
地　　址：上海市仙霞路 345 号
电　　话：(021)62417400
邮政编码：200336
经　　销：全国新华书店
印　　刷：常熟新骅印刷有限公司
开　　本：640×960 毫米　1/16
字　　数：266 千字
印　　张：21.5
版　　次：2016 年 8 月第 1 版第 1 次印刷
ISBN 978－7－5473－0980－3
定　　价：58.00 元

东方出版中心邮购部　电话：(021)52069798